新典社研究叢書 272

杉本 完治 編著

森鷗外『舞姫』本文と索引

新 典 社 刊 行

はしがき

『舞姫』が近代日本文学の嚆矢であることは、多くの人の認めるところであろう。作品が擬古文体であることや非現実的会話文体が採用されていることを考慮したとしてもである。

『舞姫』の「新しさ」がどこにあるか、という問題意識は私のなかにかなり以前からあった。だが、私の諸事情から、その問題の解明のための作業に着手することをしないまま、いつしか長い時が過ぎた。

今回、懸案に着手しようと思ったのは、『舞姫』関連書籍の出版の話が契機である。

作業に着手してから、『舞姫』索引にも、先行する索引があることを知った。次の二つである。

(1)『国語語彙史の研究　一』（和泉書院刊）所載の「「舞姫」索引㈠本文・漢字索引」、および『国語語彙史の研究　二』（同）所載の「「舞姫」索引㈡語彙索引」である。両索引とも菊田紀郎氏の編である。前者は昭和五十五（一九八〇）年五月発行、後者は昭和五十六（一九八一）年五月発行である。底本は『国民之友』所載本文を使用されている。

(2)『作家用語索引　森鷗外　第一巻』（教育社刊）である。近代作家用語研究会・教育技術研究所の編に成る。同巻には、鷗外の作品『舞姫』『文づかひ』『半日』『ヰタ・セクスアリス』の索引が収録されている。昭和六十（一九八五）年の発行である。作品本文は「各社の全集及び初版復刻本等諸本によって、本書用の本文を確定した」と「凡例」にある。

私の索引は、先述の目的意識による索引である。が、その索引の作成は、目的とする問題解明の端緒にすぎない。

その構成等についてはおおむね「凡例」に記したとおりである。

本索引を編むに当たっては、本文の品詞分解等、言語学的なことがらはもちろん、本索引全般について、國學院大學栃木短期大学学長・國學院大學名誉教授の中村幸弘先生のご懇切なるご指導をいただいた。ここにそのことを特記して深甚なる謝意を表する次第である。

また、本書刊行については、新典社社長岡元学実氏、同編集部小松由紀子氏・原田雅子氏に格別のご厚意をいただきお世話になった。併せて深く感謝の意を表する次第である。

本書には未だ不備な面が多々あろうと思う。ご指摘ご叱正をお願いすると同時に、本書が、高等学校で『舞姫』を教える国語科の先生方、大学等で鷗外およびその作品の研究をご専門とされる諸先生、また大学文学部で近代文学や言語学を専攻される学生の皆さん、大学等で日本語を学び研究される留学生の皆さん、その他鷗外を愛する皆さんなどにその座右に置いていただき、折に触れてご活用いただけたなら、編著者としてこの上ない光栄である。

平成二十七年四月

編著者

目次

はしがき……3

森鷗外『舞姫』本文篇

凡例……7

森鷗外『舞姫』索引篇

凡例……65

あ…68／い…74／う…80／え…83／お…84／か…89／き…99／く…102／け…104／こ…105／
さ…113／し…117／す…127／せ…130／そ…132／た…133／ち…142／つ…143／て…146／と…154／
な…162／に…169／ぬ…183／ね…185／の…186／は…198／ひ…213／ふ…217／へ…219／ほ…221／
ま…222／み…225／む…228／め…229／も…230／や…235／ゆ…237／よ…238／ら…243／り…244／
る…244／れ…245／ろ…245／わ…246／ゐ…249／ゑ…249／を…250／ん…261

森鷗外『舞姫』　本文篇

凡例

1　見開き右ページ作品本文は、大正四年十二月二十三日発行『塵泥』掲載本文による。

2　見開き左ページ作品本文は、明治二十三年一月三日発行『国民之友』掲載本文（初出）による。ただし、9ページについては、16行目のカッコ内に記したとおり、頭注②の本文（＝鷗外自筆草稿本文）と同文が入る。

3　見開き右ページの頭注は、作品本文の語義を主としている。

4　見開き左ページの頭注は、昭和三十五年十二月十日発行『森鷗外自筆草稿』（影印本）の表記である。

5　右記『塵泥』掲載本文、『国民之友』掲載本文、『森鷗外自筆草稿』はともに、日本近代文学館所蔵本による。

6　漢字の字体については、原則として新字体に改めた。

7　『塵泥』掲載本文には、誤植や脱文等の、明らかな誤謬と認められる箇所があるため、該当箇所については他書により若干の補訂を施した。

8　見開き左右両ページの作品本文とも、各底本本文中の人名・地名に付されている傍線は、都合により省略してある。

石炭①をば早や積み果てつ。中等室の②卓のほとりはいと静にて、熾熱灯の光の晴れがましきも徒なり。今宵は夜毎にこゝに集ひ来る骨牌仲間も「ホテル」に宿りて、舟に残れるは余一人のみなれば。五年前の事なりしが、平生の望足りて、洋行の官命を蒙り、このセイゴンの港まで来し頃は、目に見るもの、耳に聞くもの、一つとして新ならぬはなく、筆に任せて書き記しつる紀行文日ごとに幾千言をかなしけむ、当時の新聞に載せられて、世の人にもてはやされしかど、今日になりておもへば、③穉き思想、身の程知らぬ放言、さらぬも尋常の動植金石、さては風俗抔をさへ珍しげにしるしゝを、心ある人はいかにか見けむ。こたびは④途に⑤上りしとき、⑥日記⑦ものせむとて買ひし⑧冊子もまだ白紙のまゝなるは、独逸にて物学びせし間に、一種の⑨「ニル、アドミラリイ」の⑩気象をや養ひ得たりけむ、⑪あらず、これには別に故あり。

げに⑫東に⑬還る今の我は、西に⑭航せし昔の我ならず、学問こそ猶心に飽き足らぬところも多かれ、⑮浮世の⑯うき⑰ふしをも知りたり、人の心の頼みがたきは⑱言ふも更なり、われとわが心さへ変り易きをも悟り得たり。きのふの是はけふの非なるわが瞬間の⑲感触を、筆⑳に㉑写して誰にか見せむ。これや日記の成らぬ㉒縁故なる、あらず、これには別に故あり。

嗚呼、ブリンヂイシイの港を出でゝより、早や二十日あまりを経ぬ。世の常

① 格助詞「を」＋係助詞「は」
② 「table」か
③ 幼稚な
④ 海外出張
⑤ 洋行した
⑥ 日々の記録
⑦ 記録しよう
⑧ ノート
⑨ 無感動
⑩ 気質
⑪ 前述の表現を否定する接続詞
⑫ ここは故国日本
⑬ 以前にいた場所に引き返す
⑭ 船舶で海を渡った
⑮ 定めなき現世
⑯ つらい
⑰ ことがら
⑱ 今更言うまでもない
⑲ 感覚
⑳ …によって
㉑ 書いて
㉒ 理由

①　誰にか見せむ

②　我がかへる故郷は外交のいとぐち乱れて一行の主たる天方伯も国事に心を痛めたまふことの一かたならぬが色に出でゝ見ゆる程なれば随行員となりて帰るわが身にさへ心苦しきこと多くて筆の走りを留めやする又た海外にてゆくりなく伯に受けたる信用のなみ〳〵ならず深きに学識、才幹人に勝れたりと思ふ所もなき身の行末いかにと思ひ煩ひて文つゞる障りとなるにや、否　これは別に故あり

石炭をば早や積み果てつ中等室の卓のほとりはいと閑かにて熾熱灯の光の晴れがましきもやくなし、今宵は夜毎にこゝに集ひ来る骨牌仲間も「ホテル」に宿りて舟に残りしは余一人のみなれば

五年前の事なりしが平生の望み足りて洋行の公命を蒙ふりこのセイゴンの港まで来し頃は目にみるもの耳に聞くもの一として新しからぬはなく筆に任せて書き記したる紀行は日ごとに幾千言をやなしけん当時の新聞に載せられて世の人にもてはやされしかど今日になりて思へば穉なき志操、身の程しらぬ放言、さらぬも世の常の動植、または民俗などをさへ珍らしげに細叙したるを心ある人は奈に見しやらんこたびは途に上りしとき日記ものせんとて買ひし冊子もまだ白紙のまゝなるは独逸に学びし間に一種の「ニル、アドミラリー」の気象をや養成しけん、否、これは別に故あり

げに東に還る今の我は西に航せし昔の我ならず学問こそ猶ほ心に飽き足らぬところも多かれ浮世のうきふしをも知りたり人の心の頼み難きはいふも更なりわれとわが心さへ変り易きをも悟り得たり、きのふの是はけふの非なるわが瞬時の感触を筆に写して①誰にか見せんこれや日記の成らぬ縁故なる、否、これは別に故あり**【**この部分に、改行された形で、頭注②の文が入る**】**

嗚呼、ブリンドイージーの港を出でゝより早や二十日余りを経ぬ世の常↓

ならば①生面の客にさへ交を結びて、旅の②憂さを慰めあふが航海の③習なるに、④微恙に⑤ことよせて⑥房の裡にのみ籠りて、同行の人々にも物言ふことの少きは、人知らぬ恨に頭のみ悩ましたればなり。此恨は初め⑦一抹の雲の如く我心を⑧掠めて、瑞西の⑨山色をも見せず、伊太利の⑩古蹟にも心を留めさせず、⑪中頃は世を⑫厭ひ、身を⑬はかなみて、腸日ごとに九廻すともいふべき⑭惨痛をわれに負はせ、今は心の奥に凝り固まりて、一点の⑮翳とのみなりたれど、⑯文読むごとに、物見るごとに、鏡に映る影、声に応ずる響の如く、限なき⑰懐旧の情を喚び起して、幾度となく我心を苦む。⑱嗚呼、いかにしてか此恨を⑲銷せむ。若し外の恨なりせば、詩に詠じ歌によめる後は心地すが〳〵しくもなりなむ。これのみは余りに深く我心に彫りつけられたればさはあらじと思へど、今宵はあたりに人も無し、⑳房奴の来て電気線の鍵を捩るには㉑猶程もあるべければ、㉒いで、その概略を文に綴りて見む。

余は幼き比より厳しき㉓庭の訓を受けし㉔甲斐に、父をば早く喪ひつれど、学問の㉕荒み㉖衰ふることなく、㉗旧藩の学館にありし日も、東京に出でゝ予備黌に通ひしときも、大学法学部に入りし後も、太田豊太郎といふ名はいつも一級の㉘首に㉙しるされたりしに、一人子の我を力になして世を渡る母の心は㉚慰みけらし。十九の歳には㉛学士の称を受けて、大学の立ちてよりその頃までに㉜またなき名誉な

① 初対面
② つらさ
③ 習慣。ならわし
④ 軽度の病気
⑤ かこつけて
⑥ 船室。**cabin**
⑦ ほんの少し。「抹」は瞬時に通過する意
⑧ さっと触れて通過して
⑨ 山の景色
⑩ 古い史跡
⑪ 「初め」「今」に対する語
⑫ 嫌悪し
⑬ 空しく感じ
⑭ 堪えがたい苦痛
⑮ 薄暗く明確に見えない部分
⑯ 書物
⑰ 昔を懐かしく思う心
⑱ 「ああ」の漢文の表記
⑲ 消そう
⑳ 船内サービスの男性
㉑ 時間
㉒ さあ
㉓ 家庭
㉔ 効果
㉕ 熱心でなくなる
㉖ 向上心がなくなる

㉗　明治中期の考え方から見た幕藩
㉘　トップ
㉙　記録され
㉚　「けるらし」の変化した表現
㉛　大学卒業者に与えられる学位
㉜　類のない

---

①　霊魂を掠めて
②　響のごとく
③　歌によみたる
④　心地すがしくも。または、心地すがゝしくも
⑤　その概略を
⑥　十九の歳に

ならば生面の客にさへ交を結びて旅の憂さを慰めあふが航海の習ひなるに微恙にことよせて「カビン」の裡にのみ籠りて同行の人々にも物いふことの少なきは人知らぬ恨みに頭べのみ悩ましたればなりこの遺恨は初め一抹の雲の如く我①霊魂を掠め瑞西の山色をも見せず伊太利の古蹟にも心を留めさせず中ごろは世を厭ひ身をはかなみて腸、日ごとに九廻すともいふべき惨痛をわれに負はせ今は心の奥に凝り固まりて一点の翳とのみなりたれど文よむごとに、物みる毎に鏡にうつる影、声に応ずる②響のごとく限りなき懐旧の情を喚起して幾度となくわが心を苦しむ、嗚呼、奈にしてかこの恨みを銷せん若し外の恨みなりせば詩に詠じ③歌によみし後は④心地すが〳〵しくもなりなん、これのみは余りに深く我心に鏤りつけたればさはあらじと思へど今宵はあたりに人も無し房奴の来て電気線の鍵を捩るには猶ほ程もあるべければ、いで、⑤そのあらましを文に綴りて見む【この後ろ、次行との間に三行空け】

余は幼なきころより厳重なる家庭の教へを受けたる甲斐に父をば早く失ひたれど学問の荒み衰ふこともなく旧藩の学館にありし日も東京に出でゝ予備校に通ひしときも大学法学部に入りし後も太田豊太郎といふ名はいつも一級の首座を占めて、一人子のわれを力になして世を渡る母の心をば慰め得たり⑥十九の歳は学士の称を受けて大学の建ちてよりその頃までまたなき名誉な↓

① 就職して
② 官庁のトップ
③ 目上の人からの評価
④ 格別であったので
⑤ ヨーロッパに渡航して
⑥ 通過した
⑦ それほどまで
⑧ ぼんやりして不明確である
⑨ 手柄を挙げる
⑩ 自己抑制
⑪ 早速
⑫ どのような
⑬ 美しい輝き
⑭ 色つや。転じて魅惑
⑮ 奥深く静かなこと
⑯ 地域・場所
⑰ ペアの複数
⑱ 紳士と淑女
⑲ 大道・市街
⑳ よりかかり
㉑ 「成す」は、意識的に…するの意
㉒ 「妍」は美しいの意
㉓ パリふう
㉔ 服装
㉕ 交錯させている
㉖ なかぞら

りと人にも言はれ、某省に①出仕して、故郷なる母を都に呼び迎へ、楽しき年を送ること三とせばかり、②官長の③覚え④殊なりしかば、⑤洋行して一課の事務を取り調べよとの命を受け、我名を成さむも、我家を興さむも、今ぞとおもふ心の勇み立ちて、五十を⑥踰えし母に別るゝをも⑦さまで悲しとは思はず、遙々と家を離れてベルリンの都に来ぬ。

余は⑧模糊たる⑨功名の念と、⑩検束に慣れたる勉強力とを持ちて、⑪忽ちこの欧羅巴の新大都の中央に立てり。⑫何等の⑬光彩ぞ、我目を射むとするは。何等の⑭色沢ぞ、我心を迷はさむとするは。菩提樹下と訳するときは、⑮幽静なる⑯境なるべく思はるれど、この大道髪の如きウンテル、デン、リンデンに来て両辺なる石だゝみの人道を行く⑰隊々の⑱士女を見よ。胸張り肩聳えたる士官の、まだ維廉一世の⑲街に臨める窓に⑳倚り玉ふ頃なりければ、様々の色に㉑飾り成したる礼装をなしたる、㉒妍き少女の㉓巴里まねびの㉔粧したる、彼も此も目を驚かさぬはなきに、車道の土瀝青の上を音もせで走るいろ〳〵の馬車、雲に聳ゆる楼閣の少しとぎれたる処には、晴れたる空に夕立の音を聞かせて漲り落つる噴井の水、遠く望めばブランデンブルク門を隔てて緑樹枝をさし㉕交はしたる中より、㉖半天に浮び出でたる凱旋塔の神女の像、この㉗許多の㉘景物㉙目睫の間に㉚聚まりたれば、始めてこゝに来しものゝ応接に㉛遑なきも㉜宜なり。されど我胸には縦ひいかなる㉝境に遊びて

㉗ たくさん
㉘ 興味をそそる色々な物
㉙ 目と睫毛。至近距離の意
㉚ 寄り集まっているので
㉛ 時間的余裕がない
㉜ もっともである
㉝ 場所

---

① されど

りと人にもいはれ某省に出仕して故郷なる母を都に呼び迎へ楽しき年を送ること三とせばかり官長の覚え殊なりしかば洋行して一課の事務を取調べよとの命を受けぬ

我名を成さんも我家を興さんも今ぞと思ふ心の勇み立ちて五十を踰えし母に別るゝをもさまで悲しとは思はず遙々と家を離れてベルリンの都に来ぬ

余は模糊たる功名の念と検束に慣れたる勉強力とを持ちて忽然、この欧洲新大都の中央に立てり何等の光彩ぞ、我目を射んとするは、何等の色沢ぞ我心を迷はさんとするは、菩提樹下と訳せば幽静の境かと思はんなれど、この大道髪の如きウンテル、デン、リンデンに来て両辺の石を鋪ける人道を行く隊々の士女を見よ胸張り肩聳えたる士官の――まだ維廉一世の街に臨める窓に倚る頃なれば――様々の色にて飾りたる礼装を着けたる妍よき女の巴里まねびの粧したる彼も此も目を驚さぬはなきに車道の土瀝青の上を音もせで走る色々の馬車、雲に聳ゆる楼閣の少しとぎれたる処には晴れたる空に夕立の音を聞かせて漲り落つる噴井の水、遠く望めばブランデンブルゲル門を隔てゝ緑樹、枝をさし交はしたる中より半天に浮び出でたる戦勝塔の神女の像――この許多の景物が目睫の間に聚まりたれば始めてこゝに来しものゝ応接に遑なきも宜なり、①されど余が胸中には縦令ひいかなる境に遊びて↓

① 無益である
② 素晴らしい景観
③ 遮断し
④ 呼び鈴のついた綱
⑤ とりつぎ
⑥ 公式・政府
⑦ 役人
⑧ 反実仮想の用法
⑨ ここは日本
⑩ どこ
⑪ 公務
⑫ あらかじめ
⑬ 上司・官長
⑭ 記録簿
⑮ 公務
⑯ そうでない（もの）
⑰ 何冊
⑱ 想像した。推測した
⑲ 特別講座
⑳ 「べく」のウ音便
㉑ 法律の専門家
㉒ 講義を受ける席
㉓ 授業料
㉔ こうして
㉕ 覆い包みきれない（もの）
㉖ このみ
㉗ 才能・知識・教養が並でな

も、①あだなる②美観に心をば動さじの誓ありて、つねに我を襲ふ外物を③遮り留めたりき。

余が④鈴索を引き鳴らして⑤謁を通じ、⑥おほやけの紹介状を出だして東来の意を告げし普魯西の⑦官員は、皆快く余を迎へ、公使館よりの手つゞきだに事なく済みたら⑧ましかば、何事にもあれ、教へもし伝へもせむと約しき。喜ばしきは、わが⑨故里にて、独逸、仏蘭西の語を学びしことなり。彼等は始めて余を見しとき、⑩いづくにていつの間にかくは学び得つると問はぬことなかりき。

さて⑪官事の暇あるごとに、⑫かねて⑬おほやけの許をば得たりければ、ところの大学に入りて政治学を修めむと、名を⑭簿冊に記させつ。

ひと月ふた月と過す程に、⑮おほやけの打合せも済みて、取調も次第に捗り行けば、急ぐことをば報告書に作りて送り、⑯さらぬをば写し留めて、つひには⑰幾巻をかなしけむ。大学のかたにては、穉き心に⑱思ひ計りしが如く、政治家になるべき⑲特科のある⑳べうもあらず、此か彼かと心迷ひながらも、二三の㉑法家の㉒講筵に列ることにおもひ定めて、㉓謝金を収め、往きて聴きつ。

㉔かくて三年ばかりは夢の如くにたちしが、時来れば包みても㉕包みがたきは人の㉖好尚なるらむ、余は父の遺言を守り、母の教に従ひ、人の㉗神童なりなど褒むるが嬉しさに怠らず学びし時より、官長の善き㉘働き手を得たりと奨ますが喜ば

く高い子ども

㉘　部下の役人

①　鈴索を鳴らして

②　官長の紹介状

③　東来の趣意

④　普魯西の官員は

⑤　幾巻をかなしたり

⑥　怠らず

もあだなる美観に心をば動さじとの念ありて恒にわれを襲ひ来たる外物を遮ぎり留めんとしたり

余が①鈴索を引き鳴らして謁を通じ②公けの紹介状を出だして③東来の意を告げし④普国の官員は皆な快よく余を迎へ公使館の手つゞきだに事なく済みたらんには何ごとにもあれ教へもし伝へもせんと約しぬ喜ばしきはわが故郷にて学びし独逸、仏蘭西の語なり彼等の始めて相見しとき何処にていつの間にかくは学びしと問はぬはなかりき

さて故郷を出でしとき公けの許しをば兼ねて得たれば公事の暇あるごとにところの大学に入りて政治学を修めんと名を簿冊に記させたり

一月二月と過す程に公けの打合はせも済みて取調べも次第に捗り急ぐことをば報告書に作りて送り、さらぬをば写し留めて遂には⑤幾巻をかなしけん大学のかたにては穉なき心に思ひ計りしが如く政治家となるべき特科のあるべうもあらず、これかかれかと心は迷ひ乍らも二三法家の講筵に列なることにおもひ定めて謝金を収め往きて聴きぬ

かくて三年ばかりは夢の如くにたちしが時来たれば裹みても裹みがたきは人の好尚なるらん余は父の遺言を守り母の教へに随ひ人の神童なりなど褒むるが嬉しさに⑥怠たらず学びし時より官長の善き働き手を得たりと奨ますが喜ば↓

しさに①たゆみなく勤めし時まで、たゞ②所動的、器械的の人物になりて自ら悟らざりしが、今二十五歳になりて、既に久しくこの自由なる大学の風に当りたれ③ばにや、心の中なにとなく④妥ならず、奥深く潜みたりし⑤まことの我は、⑥やうやう⑦表にあらはれて、きのふまでの我ならぬ我を攻むるに似たり。余は我身の今の世に⑧雄飛すべき政治家になるにも⑨宜しからず、また⑩善く⑪法典を⑫諳じて⑬獄を断ずる法律家になるにもふさはしからざるを悟りたりと思ひぬ。余は⑭私に⑮思ふやう、我母は余を活きたる辞書となさんとし、我官長は余を活きたる法律となさんとやしけん。辞書たらむは猶ほ堪ふべけれど、法律たらんは忍ぶべからず。今までは⑯瑣々たる問題にも、極めて丁寧に⑰いらへしつる余が、この頃より官長に寄する⑱書には⑲連りに法制の⑳細目に㉑拘ふべきにあらぬを論じて、一たび法の精神をだに㉒得たらんには、㉓紛紛たる㉔万事は㉕破竹の如くなるべしなどゝ㉖広言しつ。又大学にては法科の講筵を余所にして、歴史文学に心を寄せ、㉗漸く㉘蔗を嚙む㉙境に入りぬ。

官長はもと心のまゝに用ゐるべき器械をこそ作らんとしたりけめ。独立の思想を懐きて、人なみならぬ㉚面もちしたる男を㉛いかでか喜ぶべき。危きは余が当時の地位なりけり。されどこれのみにては、なほ我地位を覆へすに足らざりけんを、日比伯林の留学生の中にて、或る勢力ある一群と余との間に、面白から

① 怠ることなく
② 受動的
③ ではないだろうか
④ やすらかではなく
⑤ ほんとう・真実
⑥ しだいに
⑦ 表面
⑧ 存分に活躍する
⑨ 適当でなく
⑩ 十分に
⑪ 法律をまとめた書物
⑫ 暗記して
⑬ 判決をくだす
⑭ 個人的に
⑮ …ことには
⑯ こまごましている
⑰ 回答し
⑱ 手紙
⑲ しきりに。連続行為として
⑳ 細かな一つひとつの項目
㉑ こだわる
㉒ 仮定を表す
㉓ 複雑に入り乱れている
㉔ すべてのこと
㉕ 竹を割る
㉖ 大きなことを言った
㉗ しだいに

㉘ サトウキビ
㉙ 境地
㉚ 顔つき
㉛ どうして…だろうか、…ない

しさにたゆみなく勤めし時まで唯だ被働的、器械的の人物となりて自ら悟らざりしが今、二十五となりて既に久しくこの自由の大学の風にあたりたればにや心の中、何となく穏かならず、奥深く潜みし真の「我」は次第々々に表てに顕れて昨日までの我ならぬ我を攻撃するに似たり余は我身の今の世に雄飛すべき政治家、善く法典を諳じて獄を断する法律家などとなるに宜しからぬを発明したりと思ひぬ

余は私かに思ふやう、我母は余を活きたる字書となさんとし我官長は余を活きたる条例となさんとやしけん字書たらむは猶ほ堪ふべけれど条例たらんは忍ぶべからず今までは瑣々たる問題にも丁寧を極めていらへしたる余がこの頃より官長に寄する書には連りに法制の細目に拘づらふべきにあらぬを論じて一たび法の精神をだに得たらんには紛々たる万事は破竹の如くなるべしなどゝ広言しぬ又た大学にては法科の講筵を余所にして歴史文学に心を寄せ漸く蔗を噛む境に入りぬ

官長はもと心のまゝに用ゆべき器械をこそ作らんとしたれ独立の思想を懐きて人なみならぬ面もちしたる男をいかでか喜ぶべき危きは余が当時の地位なりけり、されどこれのみにては尚ほ我地位を覆へすに足らざりけんを日比伯林の留学生の中にて或る勢ひある一群と余との間に面白から↓

① 嫉み疑い
② 事実無根の悪口を言う
③ 理由がない
④ 連れだって
⑤ 頑固な。偏屈な
⑥ 抑制する
⑦ 落着させて
⑧ 一方では
⑨ 見下して悪口をいい
⑩ 嫉妬し
⑪ 由来
⑫ どうして…だろうか、…ない
⑬ 目上や年長の人
⑭ ここは国家公務員
⑮ 可能
⑯ 忍耐
⑰ 一筋
⑱ しばった
⑲ ここは故国日本
⑳ 才能に恵まれ、前途有望である人
㉑ 可能
㉒ みごと
㉓ 涙をじっとこらえられない。ふつう下に打消語を伴う。
㉔ ハンカチ

ぬ関係ありて、彼人々は余を①猜疑し、又遂に余を②讒誣するに至りぬ。されどこれとても③其故なくてやは。

彼人々は余が④倶に麦酒の杯をも挙げず、球突きの棒をも取らぬを、⑤かたくななる心と慾を⑥制する力とに⑦帰して、⑧且は⑨嘲り且は⑩嫉みたりけん。されどこは余を知らねばなり。嗚呼、⑪此故よしは、我身だに知らざりしを、⑫怎でか人に知らるべき。わが心はかの合歓といふ木の葉に似て、物触れば縮みて避けんとす。我心は処女に似たり。余が幼き頃より⑬長者の教を守りて、学の道をたどりしも、⑭仕の道をあゆみしも、皆な勇気ありて⑮能くしたるにあらず、⑯耐忍勉強の力と見えしも、皆な自ら欺き、人をさへ欺きつるにて、人のたどらせたる道を、唯だ⑰一条にたどりしのみ。余所に心の乱れざりしは、外物を棄てゝ顧みぬ程の勇気ありしにあらず、唯外物に恐れて自らわが手足を⑱縛せしのみ。⑲故郷を立ちいづる前にも、我が⑳有為の人物なることを疑はず、又我心の㉑能く耐へんことをも深く信じたりき。嗚呼、彼も一時。舟の横浜を離るゝまでは、㉒天晴豪傑と思ひし身も、㉓せきあへぬ涙に㉔手巾を濡らしつるを我れ乍ら怪しと思ひしが、これぞな㉕かくに㉖我本性なりける。此心は生れながらにやありけん、又早く父を失ひて母の手に育てられしによりてや生じけん。

彼人々の嘲るはさることなり。されど嫉むはおろかならずや。この㉗弱くふび

㉕　かえって
㉖　本来の性質
㉗　かわいそうな。気の毒な。

①　ルビなし
②　学びの道
③　怪しと思ひしが

ぬ関係ありて彼人々は余を猜疑し又た遂に余を讒するにまで至りぬ、されどこれとても其故なくてやは

彼人々は余が倶に麦酒の杯をも挙げず球突きの棒をも取らぬを頑固なる心と欲を制する力とに帰して且つは嘲けり且つは嫉みたりけん、されど是れ余を知らねばなり――嗚呼、この故よしは我身だに知らざりしを怎でか彼人々に知らるべき我心はかの①合歓《ねむ》といふ木の葉に似て物ふるれば縮みて避けんとす我心は臆病なり我心は処女に似たり余が幼き頃より長者の教を守りて②学の道をたどりしも仕への道を歩みしも皆な勇気ありて能くしたるにあらず耐忍勉強の力と見えしも皆な自ら欺き人をさへ欺きたるにて人のたどらせたる道を唯だ一条にたどりしのみ余所に心の乱れざりしは外物を棄てゝ顧みぬ程の勇気ありしにあらず唯だ外物に恐れて自ら我手足を縛せしのみ故郷を立ちいづる前にも我が有為の人物なることを疑はず又た我心の能く忍ばんことをも深く信じたり、嗚呼彼も一時、舟の横浜を離るゝまでは天晴、豪傑と思ひし身もせきあへぬ涙に手巾を濡らしたるを我れ乍ら③怪しと思しがこれぞなか〱に我本性なりける此心は生れながらにやありけん又た早く父を失ひて母の手に育てられしによりてや生じけん

彼人々の嘲るはさることなり、されど嫉むはおろかならずや、この弱くふび↓

んなる心を。

　赤く白く面①を塗りて、赫然②たる色の衣を纏ひ、珈琲店に坐して客を延く③女を見ては、往きてこれに就かん勇気なく、高き帽を戴き④、眼鏡に鼻を挟ませて、普魯西にては貴族めき⑤たる鼻音にて物言ふ「レエベマン」⑥を見ては、往きてこれと遊ばん勇気なし。此等の勇気なければ、彼活発なる同郷の人々と交らんやうもなし。この交際の疎き⑦がために、彼人々は唯余を嘲り、余を嫉むのみならで、又余を猜疑する⑧ことゝなりぬ。これぞ余が冤罪⑨を身に負ひて、暫時⑩の間に無量⑪の艱難⑫を閲し⑬尽す媒⑭なりける。

　或る日の夕暮なりしが、余は獣苑を漫歩し⑮て、ウンテル、デン、リンデンを過ぎ、我がモンビシユウ街の僑居⑯に帰らんと、クロステル巷の古寺の前に来ぬ。余は彼の灯火の海を渡り来て、この狭く薄暗き巷⑰に入り、楼上の木欄⑱に干したる敷布、襦袢⑲などまだ取入れぬ人家、頰髭長き猶太教徒の翁⑳が戸前㉑に佇みたる居酒屋㉒、一つの梯㉓は直ちに楼㉔に達し、他の梯は窖住まひ㉕の鍛冶が家に通じたる貸家㉖などに向ひて、凹字の形に引籠みて立てられたる、此三百年前の遺跡を望む㉗毎に、心の恍惚㉘となりて暫し佇みしこと幾度なるを知らず。

　今この処を過ぎんとするとき、鎖したる寺門の扉に倚りて㉙、声を呑みつゝ㉚泣くひとりの少女あるを見たり。年は十六七なるべし。被りし巾を洩れたる髪の

① 顔面
② きらきらしている
③ 案内する
④ 頭にのせ
⑤ 「めく」は接尾語。…らしい感じをし
⑥ プレイボーイ
⑦ 人間関係が疎遠である
⑧ 嫉妬し疑う
⑨ 無実の罪
⑩ しばらくの時間
⑪ 限りなく多量であること
⑫ 非常な辛さや苦しさ
⑬ 経過しとおす
⑭ 仲介
⑮ そぞろ歩きして
⑯ 仮住まい
⑰ 路地
⑱ らんかん
⑲ 下着
⑳ 老人男性
㉑ 入口のドアの前
㉒ 気軽に酒を飲むことができる店
㉓ 階段
㉔ 建物の上層階
㉕ 地下室生活

㉖ 賃貸し住宅
㉗ 遠方を眺める
㉘ うっとりと
㉙ 寄りかかって
㉚ 外に漏らさず堪え

① 人々と交はらん
② 佇立せしことは
③ 一人のをと女

んなる心を

赤く白く面を塗りて赫然たる色の衣を纏ひ咖啡店に坐して客を延く女を見ては往てこれに就かん勇気なく高き帽を戴き眼鏡に鼻を挟ませて——普魯西にては——貴族めきたる鼻音にてものいふ「レーベマン」を見ては往てこれと遊ばん勇気なしこれらの勇気なければ彼活発なる同郷の①人々と交らんやうもなし、この交際の疎きが為めに彼人々は唯だ余を嘲けり余を嫉むのみならで又た余を猜疑することゝなりぬ、これぞ余が冤罪を身に負ひて暫時の間に無量の艱難を閲し尽す媒なりける

或る日の夕暮なりしが余は獣苑を漫歩してウンテル、デン、リンデンを過ぎ我がモンビシユー街の僑居に帰らんとクロステル巷の古寺の前まで来ぬ余は彼の灯火の海を渡り来てこの狭く薄暗き巷に入り楼上の木欄に蒲団に被ふ巾、襦袢など干したる低き人家、頰髭長き猶太教徒の翁が戸前に佇みたる居酒屋、一の梯は直ちに楼に達し他の梯は穴居の鍛冶が栖家に通じたる貸家などに向ひて凹字の形に引籠みて立てる此三百年前の遺跡を望む毎に心の恍惚となりて暫し佇②みしことは幾度なるを知らず

今、この処を過ぎんとするとき鎖したる寺門の扉に倚りて声を呑みつゝ泣くひ③とりの少女あるを見たり年は十六七なるべし被りし巾を洩れたる髪の→

色は、薄き①こがね色にて、着たる衣は垢つき汚れたりとも見えず。我足音に驚かされて②かへりみたる面、余に詩人の筆なければこれを写すべくもあらず。この青く清らにて物問ひたげに愁を含める目の、半ば③露を宿せる長き睫毛に掩はれたるは、何故に④一顧したるのみにて、用心深き我心の底までは⑤徹したるか。

彼は⑥料らぬ深き歎きに遭ひて、前後を顧みる⑦遑なく、こゝに立ちて泣くにや。わが臆病なる心は⑧憐憫の情に打ち勝たれて、余は覚えず側に倚り。「何故に泣き玉ふか。ところに⑨繫累なき⑩外人は、却りて力を借し易きこともあらん。」といひ掛けたるが、⑪我ながらわが大胆なるに呆れたり。

彼は驚きてわが⑫黄なる面を⑬打守りしが、我が⑭真率なる心や⑮色に⑯形はれたりけん。「君は善き人なりと見ゆ。彼の如く酷くはあらじ。又た我母の如く。」暫し⑰涸れたる涙の泉は又溢れて愛らしき頰を流れ落つ。

「我を救ひ玉へ、君。わが⑱耻なき人とならんを。母はわが彼の言葉に従はねば⑲とて、我を打ちき。父は死にたり。明日は葬らでは⑳愜はぬに、家に一銭の貯だになし。」

跡は㉑欷歔の声のみ。我眼はこのうつむきたる少女の㉒顫ふ㉓項にのみ注がれたり。

「君が家に送り行かんに、先づ心を㉔鎮め玉へ。声を㉕な人に聞かせ玉ひそ。こゝは往来なるに。」彼は㉖物語するうちに、覚えず我肩に倚りしが、この時ふと頭

① 金
② 振り返った
③ 涙
④ ちょっと振り返った
⑤ 貫きとおった
⑥ 予期しない
⑦ 時間的余裕
⑧ 気の毒に思う心
⑨ 親族
⑩ 外国人
⑪ 自分のことながら
⑫ アジア人の肌の色
⑬ 「打」は強調用法の接頭語
⑭ 誠実な
⑮ 顔色
⑯ あらわれ
⑰ 出なくなった
⑱ 「耻」は「恥」の俗字
⑲ といって
⑳ 心中に満足しない
㉑ すすりなき
㉒ ふるえる
㉓ うしろ頸
㉔ 落ち着かせ
㉕ 「な…そ」で穏やかな制止を表す
㉖ 話をする

① 項にのみ注ぎたり
② 頭を擡けで

色は薄きこがね色にて着たる衣は垢つき汚れたりとも見えず我足音に驚かされ
てみかへりたる面て——余に小説家の筆なければこれを写すべくもあらず、こ
の青く大いなる物問ひたげに愁を含める目の半ば露を宿せる長き睫毛に掩はれ
たるは何故に一顧したるのみにて用心深き我心の底までは徹したるか
彼は料らぬ深き歎きに遭ひて前後を顧みる遑なくこゝに立ちて泣くにや、わが
臆病なる心は憐憫の情に打ち勝たれて余は覚えず側に倚り「何故に泣き玉ふか、
ところに係累なき外人は却りて力を借し易きこともあらん」といひ掛けたるが
我ながらわが大胆なるに呆れたり
彼は驚きてわが黄なる面を打守りしが我が真率なる心や色に形はれたりけん
「君は善き人なりと見ゆ——彼れの如く酷くはあらじ——又た我母の如く」——
暫し涸れたる涙の泉は又た溢れて愛らしき頰を流れ落つ
「我を救ひ玉へ、君、わが耻なき人とならんを——母はわが彼れの言葉に従は
ねばとて、我を打ちぬ——父は死にたり——明日は葬らでは協はぬに家に一銭
の貯へだになし——」
跡は欷歔の声のみ、我眼はこのうつむきたる少女の顫ふ項①にのみ注ぎたり、
「君が家に送り行かんに先づ心を鎮め玉へ声をな人に聞かせ玉ひそ、こゝは往
来なるに」彼れは物語するうちに覚えず我肩に倚りしがこの時ふと頭②↓

① 煩わしさ
② 声がかすれ
③ 老婆
④ 人相
⑤ 痕跡
⑥ ひたい
⑦ ラシャ
⑧ (履き物を) はいている
⑨ 「劇痛」などの「劇」。はげしく
⑩ 閉め切った
⑪ あっけにとられて
⑫ (光などを) 通して
⑬ …によって
⑭ 衣服縫製職人
⑮ 記し
⑯ 死亡した
⑰ 礼儀正しくていねいに
⑱ 自分の
⑲ 台所・勝手場
⑳ かぶせて隠してある
㉑ ベッド
㉒ 普通一般に言われている
㉓ まちの通り

を擡げ、又始てわれを見たるが如く、恥ぢて我側を飛びのきつ。

人の見るが①厭はしさに、早足に行く少女の跡に附きて、寺の筋向ひなる大戸を入れば、欠け損じたる石の梯あり。これを上ぼりて、四階目に腰を折りて潜るべき程の戸あり。少女は鏽びたる針金の先きを捩ぢ曲げたるに、手を掛けて強く引きしに、中には②咳枯れたる③老媼の声して、「誰ぞ」と問ふ。エリス帰りぬと答ふる間もなく、戸をあらゝかに引開けしは、半ば白みたる髪、悪しき④相にはあらねど、貧苦の⑤痕を⑥額に印せし面の老媼にて、古き⑦獣綿の衣を着、汚れたる上靴を⑧穿きたり。エリスの余に会釈して入るを、かれは待ち兼ねし如く、戸を⑨劇しく⑩たて切りつ。

余は暫し⑪茫然として立ちたりしが、ふと油灯の光に⑫透して戸を見れば、エルンスト、ワイゲルトと漆⑬もて書き、下に⑭仕立物師と⑮注したり。これ⑯すぎぬといふ少女が父の名なるべし。内には言ひ争ふごとき声聞えしが、又静になりて戸は再び明きぬ。さきの老媼は⑰慇懃に⑱おのが無礼の振舞せしを詫びて、余を迎へ入れつ。戸の内は⑲厨にて、右手の低き窓に、真白に洗ひたる麻布を懸けたり。左手には粗末に積上げたる煉瓦の竈あり。正面の一室の戸は半ば開きたるが、内には白布を⑳掩へる㉑臥床あり。伏したるはなき人なるべし。竈の側なる戸を開きて余を導きつ。この処は㉒所謂「マンサルド」の㉓街に面したる一間なれば、天

① これを上ぼりて
② しはがれたる
③ 「エリス帰りぬ」
④ 此時に心づきて戸の面てを見れば

を擡け又た始めてわれを見たるが如く耻ぢて我側を飛びのきつ

人の見るが厭はしさに早足に行く少女の跡に附きて寺の筋向ひなる大戸を入れば欠け損じたる石の梯あり、①これを上ほりて四階目に腰を折りて潜るべき程の戸あり少女は鏽びたる針金の先きを捩ぢ曲げたるに手を掛けて強く引きしに中より②しわがれたる老媼の声して「誰ぞ」と問ふ③エリス帰りぬと答ふる間もなく戸をあらゝかに引開けしは半ば白みたる髪、悪しき相にはあらねど貧苦の痕を額に印せし面の老媼にて古き獣綿の衣を着、汚れたる上靴を穿きたりエリスの余に会釈して入るを彼れは待ち兼ねし如く戸を劇しくたて切りぬ

余は暫し呆然として立ちたりしが④ふと油燈の光に透して戸を見ればエルンスト、ワイゲルトと漆もて書き下に仕立物師と注したり、これすぎぬといふ少女が父の名なるべし内には言ひ争ふ如き声聞えしが又た静かになりて戸は再たび明きつ、さきの老媼は慇懃におのが無礼の振舞せしを詫びて余を迎へ入れぬ戸の内は厨にて右手の低き窓に真白に洗ひたる麻布を懸け左には粗末に積上げたる煉瓦の竈あり正面の一室の戸は半ば開きたるが内には白布を掩ひし臥床あり伏したるはなき人なるべし竈の側なる戸を開きて余を導きぬ、この処は所謂「マンサルド」の街に面したる一間なれば天↓

① 屋根を支える建材
② ベッド
③ 「desk」か
④ 毛氈
⑤ 陶製の花瓶
⑥ きわだって
⑦ 色を表面に出している
⑧ いかにも細く
⑨ まさか。絶対に
⑩ 「愛し」の対義語
⑪ 「おはす」の四段活用の僅少例
⑫ 支配人
⑬ 雇用される人
⑭ なんなく
⑮ 悲しみ
⑯ 分割して
⑰ 仮に…しても
⑱ ないならば
⑲ 人に媚びへつらう態度
⑳ ポケット
㉑ 苦痛を我慢して切り抜け
㉒ 代価

井もなし。隅の屋根裏より窓に向ひて斜に下れる梁①を、紙にて張りたる下の、立たば頭の支ふべき処に臥床②あり。中央なる机③には美しき氈④を掛けて、上には書物一二巻と写真帖とを列べ、陶瓶⑤にはこゝに似合はしからぬ価高き花束を生けたり。そが傍に少女は羞を帯びて立てり。

彼は優れて⑥美なり。乳の如き色の顔は灯火に映じて微紅を潮し⑦たり。手足の繊く⑧裊なるは、貧家の女に似ず。老媼の室を出でし跡にて、少女は少し訛りたる言葉にて云ふ。「許し玉へ。君をこゝまで導きし心なさを。君は善き人なるべし。我をばよも⑨憎み⑩玉はじ。明日に迫るは父の葬、たのみに思ひしシヤウムベルヒ、君は彼を知らでやおはさん⑪。彼は「ヰクトリア」座の座頭⑫なり。彼が抱へ⑬となりしより、早や二年なれば、事なく⑭我等を助けんと思ひしに、人の憂⑮に附けこみて、身勝手なるいひ掛けせんとは。我を救ひ玉へ、君。金をば薄き給金を拆きて⑯還し参らせん。縦令⑰我身は食はずとも。それもならずば⑱母の言葉に。」彼は涙ぐみて身をふるはせたり。その見上げたる目には、人に否とはいはせぬ媚態⑲あり。この目の働きは知りてするにや、又自らは知らぬにや。

我が隠し⑳には二三「マルク」の銀貨あれど、それにて足るべくもあらねば、余は時計をはづして机の上に置きぬ。「これにて一時の急を凌ぎ㉑玉へ。質屋の使のモンビシユウ街三番地にて太田と尋ね来ん折には価㉒を取らすべきに。」

①　斜に降れる
②　余の入りしとき紅を潮しぬ
③　※ここで改行
④　拆きて
⑤　否とはいはせぬ

井もなし隅の屋根裏より窓に向ひて①斜に下れる梁を厚紙にて張りし下の立たば頭の支ゆべき処に臥床あり中央なる机には美しき氈を掛けて上には書物一二巻と写真帖とを列べ陶瓶には――こゝに似合はしからぬ――価高き花束を生けたり、そが傍に少女は羞を帯びて立てり

彼は優れて美なり乳の如き色の顔は灯火に映じて②微紅を潮しぬ手足の繊く裊かなるは貧家の女に似ず老媼の室を出でし跡にて少女は少しく訛りたる言葉にて云ふ③「許し玉へ、君をこゝまで導きし心なさを、――君は善き人なるべし我をばよも憎み玉はじ――明日に迫るは父の葬ひ、頼みに思ひしシヤウムベルヒ――君は彼を知らでやおはさん、彼は「ヴイクトリヤ」座の座頭らなり――彼が抱えとなりしより早や二年なれば事なく我等を助けんと思ひしに、人の憂ひに附けこみて身勝手なるいひ掛けせんとは――我を救ひ玉へ、君、――金をば薄き給金を④析きて還し参らせん、縦令ひ我身は食はずとも――それもならずは母の言葉に――」彼は涙ぐみて身をふるはせたり、その見上げたる目には男に⑤否とはいハせぬ媚態あり、この目の働きは知りてするにや又た自らは知らぬにや我隠しには二三「マルク」の銀貨あれどそれにて足るべくもあらねば余は時計をはづして机の上に置き【改行】「これにて一時の急を凌ぎ玉へ、質屋の使のモンビシユー街三番地にて太田と尋ね来ん折には価を取らすべきに」

① (涙を) 流しかけた
② どのような
③ 悪い結果のもととなる原因
④ お礼をしよう
⑤ 仮住まい
⑥ 一日中
⑦ じっと動かずに座る
⑧ しだいに
⑨ 頻繁に
⑩ しだいに…していく。「もて」は接頭語
⑪ 同じ日本人
⑫ 早合点
⑬ 男と女の情欲
⑭ あさる
⑮ 判断材料となる知識が不足している
⑯ 喜びと楽しみ
⑰ 指さす
⑱ 慎まなければならないこと
⑲ 事件・スキャンダル
⑳ 知らせた
㉑ そうでさえなくて
㉒ たいへん
㉓ 分かれ道
㉔ 「解き」のイ音便
㉕ 上位者からの命令

少女は驚き感ぜしさま見えて、余が辞別のために出したる手を唇にあてたるが、はら〳〵と落つる熱き涙を我手の背に濺ぎつ①。

嗚呼、何等②の悪因③ぞ。この恩を謝せん④とて、自ら我僑居⑤に来し少女は、ショオペンハウエルを右にし、シルレルを左にして、終日⑥兀坐⑦する我読書の窓下に、一輪の名花を咲かせてけり。この時を始として、余と少女との交漸く⑧繁く⑨なりもて行き⑩て、同郷人⑪にさへ知られぬれば、彼等は速了⑫にも、余を以て色⑬を舞姫の群に漁する⑭ものとしたり。われ等二人の間にはまだ痴騃⑮なる歓楽⑯のみ存じたりしを。

その名を斥さん⑰は憚⑱あれど、同郷人の中に事を好む人⑲ありて、余が屢々芝居に出入して、女優と交るといふことを、官長の許に報じつ⑳。さらぬだに㉑余が頗㉒る学問の岐路㉓に走るを知りて憎み思ひし官長は、遂に旨を公使館に伝へて、我官を免じ、我職を解い㉔たり。公使がこの命㉕を伝ふる時余に謂ひしは㉖、御身㉗若し即時に郷に帰らば、路用㉘を給すべけれど、若し猶こゝに在らんには、公㉙の助㉚をば仰ぐべからずとのことなりき。余は一週日の猶予を請ひて、とやかう㉛と思ひ煩ふうち、我生涯にて尤も㉜悲痛を覚えさせたる二通の書状に接しぬ。この二通は殆ど同時にいだしゝものなれど、一は母の自筆、一は親族なる某㉝が、母の死を、我がまたなく慕ふ母の死を報じたる書なりき。余は母の書中の言をこゝに

㉖ 述べた（こと）
㉗ 軽度の敬意を含んだ二人称
㉘ 旅費
㉙ 日本政府
㉚ 援助
㉛「とやかく」のウ音便
㉜「最」に同じ
㉝ 人物を曖昧に言う代名詞

---

① 何等の悪因縁ぞ、
② 絆纏を給す
③ 同時に郷を発したる

少女は驚き感ぜしさま見えて余が辞別のために出したる手を唇にあてたるが、はら〳〵と落つる熱き涙を我手の背に濺ぎぬ

嗚呼、①何等の悪因ぞこの恩を謝せんとて自ら我僑居に来し少女はショッペンハウエルを右にしシルレルを左にして終日兀坐する我読書の窓下に一輪の名花を咲かせてけり、この時を始めとして余と少女との交際は漸く繁くなりもて行きて同郷人にさへ知られ彼等は速了にも余を以て色を舞姫の群に漁するものとしたり、われ等二人の間にはまだ痴騃なる歓楽のみ存じたるを

その名を斥さんは憚あれど同郷人の中に事を好む人ありて余が屢々芝居に出入して女優と交るといふことを官長の許に報じぬ、さらぬだに余が頗る学問の岐路に走るを知りて憎み思ひし官長は遂に旨を公使館に伝へて我官を免じ我職を解きにき公使が此命を伝ふる時、余に謂ひしは若し即時に郷に帰らば②路用を給すべけれど若し猶ほこゝに在らんには公けの助けをば仰ぐべからずとの事なりき余は一週日の猶予を請ひて、かにかくと思ひ煩ふうち我生涯にて尤も悲痛を覚えさせたる二通の書状に接しぬ、この二通は殆ど③同時に発したるものなれど一は母の自筆、一は親族なる某が——母の死を、我がまたなく慕ふ母の死を報じたる書なりき余は母の書中の言をこゝに↓

反覆するに堪へず、涙の迫り来て筆の運を妨ぐればなり。

余とエリスとの交際は、この時までは①余所目に見るより②清白なりき。彼は父の貧きがために、充分なる教育を受けず、十五の時舞の師の③つのりに④応じて、この恥づかしき⑤業を教へられ、「クルズス」果てゝ後、「ヰクトリア」座に出でゝ、今は場中第二の地位を占めたり。されど詩人ハツクレンデルが当世の奴隷といひし如く、⑥はかなきは舞姫の身の上なり。薄き給金にて繋がれ、昼の⑦温習、夜の舞台と⑧緊しく使はれ、芝居の化粧部屋に入りてこそ紅粉をも粧ひ、美しき衣をも纏へ、場外にてはひとり身の衣食も⑨足らず勝なれば、⑩親腹からを養ふものはその⑪辛苦⑫奈何ぞや。されば彼等の仲間にて、⑬賤しき限りなる⑭業に⑮堕ちぬは稀なりとぞいふなる。エリスがこれを⑯遁れしは、おとなしき性質と、⑰剛気ある父の守護とに依りてなり。彼は幼き時より物読むことをば⑱流石に好みしかど、手に入るは卑しき「コルポルタアジユ」と唱ふる貸本屋の小説のみなりしを、余と⑲相識る頃より、余が借しつる⑳書を読みならひて、漸く㉑趣味をも知り、言葉の訛をも正し、いくほどもなく余に寄するふみにも誤字少なくなりぬ。㉒かゝれば余等二人の間には先づ師弟の交りを生じたるなりき。我が㉓不時の免官を聞きしときに、彼は㉔色を失ひつ。余は彼が㉕身の事に関りしを包み隠しぬれど、彼は余に向ひて母にはこれを秘め玉へと云ひぬ。こは母の余が学資を失ひしを知りて

① 他人の目
② 清らか
③ 募集
④ 応募して
⑤ 仕事
⑥ 頼るものなく弱々しい感じ
⑦ レッスン・おさらい
⑧ 余裕がなく厳しく
⑨ 不足することが多い傾向
⑩ 親兄弟
⑪ 辛さや苦しさ
⑫ どうであろうか
⑬ 下品な
⑭ 職業
⑮ 堕落しない
⑯ 逃れた（わけ）
⑰ 強固な意志
⑱ やはり
⑲ 互に相手を知る
⑳ 書物
㉑ よいものをよいと感じること
㉒ こんなわけだから
㉓ 思いもかけない
㉔ 顔色
㉕ 自分

① 反復するに堪へす
② 妨ぐればなり
③ ※ここで改行

①反覆するに堪へず、涙の迫り来て筆の運びを②妨ぐればなり、余とエリスとの交際はこの時までは余所目に見るより清白なりき、彼は父の貧きがために充分なる教育をば受けず十五の時に舞ひの師の募りに応じてこの耻づかしき業を教へられ「クルズス」果てゝ後「ヴイクトリヤ」座に出でゝ今は場中第二の地位を占めたり、されど詩人ハツクレンデルが当世の奴隷といひし如く果なきは舞姫の身の上なり薄き給金にて繋がれ昼の温習、夜の舞台と緊しく使はれ芝居の化粧部屋に入りてこそ紅粉をも粧ひ美しき衣裳をも纏へ場外にてはひとり身の衣食も足らず勝ちなれば親腹からを養ふものはその辛苦奈何にぞや、されば彼等の仲間にて賤しき限りなる業に堕ちぬは稀なりとぞいふなるエリスがこれを遁れしはおとなしき性質と剛気ある父の守護とに依りてなり彼は幼き時より物読むことをば流石に好みしかど手に入るは卑しき「コルポルタージユ」と唱ふる貸本屋の小説のみなりしを余と相識る頃より余が借したる書を読みならひて漸く趣味をも知り言葉の訛りをも正し幾ほどもなく余に寄するふみにも誤字少なくなりぬ、かゝれば余等二人の間には先づ師弟の交りを生じたるなりき③我不時の免官を聞きしときに彼は色を失ひぬ、余は彼が身のこの事に関りしを包み隠したれど、――彼は余に向ひて母にはこれを秘め玉へと云ひぬ、こは母の余が学資を失ひしを知りて↓

① 忌避する
② 詳細に
③ 描写する
④ ほんとうに
⑤ 生存か滅亡かのせとぎわのとき
⑥ 人の悪口を言う
⑦ 不運
⑧ かわいそうに思い
⑨ 胸に染み込むような思い
⑩ うっとりしている間
⑪ どのように
⑫ 運命
⑬ ここは日本
⑭ 悪い評判
⑮ 逆境から脱出する
⑯ 川の水藻の浅い場所
⑰ そうだから
⑱ 手段
⑲ いっしょに行く連れ
⑳ 「伯」は伯爵の略
㉑ 政治家などの側で事務等を扱う人
㉒ 官職を罷免すること
㉓ 政府の公事広報用日刊紙
㉔ 言い知らさせる
㉕ 昼食

余を疎んぜん①を恐れてなり。

嗚呼、委く②こゝに写さん③も要なけれど、余が彼を愛づる心の俄に強くなりて、遂に離れ難き中となりしは此折なりき。我一身の大事は前に横りて、洵に④危急存亡の秋⑤なるに、この行ありしをあやしみ、又た誹る⑥人もあるべけれど、余がエリスを愛する情は、始めて相見し時よりあさくはあらぬに、いま我数奇⑦を憐み⑧、又別離を悲みて伏し沈みたる面に、鬢の毛の解けてかゝりたる、その美しき、いぢらしき姿は、余が悲痛感慨⑨の刺激によりて常ならずなりたる脳髄を射て、恍惚⑩の間にこゝに及びしを奈何⑪にせむ。

公使に約せし日も近づき、我命⑫はせまりぬ。このまゝにて郷⑬にかへらば、学成らずして汚名⑭を負ひたる身の浮ぶ⑮瀬⑯あらじ。されば⑰とて留まらんには、学資を得べき手だて⑱なし。

此時余を助けしは今我同行⑲の一人なる相沢謙吉なり。彼は東京に在りて、既に天方伯⑳の秘書官㉑たりしが、余が免官㉒の官報㉓に出でしを見て、某新聞紙の編輯長に説きて、余を社の通信員となし、伯林に留まりて政治学芸の事などを報道せしむる㉔こととなしつ。

社の報酬はいふに足らぬほどなれど、棲家をもうつし、午餐㉕に往く㉖食店をもかへたらんには、微なる㉗暮しは立つべし。兎角㉘思案する程に、心の誠を顕はし㉙

㉖ 目的とする所に向かう
㉗ ほそぼそした
㉘ あれやこれや
㉙ 表に出し

---

① 浅くはあらぬに
② 別離を悲しみて
③ 郷に還らば
④ 官を免ぜられしを聞くと倶に
⑤ 某新聞の編輯長
⑥ こととなしたり
⑦ 社の酬ひ

余を疎んぜんを恐れてなり、嗚呼、委しくこゝに写し出さんも要なけれど余が彼を愛づる心の俄に強くなりて遂に離れ難き中となりしはこの折なりけり我一身の大事は前に横はりて洵に危急存亡の秋なるにこの行ひありしを訝かしみ又た誹る人もあるべけれど余がエリスを愛する情は初めて相見し時より①あさくはあらぬに今我数奇を憐み又た②別離を悲みて伏し沈みたる面てに鬢の毛の解けてかゝりたる、その美しき——いぢらしき姿は余が悲痛、感慨の刺激によりて常ならずなりたる脳髄を射て恍惚の間にこゝに及びしを奈何にせむ

公使に約せし日も近づき我命はせまりぬ、このまゝにて③郷にかへらば学成らずして汚名を負ひたる身の浮ぶ瀬あらじ、さればとて留まらんには学資を得べき手だてなし

此時、余を助けしは今我同行の一人なる相沢謙吉なり彼は東京に在りて既に天方伯の秘書官たりしが余が④免官の官報に出でしを見て⑤某新聞紙の編輯長に説きて余を社の通信員となし伯林に留まりて政治、学芸の事などを報道せしむる⑥こととなしぬ

⑦社の酬いはいふに足らぬほどなれど棲家をも移し午餐に往く食店をもかへたらんには幽かなる暮しは立つべし——兎角思案する程に心の誠を顕はし→

① どのように
② 他家に仮住まいする
③ つらいこと
④ レッスン・おさらい
⑤ そうでない
⑥ 入口の幅
⑦ 入口から奥までの長さ
⑧ 喫茶店のような所か
⑨ （目的地に）向かい
⑩ 截断して開いてある
⑪ 綱を引くことで開閉する窓
⑫ 職業
⑬ 仕事
⑭ こっそり盗んで
⑮ ウエートレス
⑯ ワンカップ
⑰ 片隅
⑱ 行ったり来たりする
⑲ 帰路
⑳ 通過して
㉑ 連れだって
㉒ てのひらの上
㉓ 弱々しく
㉔ 背もたれのあるイス
㉕ 箇条書きの項目
㉖ 異なって
㉗ 活発な

て、助の綱をわれに投げ掛けしはエリスなりき。かれはいかに①母を説き動かしけん、余は彼等親子の家に寄寓する②こととなり、エリスと余とはいつよりとはなしに、有るか無きかの収入を合せて、憂きがなかにも③楽しき月日を送りぬ。

朝の咖啡果つれば、彼は温習④に往き、さらぬ⑤日には家に留まりて、余はキヨオニヒ街の間口⑥せまく奥行⑦のみいと長き休息所⑧に赴き⑨、あらゆる新聞を読み、鉛筆取り出でゝ彼此と材料を集む。この截り開きたる⑩引窓⑪より光を取れる室にて、定りたる業⑫なき若人、多くもあらぬ金を人に借して己れは遊び暮す老人、取引所の業⑬の隙を偸みて⑭足を休むる商人などと臂を並べ、冷なる石卓の上にて、忙はしげに筆を走らせ、小をんな⑮が持て来る一盞⑯の咖啡の冷むるをも顧みず、明きたる新聞の細長き板ぎれに挿みたるを、幾種となく掛け連ねたるかたへ⑰の壁に、いく度となく往来する⑱日本人を、知らぬ人は何とか見けん。又一時近くなるほどに、温習に往きたる日には返り路⑲によぎりて⑳、余と倶に㉑店を立出づるこの常ならず軽き、掌上㉒の舞をもなしえつべき少女を、怪み見送る人もありしなるべし。

我学問は荒みぬ。屋根裏の一灯微に㉓燃えて、エリスが劇場よりかへりて、椅㉔に寄りて縫ものなどする側の机にて、余は新聞の原稿を書けり。昔しの法令条㉕目の枯葉を紙上に掻寄せしとは殊にて㉖、今は活発々たる㉗政界の運動㉘、文学美術

㉘　目的ある活動

①　間口狭く
②　休息所に赴きて
③　材料を集む、
④　遊び暮らす老人
⑤　倚子に倚り首をうな垂れて
⑥　搔き寄せしとはことにて

て助けの綱を余に投げ掛けたるはエリスなりき、かれはいかに母を説き動かしけん余は彼等親子の家に寄寓することとなりエリスと余とはいつの間にか有るか、なきかの財産を合して憂きがなかにも楽しき月日を送りぬ

朝の咖啡果つれば彼は温習に往き、さらぬ日には家に留まりて余はキヨーニヒ街の①間口せまく奥行のみいと長き②休息所に赴きあらゆる新聞を読み鉛筆取り出でゝ彼此と③材料を集むこの截り開きたる引窓より光を取れる室にて定りたる業なき若人、多くもあらぬ金を人に借しておのれは④遊び暮す老人、取引所の業の隙を偸みて足を休むる商人などと臂を並べ冷かなる石卓の上にて忙はしげに筆を走らせ小おんなが持て来し一盞の咖啡の冷むるをも顧みず明きたる新聞の細長き板ぎれに挿みしを幾種ともなく掛け連ねたるかたへの壁にいく度となく往来する日本人を知らぬ人は何とか見けん又た一時近くなる頃には温習に往きたる日には返り路によぎりて余と倶に店を立出づるこの常ならず軽き——掌上の舞をもなしえぬべき少女を怪しみ見送る人もありしなるべし

我学問は荒みぬ屋根裏の一灯幽かに燃えてエリスが⑤劇場より帰りて椅に寄りて縫ものなどする側の机にて余は新聞の原稿を書けり昔しの法令条目の枯葉を紙上に⑥搔寄せしとは殊にて今は活発々たる政界の運動、文学、美術↓

① 構成し
② 文章
③ 皇帝の死去
④ とりわけて
⑤ 詳細な
⑥ そうだから
⑦ 開いて読み
⑧ かつての学問研究
⑨ 探求する
⑩ 削除されないけれど
⑪ 困難であるので
⑫ 講座
⑬ 物事の本質を見抜く総合的な力
⑭ 多く身につけた
⑮ どうして
⑯ 一般に
⑰ 新聞・雑誌等を媒体とする学問
⑱ 社会一般に広まっている
⑲ 及ぶ
⑳ 散らばって見える
㉑ たいそう
㉒ ハイレベルである
㉓ 足しげく
㉔ 「一隻眼」で本質を見抜く力

に係る新現象の批評など、彼此と結びあはせて、力の及ばん限り、ビヨルネよりは寧ろハイネを学びて思を構へ[1]、様々の文[2]を作りし中にも、引続きて維廉一世と仏得力三世との崩殂[3]ありて、新帝の即位、ビスマルク侯の進退如何などの事に就ては、故らに[4]詳かなる[5]報告をなしき。されば[6]この頃よりは思ひしよりも忙はしくして、多くもあらぬ蔵書を繙き[7]、旧業[8]をたづぬる[9]ことも難く、大学の籍はまだ刪られねど[10]、謝金を収むることの難ければ[11]、唯ゞ一つにしたる講筵[12]だに往きて聴くことは稀なりき。

我学問は荒みぬ。されど余は別に一種の見識[13]を長じき[14]。そをいかにと[15]いふに、凡そ[16]民間学[17]の流布したる[18]ことは、欧州諸国の間にて独逸に若く[19]はなからん。幾百種の新聞雑誌に散見する[20]議論には頗る[21]高尚なる[22]も多きを、余は通信員となりし日より、曾て大学に繁く[23]通ひし折、養ひ得たる一隻の眼孔[24]もて、読みては又読み、写しては又写す程に、今まで一筋の道をのみ走りし知識は、自ら総括的になりて、同郷の留学生などの大かたは、夢にも知らぬ境地に到りぬ。彼等の仲間には独逸新聞の社説[25]をだに善くはえ読まぬがあるに。

明治廿一年の冬は来にけり。表街[26]の人道にてこそ沙をも蒔け[27]、鍤[28]をも揮へ[29]、クロステル街のあたりは凸凹坎坷[30]の処は見ゆめれど[31]、表のみは一面に氷りて、朝に戸を開けば飢ゑ凍えし雀の落ちて死にたるも哀れなり。室を温め、竈[32]に火

㉕ 自社の主張を述べた新聞論説
㉖ 大通りに面した街
㉗ 散布し
㉘ スコップ
㉙ 振り動かし
㉚ 進行が困難なこと
㉛ …ように見える
㉜ 煮炊き用のへっつい

① 唯た一つにしたる
② 往いて
③ え読まぬがあるに、

に係る新現象の批評など彼此と結びあはせて力の及ばん限り――ビヨルネよりは寧ろハイゼを学びて――思ひを構へ様々の文を作りし中にも引続きて維廉一世と仏得力三世との崩殂ありて新帝の即位、ビスマルク侯が進退如何などの事に就ては故らに詳かなる報告を送りぬされはこの頃よりは思ひしよりも忙はしくて多くもあらぬ蔵書を繙き旧業をたづぬることも難く大学の籍はまだ刪られねど謝金を収むることの難ければ①唯だ一つにしたる講筵だに②往きて聴くは稀なりき

我学問は荒みぬ、されど余は別に一種の見識を長じにき、そをいかにといふに凡そ民間学の流布したることは欧州諸国の間にて独逸に若くはなからん幾百種の新聞雑誌に散見する議論には頗る高尚なるも多きを余は通信員となりし日より曾て大学に繁く通ひし折、養ひ得たる一隻の眼孔にて読みては又た読み写しては又た写す程に今まで一筋の道をのみ走りし知識は自ら綜括的となりて同郷の留学生などの大かたは夢にも知らぬ境地に到りぬ、彼等の仲間には独逸新聞の社説をだに善くは③え読まぬがあるに――

明治二十一年の冬は来にけり表街の人道にてこそ沙をも捲け鍤をも揮へクロステル街のあたりは凸凹坎坷の処は見ゆめれど表てのみは一面に氷りて朝に戸を開けば飢ゑ凍えし雀の落ちて死にたるも哀れなり室を温め竈に火↓

を①焚きつけても、壁の石を②徹し、衣の綿を③穿つ北欧羅巴の寒さは、④なかなかに⑤堪へがたかり。エリスは二三日前の夜、舞台にて⑥卒倒しつとて、人に⑦扶けられて帰り来しが、それより心地あしとて休み、もの食ふごとに吐くを、悪阻といふものならんと始めて心づきしは母なりき。嗚呼、⑧さらぬだに⑨覚束なきは我身の行末なるに、若し真なりせばいかに⑩せまし。

今朝は日曜なれば家に在れど、心は楽しからず。エリスは床に臥すほどにはあらねど、小き鉄炉の⑪畔に椅子さし寄せて言葉⑫寡し。この時戸口に人の声して、⑬程なく⑭庖厨にありしエリスが母は、郵便の書状を持て来て余にわたしつ。見れば見覚えある相沢が⑮手なるに、郵便切手は普魯西のものにて、消印には伯林とあり。⑯訝りつゝも⑰披きて読めば、⑱とみの事にて予め知らするに⑲由なかりしが、昨夜こゝに着せられし天方大臣に附きてわれも来たり。伯の汝を⑳見まほしとのたまふに㉑疾く来よ。汝が名誉を㉒恢復するも此時にあるべきぞ。心のみ急がれて用事をのみいひ遣るとなり。読み畢りて㉓茫然たる㉔面もちを見て、エリス云ふ。「㉕故郷よりの㉖文なりや。悪しき便にては㉗よも。」彼は例の新聞社の㉘報酬に関する書状と思ひしならん。「否、心に㉙な掛けそ。㉚おん身も名を知る相沢が、大臣と㉛倶にこゝに来てわれを呼ぶなり。急ぐといへば今より㉜こそ。」

かはゆき独り子を出し遣る母もかくは心を用ゐじ。大臣に㉝まみえもやせんと

① もやしつけても
② 貫き通し
③ 貫く
④ 非常に
⑤ 補助形容詞の補助活用
⑥ 意識を失って倒れた
⑦ 援助されて
⑧ そうでなくてさえ
⑨ 心細くて不安なのは
⑩ 上の「せば」を受ける
⑪ かたわら
⑫ 「少し」に同じ
⑬ まもなく
⑭ 勝手場
⑮ 筆跡
⑯ 不思議に思いながら
⑰ 開け広げて
⑱ 急のこと・突然のこと
⑲ 手段・方法
⑳ …たい。希望を表す
㉑ 早く
㉒ 元の状態に戻す
㉓ 気の抜けた状態にある
㉔ 顔つき
㉕ ここは日本
㉖ 手紙
㉗ まさか

㉘ いつもの
㉙ 「な…そ」で穏やかな禁止を表す
㉚ 軽度の敬意を含む二人称
㉛ 一緒に
㉜ 後に「行け」を省略
㉝ お目にかかり

---

① 言葉寡なし
② 拆きて読めば
③ 急がれて

を焚きつけても壁の石に徹し衣の綿を穿つ北欧羅巴の寒さはなか〱に堪へがたかりエリスは二三日前の夜、舞台にて卒倒せしとて人に扶けられて帰り来つ、それより心地悪しとて休みしが食ふごとに吐くを悪阻といふものならんと始めて心づきしは母なりき――嗚呼、さらぬだに覚束なきは我身の行末なるに若し真なりせばいかにせまし

今朝は日曜なれば家に在れど心は楽しからずエリスは床に臥すほどにはあらねど小さき鉄炉の畔に椅子さし寄せて①言葉寡し、この時戸口に人の声して程なく庖厨にありしエリスが母は郵便の書状を持て来て余にわたしぬ、見れば見覚えある相沢が手なるに郵便切手は普魯西のものにて消印には伯林とあり訝かりながら②披きて読めば頓みの事にて予め知らすに由なかりしが昨夜こゝに着せられし天方大臣に跟きてわれも来たり伯の汝を見まほしとのたまふに疾く来よ、汝が名誉を恢復するも此時にあるべきぞ心のみ③急がれて用事をのみいひ遣るとなり読み畢りて茫然たる面もちを見てエリスは「故郷よりのふみなりや、悪しき便にてはよも――」彼は例の新聞社の報酬に関する書状と思ひしならん「否、心にな掛けそ、おん身も名を知る相沢が大臣と倶にこゝに来てわれを呼ぶなり急ぐといへば今よりこそ」

かはゆき独り子を出し遣る母もかくは心を用ゐじ、大臣にまみえもやせんと↓

思へばならん、エリスは病をつとめて①起ち、上襦袢②も極めて白きを撰び、丁寧にしまひ置きし「ゲエロツク」といふ二列ぼたんの服を出して着せ、襟飾り③さへ余が為めに手づから④結びつ。

「これにて見苦しとは誰れも得言はじ⑤。我鏡に向きて見玉へ。何故にかく不興⑥なる面もち⑦を見せ玉ふか。われも諸共に⑧行かまほしき⑨を。」少し容⑩をあらためて。「否、かく⑪衣を更め⑫玉ふを見れば、何となくわが豊太郎の君とは見えず。」又た少し考へて。「縦令⑬富貴になり玉ふ日はありとも、われをば見棄て玉はじ。我病は母の宣ふ⑭如くならずとも。」

「何、富貴。」余は微笑しつ。「政治社会などに出でんの望みは絶ちしより幾年をか経ぬるを⑮。大臣は見たくもなし。唯年久しく別れたりし友にこそ逢ひには行け。」エリスが母の呼びし一等「ドロシユケ」は、輪下⑯にきしる⑰雪道を窓の下まで来ぬ。余は手袋をはめ、少し汚れたる外套を背に被ひ⑱て手をば通さず帽を取りてエリスに接吻して楼を下りつ。彼は凍れる窓を明け、乱れし髪を朔風⑲に吹かせて余が乗りし車を見送りぬ。

余が車を下りしは「カイゼルホオフ」の入口なり。門者⑳に秘書官相沢が室の番号を問ひて、久しく踏み慣れぬ大理石の階㉑を登り、中央の柱に「プリユツシユ」を被へる㉒「ゾフア」を据ゑつけ、正面には鏡を立てたる前房㉓に入りぬ。外

① 努力して
② ワイシャツ
③ ネクタイ
④ 自分の手で
⑤ 言えまい
⑥ 機嫌が良くない
⑦ 顔つき
⑧ 一緒に
⑨ …たい
⑩ すがたかたち
⑪ こうして
⑫ 着替える
⑬ 下に「とも」を伴い、仮に…ても
⑭ おっしゃる
⑮ …のにな
⑯ 車輪の下
⑰ 固い物と固い物とが擦れあって音を出す
⑱ かぶる
⑲ 北風
⑳ ホテルの入口担当のボーイ
㉑ 階段
㉒ かぶせる
㉓ ロビーとする説と控え室とする説とある

①　病ひをつとめて起ち
②　少し真面目になりて
③　かく形を改め玉ふ
④　宣ふごとく
⑤　唯だ年久しく
⑥　プリユシユ

思へばならんエリスは①病をつとめて起ち上襦袢も極めて白きを撰び丁寧にしまひ置きし「ゲーロツク」といふ二列ぼたんの服を出して着せ襟飾りさへ余が為めに手づから結びぬ

「これにて見苦しとは誰れも得言はじ我鏡に向きて見玉へ――何故にかく不興気なる面もちを見せ玉ふか――われも諸共に行きたきを」②少し容をあらためて「否、③かく衣を更め玉ふを見れば何となくわが豊太郎の君とは見えず」又た少し考へて「縦令富貴になり玉ふ日はありともわれをば見棄て玉はじ、我病は母の④宣ふ如くならずとも」

「何、富貴」余は微笑したり「政治社会などに出でんの望みは絶ちしより幾年をか経ぬるを――大臣は見たくもなし⑤唯年久しく別れたりし友にこそ逢ひには行け」エリスが母が呼びし一等「ドロシユケ」は輪下にきしる雪道を窓の下まで来ぬ余は手袋をはめ少し汚れたる外套を背に被ひて手をば通さず帽を取りてエリスに接吻して楼を下りつ彼は凍りし窓を明け乱れし髪を朔風に吹かせて余が乗りし車を見送りぬ

余が車を下りしは「カイゼルホーフ」の入口なり門者に秘書官相沢が室の番号を問ひて久しく踏み慣れぬ大理石の梯を登り中央の柱に⑥「プリユツシユ」を被ひし「ゾフア」を据えつけ正面には鏡を立てたる前房に入りぬ、外↓

套をばこゝにて脱ぎ、廊をつたひて室の前まで往きしが、余は少し躑躅したり①。同じく大学に在りし日に、余が品行②の方正なる③を激賞した④る相沢が、けふは怎なる⑤面もちして⑥出迎ふらん。室に入りて相対して見れば、形こそ旧に比ぶれば肥えて逞ましくなりたれ、依然たる快活⑦の気象⑧、我失行⑨をもさまで⑩意に介せざりき⑪と見ゆ。別後の情を細叙する⑫にも遑あらず⑬、引かれて⑭大臣に謁し⑮、委托せられし⑯は独逸語にて記せる文書の急を要するを翻訳せよとの事なり。余が文書を受領して⑰大臣の室を出でし時、相沢は跡より来て余と午餐⑱を共にせんといひぬ。

食卓にては彼多く問ひて、我多く答へき。彼が生路⑲は概ね平滑なりし⑳に、轗軻㉑数奇㉒なるは我身の上なりければなり。

余が胸臆㉓を開いて物語りし不幸なる閲歴㉔を聞きて、かれは屢々驚きしが、なか〱に㉕余を譴めん㉖とはせず、却りて他の凡庸なる㉗諸生輩を罵りき。されど物語の畢りしとき、彼は色を正して㉘諫むるやう、この一段㉙のことは素と㉚生れながらなる弱き心より出でしなれば、今更に言はんも甲斐なし㉛。とはいへ、学識あり、才能あるものが、いつまでか一少女の情にかゝづらひて㉜、目的なき生活をなすべき。今は天方伯も唯だ独逸語を利用せんの心のみなり。おのれも亦伯が当時の免官の理由を知れるが故に、強て其成心㉝を動かさんとはせず、伯が心中

① 一時前進を中止した
② 日ごろの行状
③ 行動が正しい
④ たいへんほめ
⑤ どのような
⑥ 顔つきをして
⑦ いたって元気なこと
⑧ 気性
⑨ してはいけない行動
⑩ それほど
⑪ 「意に介せず」で全然気にしない
⑫ 詳しく話す
⑬ 時間・ひま
⑭ 引っぱられて
⑮ 謁見し
⑯ 文書処理を依頼された
⑰ 受け取って
⑱ 昼食
⑲ 生きてきた道
⑳ 平穏でなめらかだった
㉑ 人生が思いどおりにならない
㉒ 運に恵まれない
㉓ 心の奥底
㉔ 経験の足跡
㉕ すぐには

㉖ とがめよう
㉗ 平凡な
㉘ 顔つき
㉙ 話の一くぎり
㉚ 元来
㉛ 無駄である
㉜ こだわって
㉝ 先入観

① 基きたる

套をばこゝにて脱ぎ廊をつたひて室の前まで往きしが余は少し踟躕したり同じく大学に在りし日に余が品行の方正なるを激賞したる相沢がけふは奈なる面もちして出迎ふらん――室に入りて相対して見れば形こそ旧に比ぶれば肥えて逞ましくなりたれ依然たる快活の気象、我失行をもさまで意に介せざりしと見ゆ別後の情を細叙するにも遑あらず引かれて大臣に謁し委托せられしは独逸語にて記せる文書の急を要するを翻訳せよとの事なり余が文書を受領して大臣の室を出でし時、相沢は跡より来て余と午餐を共にせんといひぬ

食卓にては彼れ多く問ひて我れ多く答へぬ彼が生路は概ね平滑なりしに轗軻数奇なるは我身の上なりければなり

余が胸臆を開いて物語りし不幸なる閲歴を聞きて、かれは屢々驚きしがなか〳〵に余を譴めんとはせず却りて他の凡庸なる諸生輩を罵りぬ、されど物語りの畢りしとき彼は色を正して諫むるやう、この一段の事は素と生れながらなる心に[①]基したるなれば今更に言はんも甲斐なし、とはいへ学識あり才能あるものがいつまでか一少女の情にかゝつらひて目的なき生活をなすべき今は天方伯も唯だ独逸語を利用せんの心のみなり己れも亦た伯が当時の免官の理由を知れるが故に強て其成心を動かさんとはせず伯が目中↓

にて曲庇者①なりなんど②思はれんは、朋友に利なく、おのれに損あればなり。人を薦むるは先づ其能③を示すに若かず④。これを示して伯の信用を求めよ。又彼少女との関係は、縦令彼に誠ありとも、縦令情交⑤は深くなりぬとも、人材を知りてのこひにあらず、慣習といふ一種の惰性より生じたる交なり。意を決して断てと。是れその言のおほむねなりき。

大洋に舵を失ひしふな人が、遙なる山を望む如きは、相沢が余に示したる前途の方鍼⑥なり。されどこの山は猶ほ重霧⑦の間に在りて、いつ往きつかんも、否、果して往きつきぬとも、我中心に満足を与へんも定かならず。貧きが中にも楽しきは今の生活、棄て難きはエリスが愛。わが弱き心には思ひ定めんよしなかりしが、姑く⑧友の言に従ひて、この情縁⑨を断たんと約しき。余は守る所を失はじと思ひて、おのれに敵するものには抗抵⑩すれども、友に対して否とはえ⑪対へ⑫ぬが常なり。

別れて出づれば風面⑬を撲て⑭り。二重の玻璃窓を緊しく⑮鎖して、大いなる陶炉に火を焚き⑯たる「ホテル」の食堂を出でしなれば、薄き外套を透る⑰午後四時の寒さは殊さらに⑱堪へ難く⑲、膚粟立つ⑳と共に、余は心の中に一種の寒さを覚えき。

翻訳は一夜になし果てつ。「カイゼルホオフ」へ通ふことはこれより漸く㉑繁くなりもて行く㉒程に、初めは伯の言葉も用事のみなりしが、後には近比故郷㉓に

① 意識的に事実を曲げて近しい他人を庇う人
② 「など」に同じ
③ 才能・能力
④ こしたことはない
⑤ 親交
⑥ 行動指針
⑦ 深い霧
⑧ とりあえず
⑨ 男女の縁
⑩ 「抵抗」に同じ
⑪ 「え…打消語」で…ことができない
⑫ 返答し
⑬ 顔面
⑭ 殴るように打つ
⑮ ゆるみなくびっしり
⑯ 燃やし
⑰ しみとおる
⑱ 格別
⑲ がまんできなく
⑳ 鳥肌だつ
㉑ しだいに
㉒ しだいにそうなっていく
㉓ ここは日本

① 面てを撲ちぬ
② 硝子窓
③ 膚へ粟立つ

にて曲庇者なりなんど思はれんは朋友に利なく己れに損あればなり人を薦むるは先づ其能を示すに若かずこれを示して伯の信用を求めよ又た彼少女との関係は縦令ひ彼に誠ありとて、縦令ひ情交は深くなりしとて人材を知りての恋にあらず慣習といふ一種の惰性より生じたる交りなり意を決して断てと、是れその言のあらましなりき

大洋に舵を失ひし舟人が遙かなる山を望む如きは相沢が余に示したる前途の方鍼なり、されどこの山は猶ほ重霧の間に在りて、いつ往きつかんも、否、果して往きつけばとて我中心に満足を与へんも定かならず、貧きが中にも楽しきは今の生活、棄て難きはエリスが愛、わが弱き心には思ひ定めんよしなかりしが姑く友の言に従ひてこの情縁を断たんと約しぬ余は守る所を失はじと思ひて己れに敵するものには抗抵すれども友に対して否とはえ対へぬが常なり

別れて出づれは風は①面を撲ちぬ二重の②がらす窓を緊しく鎖して大いなる陶炉に火を焚きたる「ホテル」の食堂を出でしなれば薄き外套を透る午後四時の寒さは殊さらに堪へ難く③膚、粟立つと共に余は心中に一種の寒さを覚えぬ

翻訳は一夜になし果てつ「カイゼルホーフ」へ通ふことはこれより漸く繁くなりもて行く程に初めは伯の言葉も用事のみなりしが後には近比故郷に↓

① 渡航途中
② 失敗
③ 明朝
④ （目上の自分に）付き従って
⑤ 時間的余裕
⑥ どうして
⑦ だしぬけに
⑧ ごくわずかの時間
⑨ 考慮せず
⑩ 承諾する
⑪ ぼんやりしている状態
⑫ つつみかくし
⑬ たえしのんで
⑭ 代金
⑮ ちょうだいした
⑯ 費用
⑰ もちこたえ
⑱ 言ってよこした
⑲ 理由
⑳ ひどく

てありしことなどを挙げて余が意見を問ひ、折に触れては道中①にて人々の失錯②ありしことどもを告げて打笑ひ玉ひき。

一月ばかり過ぎて、或る日伯は突然われに向ひて。「余は明旦③、魯西亜に向ひて出発すべし。随ひて来べきか④、」と問ふ。余は数日間、かの公務に遑⑤なき相沢を見ざりしかば、此問は不意に余を驚かしつ。「いかで⑥命に従はざらむ。」余は我耻を表はさん。此答はいち早く決断して言ひしにあらず。余はおのれが信じて頼む心を生じたる人に、卒然⑦ものを問はれたるときは、咄嗟⑧の間、その答の範囲を善くも量らず⑨、直ちにうべなふ⑩ことあり。さてうべなひし上にて、その為し難きに心づきても、強て当時の心虚⑪なりしを掩ひ隠し⑫、耐忍して⑬これを実行すること屢々なり。

此日は翻訳の代⑭に、旅費さへ添へて賜はりし⑮を持て帰りて、翻訳の代をばエリスに預けつ。これにて魯西亜より帰り来んまでの費⑯をば支へつ⑰べし。彼は医者に見せしに常ならぬ身なりといふ。貧血の性なりしゆゑ、幾月か心づかでありけん。座頭よりは休むことのあまりに久しければ籍を除きぬと言ひおこせつ⑱。まだ一月ばかりなるに、かく厳しきは故あれば⑲なるべし。旅立の事にはいたく⑳心を悩ますとも見えず。偽りなき我心を厚く信じたれば。

鉄路にては遠くもあらぬ旅なれば、用意とてもなし。身に合せて借りたる黒

①　或る日伯は、
②　彼の公務に
③　エリスに預けぬ、
④　厚く信じたれば、

てありしことなどを挙げて余が意見を問ひ折に触れては道中にて人々の失策ありしことどもを告げて打笑ひ玉ひぬ

一月ばかり過ぎて①或る日、伯は突然と余に向ひて「余は明旦、魯西亜に向ひて出発すべし随ひて来べきや」と問ふ余は数日間、②かの公務に遑なき相沢を見ざりしかば此問は不意に余を驚かしぬ「いかでか命せに従はざらむ」、余は我耻を表はさん、この答はいち早く決断していひしにあらず余は己れが信じて頼む心を生じたる人に卒然と物を問はれたるときは咄嗟の間、その答の範囲を善くも量らず直ちにうべなふことあり、さて諾べなひし上にて、そのなし難きに心づきても強て当時の心虚なりしを掩ひ隠し耐忍してこれを実行すること屢々なり

此日は翻訳の代に旅費さへ添へて賜はりしを持て帰りて翻訳の代をば③エリスに預けぬこれにて魯西亜より帰り来んまでの費をば掩ひつべし彼は医者に見せしに常ならぬ身なりといふ、貧血の性ありしゆゑ幾月か心づかでありけん座頭らよりは休むことの余りに久しければ籍を除きしと言ひおこしぬ——まだ一月ばかりなるにかく厳しきは故あればなるべし旅立の事にはいたく心を悩ますとも見えず、偽りなき我心を④厚く信じたれば、」

鉄路にては遠くもあらぬ旅にしあれば用意とてもなし身にあはせて借りし黒↓

き礼服、新に買求めたる①ゴタ板の魯廷の②貴族譜、二三種の辞書などを、小「カバン」に入れたるのみ。流石に心細きことのみ多きこの程なれば、出で行く跡に残らんも③物憂かるべく、又停車場にて涙こぼしなどしたらんには④影護かるべければとて、翌朝早くエリスをば母につけて知る人⑤がり出しやりつ。余は旅装整へて戸を鎖し、鍵をば入口に住む靴屋の主人に預けて出でぬ。

　魯国行につきては、何事をか⑥叙すべき。わが⑦舌人たる任務は⑧忽地に余を⑨拉し去りて、⑩青雲の上に⑪堕したり。余が大臣の一行に随ひて、ペエテルブルクに在りし間に余を⑫囲繞せしは、巴里絶頂の⑬驕奢を、氷雪の⑭裡に移したる王城の⑮粧飾、⑯故らに⑰黄蝋の燭を幾つ共なく⑱点したるに、幾星の勲章、幾枝の「エポレット」が映射する光、⑲彫鏤の工を⑳尽したる「カミン」の火に寒さを忘れて使ふ宮女の扇の閃きなどにて、この間仏蘭西語を最も㉑円滑に使ふものはわれなるがゆゑに、㉒賓主の間に㉓周旋して事を㉔弁ずるものもまた多くは余なりき。

　この間余はエリスを忘れざりき、否、彼は日毎に書を寄せしかばえ忘れざりき。余が立ちし日には、いつになく独りにて灯火に向はん事の㉕心憂さに、知る人の許にて夜に入るまでもの語りし、疲るゝを待ちて家に㉖還り、直ちにいねつ。次の朝目醒めし時は、猶独り跡に残りしことを夢にはあらずやと思ひぬ。起き出でし時の心細さ、かゝる思ひをば、生計に苦みて、けふの日の食なかりし折

① ゴタ市での出版
② 貴族の人たちに関する説明書
③ つらかろうし
④ 気がかりであろうから
⑤ のもとに
⑥ 叙述する
⑦ 通訳
⑧ すぐさま
⑨ ひっぱって連れ去って
⑩ 高位高官。ここは宮廷
⑪ おとし
⑫ 周囲を取り囲んだ
⑬ ぜいたく
⑭ 内側
⑮ かざり
⑯ 格別に
⑰ 黄色のろうそく
⑱ 明かりをつけ
⑲ 彫刻
⑳ きわめ
㉑ とどこおることなく
㉒ 日本使節とロシア要人
㉓ とりもって
㉔ 処理する
㉕ つらさ
㉖ （以前にいた場所に）戻り

① 巴里絶頂の侈奢
② 猶ほ独り

き礼服、新に買ひ求めし魯廷の貴族譜、二三種の辞書などを小「カバン」に入れしのみ流石に心細きことのみ多きこの程なれば出で行く跡に残らんも物憂かるべく又た停車場にて涙こぼしなどしたらんには影護かるべければとて翌朝、早くエリスをば母につけて知る人の許に出しやりつ余は旅装整へて戸を鎖し鍵をば入口に住む靴屋の主人に預けて出でぬ

魯国行につきては何事をか叙すべき、わが舌人たる務めは忽地に余を載せ去りて青雲の上に堕したり余が大臣の一行に随てペーテルスブルクに在りし間に余を囲繞せしは①巴里絶頂の驕奢を氷雪の裡に移したる王城の粧飾、故らに黄蝋の燭を幾つともなく点したるに幾星の勲章幾枝の「エポレット」が映射する光り、彫鏤の工みを尽せし「カミン」の火に寒さを忘れて使ふ宮女が扇の閃めきなどにてこの間、仏蘭西語を最も円滑に使ふものは余なるがゆゑに賓主の間に周旋して事を弁ずるものもまた多くは余なりき

この間、余はエリスをば忘れざりき、否、彼は日毎に書を寄せしかばえ忘れざりき余が立ちし日にはいつになく独りにて灯火に向はんことの物憂さに知る人の許にて夜に入るまでもの語りし疲るゝを待ちて家に還り直ちに寝ねつ次の朝、目醒めし時は②猶独り跡に残りしことを夢にはあらずやと思ひぬ起き出でし時の心細さ、かゝる思ひをは生計に苦み、けふの日の食なかりし折↓

にもせざりき。これ彼が第一の①書の②略なり。

又③程経ての④ふみは⑤頗る思ひせまりて書きたる如くなりき。⑥文をば否といふ字にて⑦起したり。否、君を思ふ心の深き⑧底をば今ぞ知りぬる。君は⑨故里に頼もしき⑩族なしとのたまへば、此地に善き世渡の⑪たつきあらば、留り玉はぬことやはある。又我愛もて繋ぎ留めでは止まじ。それも⑫恆はで東に還り玉はんとならば、親と共に往かんは易けれど、か程に多き⑬路用を⑭何処よりか得ん。⑮怎なる⑯業をなしても此地に留りて、君が世に出で玉はん日をこそ待ためと常には思ひしが、⑰暫しの旅とて⑱立出で玉ひしより此二十日ばかり、別離の思は⑲日にけに⑳茂りゆくのみ。㉑袂を分つはたゞ一瞬の㉒苦艱なりと思ひしは迷なりけり。我身の常ならぬが㉓漸くに㉔しるくなれる、それさへあるに、縦令いかなることありとも、我をば㉕㉖努な棄て玉ひそ。母とは㉗いたく争ひぬ。されど我身の過ぎし頃には似で㉘思ひ定めたるを見て心折れぬ。わが東に往かん日には、㉙ステツチン㉚わたりの農家に、遠き縁者あるに、身を寄せんとぞいふなる。書きおくり玉ひし如く、大臣の君に重く用ゐられ玉はゞ、我路用の金は㉛兎も角もなりなん。今は㉜只管君がベルリンにかへり玉はん日を待つのみ。

嗚呼、余は此書を見て始めて我㉝地位を㉞明視し得たり。耻かしきはわが鈍き心なり。余は我身一つの進退につきても、また我身に係らぬ他人の事につきても、

① 手紙
② 概略
③ 時間
④ 手紙
⑤ たいへん
⑥ 文章
⑦ 書きはじめ
⑧ 極まりつくところ
⑨ ここは日本
⑩ 親族
⑪ 手段
⑫ 満足しないで
⑬ 旅費
⑭ どこ
⑮ どのような
⑯ 仕事
⑰ しばらく
⑱ 出立し
⑲ 日を増すごとに
⑳ 多くなっていく
㉑ 「袂を分つ」で人と別れる
㉒ 苦しみごと
㉓ しだいに
㉔ はっきり
㉕ 絶対に
㉖ 「な…そ」で…（し）ないでほしい

㉗　ひどく
㉘　決心し
㉙　ここは日本
㉚　あたり
㉛　どうにでも
㉜　いちずに
㉝　立場
㉞　はっきり見

①　東に還り玉はん

にもせざりき――これ彼が第一の書の略なり

また程経てのふみは頗る思ひせまりて書きし如くなりき文をば否といふ字にて起したり――否、君を思ふ心の深き底をば今ぞ知りぬる君は故里に頼もしき族なしとのたまへば此地に善き世渡りのたつきあらば留まり玉はぬことやはある又た我愛にて繫き留めでは止まじ、それも協はで①東に還り、玉はんとならば親と共に往かんは易けれど、か程に多き路用を何処よりか得んいかなる業をしても此地に留まりて君が世に出で玉はん日をこそ待ためと常には思ひしが暫しの旅とて立出で玉ひしより、この二十日ばかり別離の思ひは日にそへて茂りゆくのみ、袂を分つはたゞ一瞬の苦艱なりと思ひしは迷ひなりけり我身の常ならぬが漸くにしるくなりし、それさへあるに縦令ひいかなることありとも我をば努な棄て玉ひそ、母とはいたく争ひぬ、されど我身の過ぎし頃には似で思ひ定めたるを見て心折れぬ、わが東に往かん日にはステツチンあたりの農家に遠き縁者あるに身を寄せんとぞいふなる書きおくり玉ひし如く大臣の君に重く用ゐられ玉はゞ我路用の金は兎も角もなりなん今は只管、君がベルリンに還へり玉はん日を待つのみ

嗚呼、余は此書を見て始めて我地位を明視し得たり耻かしきはわが鈍き心なり余は我身一つの進退につきても又た我身に係らぬ他人の事につきても→

① 心配事のない状況
② 「順境」の対義語
③ 考慮する
④ 身近なことしかわからない目
⑤ 任務
⑥ 全然
⑦ 冷ややかな心でいること
⑧ 援助して行動させた
⑨ 野鳥などのトリ
⑩ 少し
⑪ お互い一緒に
⑫ もはや
⑬ 本来の持ち分
⑭ 命令を忠実に実行するだけの人
⑮ しばって
⑯ ちょっとの時間
⑰ 手段方法がない
⑱ 以前
⑲ ああ
⑳ 悲しい
㉑ ちょうど
㉒ 早朝
㉓ 走らせた
㉔ 習慣
㉕ すべての家

決断ありと自ら心に誇りしが、此決断は順境①にのみありて、逆境②にはあらず。我と人との関係を照さん③とするときは、頼みし胸中の鏡は曇りたり。

大臣は既に我に厚し。されどわが近眼④は唯だおのれが尽したる職分⑤をのみ見き。余はこれに未来の望を繋ぐことには、神も知るらむ、絶えて⑥想到らざりき。されど今こゝに心づきて、我心は猶ほ冷然たり⑦し歟。先に友の勧めし⑧ときは、大臣の信用は屋上の禽⑨の如くなりしが、今は稍々⑩これを得たるかと思はるゝに、相沢がこの頃の言葉の端に、本国に帰りて後も倶に⑪かくてあらば云々といひしは、大臣のかく宣ひしを、友ながらも公事なれば明には告げざりし歟。今更おもへば、余が軽率にも彼に向ひてエリスとの関係を絶たんといひしを、早く⑫大臣に告げやしけん。

嗚呼、独逸に来し初に、自ら我本領⑬を悟りきと思ひて、また器械的人物⑭とはならじと誓ひしが、こは足を縛して⑮放たれし鳥の暫し⑯羽を動かして自由を得たりと誇りしにはあらずや。足の糸は解くに由なし⑰。曩に⑱これを操つりしは、我某省の官長にて、今はこの糸、あな⑲あはれ⑳、天方伯の手中に在り。余が大臣の一行と倶にベルリンに帰りしは、恰も㉑是れ新年の旦㉒なりき。停車場に別を告げて、我家をさして車を駆りつ㉓。こゝにては今も除夜に眠らず、元旦に眠るが習㉔なれば万戸㉕寂然㉖たり。寒さは強く、路上の雪は稜角㉗ある氷片となりて、晴れた

㉖　静まりかえっている
㉗　とがった先

①　逆境にはあらず
②　屋上の雀の如く
③　停車場にて別れを告げて

果断ありと自ら心に誇りしが此果断は順境にのみありて①逆境にはあらす我と人との関係を照さんとするときは頼みし胸中の鏡は曇りたり

大臣は洵に我に厚しされどわが近眼は唯だ己れが尽したる職分をのみ見き余はこれに将来の望みを繋ぐことには――神も知る――絶えて思ひ到らざりき、されど今こゝに心づきて我心は猶ほ冷然たりしか、先に友の勧めしときは大臣の信用は②屋上の禽の如くなりしが今は稍やこれを得たるかと思はるゝに相沢がこの頃の言葉の端に本国に帰りての後も倶にかくてあらば云々といひしは大臣のかく宣ひしを友ながらも公事なれば明には告げざりしか今更おもへば余が軽率にも彼に向ひてエリスとの関係を絶たんといひしを早く大臣に告げやしけん――【改行】嗚呼、独逸に来たりし初めに自ら我本領を悟りしと思ひて、また器械的人物とはならじと誓ひしが、こは足を縛して放たれし鳥が暫し羽を動かして自由を得たりと誇りしにはあらずや足の糸は解くに由なし曩にこれを繰つりしは我某省の官長にて今はこの糸、あなあはれ、天方伯の手中に在り

余が大臣の一行と倶にベルリンに帰りしは恰も是れ新年の旦なりき③停車場に別れを告げて我家をさして車を駆りぬ、こゝにては今も除夜を眠らず元旦に眠るが習ひなれば万戸寂然たり寒さは強く路上の雪は稜角ある氷片となりて晴れた

↓

① 馬車の御者
② 何だか
③ ここは日本
④ 思い出す
⑤ 出世
⑥ 押さえつけ
⑦ 瞬間
⑧ 迷い
⑨ ためらい
⑩ 謝意を表し
⑪ ちらと見て
⑫ 盛り上がるように高く
⑬ おしめ
⑭ ひとみ

る日に映じ、きら〳〵と輝けり。車はクロステル街に曲りて、家の入口に駐まりぬ。この時窓を開く音せしが、車よりは見えず。駁丁①に「カバン」持たせて梯を登らんとする程に、エリスの梯を駆け下るに逢ひぬ。彼が一声叫びて我頸を抱きしを見て駁丁は呆れたる面もちにて、何やらむ②髭の内にて云ひしが聞えず。

「善くぞ帰り来玉ひし。帰り来玉はずば我命は絶えなんを。」

我心はこの時までも定まらず、故郷③を憶ふ④念と栄達⑤を求むる心とは、時として愛情を圧せん⑥とせしが、唯だ此一刹那⑦、低徊⑧踟蹰⑨の思は去りて、余は彼を抱き、彼の頭は我肩に倚りて、彼が喜びの涙ははら〳〵と肩の上に落ちぬ。

「幾階か持ちて行くべき。」と鑼の如く叫びし駁丁は、いち早く登りて梯の上に立てり。

戸の外に出迎へしエリスが母に、駁丁を労ひ⑩玉へと銀貨をわたして、余は手を取りて引くエリスに伴はれ、急ぎて室に入りぬ。一瞥して⑪余は驚きぬ、机の上には白き木綿、白き「レエス」などを堆く⑫積み上げたれば。

エリスは打笑みつゝこれを指して。「何とか見玉ふ、この心がまへを。」といひつゝ一つの木綿ぎれを取上ぐるを見れば襁褓⑬なりき。「わが心の楽しさを思ひ玉へ。産れん子は君に似て黒き瞳子⑭をや持ちたらん。この瞳子。嗚呼、夢に

①　輝げり
②　室に入りぬ
③　ルビなし
④　ルビなし

る日に映じきら〱と①輝けり車はクロステル街に曲りて家の入口に駐まりぬ、この時、窓を開く音せしが車よりは見えず駅丁に「カバン」持たせて梯を登らんとする程にエリスの梯を駆け下るに逢ひぬ彼が一声叫びて我頸を抱きしを見て駅丁は呆れたる面もちにて何か髭の内にて云ひしが聞えず

「善くぞ帰り来ませし――帰り来ませずは我命は絶えなんを」

我心はこの時までも定まらず、故郷を憶ふ念と栄達を求むる心とは時として愛情を圧せんとせしが唯だ此一刹那、低徊踟蹰の思ひは散りて余は彼を抱き彼の頭は我肩に倚りて彼が喜びの涙ははら〱と肩の上に落ちぬ

「幾階か持ちて行くべき」と鑼の如く叫びし駅丁はいち早く登りて梯の上に立てり

戸の下に出迎ひしエリスが母に駅丁を労ひ玉へと銀貨をわたして余は手を取りて引くエリスに伴はれ急ぎて②室に入ぬ一瞥して余は驚きたり机の上には白き木綿、白き「レース」などを堆く積み上げたりければ

エリスは打笑みつゝこれを指して「何とか見玉ふ、この心がまへを」又た一つの木綿ぎれを取上げしを見れば③襁褓《むつき》なりき「わが心の楽しさを思ひ玉へ産まれん子は君に似て黒き④瞳子《ひとみ》をや得ん――この瞳子――嗚呼、夢に↓

① 非嫡出子の名
② 幼稚
③ 教会
④ どんなに
⑤ 四段活用の僅少例
⑥ 無理に
⑦ もてなし
⑧ とりわけて
⑨ すばらしく
⑩ 推測して知る
⑪ 役
⑫ 留学先などでのとどまり
⑬ 血縁関係にある人
⑭ 安心した
⑮ 様子や態度
⑯ 拒否する
⑰ ああ
⑱ 引き戻しかえす
⑲ どこまでも広い様
⑳ こころ
㉑ ゆらぎのない操
㉒ お受けし
㉓ …ます
㉔ 返事し
㉕ 乱れ狂うようす
㉖ 似たものを比べ説明する
㉗ しかられ

のみ見しは君が黒き瞳子なり。産れたらん日には君が正しき心にて、よも①あだし名をばなのらせ玉はじ。」彼は頭を垂れたり。「②穉しと笑ひ玉はんが、③寺に入らん日は④いかに嬉しからまし。」見上げたる目には涙満ちたり。

二三日の間は大臣をも、たびの疲れや⑤おはさんとて⑥敢て訪らはず、家にのみ籠り居しが、或る日の夕暮使して招かれぬ。往きて見れば⑦待遇⑧殊に⑨めでたく、魯西亜行の労を問ひ慰めて後、われと共に東にかへる心なきか、君が学問こそわが⑩測り知る所ならね、語学のみにて世の⑪用には足りなむ、⑫滞留の余りに久しければ、様々の⑬係累もやあらんと、相沢に問ひしに、さることなしと聞きて⑭落居たりと宣ふ。其⑮気色⑯辞むべくもあらず。⑰あなやと思ひしが、流石に相沢の言を偽なりともいひ難きに、若しこの手にしも縋らずば、本国をも失ひ、名誉を⑱挽きかへさん道をも絶ち、身はこの⑲広漠たる欧州大都の人の海に葬られんかと思ふ念、⑳心頭を衝いて起れり。嗚呼、何等の㉑特操なき心ぞ、「㉒承はり㉓侍り」と㉔応へたるは。

黒がねの額はありとも、帰りてエリスに何とかいはん。「ホテル」を出でしときの我心の㉕錯乱は、㉖譬へんに物なかりき。余は道の東西をも分かず、思に沈みて行く程に、往きあふ馬車の馭丁に幾度か㉗叱せられ、驚きて飛びのきつ。暫くしてふとあたりを見れば、㉘獣苑の傍に出でたり。倒るゝ如くに路の辺の㉙榻に

のみ見しは君が黒き瞳子なり――産れたらん日には君が正しき心にて、よもあだし名をばなのらせ玉はじ」彼は頭を垂れたり「穉なしと笑ひ玉はんが寺に入らん日はいかに嬉しからまし」見上げたる目には涙満ちたり――

二三日の間は大臣をも①たびの疲れやおはさんと敢て訪らはず家にのみ②籠り居りしが或る日の夕暮、使して招かれぬ往きて見れば待遇殊にめでたく魯西亜行の労を問ひ慰めて後われと共に③東に帰へる心はなきか君が学問こそわが測り知る所ならね④語学のみにて世の用をばなすべし滞留の余りに久しければ様々の⑤係累もやあらんと相沢に⑥問ひしにさることなしと聞きて落居たりと宣ふ、その気色辞むべくもあらず「あなや」と思ひしが流石に相沢の言を偽りなりともいひ難きに若しこの手にしも縋らずは本国をも失ひ名誉を⑦挽きかへさん道をも絶ち身はこの広漠たる欧州大都の人の海に葬られんかと思ふ念の心頭を衝て起れり――

嗚呼、何等の特操なき心ぞ「承はり侍り」と⑧応へたる

黒がねの額はありとも帰りてエリスに何とかいはん「ホテル」を出でしときの我心の錯乱は譬へんに物なかりき余は道の東西をも分かず思ひに沈みて行く程に往きあふ馬車の駆丁に幾度か叱せられ驚きて⑨飛ひのきつ暫くして不図、あたりを見れば獣苑の傍に出でたり倒るゝ如くに路の辺の榻に↓

㉘　ティーアガルテン
㉙　大きな腰掛け・ベンチ

①　旅の疲れ
②　籠り居しが
③　東に帰る心
④　語学のみにても
⑤　係累もやあらむ
⑥　問ひしに、
⑦　挽き回さん
⑧　応へぬ
⑨　飛びのきつ

倚りて、灼く①が如く熱し、椎②にて打たるゝ如く響く頭を榻背③に持たせ、死したる如きさまにて幾時をか過しけん。劇しき④寒さ骨に徹す⑤と覚えて醒めし⑥時は、夜に入りて雪は繁く⑦降り、帽の庇、外套の肩には一寸許⑧も積りたりき。

最早十一時をや過ぎけん、モハビツト、カルゝ街通ひの鉄道馬車の軌道も雪に埋もれ、ブランデンブルゲル門の畔⑨の瓦斯灯は寂しき光を放ちたり。立ち上らんとするに足の凍えたれば、両手にて擦りて、漸やく⑩歩み得る程にはなりぬ。

足の運びの捗らねば、クロステル街まで来しときは、半夜をや過ぎたりけん。こゝ迄来し道をばいかに歩みしか知らず。一月上旬の夜なれば、ウンテル、デン、リンデンの酒家、茶店は猶ほ人の出入盛りにて賑はしかりしならめど、ふつに⑪覚えず。我脳中には唯々我は免す⑫べからぬ罪人なりと思ふ心のみ満ち〱たりき。

四階の屋根裏には、エリスはまだ寝ねずと覚ぼしく、炯然たる⑬一星の火、暗き空にすかせば⑭、明かに見ゆるが、降りしきる⑮鷺の如き雪片に、乍ち掩はれ⑯、乍ちまた顕れて⑰、風に弄ばるゝ⑱に似たり。戸口に入りしより疲を覚えて、身の節の痛み堪へ難ければ、這ふ如くに梯を登りつ。庖厨を過ぎ、室の戸を開きて入りしに、机に倚りて襁褓縫ひたりしエリスは振り返へりて、「あ」と叫びぬ。

「いかにかし⑲玉ひし。おん身の姿は。」

① あぶる
② ワラなどをたたく道具
③ ベンチの背もたれ
④ きわめてはげしい
⑤ 突き通す
⑥ 我にかえった
⑦ 盛んに。たくさん
⑧ 約三・〇三センチメートル
⑨ かたわら
⑩ やっと
⑪ まったく。少しも
⑫ 罪を許す
⑬ 明るくかがやくさま
⑭ 目をこらせば
⑮ ひっきりなしに降る
⑯ おおって隠され
⑰ 「隠れ」の対義語
⑱ 思い通りに扱われ
⑲ どのように

倚りて灼くが如く熱し椎にて打たるゝが如く響く頭を榻背に持たせ死したる如きさまにて幾時をや過しけん劇しき寒さの骨に徹すと覚えて醒めし時は夜に入りて雪は繁く降り帽の庇、外套の肩には一寸許も積りたり

最早十一時をや過きけんモハビツト、カルゝ街通ひの鉄道馬車の軌道も雪に埋もれ、ブランデンブルゲル門の畔の瓦斯灯は淋しき光を放ちたり立ち上がらんとするに①足の凍えたれば両手にて擦りて漸やく歩みうる程にはなりぬ

足の運びの捗らねばクロステル街まで来しときは夜半をや過きたりけん、②こゝ迄来し道をばいかに歩みしか知らす一月上旬の夜なればウンテル、デン、リンデンの酒家、茶店は猶ほ人の出入盛りにて賑はしかりしならめどふつと覚えず我脳中には唯だ己れが免すべからぬ罪人なりと思ふ心のみ満ち〳〵たりき

四階の屋根裏にはエリスはまだ寝ねずと覚ぼしく烱然たる一星の火、暗き空にすかして明かに見ゆるが降りしきる鷺の如き雪片に乍ち掩はれ乍ち又た顕れて③風に弄ばるゝかと見ゆ戸口に入りしより疲れを覚えて身の節の疼み④堪へ難けれは言ふ如くに梯を登りつ庖厨を過ぎ室の戸を開きて入りしに机に倚りて襁褓縫ひたりしエリスは振り返へりて「あつ」と叫びぬ「いかにかし玉ひし、おん身の姿は」

① 足の凍えたれば
② こゝまで
③ 風に弄ばるゝ焔の如し
④ 堪へ難ければ

① もっともである
② まっさおなようす
③ 顔色
④ 髪などがバサバサに乱れているようす
⑤ 問いに返事をしよう
⑥ 自然にふるえて
⑦ 熱心に
⑧ 看病する
⑨ 始めから終わりまでのいきさつ
⑩ 詳しく
⑪ 体裁を整えておいた
⑫ 付き添う
⑬ ひどく
⑭ せっぱつまてはいなかった
⑮ 飛び上がり
⑯ そのまま
⑰ …様。他人に対する敬意表現
⑱ 硬直して転倒した
⑲ 力を貸して
⑳ 意識が恢復した
㉑ 急に

驚きしも宜なり①けり、蒼然と②して死人に等しき我面色③、帽をばいつの間にか失ひ、髪は蓬ろと④乱れて、幾度か道にて跌き倒れしことなれば、衣は泥まじりの雪に汚れ、処々は裂けたれば。

余は答へん⑤とすれど声出でず、膝の頻りに戦かれ⑥て立つに堪へねば、椅子を握まんとせしまでは覚えしが、その侭に地に倒れぬ。

人事を知る程になりしは数週の後なりき。熱劇しくて譫語のみ言ひしを、エリスが慇に⑦みとる⑧程に、或日相沢は尋ね来て、余がかれに隠したる顚末⑨を審らに⑩知りて、大臣には病の事のみ告げ、よきやうに繕ひ置きし⑪なり。余は始めて病床に侍する⑫エリスを見て、その変りたる姿に驚きぬ。彼はこの数週の内にいたく⑬痩せて、血走りし目は窪み、灰色の頬は落ちたり。相沢の助にて日々の生計には窮せざりし⑭が、此恩人は彼を精神的に殺しゝなり。

後に聞けば彼は相沢に逢ひしとき、余が相沢に与へし約束を聞き、またかの夕べ大臣に聞え上げし一諾を知り、俄に座より躍り上がり⑮、面色さながら⑯土の如く、「我豊太郎ぬし⑰、かくまでに我をば欺き玉ひしか」と叫び、その場に僵れぬ⑱。相沢は母を呼びて共に扶けて⑲床に臥させしに、暫くして醒めし⑳ときは、目は直視したるまゝにて傍の人をも見知らず、我名を呼びていたく罵り、髪をむしり、蒲団を噛みなどし、また遽に㉑心づきたる様にて物を探り討めたり。母

① 声出です
② 尋ねて
③ 傍の人をもえ見分けず
④ 我名を呼びてはいたく罵り

驚きしも宜なりけり蒼然として死人に等しき我面色、帽をばいつの間にか失ひ髪は蓬ろに乱れて幾度か道にて跌き倒れしことなれば衣は泥まぢりの雪に汚れ処々は裂けたれば

余は答へんとすれど①声出でず膝の頻りに戦かれて立つに堪へねば椅子を握まんとせしまでは覚えしがその侭に地に僵れぬ

人事を知る程になりしは数週の後なりき熱劇しくて譫語のみ言ひしをエリスが慇ろにみとる程に或る日相沢は②尋つねて来つ余が彼にも隠したる顚末を審らに知りて大臣には病の事のみ告げ、よきに繕ひ置きしなり余は始めて病牀に侍するエリスを見てその変りたる姿に驚きぬ彼はこの数週の内にいたく瘦せて血走りし目は窪み灰色の頰は落ちたり相沢の助けにて日々の生計には窮せざりしが此恩人は彼を精神的に殺したり

後に聞けば彼は相沢に逢ひしとき余が相沢に与へし約束を聞き又たかの夕べ大臣に聞え上げし一諾を知り俄かに坐より躍り上がり面色さながら土の如く「我豊太郎ぬし、かくまでに我をば欺き玉ひしか」と叫びその場に僵れぬ相沢は母を呼びて共に扶けて床に臥させしに暫くして醒めしときは目は直視したるまゝにて③傍の人をも見分けず④我名を呼びていたく罵り髪をむしり蒲団を噛みなどし又た遽かに心づきたる様にて物を探り討めたり母↓

① すべて
② 投げ捨てた
③ 機能しなくなって
④ おろかな
⑤ きわめて激しい
⑥ 精神的疲労
⑦ 病気が治ること
⑧ すすり泣く
⑨ 目的意識があって
⑩ 千筋
⑪ みち・旅程
⑫ 相談して
⑬ ほそぼそとした
⑭ 生活費
⑮ かわいそうな
⑯ 心中
⑰ 「愛す」の対義語

の取りて与ふるものをば悉く①抛ちし②が、机の上なりし襁褓を与へたるとき、探りみて顔に押しあて、涙を流して泣きぬ。

これよりは騒ぐことはなけれど、精神の作用は殆全く廃して③、その痴なる④こと赤児の如くなり。医に見せしに、過劇なる⑤心労⑥にて急に起りし「パラノイア」といふ病なれば、治癒⑦の見込なしといふ。ダルドルフの癲狂院に入れむとせしに、泣き叫びて聴かず、後にはかの襁褓一つを身につけて、幾度か出しては見、見ては欷歔す⑧。余が病床をば離れねど、これさへ心ありて⑨にはあらずと見ゆ。たゞをり〳〵思ひ出したるやうに「薬を、薬を」といふのみ。

余が病は全く癒えぬ。エリスが生ける屍を抱きて千行⑩の涙を濺ぎしは幾度ぞ。大臣に随ひて帰東の途⑪に上ぼりしときは、相沢と議りて⑫エリスが母に微なる生⑬計を営むに足るほどの資本⑭を与へ、あはれなる⑮狂女の胎内に遺しゝ子の生れむをりの事をも頼みおきぬ。

嗚呼、相沢謙吉が如き良友は世にまた得がたかるべし。されど我脳裡⑯に一点の彼を憎む⑰こゝろ今日までも残れりけり。

の取りて与ふるをば悉く抛ちしが机の上なりし襁褓を与へたる時、探り見て顔に押し当て涙を流して泣きぬ

これよりは騒ぐことはなけれど精神の作用は殆ど全く廃してその痴なること赤児の如くなり医に見せしに過劇の心労にて急性に起りし「ブリヨートジン」といふ病なれば治癒の見込みなしといふダルドルフの癲狂院に入れんとせしに泣き叫びて聴かず後はかの襁褓一つを身につけて幾度か出して見ては欷歔す余が病牀をば離れねど、これさへ離れぬといふのみにて余に対して奈なる感触もありとは見えず時としては思ひ出したるやうに「薬を、薬を」といふのみ余は全く癒えぬエリスが生ける屍を抱きて千行の涙を濺ぎしは幾度ぞや大臣に随ひて帰東の途に上ぼりし時は相沢と議りてエリスが母に幽かなる生計を営むほどの金をば残し置きぬ嗚呼、相沢謙吉が如き良友は世にまた得がたかるべし、されど余が脳裡に一点の彼を憎む心は今日までも残れりけり

森鷗外『舞姫』　索引篇

凡　例

1　本索引は、作品本文を単語単位に区切ったうえで、各単語を学校文法を尊重し品詞分解して五十音順に配列したものである。なお、検索の便を考慮し、清音の後に濁音の訓みを立項した。

2　索引表の構成は、各列の上から下に向けて、以下の要領で配列してある。

語…本文中に用いられている単語。

品詞…該当語の品詞等を指していう。品詞分解の基準や略記号等については、左記の「12」に記した。

該当箇所…「本文篇」（『塵泥』掲載本文）に現れる該当単語のフレーズを指していう。該当語部分は★印で表示した。

頁…該当単語の、「本文篇」右ページ（『塵泥』掲載本文）に現れる各ページを指す。

行…該当単語の、「本文篇」右ページ（『塵泥』掲載本文）に現れる各ページの行を指す。

3　本文中に用いられている漢字については、その漢字に「歴史的仮名遣い」によるひらがな（外来語はカタカナ）でその「訓み」を示した（索引中、同一漢字の場合にはその最初の行にルビを施した）。その際、過去における先学のルビを参照しつつ、可能な限り根拠を求めながらルビを施した。

［例］

○概略《あらまし》…初出『国民之友』に、漢字「概略」ではなく、平仮名で「あらまし」と表記されているのによって、「あらまし」とルビを施した。

○東京《とうきやう》…作品執筆当時、「とうけい」「とうきょう」の両様の言い方があったが、明治十年代後半から「とうきょう」が一般化しつつあったという学説により、「とうきやう」とルビした。

4　作品本文の単語単位の区切りは、通常の十品詞分類法に従った。単語単位では概念の把握が困難な場合には、二単語以上のまとまりを「連語」として取り扱うこととした。また、代名詞もそれとして立項し、人称代名詞・指示代名詞の別を明示した。補助動詞・補助形容詞についても明示した。

5　作品冒頭部の「あらず」については、「連語（補動・ラ・未＋助動・消・用）」とするのが妥当かとも考えたが、究極的に接続詞とした。

［例］　これや日記の成らぬ縁故なる、あらず、これには別に故あり。

6　「否」については感動詞とするのが一般だが、文脈のうえから、名詞または接続詞として分類した。

［例］　名詞…文をば否といふ字にて起したり。

接続詞…いつ往きつかんも、否、果して往きつきぬとも、

7　「まで」については、次のように分類した。

(1)　空間的・時間的到達点や限界を表す場合は格助詞とした。

［例］　このセイゴンの港まで来し頃は、

(2)　ものごとの程度を表す場合は副助詞とした。

［例］　母に別るゝをもさまで悲しとは思はず、

8　「この」「その」「あの」などについては、作品本文が近代擬古文であることに配慮して、連体詞として取り扱うこととした。ただし、「こ」「そ」「わ」などが連体格助詞以外の助詞に付いている場合や、「こ」「そ」「わ」に明確に代名詞の意識の残る場合については、それら「こ」「そ」「わ」などを代名詞として取り扱うこととした。

9　名詞に付いている「す」については、複合サ変動詞として取り扱うこととした。

10　活用語の活用形は、通常の活用形のほか、語幹も明示した。

11　接頭語・接尾語については、原則として各単語の一部として取り扱うが、結合する単語との関係で、それだけで立項したものもある。

［例］　ごと　　夜毎……名詞

もの食ふごと……名・普＋動・四・体＋接尾

12　品詞分解説明欄の略表記は以下のとおりである。

(1)　品詞等

名詞＝名　代名詞＝代　副詞＝副　連体詞＝連体　接続詞＝接　感動詞＝感　動詞＝動　形容詞＝形　形容動詞＝形動
助動詞＝助動　助詞＝助　連語＝連　接頭語＝接頭　接尾語＝接尾　補助動詞＝補動　補助形容詞＝補形　造語成分＝造

(2)　活用語の活用形

未然形＝未　連用形＝用　終止形＝終　連体形＝体　已然形＝已　命令形＝命　語幹＝幹

(3)　名詞の種類

固有名詞＝固　普通名詞＝普　数詞＝数　形式名詞＝形

(4)　固有名詞の分類

人名＝人　地名＝地　その他＝他

(5)　転成名詞の表示

［例］動・四・用の転

(6)　代名詞の分類

人称代名詞＝人　指示代名詞＝指

(7)　動詞の活用の種類

四段活用＝四　上一段活用＝上一　上二段活用＝上二　下一段活用＝下一　下二段活用＝下二　カ行変格活用＝カ
サ行変格活用＝サ　ナ行変格活用＝ナ　ラ行変格活用＝ラ

(8)　複合動詞の表示

(複)

(9)　助詞の種類の略表記は次のとおりである。

格助詞＝格　接続助詞＝接　副助詞＝副　係助詞＝係　終助詞＝終　間投助詞＝間　連語＝連

(10)　助動詞の意味用法

使役＝使　尊敬＝尊　受身＝受　可能＝可　自発＝自　打消＝消　過去＝過　詠嘆＝嘆　完了＝完　確述＝確　存続＝存
推量＝推　意志＝意　婉曲＝婉　仮定＝仮　当然＝当　義務＝義　適当＝適　推定＝推定　打消推量＝打推
打消意志＝打意　推定伝聞＝推伝　希望＝希　断定＝断　比況＝比　存在＝在

あ

語	品詞	該当箇所	頁・行
あ	感	「★」と叫びぬ。	58・16
嗚呼《ああ》	感	★、ブリンヂイシ	8・17
嗚呼	感	★、いかにしてか	10・8
嗚呼	感	★、此故よしは、	18・5
嗚呼	感	★、彼も一時。舟	18・13
嗚呼	感	★、何等の悪因ぞ	28・3
嗚呼	感	★、委くこゝに写	32・2
嗚呼	感	★、さらぬだに覚	38・4
嗚呼	感	★、余は此書を見	50・16
嗚呼	感	★、独逸に来し初	52・11
嗚呼	感	★、夢にのみ見し	54・17
嗚呼	感	★、何等の特操な	56・12
嗚呼	感	★、相沢謙吉が如	62・13
愛《あい》	名・普	エリスが★。わが	44・9
愛	名・普	我★もて繋ぎ留め	50・5
愛情《あいじやう》	名・普	★を圧せんとせし	54・8
愛《あい》する	動(複)・サ・体	エリスを★情は、	32・5
愛《あい》らしき	形・シク・体	★頰を流れ落つ。	22・11
垢《あか》	名・普	着たる衣は★つき	22・1
赤《あか》く	形・ク・用	★白く面を塗りて	20・2
赤児《あかご》	名・普	★の如くなり。医	62・4
明《あ》き	動・四・用	戸は再び★ぬ。さ	24・13
明き	動・四・用	★たる新聞の細長	34・10
開《あ》き	動・四・用	戸は半ば★たるが	24・15
商人《あきうど》	名・普	足を休むる★など	34・8
飽《あ》き足《た》ら	動(複)・四・未	心に★ぬところも	8・12
明《あきらか》に	形動・ナリ・用	公事なれば★は告	52・8
明《あきら》かに	形動・ナリ・用	★見ゆるが、降り	58・13
呆《あき》れ	動・下二・用	大胆なるに★たり	22・8
呆れ	動・下二・用	馭丁は★たる面も	54・4
悪因《あくいん》	名・普	何等の★ぞ。この	28・3
明《あ》け	動・下二・用	彼は凍れる窓を★	40・13
挙《あ》げ	動・下二・未	麦酒の杯をも★ず	18・3
挙げ	動・下二・用	ことなどを★て余	46・1
朝《あさ》	名・普	★の咖啡果つれば	34・4
あさく	形・ク・用	相見し時より★は	32・5
嘲《あざけ》り	動・四・用	且は★且は嫉みた	18・4
嘲り	動・四・用	余を★、余を嫉む	20・6
嘲《あざけ》る	動・四・体	彼人々の★はさる	18・17
麻布《あさぬの》	名・普	真白に洗ひたる★	24・14
欺《あざむ》き	動・四・用	皆な自ら★、人を	18・9
欺き	動・四・用	人をさへ★つるに	18・9
欺き	動・四・用	我をば★玉ひしか	60・14

足《あし》 名・普 隙を偸みて★を休 34・8
足 名・普 こは★を縛して放 52・12
足 名・普 ★の糸は解くに由 52・13
足 名・普 ★の凍えたれば、 58・6
足 名・普 ★の運びの捗らね 58・7
あし 形・シク・終 心地★とて休み、 38・3
足音《あしおと》 名・普 我★に驚かされて 22・1
悪《あ》しき 形・シク・体 ★相にはあらねど 24・6
悪しき 形・シク・体 ★便にてはよも。 38・14
旦《あした》 名・普 新年の★なりき。 52・15
朝《あした》 名・普 ★に戸を開けば飢 36・17
朝 名・普 次の★目醒めし時 48・16
明日《あす》 名・普 ★は葬らでは愜は 22・13
明日 名・普 ★に迫るは父の葬 26・8
明旦《あす》 名・普 余は★、魯西亜に 46・3
土瀝青《アスファルト》 名・普 車道の★の上を音 12・13
遊《あそ》ば 動・四・未 これと★ん勇気な 20・5
遊《あそ》び 動・四・用 いかなる境に★て 12・17
遊《あそ》び暮《くら》す 動(複)・四・体 己れは★老人、取 34・7
恰《あたか》も 副 ★是れ新年の旦な 52・15
あだし名《な》 名(連体＋名)・普 よも★をばなのら 56・1
温《あたた》め 動・下二・用 室を★、竈に火を 36・17
あだなる 形動・ナリ・体 ★美観に心をば動 14・1

価《あたひ》 名・普 ★高き花束を生け 26・3
価 名・普 来ん折には★を取 26・17
与《あた》ふる 動・下二・体 母の取りて★もの 62・1
与《あた》へ 動・下二・未 満足を★んも定か 44・8
与へ 動・下二・用 相沢に★し約束を 60・12
与へ 動・下二・用 襁褓を★たるとき 62・1
与へ 動・下二・用 資本を★、あはれ 62・11
あたり 名・普 今宵は★に人も無 10・10
あたり 名・普 街の★は凸凹坎坷 36・16
あたり 名・普 暫くしてふと★を 56・17
当《あた》り 動・四・用 大学の風に★たれ 16・2
熱《あつ》き 形・ク・体 落つる★涙を我手 28・2
厚《あつ》く 形・ク・用 我心を★信じたれ 46・16
預《あづ》け 動・下二・用 エリスに★つ。こ 46・12
預け 動・下二・用 主人に★て出でぬ 48・5
厚《あつ》し 形・ク・終 既に我に★。され 52・3
圧《あつ》せ 動(複)・サ・未 愛情を★んとせし 54・8
天晴《あつぱれ》 感 ★豪傑と思ひし身 18・13
聚《あつ》まり 動・四・用 目睫の間に★たれ 12・16
集《あつ》む 動・下二・終 彼此と材料を★。 34・6
あて 動・下二・用 唇に★たるが、は 28・1
痕《あと》 名・普 貧苦の★を額に印 24・7
跡《あと》 名・普 ★は欷歔の声のみ 22・15

跡	名・普	少女の★に附きて	24・2
跡	名・普	室を出でし★にて	26・6
跡	名・普	相沢は★より来て	42・7
跡	名・普	出で行く★に残ら	48・2
跡	名・普	猶独り★に残りし	48・16
あな	感	★あはれ、天方伯	52・14
窖《あなぐら》住《ず》まひ	名（名＋動・四・用の転）・普	他の梯は★の鍛冶	20・13
あなや	感	★と思ひしが、流	56・9
合《あは》せ	動・下二・用	収入を★て、憂き	34・3
合せ	動・下二・用	身に★て借りたる	46・17
粟《あは》立《だ》つ	動・四・終	膚★と共に、余は	44・15
あはれ	形動・ナリ・幹	あな★、天方伯の	52・14
哀《あは》れなり	形動・ナリ・終	死にたるも★。室	36・17
あはれなる	形動・ナリ・体	★狂女の胎内に遺	62・11
憐《あはれ》み	動・四・用	いま我数奇を★、	32・5
逢《あ》ひ	動・四・用	友にこそ★には行	40・10
逢ひ	動・四・用	駆け下るに★ぬ。	54・3
逢ひ	動・四・用	相沢に★しとき、	60・12
遭《あ》ひ	動・四・用	深き歎きに★て、	22・5
相沢《あひざは》	名・固・人	覚えある★が手な	38・9
相沢	名・固・人	★が、大臣と倶に	38・15
相沢	名・固・人	秘書官★が室の番	40・15

相沢	名・固・人	激賞したる★が、	42・2
相沢	名・固・人	★は跡より来て余	42・7
相沢	名・固・人	★が余に示したる	44・6
相沢	名・固・人	遑なき★を見ざり	46・5
相沢	名・固・人	★がこの頃の言葉	52・7
相沢	名・固・人	★に問ひしに、さ	56・8
相沢	名・固・人	流石に★の言を偽	56・9
相沢	名・固・人	或日★は尋ね来て	60・7
相沢	名・固・人	★の助にて日々の	60・10
相沢	名・固・人	彼は★に逢ひしと	60・12
相沢	名・固・人	★に与へし約束を	60・12
相沢	名・固・人	★は母を呼びて共	60・15
相沢	名・固・人	★と議りてエリス	62・10
相沢謙吉《あひざはけんきち》	名・固・人	一人なる★なり。	32・12
相沢謙吉	名・固・人	★が如き良友は世	62・13
相《あひ》識《し》る	動（接頭＋動）・四・体	余と★頃より、余	30・13
間《あひだ》	名・普	一群と余との★に	16・17
間	名・普	二人の★にはまだ	28・7
間	名・普	余等二人の★には	30・15
間	名・普	賓主の★に周旋し	48・12
相対《あひたい》し	動（複）・サ・用	室に入りて★て見	42・3
相《あひ》見《み》	動（接頭＋動）・上一・用	始めて★し時より	32・5
あふ	補動・四・体	旅の憂さを慰め★	10・1

あふ	補動・四・体	往き★馬車の馭丁	56・16
扇《あふぎ》	名・普	宮女の★の閃きな	48・11
仰《あふ》ぐ	動・四・終	助をば★べからず	28・14
凹字《あふじ》	名・普	★の形に引籠みて	20・14
溢《あふ》れ	動・下二・用	涙の泉は又★て愛	22・11
あへ	補動・下二・未	せき★ぬ涙に手巾	18・14
敢《あへ》て	副	★訪らはず、家に	56・4
天方《あまがた》	名・固・人	既に★伯の秘書官	32・13
天方	名・固・人	着せられし★大臣	38・11
天方	名・固・人	★伯も唯だ独逸語	42・16
天方	名・固・人	★伯の手中に在り	52・14
許多《あまた》	副	この★の景物目睫	12・16
あまり	接尾	早や二十日★を経	8・17
あまりに	副	★久しければ籍を	46・14
余《あま》りに	副	これのみは★深く	10・9
余りに	副	滞留の★久しけれ	56・7
怪《あや》し	形・シク・終	我れ乍ら★と思ひ	18・14
あやしみ	動・四・用	行ありしを★、又	32・4
怪《あやし》み	動・四・用	★見送る人もあり	34・13
操《あや》つり	動・四・用	これを★しは、我	52・13
危《あやふ》き	形・ク・体	★は余が当時の地	16・15
あゆみ	動・四・用	仕の道を★しも、	18・8
歩《あゆ》み	動・四・用	漸やく★得る程に	58・6

歩み	動・四・用	道をばいかに★ん	58・8
あら	動・ラ・未	易きことも★ん。	22・7
あら	動・ラ・未	身の浮ぶ瀬★じ。	32・10
あら	動・ラ・未	遑★ず、引かれて	42・5
あら	動・ラ・未	世渡のたつき★ば	50・4
あら	動・ラ・未	逆境には★ず。我	52・1
あら	動・ラ・未	かくて★ば云々と	52・7
あら	動・ラ・未	係累もや★んと、	56・8
あら	補動・ラ・未	さは★じと思へど	10・10
あら	補動・ラ・未	あるべうも★ず、	14・13
あら	補動・ラ・未	拘ふべきに★ぬを	16・10
あら	補動・ラ・未	能くしたるに★ず	18・8
あら	補動・ラ・未	勇気ありしに★ず	18・11
あら	補動・ラ・未	写すべくも★ず。	22・2
あら	補動・ラ・未	酷くは★じ。又た	22・10
あら	補動・ラ・未	悪しき相には★ね	24・7
あら	補動・ラ・未	足るべくも★ねば	26・15
あら	補動・ラ・未	あさくは★ぬに、	32・5
あら	補動・ラ・未	多くも★ぬ金を人	34・7
あら	補動・ラ・未	多くも★ぬ蔵書を	36・5
あら	補動・ラ・未	ほどには★ねど、	38・7
あら	補動・ラ・未	こひに★ず、慣習	44・4
あら	補動・ラ・未	言ひしに★ず。余	46・6

あら	補動・ラ・未	遠くも★ぬ旅なれ、	46・17
あら	補動・ラ・未	夢には★ずやと思	48・16
あら	補動・ラ・未	誇りしには★ずや	52・13
あら	補動・ラ・未	辞むべくも★ず。	56・9
あら	補動・ラ・未	心ありてには★ず	62・7
在《あ》ら	動・ラ・未	こゝに★んには、	28・13
予《あらかじ》め	副	★知らするに由な	38・10
あらず	接	★、これには別に	8・11
あらず	接	★、これには別に	8・16
争《あらそ》ひ	動・四・用	母とはいたく★ぬ	50・11
新《あらた》なら	形動・ナリ・未	一つとして★ぬは	8・5
新《あらた》に	形動・ナリ・用	★買求めたるゴタ	48・1
あらため	動・下二・用	少し容を★て。「	40・5
更《あらた》め	動・下二・用	かく衣を★玉ふを	40・6
表《あら》はさ	動・四・未	余は我耻を★ん。	46・6
顕《あら》はし	動・四・用	心の誠を★て、助	32・17
あらはれ	動・下二・用	表に★て、きのふ	16・4
形《あら》はれ	動・下二・用	心や色に★たりけ	22・9
顕《あらは》れ	動・下二・用	乍ちまた★て、風	58・14
洗《あら》ひ	動・四・用	真白に★たる麻布	24・14
概略《あらまし》	名・普	その★を文に綴り	10・11
略《あらまし》	名・普	第一の書の★なり	50・1
あらゆる	連体	★新聞を読み、鉛	34・5

あらゝかに	形動・ナリ・用	戸を★引開けしは	24・6
あり	動・ラ・用	旧藩の学館に★し	10・14
あり	動・ラ・用	誓★て、つねに我	14・1
あり	動・ラ・用	関係★て、彼人々	18・1
あり	動・ラ・用	皆な勇気★て能く	18・8
あり	動・ラ・用	勇気★しにあらず	18・11
あり	動・ラ・用	事を好む人★て、	28・9
あり	動・ラ・用	この行★しをあや	32・4
あり	動・ラ・用	見送る人も★しな	34・13
あり	動・ラ・用	崩殂★て、新帝の	36・3
あり	動・ラ・用	庖厨に★しエリス	38・8
あり	動・ラ・用	学識★、才能ある	42・14
あり	動・ラ・用	彼に誠★とも、縦	44・3
あり	動・ラ・用	故郷にて★しこと	46・1
あり	動・ラ・用	失錯★しことども	46・2
あり	動・ラ・用	順境にのみ★て、	52・1
あり	動・ラ・用	黒がねの額は★と	56・14
あり	動・ラ・終	これには別に故★	8・11
あり	動・ラ・終	別に故★。嗚呼、	8・16
あり	動・ラ・終	石の梯★。これを	24・3
あり	動・ラ・終	潜るべき程の戸★	24・4
あり	動・ラ・終	煉瓦の竈★。正面	24・15
あり	動・ラ・終	掩へる臥床★。伏	24・16

あり　動・ラ・終　臥床★。中央なる　26・2
あり　動・ラ・終　いはせぬ媚態★。　26・14
あり　動・ラ・終　伯林と★。訝りつ　38・10
あり　動・ラ・終　玉ふ日は★とも、　40・7
あり　動・ラ・終　うべなふこと★。　46・8
あり　動・ラ・終　いかなること★と　50・10
あり　動・ラ・終　決断★と自ら心に　52・1
あり　補動・ラ・用　にや★けん、又早　18・15
あり　補動・ラ・用　心づかで★けん。　46・13
在《あ》り　動・ラ・用　東京に★て、既に　32・12
在り　動・ラ・用　大学に★し日に、　42・2
在り　動・ラ・用　重霧の間に★て、　44・7
在り　動・ラ・用　ブルクに★し間に　48・7
在り　動・ラ・終　天方伯の手中に★　52・14
ある　動・ラ・体　心★人はいかにか　8・8
ある　動・ラ・体　猶程も★べければ　10・11
ある　動・ラ・体　官事の暇★ごとに　14・8
ある　動・ラ・体　特科の★べうもあ　14・13
ある　動・ラ・体　勢力★一群と余と　16・17
ある　動・ラ・体　少女★を見たり。　20・17
ある　動・ラ・体　剛気★父の守護と　30・10
ある　動・ラ・体　誹る人も★べけれ　32・4
ある　動・ラ・体　え読まぬが★に。　36・14
ある　動・ラ・体　見覚え★相沢が手　38・9
ある　動・ラ・体　才能★ものが、い　42・15
ある　動・ラ・体　ことやは★。又我　50・5
ある　動・ラ・体　それさへ★に、縦　50・10
ある　動・ラ・体　遠き縁者★に、身　50・13
ある　動・ラ・体　稜角★氷片となり　52・17
ある　補動・ラ・体　此時に★べきぞ。　38・12
有《あ》る　動・ラ・体　★か無きかの収入　34・3
或《ある》　連体　★日相沢は尋ね来　60・7
或《あ》る　連体　★勢力ある一群と　16・17
或る　連体　★日の夕暮なりし　20・9
或る　連体　★日伯は突然われ　46・3
或る　連体　★日の夕暮使して　56・5
主人《あるじ》　名・普　靴屋の★に預けて　48・5
あれ　動・ラ・已　銀貨★ど、それに　26・15
あれ　動・ラ・已　憚★ど、同郷人の　28・9
あれ　動・ラ・已　損★ばなり。人を　44・1
あれ　動・ラ・已　厳しきは故★ばな　46・15
あれ　補動・ラ・命　何事にも★、教へ　14・5
在《あ》れ　動・ラ・已　家に★ど、心は樂　38・6
青《あを》く　形・ク・用　この★清らにて物　22・3

い

医《い》	名・普	★に見せしに、過	62・4
射《い》	動・上一・未	我目を★むとする	12・7
射	動・上一・用	脳髄を★て、恍惚	32・7
意《い》	名・普	東来の★を告げし	14・3
意	名・普	★に介せざりきと	42・4
意	名・普	★を決して断てと	44・4
幽静《いうせい》なる	形動・ナリ・体	★境なるべく思は	12・8
雄飛《いうひ》す	動(複)・サ・終	今の世に★べき政	16・5
郵便《いうびん》	名・普	★の書状を持て来	38・8
郵便切手《いうびんきって》	名・普	★は普魯西のもの	38・9
猶予《いうよ》	名・普	余は一週日の★を	28・14
有為《いうゐ》	名・普	我★の人物なるこ	18・12
癒《い》え	動・下二・用	余が病は全く★ぬ	62・9
いかで	副	男を★か喜ぶべき	16・15
いかで	副	★命に従はざらむ	46・5
怎《いか》で	副	★か人に知らるべ	18・5
いかなる	形動・ナリ・体	縦ひ★境に遊びて	12・17
いかなる	形動・ナリ・体	縦令★ことありと	50・10
怎《いか》なる	形動・ナリ・体	けふは★面もちし	42・2
怎なる	形動・ナリ・体	★業をなしても此	50・6
いかに	副	そを★といふに、	36・8

いかに	副	★嬉しからまし。	56・3
いかに	形動・ナリ・用	心ある人は★か見	8・8
いかに	形動・ナリ・用	嗚呼、★してか此	10・8
いかに	形動・ナリ・用	かれは★母を説き	34・1
いかに	形動・ナリ・用	★せまし。今朝は	38・5
いかに	形動・ナリ・用	道をば★歩みしか	58・8
いかに	形動・ナリ・用	★かし玉ひし。お	58・17
奈何《いかに》	形動・ナリ・用	その辛苦★ぞや。	30・9
奈何《いか》に	形動・ナリ・用	及びしを★せむ。	32・8
如何《いかん》	名・普	進退★などの事に	36・3
活《い》き	動・上二・用	母は余を★たる辞	16・7
活き	動・上二・用	余を★たる法律と	16・7
幾階《いくかい》	名(接頭+名)・普	★か持ちて行くべ	54・10
幾枝《いくし》	名(接頭+名)・普	★の「エポレット	48・9
幾種《いくしゅ》	名(接頭+名)・普	★となく掛け連ね	34・10
幾星《いくせい》	名(接頭+名)・普	★の勲章、幾枝の	48・9
幾千言《いくせんげん》	名(接頭+名・数)・普	日ごとに★をかな	8・6
いく度《たび》	名(接頭+接尾)・普	★となく往来する	34・11
幾度《いくたび》	名(接頭+接尾)・普	★となく我心を苦	10・7
幾度	名(接頭+接尾)・普	★なるを知らず。	20・15
幾度	名(接頭+接尾)・普	★か叱せられ、驚	56・16
幾度	名(接頭+接尾)・普	★か道にて跌き倒	60・2
幾度	名(接頭+接尾)・普	★か出しては見、	62・6

幾度	名(接頭+接尾)・普	涙を濺ぎしは★ぞ	62・9
幾《いく》つ	名・普	★共なく点したる	48・9
幾月《いくつき》	名(接頭+名)・普	★か心づかであり	46・13
幾時《いくとき》	名(接頭+名)・普	★をか過しけん。	58・2
幾年《いくとせ》	名(接頭+名)・普	絶ちしより★をか	40・9
幾百種《いくひやくしゅ》	名(接頭+名・数)・普	★の新聞雑誌に散	36・9
いくほど	名(接頭+名)・普	★もなく余に寄す	30・14
幾巻《いくまき》	名(接頭+名)・普	★をかなしけむ。	14・11
生《い》け	動・四・已	エリスが★る屍を	62・9
生け	動・下二・用	花束を★たり。そ	26・3
意見《いけん》	名・普	余が★を問ひ、折	46・1
勇《いさ》み立《た》ち	動(複)・四・用	心の★て、五十を	12・3
諫《いさ》むる	動・下二・体	色を正して★やう	42・13
石《いし》	名・普	★の梯あり。これ	24・3
石	名・普	壁の★を徹し、衣	38・1
石《いし》だゝみ	名・普	両辺なる★の人道	12・9
石卓《いしづくえ》	名・普	冷なる★の上にて	34・8
医者《いしゃ》	名・普	彼は★に見せしに	46・12
衣食《いしょく》	名・普	ひとり身の★も足	30・8
椅《いす》	名・普	★に寄りて縫もの	34・15
椅子《いす》	名・普	鉄炉の畔に★さし	38・7
椅子	名・普	★を握まんとせし	60・4
依然《いぜん》たる	形動・タリ・体	★快活の気象、我	42・4
急《いそ》が	動・四・未	心のみ★れて用事	38・12
忙《いそが》はしく	形・シク・用	思ひしよりも★し	36・5
急《いそ》ぎ	動・四・用	★て室に入りぬ。	54・13
急《いそ》ぐ	動・四・終	★といへば今より	38・16
急ぐ	動・四・体	★ことをば報告書	14・11
懐《いだ》き	動・四・用	独立の思想を★て	16・15
抱《いだ》き	動・四・用	我頸を★しを見て	54・4
抱き	動・四・用	余は彼を★、彼の	54・8
抱き	動・四・用	生ける屍を★て千	62・9
板《いた》ぎれ	名・普	新聞の細長き★に	34・10
いたく	副	★心を悩ますとも	46・15
いたく	副	母とは★争ひぬ。	50・11
いたく	副	数週の内に★痩せ	60・9
いたく	副	★罵り、髪をむし	60・16
いだし	動・四・用	同時に★ゝものな	28・16
出《いだ》し	動・四・用	辞別のために★た	28・1
出し	動・四・用	服を★て着せ、襟	40・2
出し	動・四・用	幾度か★ては見、	62・6
出《い》だし	動・四・用	紹介状を★て東来	14・3
出《いだ》しやり	動(複)・四・用	知る人がり★つ。	48・4
出《いだ》し遣《や》る	動(複)・四・体	独り子を★母もか	38・17
戴《いただ》き	動・四・用	高き帽を★、眼鏡	20・3
徒《いたづら》なり	形動・ナリ・終	晴れがましきも★	8・2

痛《いた》み	名（動・四・用の転）・普	身の節の★堪へ難	58・15
至《いた》り	動・四・用	譏誣するに★ぬ。	18・1
到《いた》り	動・四・用	境地に★ぬ。彼等	36・13
伊太利《イタリア》	名・固・地	★の古蹟にも心を	10・4
一《いち》	接頭	★少女の情にかゝ	42・15
一月《いつぐわつ》	名・数	★上旬の夜なれば	58・8
一時《いちじ》	名・数	★近くなるほどに	34・11
一諾《いちだく》	名・普	聞え上げし★を知	60・13
一段《いちだん》	名・普	この★のことは素	42・13
一二巻《いちにくわん》	名・数	上には書物★と写	26・3
いち早《はや》く	副（接頭＋形・ク・用の転）	此答は★決断して	46・6
いち早く	副（接頭＋形・ク・用の転）	★登りて梯の上に	54・10
一瞥《いちべつ》し	動（複）・サ・用	★て余は驚きぬ。	54・13
一抹《いちまつ》	名・普	此恨は初め★の雲	10・3
一面《いちめん》	名・普	表のみは★に氷り	36・16
一夜《いちや》	名・数	翻訳は★になし果	44・16
いぢらしき	形・シク・体	★姿は、余が悲痛	32・7
一輪《いちりん》	名・数	★の名花を咲かせ	28・5
いつ	代・指	いづくにて★の間	14・7
いつ	代・指	★よりとはなしに	34・2
いつ	代・指	★までか一少女の	42・15
いつ	代・指	★往きつかんも、	44・7
いつ	代・指	★になく独りにて	48・14
いつ	代・指	帽をば★の間にか	60・1
一行《いつかう》	名・普	余が大臣の★に随	48・7
一行	名・普	余が大臣の★と倶	52・15
一級《いつきふ》	名・数	★の首にしるされ	10・15
いづく	代・指	★にていつの間に	14・7
何処《いづく》	代・指	路用を★よりか得	50・6
一課《いつくわ》	名・普	洋行して★の事務	12・2
一顧《いつこ》し	動（複）・サ・用	何故に★たるのみ	22・4
一盞《いつさん》	名・数	★の咖啡の冷むる	34・9
一週日《いつしうじつ》	名・数	余は★の猶予を請	28・14
一室《いつしつ》	名・普	正面の★の戸は半	24・15
一種《いつしゆ》	名・普	★の「ニル、アド	8・10
一種	名・普	★の見識を長じき	36・8
一種	名・普	★の惰性より生じ	44・4
一種	名・普	心の中に★の寒さ	44・15
一瞬《いつしゆん》	名・普	たゞ★の苦艱なり	50・9
一身《いつしん》	名・普	我★の大事は前に	32・3
一寸《いつすん》	名・数	★許も積りたりき	58・3
一星《いつせい》	名・普	炯然たる★の火、	58・12
一隻《いつせき》	名・数	★の眼孔もて、読	36・11
一刹那《いつせつな》	名・普	此★、低徊踟蹰の	54・8

一銭《いっせん》	名・数	家に★の貯だにな	22・13
一点《いってん》	名・普	★の翳とのみなり	10・6
一点	名・普	我脳裡に★の彼を	62・13
一灯《いっとう》	名・普	屋根裏の★微に燃	34・15
一等《いっとう》	名・数	★「ドロシユケ」は	40・11
一時《いっとき》	名・普	嗚呼、彼も★。舟	18・13
一時	名・普	★の急を凌ぎ玉へ	26・16
五年《いつとせ》	名・数	★前の事なりしが	8・3
偽《いつはり》	名（動・四・用の転）・普	相沢の言を★なり	56・10
偽《いつは》り	名（動・四・用の転）・普	★なき我心を厚く	46・16
泉《いづみ》	名・普	涙の★は又溢れて	22・11
いつも	副	名は★一級の首に	10・15
出《い》づれ	動・下二・已	別れて★ば風面を	44・13
いで	感	★、その概略を文	10・11
出《い》で	動・下二・未	社会などに★んの	40・9
出で	動・下二・未	声★ず、膝の頻り	60・4
出で	動・下二・用	港を★ゝより早や	8・17
出で	動・下二・用	東京に★ゝ予備黌	10・14
出で	動・下二・用	老媼の室を★し跡	26・6
出で	動・下二・用	座に★ゝ、今は場	30・4
出で	動・下二・用	免官の官報に★し	32・13
出で	動・下二・用	大臣の室を★し時	42・7
出で	動・下二・用	弱き心より★しな	42・14
出で	動・下二・用	食堂を★しなれば	44・14
出で	動・下二・用	主人に預けて★ぬ	48・5
出で	動・下二・用	世に★玉はん日を	50・7
出で	動・下二・用	「ホテル」を★し	56・14
出で	動・下二・用	獣苑の傍に★たり	56・17
出迎《いでむか》ふ	動（複）・下二・終	面もちして★らん	42・3
出迎へ	動（複）・下二・用	戸の外に★しエリ	54・12
出《い》で行《ゆ》く	動（複）・四・体	★跡に残らんも物	48・2
いと	副	ほとりは★静にて、	8・1
いと	副	奥行のみ★長き休	34・5
糸《いと》	名・普	足の★は解くに由	52・13
糸	名・普	この★、あなあは	52・14
営《いとな》む	動・四・体	生計を★に足るほ	62・11
厭《いと》はしさ	名（形・幹＋接尾）・普	人の見るが★に、	24・2
厭《いと》ひ	動・四・用	中頃は世を★、身	10・4
暇《いとま》	名・普	さて官事の★ある	14・8
遑《いとま》	名・普	★あらず、引かれ	42・5
遑	名・普	顧みる★なく、こ	22・5
遑	名・普	公務に★なき相沢	46・4
遑《いとま》なき	形（名＋形の一語化）・ク・体	応接に★も宜なり	12・17
否《いな》	名・普	人に★とはいはせ	26・13
否	名・普	★とはえ対へぬが	44・11

否	名・普	文をば★といふ字	50・2
否	接	★、心にな掛けそ	38・15
否	接	★、かく衣を更め	40・6
否	接	★、果して往きつ	44・7
否	接	★、彼は日毎に書	48・13
否	接	★、君を思ふ心の	50・3
辞《いな》む	動・四・終	気色★べくもあら	56・9
いね	動・下二・用	直ちに★つ。次の	48・15
寝《い》ね	動・下二・未	まだ★ずと覚ぼし	58・12
命《いのち》	名・普	我★は絶えなんを	54・6
いは	動・四・未	人に否とは★せぬ	26・13
いは	動・四・未	何とか★ん。「ホ	56・14
言《い》は	動・四・未	人にも★れ、某省	12・1
言は	動・四・未	誰れも得★じ。我	40・4
言は	動・四・未	今更に★んも甲斐	42・14
所謂《いはゆる》	連体	この処は★マンサ	24・17
いひ	動・四・用	奴隷と★し如く、	30・5
いひ	動・四・用	共にせんと★ぬ。	42・7
いひ	動・四・用	云々と★しは、大	52・7
いひ	動・四・用	絶たんと★しを、	52・9
いひ	動・四・用	と★つゝ一つの木	54・15
いひ	動・四・用	偽なりとも★難き	56・10
云《い》ひ	動・四・用	秘め玉へと★ぬ。	30・17
云ひ	動・四・用	髭の内にて★しが	54・4
言《い》ひ	動・四・用	決断して★しにあ	46・6
言ひ	動・四・用	譫言のみ★しを、	60・6
謂《い》ひ	動・四・用	余に★しは、御身	28・12
言《い》ひ争《あらそ》ふ	動（複）・四・体	内には★ごとき声	24・12
言《い》ひおこせ	動（複）・下二・用	籍を除きぬと★つ	46・14
いひ掛《か》け	名（動・下二・用の転）・普	身勝手なる★せん	26・11
いひ掛け	動（複）・下二・用	★たるが、我なが	22・8
いひ遣《や》る	動（複）・四・終	用事をのみ★とな	38・13
いふ	動・四・終	九廻すとも★べき	10・5
いふ	動・四・終	稀なりとぞ★なる	30・10
いふ	動・四・終	身なりと★。貧血	46・13
いふ	動・四・終	見込なしと★。ダ	62・5
いふ	動・四・体	太田豊太郎と★名	10・15
いふ	動・四・体	かの合歓と★木の	18・6
いふ	動・四・体	これすぎぬと★少	24・11
いふ	動・四・体	女優と交ると★こ	28・10
いふ	動・四・体	社の報酬は★に足	32・16
いふ	動・四・体	そをいかにと★に	36・8
いふ	動・四・体	悪阻と★ものなら	38・3
いふ	動・四・体	ゲエロツクと★二	40・2
いふ	動・四・体	慣習と★一種の惰	44・4

いふ　動・四・体　否と★字にて起し　50・2
いふ　動・四・体　寄せんとぞ★なる　50・13
いふ　動・四・体　パラノイアと★病　62・5
いふ　動・四・体　薬を」と★のみ。　62・8
云《い》ふ　動・四・終　言葉にて★。「許　26・7
云ふ　動・四・終　エリス★。「故郷　38・13
言《い》ふ　動・四・体　頼みがたきは★も　8・13
訝《いぶか》り　動・四・用　★つゝも抜きて読　38・10
いへ　動・四・已　急ぐと★ば今より　38・16
家《いへ》　名・普　我★を興さむも今　12・3
家　名・普　遙々と★を離れて　12・4
家　名・普　★に一銭の貯だに　22・13
家　名・普　彼等親子の★に寄　34・2
家　名・普　★に留まりて、余　34・4
家　名・普　日曜なれば★に在　38・6
家　名・普　★に還り、直ちに　48・15
家　名・普　我★をさして車を　52・16
家　名・普　★の入口に駐まり　54・1
家　名・普　★にのみ籠り居し　56・4
いま　名・普　★我数奇を憐み、　32・5
今《いま》　名・普　げに東に還る★の　8・12
今　名・普　★は心の奥に凝り　10・5
今　名・普　★ぞとおもふ心の　12・3
今　名・普　★二十五歳になり　16・2
今　名・普　余は我身の★の世　16・4
今　名・普　★までは瑣々たる　16・9
今　名・普　★この処を過ぎん　20・16
今　名・普　座に出でゝ、★は　30・5
今　名・普　★我同行の一人な　32・12
今　名・普　★は活発々たる政　34・17
今　名・普　★まで一筋の道を　36・12
今　名・普　★よりこそ。」か　38・16
今　名・普　★は天方伯も唯だ　42・16
今　名・普　楽しきは★の生活　44・9
今　名・普　底をば★ぞ知りぬ　50・3
今　名・普　★は只管君がベル　50・14
今　名・普　★こゝに心づきて　52・5
今　名・普　★は稍々これを得　52・6
今　名・普　★はこの糸、あな　52・14
今　名・普　★も除夜に眠らず　52・16
今更《いまさら》　副　★おもへば、余が　52・8
今更《いまさら》に　形動・ナリ・用　★言はんも甲斐な　42・14
卑《いや》しき　形・シク・体　★「コルポルタア　30・12
賤《いや》しき　形・シク・体　★限りなる業に堕　30・9
入《い》ら　動・四・未　寺に★ん日はいか　56・2
答《いらへ》　名（動・下二・用の転）・普

		此★はいち早く決	46・6
答	名（動・下二・用の転）・普	その★の範囲を善	46・8
いらへし	動（複）・サ・用	丁寧に★つる余が	16・9
入《い》り	動・四・用	法学部に★し後も	10・15
入り	動・四・用	大学に★て政治学	14・9
入り	動・四・用	蔗を噛む境に★ぬ	16・13
入り	動・四・用	薄暗き巷に★、楼	20・11
入り	動・四・用	化粧部屋に★てこ	30・7
入り	動・四・用	前房に★ぬ。外套	40・17
入り	動・四・用	室に★て相対して	42・3
入り	動・四・用	急ぎて室に★ぬ。	54・13
入り	動・四・用	夜に★て雪は繁く	58・3
入り	動・四・用	戸口に★しより疲	58・14
入り	動・四・用	戸を開きて★しに	58・16
入口《いりぐち》	名・普	ホオフ」の★なり	40・15
入口	名・普	鍵をば★に住む靴	48・5
入口	名・普	家の★に駐りぬ。	54・1
入《い》る	動・四・体	余に会釈して★を	24・8
入る	動・四・体	手に★は卑しき「	30・12
入る	動・四・体	夜に★までもの語	48・15
入《い》れ	動・四・已	大戸を★ば、欠け	24・3
入れ	動・下二・未	癲狂院に★むとせ	62・5
入れ	動・下二・用	「カバン」に★た	48・2
色《いろ》	名・普	様々の★に飾り成	12・11
色	名・普	赫然たる★の衣を	20・2
色	名・普	髪の★は、薄きこ	22・1
色	名・普	心や★に形はれた	22・9
色	名・普	乳の如き★の顔は	26・5
色	名・普	余を以て★を舞姫	28・6
色	名・普	彼は★を失ひつ。	30・16
色	名・普	彼は★を正して諌	42・13
いろ〳〵	名・普	★の馬車、雲に聳	12・13
慇懃《いんぎん》に	形動・ナリ・用	老媼は★おのが無	24・13
印《いん》せ	動（複）・サ・未	額に★し面の老媼	24・7

う

得《う》	動・下二・終	学資を★べき手だ	32・11
穿《うが》つ	動・四・体	綿を★北欧羅巴の	38・1
浮《うか》び出《い》で	動（複）・下二・用	半天に★たる凱旋	12・15
浮《うか》ぶ	動・四・体	身の★瀬あらじ。	32・10
族《うから》	名・普	頼もしき★なしと	50・4
うき	形・ク・体	浮世の★ふしをも	8・13
憂《う》き	形・ク・体	★がなかにも楽し	34・3
浮世《うきよ》	名・普	★のうきふしをも	8・13
受《う》け	動・下二・未	教育を★ず、十五	30・3

受け	動・下二・用	訓を★し甲斐に、	10・13
受け	動・下二・用	学士の称を★て、	10・17
受け	動・下二・用	命を★、我名を成	12・3
承《うけたま》はり	動・四・用	「★侍り」と応へ	56・12
動《うごか》さ	動・四・未	美観に心をば★じ	14・1
動《うご》かさ	動・四・未	其成心を★んとは	42・17
動《うご》かし	動・四・用	羽を★て自由を得	52・12
憂《う》さ	名（形幹＋接尾）・普	旅の★を慰めあふ	10・1
失《うしな》は	動・四・未	守る所を★じと思	44・10
失《うしな》ひ	動・四・用	父を★て母の手に	18・15
失ひ	動・四・用	彼は色を★つ。余	30・16
失ひ	動・四・用	余が学資を★しを	30・17
失ひ	動・四・用	大洋に舵を★しふ	44・6
失ひ	動・四・用	本国をも★、名誉	56・10
失ひ	動・四・用	いつの間にか★、	60・2
喪《うしな》ひ	動・四・用	父をば早く★つれ	10・13
影護《うしろめた》かる	形・ク・体	★べければとて、	48・3
薄《うす》き	形・ク・体	髪の色は、★こが	22・1
薄き	形・ク・体	金をば★給金を拆	26・11
薄き	形・ク・体	★給金にて繋がれ	30・6
薄き	形・ク・体	★外套を透る午後	44・14
薄暗《うすぐら》き	形（接頭＋形）・ク・体	この狭く★巷に入	20・11
微紅《うすくれなゐ》	名・普	★を潮したり。手	26・5

歌《うた》	名・普	詩に詠じ★によめ	10・9
打《う》た	動・四・未	椎にて★るゝ如く	58・1
疑《うたが》は	動・四・未	なることを★ず、	18・12
うち	名・形	彼は物語する★に	22・17
うち	名・形	思ひ煩ふ★、我生	28・15
中《うち》	名・普	心の★なにとなく	16・3
中	名・普	留学生の★にて、	16・17
中	名・普	心の★に一種の寒	44・15
内《うち》	名・普	★には言ひ争ふご	24・12
内	名・普	戸の★は厨にて、	24・14
内	名・普	★には白布を掩へ	24・16
内	名・普	髭の★にて云ひし	54・4
内	名・形	数週の★にいたく	60・9
裡《うち》	名・普	房の★にのみ籠り	10・2
裡	名・普	氷雪の★に移した	48・8
打《う》ち	動・四・用	我を★き。父は死	22・13
打合《うちあは》せ	名（接頭＋動・下二・用の転）・普	おほやけの★も済	14・10
打《う》ち勝《か》た	動（接頭＋動）・四・未	憐憫の情に★れて	22・6
打守《うちまも》り	動（接頭＋動）・四・用	面を★しが、我が	22・9
打笑《うちわら》ひ	動（接頭＋動）・四・用	告げて★玉ひき。	46・2
打笑《うちゑ》み	動（接頭＋動）・四・用	★つゝこれを指し	54・15
美《うつく》しき	形・シク・体	机には★氈を掛け	26・2

美しき	形・シク・体	★衣をも纏へ、場	30・7
美しき	形・シク・体	その★、いぢらし	32・6
写《うつ》さ	動・四・未	委くこゝに★んも	32・2
うつし	動・四・用	棲家をも★、午餐	32・16
写《うつ》し	動・四・用	筆に★て誰にか見	8・15
写し	動・四・用	★ては又写す程に	36・12
移《うつ》し	動・四・用	氷雪の裡に★たる	48・8
写《うつ》し留《とど》め	動（複）・下二・用	さらぬをば★て、	14・11
写《うつ》す	動・四・終	これを★べくもあ	22・2
写す	動・四・体	写しては又★程に	36・12
堆《うづたか》く	形・ク・用	★積み上げたれば	54・14
うつむき	動・四・用	★たる少女の顫ふ	22・15
埋《うづ》もれ	動・下二・用	軌道も雪に★、ブ	58・5
映《うつ》る	動・四・体	鏡に★影、声に応	10・7
虚《うつろ》なり	形動・ナリ・用	心★しを掩ひ隠し	46・9
撲《う》て	動・四・已	風面を★り。二重	44・13
疎《うと》き	形・ク・体	交際の★がために	20・6
疎《うと》んぜ	動（複）・サ・未	余を★んを恐れて	32・1
項《うなじ》	名・普	少女の顫ふ★にの	22・15
頸《うなじ》	名・普	我★を抱きしを見	54・3
上靴《うはぐつ》	名・普	汚れたる★を穿き	24・8
譫言《うはごと》	名・普	熱劇しくて★のみ	60・6
上襦袢《うはじゆばん》	名・普	★も極めて白きを	40・1

上《うへ》	名・普	土瀝青の★を音も	12・13
上	名・普	★には書物一二巻	26・2
上	名・普	机の★に置きぬ。	26・16
上	名・普	石卓の★にて忙は	34・8
上	名・普	青雲の★に堕した	48・7
上	名・普	肩の★に落ちぬ。	54・9
上	名・普	梯の★に立てり。	54・10
上	名・普	机の★には白き木	54・14
上	名・普	机の★なりし襁褓	62・1
上	名・形	うべなひし★にて	46・8
うべなひ	動・四・用	★し上にて、その	46・8
うべなふ	動・四・体	直ちに★ことあり	46・8
宜《うべ》なり	形動・ナリ・用	驚きしも★けり。	60・1
宜なり	形動・ナリ・終	遑なきも★。され	12・17
生《うま》れ	動・下二・未	子の★むをりの事	62・11
産《うま》れ	動・下二・未	★ん子は君に似て	54・17
産れ	動・下二・用	★たらん日には君	56・1
生《うま》れながらなる	形動・ナリ・体	素と★弱き心より	42・13
生《うま》れながらに	形動・ナリ・用	此心は★やありけ	18・15
海《うみ》	名・普	灯火の★を渡り来	20・11
海	名・普	歐州大都の人の★	56・11
恨《うらみ》	名（動・四・用の転）・普	人知らぬ★に頭の	10・3
恨	名（動・四・用の転）・普	此★は初め一抹の	10・3

恨	名（動・四・用の転）・普	此★を鎖せむ。若	10・8
恨	名（動・四・用の転）・普	若し外の★なりせ	10・8
得《う》る	補動・下二・体	漸やく歩み★程に	58・6
漆《うるし》	名・普	★もて書き、下に	24・11
嬉《うれ》しから	形・シク・未	いかに★まし。」	56・3
嬉《うれ》しさ	名（形・幹＋接尾）・普	褒むるが★に怠ら	14・17
愁《うれへ》	名（動・下二・用の転）・普	★を含める目の、	22・3
憂《うれへ》	名（動・下二・用の転）・普	人の★に附けこみ	26・10
飢《う》ゑ	動・下二・用	★凍えし雀の落ち	36・17
ウンテル、デン、リンデン	名・固・地	★に来て、両辺な	12・9
ウンテル、デン、リンデン	名・固・地	★を過ぎ、我がモ	20・9
ウンテル、デン、リンデン	名・固・地	★の酒家、茶店は	58・8
運動《うんどう》	名・普	政界の★、文学美	34・17
え			
え	副	善くは★読まぬが	36・14
え	副	否とは★対へぬが	44・11
え	副	★忘れざりき。余	48・13
得《え》	副	誰れも★言はじ。	40・4
得	動・下二・未	何処よりか★ん。	50・6
得	動・下二・用	許をば★たりけれ	14・8
得	動・下二・用	働き手を★たりと	14・17
得	動・下二・用	精神をだに★たら	16・11
得	動・下二・用	これを★たるかと	52・6
得	動・下二・用	自由を★たりと誇	52・12
得	動・下二・用	世にまた★がたか	62・13
え	補動・下二・用	舞をもなし★つべ	34・13
得	補動・下二・用	気象をや養ひ★た	8・11
得	補動・下二・用	易きをも悟り★た	8・14
得	補動・下二・用	学び★つると問は	14・7
得	補動・下二・用	養ひ★たる一隻の	36・11
得	補動・下二・用	明視し★たり。耻	50・16
映《えい》じ	動（複）・サ・用	顔は灯火に★て微	26・5
映じ	動（複）・サ・用	晴れたる日に★、	54・1
詠《えい》じ	動（複）・サ・用	詩に★歌によめる	10・9
映射《えいしゃ》する	動（複）・サ・体	★光、彫鏤の工を	48・10
栄達《えいたつ》	名・普	★を求むる心とは	54・7
要《えう》する	動（複）・サ・体	急を★を翻訳せよ	42・6
要《えう》なけれ	形（名＋形の一語化）・ク・已	写さんも★ど、余	32・2
枝《えだ》	名・普	緑樹★をさし交は	12・15

謁《えつ》	名・普	★を通じ、おほや	14・3
謁《えつ》し	動（複）・サ・用	大臣に★、委托せ	42・5
閲歴《えつれき》	名・普	不幸なる★を聞き	42・11
エポレット	名・普	幾枝の「★」が映	48・9
撰《えら》び	動・四・用	極めて白きを★、	40・1
襟飾《えりかざ》り	名（名＋動・四・用の転）・普	★さへ余が為めに	40・2
エリス	名・固・人	★帰りぬと答ふる	24・5
エリス	名・固・人	★の余に会釈して	24・8
エリス	名・固・人	余と★との交際は	30・2
エリス	名・固・人	★がこれを遁れし	30・10
エリス	名・固・人	余が★を愛する情	32・5
エリス	名・固・人	掛けしは★なりき	34・1
エリス	名・固・人	★と余とは、いつ	34・2
エリス	名・固・人	★が劇場よりかへ	34・15
エリス	名・固・人	★は二三日前の夜	38・2
エリス	名・固・人	★は床に臥すほど	38・6
エリス	名・固・人	★が母は、郵便の	38・8
エリス	名・固・人	★云ふ。「故郷よ	38・13
エリス	名・固・人	★は病をつとめて	40・1
エリス	名・固・人	★が母の呼びし一	40・11
エリス	名・固・人	★に接吻して楼を	40・13
エリス	名・固・人	棄て難きは★が愛	44・9
エリス	名・固・人	★に預けつ。これ	46・11
エリス	名・固・人	★をば母につけて	48・4
エリス	名・固・人	この間余は★を忘	48・13
エリス	名・固・人	★との関係を絶た	52・9
エリス	名・固・人	★の梯を駆け下る	54・3
エリス	名・固・人	出迎へし★が母に	54・12
エリス	名・固・人	★に伴はれ、急ぎ	54・13
エリス	名・固・人	★は打笑みつゝこ	54・15
エリス	名・固・人	帰りて★に何とか	56・14
エリス	名・固・人	★はまだ寝ねずと	58・12
エリス	名・固・人	★は振り返へりて	58・16
エリス	名・固・人	★が慇にみとる程	60・6
エリス	名・固・人	病床に侍する★を	60・9
エリス	名・固・人	★が生ける屍を抱	62・9
エリス	名・固・人	★が母に微なる生	62・10
エルンスト、ワイゲルト	名・固・人	★と漆もて書き、	24・10
縁故《えんこ》	名・普	日記の成らぬ★な	8・15
縁者《えんじゃ》	名・普	遠き★あるに、身	50・13
鉛筆《えんぴつ》	名・普	★取り出でゝ彼此	34・6

お

応《おう》じ	動・サ・用	つのりに★て、こ	30・3

欧州《おうしう》	名・固・地	★諸国の間にて独	36・9
欧州	名・固・地	★大都の人の海に	56・11
応《おう》ずる	動（複）・サ・体	声に★響の如く、	10・7
応接《おうせつ》	名・普	★に遑なきも宜な	12・17
老媼《おうな》	名・普	咳枯れたる★の声	24・5
老媼	名・普	面の★にて、古き	24・7
老媼	名・普	さきの★は慇懃に	24・13
老媼	名・普	老媼の室を出でし	26・6
おき	補動・四・用	事をも頼み★ぬ。	62・12
置《お》き	動・四・用	机の上に★ぬ。「	26・16
置き	補動・四・用	丁寧にしまひ★し	40・2
置き	補動・四・用	繕ひ★しなり。余	60・8
起《お》き出《い》で	動（動）・下二・用	★し時の心細さ、	48・16
翁《おきな》	名・普	猶太教徒の★が戸	20・12
奥《おく》	名・普	今は心の★に凝り	10・6
臆病《おくびやう》なる	形動・ナリ・体	わが★心は憐憫の	22・6
奥深《おくふか》く	形（名＋形の一語化）・ク・用	★潜みたりしまこ	16・3
奥行《おくゆき》	名・普	間口せまく★のみ	34・5
送《おく》り	動・四・用	報告書に作りて★	14・11
送り	動・四・用	楽しき月日を★ぬ	34・3
送《おく》り行《ゆ》か	動（複）・四・未	君が家に★んに、	22・16
送《おく》る	動・四・体	楽しき年を★こと	12・2
興《おこ》さ	動・四・未	我家を★むも、今	12・3
起《おこ》し	動・四・用	字にて★たり。否	50・3
怠《おこた》ら	動・四・未	★ず学びし時より	14・17
行《おこなひ》	名（動・四・用の転）・普	この★ありしをあ	32・4
起《おこ》り	動・四・用	急に★しパラノイ	62・4
起《おこ》れ	動・四・已	心頭を衝いて★り	56・12
押《お》しあて	動（複）・下二・用	顔に★、涙を流し	62・2
襲《おそ》ふ	動・四・体	つねに我を★外物	14・1
恐《おそ》れ	動・下二・用	唯外物に★て自ら	18・11
恐れ	動・下二・用	疎んぜんを★てな	32・1
妥《おだやか》なら	形動・ナリ・未	なにとなく★ず、	16・3
落《お》ち	動・上二・用	雀の★て死にたる	36・17
落ち	動・上二・用	肩の上に★ぬ。「	54・9
落ち	動・上二・用	頬は★たり。相沢	60・10
堕《お》ち	動・上二・用	業に★ぬは稀なり	30・9
落居《おちゐ》	動（複）・上一・用	聞きて★たりと宣	56・8
落《お》つる	動・上二・体	★熱き涙を我手の	28・2
音《おと》	名・普	土瀝青の上を★も	12・13
音	名・普	夕立の★を聞かせ	12・14
音	名・普	窓を開く★せしが	54・2
堕《おと》し	動（複）・四・用	青雲の上に★たり	48・7
おとなしき	形・シク・体	★性質と、剛気あ	30・10
驚《おどろ》かさ	動・四・未	目を★ぬはなきに	12・12

驚かさ	動・四・未	我足音に★れてか	22・1
驚《おどろ》かし	動・四・用	不意に余を★つ。	46・5
驚《おどろ》き	動・四・用	彼は★てわが黄な	22・9
驚き	動・四・用	少女は★感ぜしさ	28・1
驚き	動・四・用	かれは屢々★しが	42・11
驚き	動・四・用	余は★ぬ。机の上	54・13
驚き	動・四・用	★て飛びのきつ。	56・16
驚き	動・四・用	★しも宜なりけり	60・1
驚き	動・四・用	変りたる姿に★ぬ	60・9
蓬《おど》ろと	副	髪は★乱れて、幾	60・2
衰《おとろ》ふる	動・下二・体	学問の荒み★こと	10・14
同《おな》じく	形・シク・用	★大学に在りし日	42・2
おの	代・人	★が無礼の振舞せ	24・13
自《おのづか》ら	副	★総括的になりて	36・12
おのれ	代・人	★も亦伯が当時の	42・16
おのれ	代・人	★に損あればなり	44・1
おのれ	代・人	★に敵するものに	44・11
おのれ	代・人	余は★が信じて頼	46・6
おのれ	代・人	唯だ★が尽したる	52・3
己《おの》れ	代・人	★は遊び暮す老人	34・7
負《お》は	動・四・未	惨痛をわれに★せ	10・5
おはさ	動・四・未	彼を知らでや★ん	26・9
おはさ	動・四・未	疲れや★んとて敵	56・4

負《お》ひ	動・四・用	冤罪を身に★て、	20・7
負ひ	動・四・用	汚名を★たる身の	32・10
帯《お》び	動・上二・用	少女は羞を★て立	26・4
大《おほ》いなる	連体	★陶炉に火を焚き	44・13
覚《おぼ》え	名（動・下二・用の転）・普	官長の★殊なりし	12・2
覚え	動・下二・未	悲痛を★させたる	28・15
覚え	動・下二・未	ふつに★ず。我脳	58・10
覚え	動・下二・用	一種の寒さを★き	44・15
覚え	動・下二・用	骨に徹すと★て醒	58・2
覚え	動・下二・用	疲を★て、身の節	58・14
覚え	動・下二・用	せしまでは★しが	60・5
覚《おぼ》えず	副	余は★側に寄り。	22・6
覚えず	副	★我肩に倚りしが	22・17
大《おほ》かた	名・普	留学生などの★は	36・13
多《おほ》かれ	形・ク・已	足らぬところも★	8・13
多《おほ》き	形・ク・体	高尚なるも★を、	36・10
多き	形・ク・体	ことのみ★この程	48・2
多き	形・ク・体	か程に★路用を何	50・6
多《おほ》く	名・普	また★は余なりき	48・12
多く	形・ク・用	★もあらぬ金を人	34・7
多く	形・ク・用	★もあらぬ蔵書を	36・5
多く	形・ク・用	彼★問ひて、我多	42・9

多く	形・ク・用	我★答へき。彼が	42・9
覚《お》ぼしく	形・シク・用	寝ねずと★、炯然	58・12
太田《おほた》	名・固・人	三番地にて★と尋	26・17
太田豊太郎《おほたとよたらう》	名・固・人	★といふ名はいつ	10・15
覚束《おぼつか》なき	形・ク・体	さらぬだに★は我	38・4
大戸《おほど》	名・普	筋向ひなる★を入	24・2
掩《おほ》は	動・四・未	長き睫毛に★れた	22・3
掩は	動・四・未	乍ち★れ、乍ちま	58・13
被《おほ》ひ	動・上一・用	外套を背に★て手	40・12
掩《おほ》ひ隠《かく》し	動(複)・四・用	心虚なりしを★、	46・9
掩《おほ》へ	動・四・已	白布を★る臥床あ	24・16
被《おほ》へ	動・四・已	★るゾファを据ゑ	40・17
おほむね	名・普	その言の★なりき	44・5
概《おほむ》ね	副	生路は★平滑なり	42・9
おほやけ	名・普	★の紹介状を出だ	14・3
おほやけ	名・普	かねて★の許をば	14・8
おほやけ	名・普	★の打合せも済み	14・10
公《おほやけ》	名・普	★の助をば仰ぐべ	28・13
公事《おほやけごと》	名・普	★なれば明には告	52・8
重《おも》く	形・ク・用	大臣の君に★用ゐ	50・14
面白《おもしろ》から	形・ク・未	★ぬ関係ありて、	16・17
表《おもて》	名・普	★にあらはれて、	16・4
表	名・普	★のみは一面に氷	36・16
面《おもて》	名・普	赤く白く★を塗り	20・2
面	名・普	かへりみたる★、	22・2
面	名・普	わが黄なる★を打	22・9
面	名・普	額に印せし★の老	24・7
面	名・普	伏し沈みたる★に	32・6
面	名・普	風★を撲てり。二	44・13
表街《おもてまち》	名・普	★の人道にてこそ	36・15
思《おも》は	動・四・未	悲しとは★ず、遙	12・4
思は	動・四・未	境なるべく★るれ	12・9
思は	動・四・未	なんど★れんは、	44・1
思は	動・四・未	得たるかと★るゝ	52・6
思《おもひ》	名(動・四・用の転)・普	ハイネを学びて★	36・2
思	名(動・四・用の転)・普	別離の★は日にけ	50・8
思	名(動・四・用の転)・普	踟躕の★は去りて	54・8
思	名(動・四・用の転)・普	★に沈みて行く程	56・15
思《おも》ひ	名(動・四・用の転)・普	かゝる★をば、生	48・17
思ひ	名(動・四・用の転)・普	★せまりて書きた	50・2
思ひ	動・四・用	悟りたりと★ぬ。	16・6
思ひ	動・四・用	天晴豪傑と★し身	18・13
思ひ	動・四・用	怪しと★しが、こ	18・14
思ひ	動・四・用	たのみに★しシヤ	26・8
思ひ	動・四・用	助けんと★しに、	26・10
思ひ	動・四・用	★しよりも忙はし	36・4

思ひ	動・四・用	書状と★しならん	38・15
思ひ	動・四・用	失はじと★て、お	44・11
思ひ	動・四・用	あらずやと★ぬ。	48・16
思ひ	動・四・用	常には★しが、暫	50・7
思ひ	動・四・用	苦艱なりと★しは	50・9
思ひ	動・四・用	悟りきと★て、ま	52・11
思ひ	動・四・用	楽しさを★玉へ。	54・16
思ひ	動・四・用	あなやと★しが、	56・9
思《おも》ひ出《いだ》し	動(複)・四・用	をり〳〵★たるや	62・8
想到《おもひいた》ら	動(複)・四・未	絶えて★ざりき。	52・4
おもひ定《さだ》め	動(複)・下二・用	列ることに★て、	14・14
思《おも》ひ定《さだ》め	動(複)・下二・未	★んよしなかりし	44・9
思ひ定め	動(複)・下二・用	★たるを見て心折	50・11
思《おも》ひ計《はか》り	動(複)・四・用	穉き心に★しが如	14・12
思《おも》ひ煩《わづら》ふ	動(複)・四・体	とやかうと★うち	28・14
おもふ	動・四・体	今ぞと★心の勇み	12・3
憶《おも》ふ	動・四・体	故郷を★念と栄達	54・7
思《おも》ふ	動・四・体	余は私に★やう、	16・6
思ふ	動・四・体	君を★心の深き底	50・3
思ふ	動・四・体	葬られんかと★念	56・12
思ふ	動・四・体	罪人なりと★心の	58・10
おもへ	動・四・已	今日になりて★ば	8・7
おもへ	動・四・已	今更★ば、余が軽	52・8

思《おも》へ	動・四・已	さはあらじと★ど	10・10
思へ	動・四・已	★ばならん、エリ	40・1
赴《おもむ》き	動・四・用	長き休息所に★、	34・5
面《おも》もち	名・普	人なみならぬ★し	16・15
面もち	名・普	茫然たる★を見て	38・13
面もち	名・普	不興なる★を見せ	40・5
面もち	名・普	怎なる★して出迎	42・3
面もち	名・普	呆れたる★にて、	54・4
親《おや》	名・普	★と共に往かんは	50・6
親子《おやこ》	名・普	彼等★の家に寄寓	34・2
親腹《おやはら》から	名・普	★を養ふものはそ	30・8
凡《およ》そ	副	★民間学の流布し	36・9
及《およ》ば	動・四・未	力の★ん限り、ビ	36・1
及《およ》び	動・四・用	こゝに★しを奈何	32・8
下《お》り	動・上二・用	楼を★つ。彼は凍	40・13
下り	動・上二・用	余が車を★しは「	40・15
おろかなら	形動・ナリ・未	嫉むは★ずや。こ	18・17
恩《おん》	名・普	この★を謝せんと	28・3
恩人《おんじん》	名・普	此★は彼を精神的	60・11
おん身《み》	代（接頭＋名）・人	★も名を知る相沢	38・15
おん身	代（接頭＋名）・人	★の姿は。」驚き	58・17
御身《おんみ》	代（接頭＋名）・人	★若し即時に郷に	28・12

か

か　助・係　幾千言を★なしけ　8・6
か　助・係　いかに★見けむ。　8・8
か　助・係　筆に写して誰に★　8・15
か　助・係　いかにして★此恨　10・8
か　助・係　幾巻を★なしけむ　14・12
か　助・係　いかで★喜ぶべき　16・15
か　助・係　怎で★人に知らる　18・5
か　助・係　人は何と★見けん　34・11
か　助・係　幾年を★経ぬるを　40・10
か　助・係　いつまで★一少女　42・15
か　助・係　幾月★心づかであ　46・13
か　助・係　何事を★叙すべき　48・6
か　助・係　何処より★得ん。　50・6
か　助・係　幾階★持ちて行く　54・10
か　助・係　何と★見玉ふ、こ　54・15
か　助・係　何と★いはん。「　56・14
か　助・係　幾度★叱せられ、　56・16
か　助・係　幾時を★過しけん　58・2
か　助・係　いかに★し玉ひし　58・17
か　助・係　いつの間に★失ひ　60・1
か　助・係　幾度★道にて跌き　60・2

か　助・係　幾度★出しては見　62・6
か　助・終　此★彼かと心迷ひ　14・13
か　助・終　此か彼★と心迷ひ　14・13
か　助・終　までは徹したる★　22・4
か　助・終　何故に泣き玉ふ★　22・7
か　助・終　有る★無きかの収　34・3
か　助・終　有るか無き★の収　34・3
か　助・終　面ちを見せ玉ふ★　40・5
か　助・終　随ひて来べき★、　46・4
か　助・終　これを得たる★と　52・6
か　助・終　かへる心なき★、　56・6
か　助・終　葬られん★と思ふ　56・11
か　助・終　いかに歩みし★知　58・8
か　助・終　欺き玉ひし★」と　60・14
歟《か》　助・終　猶ほ冷然たりし★　52・5
歟　助・終　告げざりし★。今　52・8
介《かい》せ　動・サ・未　意に★ざりきと見　42・4
カイゼルホオフ　名・固・他　「★」の入口なり　40・15
カイゼルホオフ　名・固・他　「★」へ通ふこと　44・16
講筵《かうえん》　名・普　★に列ることにお　14・13
講筵　名・普　法科の★を余所に　16・12
講筵　名・普　★だに往きて聴く　36・6
航海《かうかい》　名・普　慰めあふが★の習　10・1

交際《かうさい》	名・普	この★の疎きがた	20・6
交際	名・普	エリスとの★は、	30・2
好尚《かうしやう》なる	形動・ナリ・体	人の★らむ、余は	14・16
高尚《かうしやう》なる	形動・ナリ・体	頗る★も多きを、	36・10
航《かう》せ	動（複）・下二・用	西に★し昔の我な	8・12
抗抵《かうてい》すれ	動（複）・サ・已	★ども、友に対し	44・11
蒙《かうぶ》り	動・四・用	洋行の官命を★、	8・4
頭《かうべ》	名・普	★のみ悩ましたれ	10・3
頭	名・普	ふと★を擡げ、又	22・17
頭	名・普	立たば★の支ふべ	26・2
頭	名・普	彼の★は我肩に倚	54・9
頭	名・普	彼は★を垂れたり	56・2
頭	名・普	響く★を榻背に持	58・1
かゝづらひ	動・四・用	情に★て、目的な	42・15
拘《かかづら》ふ	動・四・終	細目に★べきにあ	16・10
係《かかは》ら	動・四・未	我身に★ぬ他人の	50・17
関《かかは》り	動・四・用	身の事に★しを包	30・16
係《かかは》る	動・四・体	文学美術に★新現	36・1
抱《かか》へ	名（動・下二・用の転）・普	彼が★となりしよ	26・10
鏡《かがみ》	名・普	★に映る影、声に	10・7
鏡	名・普	我★に向きて見玉	40・4
鏡	名・普	正面には★を立て	40・17

鏡	名・普	胸中の★は曇りた	52・2
輝《かがや》け	動・四・已	きらくと★り。	54・1
かゝり	動・四・用	解けて★たる、そ	32・6
かゝる	連体	★思ひをば、生計	48・17
かゝれば	接	★余等二人の間に	30・14
書《か》き	動・四・用	漆もて★、下に仕	24・11
書き	動・四・用	★たる如くなりき	50・2
鍵《かぎ》	名・普	電気線の★を捩る	10・11
鍵	名・普	★をば入口に住む	48・5
書《か》きおくり	動（複）・四・用	★玉ひし如く、大	50・13
書《か》き記《しる》し	動（複）・四・用	筆に任せて★つる	8・5
搔寄《かきよ》せ	動（複）・下二・用	紙上に★しとは殊	34・17
限《かぎ》り	名（動・四・用の転）・形	賤しき★なる業に	30・9
限り	名（動・四・用の転）・形	力の及ばん★、ビ	36・1
限《かぎり》なき	形（名＋形）・ク・体	★懐旧の情を喚び	10・7
かく	副	いつの間に★は学	14・7
かく	副	★は心を用ゐじ。	38・17
かく	副	何故に★不興なる	40・4
かく	副	否、★衣を更め玉	40・6
かく	副	★厳しきは故あれ	46・15
かく	副	大臣の★宣ひしを	52・8
かく	副	★までに我をば欺	60・14
隠《かく》し	名（動・四・用の転）・普	我が★には二三「	26・15

隠し	動・四・用	かれに★たる顚末	60・7
赫然《かくぜん》たる	形動・タリ・体	★色の衣を纏ひ、	20・2
かくて	副	倶に★あらば云々	52・7
かくて	接	★三年ばかりは夢	14・15
書《か》け	動・四・已	新聞の原稿を★り	34・16
欠《か》け	動・下二・用	★損じたる石の梯	24・3
掛《か》け	動・下二・用	手を★て強く引き	24・4
掛け	動・下二・用	美しき氈を★て、	26・2
掛け	動・下二・用	否、心にな★そ。	38・15
懸《か》け	動・下二・用	麻布を★たり。左	24・14
影《かげ》	名・普	鏡に映る★、声に	10・7
翳《かげ》	名・普	一点の★とのみな	10・6
駆《か》け下《くだ》る	動(複)・四・体	梯を★に逢ひぬ。	54・3
掛《か》け連《つら》ね	動(複)・下二・用	幾種となく★たる	34・10
飾《かざ》り	動・四・用	色に★成したる礼	12・11
借《か》し	動・四・用	却りて力を★易き	22・7
借し	動・四・用	余が★つる書を読	30・13
借し	動・四・用	金を人に★て己れ	34・7
貸本屋《かしほんや》	名・普	★の小説のみなり	30・12
貸屋《かしや》	名・普	★などに向ひて、	20・14
微《かすか》なる	形動・ナリ・体	★暮しは立つべし	32・17
微なる	形動・ナリ・体	★生計を営むに足	62・10
微《かすか》に	形動・ナリ・用	一灯★燃えて、エ	34・15
掠《かす》め	動・下二・用	我心を★て瑞西の	10・3
風《かぜ》	名・普	自由なる大学の★	16・2
風	名・普	出づれば★面を撲	44・13
風	名・普	★に弄ばるゝに似	58・14
かた	名・普	大学の★にては、	14・12
肩《かた》	名・普	胸張り★聳えたる	12・10
肩	名・普	覚えず我★に倚り	22・17
肩	名・普	我★に倚りて、彼	54・9
肩	名・普	★の上に落ちぬ。	54・9
肩	名・普	外套の★には一寸	58・3
難《かた》く	形・ク・用	たづぬることも★	36・5
かたくななる	形動・ナリ・体	★心と慾を制する	18・3
難《かた》けれ	形・ク・已	収むることの★ば	36・6
形《かたち》	名・普	凹字の★に引籠み	20・14
形	名・普	★こそ旧に比ぶれ	42・3
容《かたち》	名・普	少し★をあらため	40・5
かたへ	名・普	掛け連ねたる★の	34・10
傍《かたへ》	名・普	そが★に少女は羞	26・4
傍	名・普	獣苑の★に出でた	56・17
傍	名・普	★の人をも見知ら	60・16
舵	名・普	大洋に★を失ひし	44・6
鍛《か》冶《ぢ》	名・普	★が家に通じたる	20・13
曾《かつ》て	副	★大学に繋く通ひ	36・11

且《かつ》は	副	★嘲り且は嫉みた	18・4
且は	副	嘲り★嫉みたりけ	18・4
活発《かつぱつ》なる	形動・ナリ・体	彼★同郷の人々と	20・5
活発々《かつはつはつ》たる	形動・タリ・体	今は★政界の運動	34・17
咖啡《カツフエエ》	名・普	朝の★果つれば、	34・4
咖啡	名・普	一盞の★の冷むる	34・9
珈琲《カツフエエ》店	名・普	★に坐して客を延	20・2
門者《かどもり》	名・普	★に秘書官相沢が	40・15
悲《かな》し	形・シク・終	さまで★とは思は	12・4
悲《かなし》み	動・四・用	別離を★て伏し沈	32・6
愜《かな》は	動・四・未	葬らでは★ぬに、	22・13
愜は	動・四・未	それも★で東に還	50・5
金《かね》	名・普	★をば薄き給金を	26・11
金	名・普	多くもあらぬ★を	34・7
金	名・普	路用の★は兎も角	50・14
兼《か》ね	補動・下二・用	かれは待ち★し如	24・8
かねて	副	★おほやけの許を	14・8
かの	連体	★合歓といふ木の	18・6
かの	連体	★公務に遑なき相	46・4
かの	連体	また★夕べ大臣に	60・12
かの	連体	★襁褓一つを身に	62・6
彼《かの》	連体	★人々は余を猜疑	18・1
彼	連体	★人々は余が倶に	18・3

彼	連体	★人々の嘲るはさ	18・17
彼	連体	★活溌なる同郷の	20・5
彼	連体	★人々は唯余を嘲	20・6
彼	連体	又★少女との関係	44・2
彼《か》の	連体	余は★灯火の海を	20・11
かはゆき	形・ク・体	★独り子を出し遣	38・17
変《かは》り	動・四・用	心さへ★易きをも	8・14
変り	動・四・用	★たる姿に驚きぬ	60・9
カバン	名・普	「★」持たせて梯	54・2
甲《か》斐《ひ》	名・普	訓を受けし★に、	10・13
買《か》ひ	動・四・用	★し冊子もまだ白	8・9
甲《か》斐《ひ》なし	形・ク・終	言はんも★。とは	42・14
買求《かひもと》め	動(複)・下二・用	新に★たるゴタ板	48・1
房《カビン》	名・普	★の裡にのみ籠り	10・2
被《かぶ》り	動・四・用	★し巾を洩れたる	20・17
かへ	動・下二・用	食店をも★たらん	32・17
壁《かべ》	名・普	かたへの★に、幾	34・11
壁	名・普	★の石を徹し、衣	38・1
還《かへ》し	動・四・用	給金を拆きて★参	26・12
かへら	動・四・未	郷に★ば、学成ら	32・9
帰《かへ》ら	動・四・未	僑居に★んと、ク	20・10
帰ら	動・四・未	即時に郷に★ば、	28・13
かへり	動・四・用	劇場より★て、椅	34・15

かへり	動・四・用	ベルリンに★玉は	50・15
帰《かへ》り	動・四・用	エリス★ぬと答ふ	24・5
帰り	動・四・用	本国に★て後も倶	52・7
帰り	動・四・用	ベルリンに★しは	52・15
帰り	動・四・用	★てエリスに何と	56・14
還《かへ》り	動・四・用	家に★、直ちにい	48・15
還り	動・四・用	東に★玉はんとな	50・5
帰《かへ》り来《き》	動・カ・用	★しが、それより	38・3
帰り来	動(動+補動)・カ・用	善くぞ★玉ひし。	54・6
帰り来	動(動+補動)・カ・用	★玉はずば我命は	54・6
帰《かへ》り来《こ》	動(複)・カ・未	露西亜より★んま	46・12
返《かへ》り路《ぢ》	名(動・四・用+名)・普	★によぎりて、余	34・12
却《かへ》りて	副	★力を借し易きこ	22・7
却りて	副	★他の凡庸なる諸	42・12
かへりみ	動(複)・上一・用	驚かされて★たる	22・2
顧《かへり》み	動・上一・未	棄てゝ★ぬ程の勇	18・10
顧み	動・上一・未	冷むるをも★ず、	34・9
顧《かへり》みる	動(複)・上一・体	前後を★遑なく、	22・5
かへる	動・四・体	東に★心なきか、	56・6
還《かへ》る	動・四・体	げに東に★今の我	8・12
顔《かほ》	名・普	★に押しあて、涙	62・2
繊《かぼそ》く	形・ク・用	手足の★裊なるは	26・6
か程《ほど》に	副	★多き路用を何処	50・6
竈《かまど》	名・普	煉瓦の★あり。正	24・15
竈	名・普	★の側なる戸を開	24・16
竈	名・普	★に火を焚きつけ	36・17
構《かま》へ	動・下二・用	思を★、様々の文	36・2
神《かみ》	名・普	★も知るらむ、絶	52・4
紙《かみ》	名・普	★にて張りたる下	26・1
髪《かみ》	名・普	この大道★の如き	12・9
髪	名・普	洩れたる★の色は	20・17
髪	名・普	白みたる★、悪し	24・6
髪	名・普	乱れし★を朔風に	40・13
髪	名・普	★は蓬ろと乱れて	60・2
髪	名・普	★をむしり、蒲団	60・16
噛《か》み	動・四・用	蒲団を★などし、	60・17
カミン	名・普	「★」の火に寒さ	48・10
噛《か》む	動・四・体	漸く蔗を★境に入	16・12
氈《かも》	名・普	机には美しき★を	26・2
通《かよ》ひ	動・四・用	予備黌に★しとき	10・14
通ひ	動・四・用	大学に繁く★し折	36・11
通《かよ》ふ	動・四・体	★ことはこれより	44・16
駆《か》り	動・四・用	車を★つ。こゝに	52・16
借《か》り	動・上二・用	★たる黒き礼服、	46・17
骨牌仲間《かるたなかま》	名(名+名)・普	★も「ホテル」に	8・2
カルゝ街《がい》	名(固+普)・固・地	★通ひの鉄道馬車	58・4

かれ　代・人　★は待ち兼ねし如　24・8
かれ　代・人　★はいかに母を説　34・1
かれ　代・人　★は屢々驚きしが　42・11
かれ　代・人　★に隠したる顛末　60・7
彼《かれ》　代・人　★は料らぬ深き歟　22・5
彼　代・人　★は驚きてわが黄　22・9
彼　代・人　★の如く酷くはあ　22・10
彼　代・人　母はわが★の言葉　22・12
彼　代・人　★は物語するうち　22・17
彼　代・人　★は優れて美なり　26・5
彼　代・人　君は★を知らでや　26・9
彼　代・人　★は「ヰクトリア　26・9
彼　代・人　★が抱へとなりし　26・9
彼　代・人　★は涙ぐみて身を　26・13
彼　代・人　★は父の貧しきが　30・2
彼　代・人　★は幼き時より物　30・11
彼　代・人　★は色を失ひつ。　30・16
彼　代・人　余は★が身の事に　30・16
彼　代・人　★は余に向ひて母　30・16
彼　代・人　余が★を愛づる心　32・2
彼　代・人　★は東京に在りて　32・12
彼　代・人　★は温習に往き、　34・4
彼　代・人　★は例の新聞社の　38・14

彼　代・人　★は凍れる窓を明　40・13
彼　代・人　★多く問ひて、我　42・9
彼　代・人　★が生路は概ね平　42・9
彼　代・人　★は色を正して諫　42・13
彼　代・人　縦令★に誠ありと　44・3
彼　代・人　★は医者に見せし　46・12
彼　代・人　★は日毎に書を寄　48・13
彼　代・人　★が第一の書の略　50・1
彼　代・人　★に向ひてエリス　52・9
彼　代・人　★が一声叫びて我　54・3
彼　代・人　余は★を抱き、彼　54・8
彼　代・人　★の頭は我肩に倚　54・9
彼　代・人　★が喜びの涙はは　54・9
彼　代・人　★は頭を垂れたり　56・2
彼　代・人　★はこの数週のう　60・9
彼　代・人　★を精神的に殺し　60・11
彼　代・人　★は相沢に逢ひし　60・12
彼　代・人　★を憎むこゝろ今　62・14
彼　代・指　★も此も目を驚か　12・12
彼　代・指　此か★かと心迷ひ　14・13
彼　代・指　嗚呼、★も一時。　18・13
涸《か》れ　動・下二・用　暫し★たる涙の泉　22・11
彼《かれ》此《これ》　代・指　★と材料を集む。　34・6

彼此　代・指　★と結びあはせて　36・1
枯葉《かれは》　名（動・下二・用＋名）・普　法令条目の★を紙　34・17
彼等《かれら》　代（代＋接尾）・人　★は始めて余を見　14・6
彼等　代（代＋接尾）・人　★は速了にも、余　28・6
彼等　代（代＋接尾）・人　されば★の仲間に　30・9
彼等　代（代＋接尾）・人　★親子の家に寄寓　34・2
彼等　代（代＋接尾）・人　★の仲間には独逸　36・13
軽《かろ》き　形・ク・体　常ならず★、掌上　34・13
間《かん》　名・普　景物目睫の★に聚　12・16
間　名・普　暫時の★に無量の　20・7
間　名・普　恍惚の★にこゝに　32・8
間　名・普　欧州諸国の★にて　36・9
間　名・普　猶ほ重霧の★に在　44・7
間　名・普　咄嗟の★、その答　46・7
間　名・普　この★仏蘭西語を　48・11
間　名・普　この★余はエリス　48・13
間　名・普　二三日の★は大臣　56・4
間　接尾　余は数日★、かの　46・4
坎坷《かんか》　名・普　あたりは凸凹★の　36・16
轗軻《かんか》　形動・タリ・幹　★数奇なるは我身　42・9
感慨《かんがい》　名・普　余が悲痛★の刺激　32・7
考《かんが》へ　動・下二・用　少し★て。「縦令　40・7

感触《かんしょく》　名・普　わが瞬間の★を、　8・15
感《かん》ぜ　動（複）・サ・未　少女は驚き★しさ　28・1
艱難《かんなん》　名・普　無量の★を閲し尽　20・8
顔《かんばせ》　名・普　★は灯火に映じて　26・5
が　助・格　慰めあふ★航海の　10・1
が　助・格　余★鈴索を引き鳴　14・3
が　助・格　思ひ計りし★如く　14・12
が　助・格　褒むる★嬉しさに　14・17
が　助・格　奨ます★喜ばしさ　14・17
が　助・格　いらへしつる余★　16・9
が　助・格　危きは余★当時の　16・15
が　助・格　彼人々は余★倶に　18・3
が　助・格　余★幼き頃より長　18・7
が　助・格　我★有為の人物な　18・12
が　助・格　交際の疎き★ため　20・6
が　助・格　これぞ余★冤罪を　20・7
が　助・格　翁★戸前に佇みた　20・12
が　助・格　鍛冶★家に通じた　20・13
が　助・格　母はわ★彼の言葉　22・12
が　助・格　君★家に送り行か　22・16
が　助・格　われを見たる★如　24・1
が　助・格　人の見る★厭はし　24・2
が　助・格　少女★父の名なる　24・12

が	助・格	おの★無礼の振舞	24・13
が	助・格	そ★傍に少女は羞	26・4
が	助・格	彼★抱へとなりし	26・9
が	助・格	余★辞別のために	28・1
が	助・格	余★屢々芝居に出	28・9
が	助・格	余★頗る学問の岐	28・10
が	助・格	公使★この命を伝	28・12
が	助・格	一は親族なる某★	28・16
が	助・格	我★またなく慕ふ	28・17
が	助・格	父の貧き★ために	30・3
が	助・格	レンデル★当世の	30・5
が	助・格	エリス★これを逭	30・10
が	助・格	余★借しつる書を	30・13
が	助・格	余は彼★身の事に	30・16
が	助・格	余★学資を失ひし	30・17
が	助・格	余★彼を愛づる心	32・2
が	助・格	余★エリスを愛す	32・4
が	助・格	余★悲痛感慨の刺	32・7
が	助・格	余★免官の官報に	32・13
が	助・格	憂き★なかにも楽	34・3
が	助・格	小をんな★持て来	34・9
が	助・格	エリス★劇場より	34・15
が	助・格	え読まぬ★あるに	36・14
が	助・格	エリス★母は、郵	38・8
が	助・格	相沢★手なるに、	38・9
が	助・格	汝★名誉を恢復す	38・12
が	助・格	相沢★、大臣と倶	38・15
が	助・格	余★為めに手づか	40・3
が	助・格	エリス★母の呼び	40・11
が	助・格	余★乗りし車を見	40・14
が	助・格	余★車を下りしは	40・15
が	助・格	相沢★室の番号を	40・15
が	助・格	余★品行の方正な	42・2
が	助・格	激賞したる相沢★	42・2
が	助・格	余★文書を受領し	42・6
が	助・格	彼★生路は概ね平	42・9
が	助・格	余★胸臆を開いて	42・11
が	助・格	才能あるもの★、	42・15
が	助・格	伯★当時の免官の	42・16
が	助・格	理由を知れる★故	42・17
が	助・格	伯★心中にて曲庇	42・17
が	助・格	ふな人★、遙なる	44・6
が	助・格	相沢★余に示した	44・6
が	助・格	貧き★中にも楽し	44・8
が	助・格	エリス★愛。わが	44・9
が	助・格	え対へぬ★常なり	44・12

が　助・格　余★意見を問ひ、　46・1
が　助・格　余はおのれ★信じ　46・6
が　助・格　余★大臣の一行に　48・7
が　助・格　「エポレット」★　48・10
が　助・格　われなる★ゆゑに　48・11
が　助・格　余★立ちし日には　48・14
が　助・格　彼★第一の書の略　50・1
が　助・格　君★世に出で玉は　50・7
が　助・格　我身の常ならぬ★　50・10
が　助・格　わ★東に往かん日　50・12
が　助・格　只管君★ベルリン　50・14
が　助・格　唯だおのれ★尽し　52・3
が　助・格　相沢★この頃の言　52・7
が　助・格　余★軽率にも彼に　52・9
が　助・格　余★大臣の一行と　52・14
が　助・格　元旦に眠る★習な　52・16
が　助・格　彼★一声叫びて我　54・3
が　助・格　彼★喜びの涙はは　54・9
が　助・格　エリス★母に、駅　54・12
が　助・格　君★黒き瞳子なり　56・1
が　助・格　君★正しき心にて　56・1
が　助・格　君★学問こそわが　56・6
が　助・格　わ★測り知る所な　56・7

が　助・格　灼く★如く熱し、　58・1
が　助・格　エリス★慇にみと　60・7
が　助・格　余★かれに隠した　60・7
が　助・格　余★相沢に与へし　60・12
が　助・格　余★病床をば離れ　62・7
が　助・格　余★病は全く癒え　62・9
が　助・格　エリス★生ける屍　62・9
が　助・格　エリス★母に微な　62・10
が　助・格　相沢謙吉★如き良　62・13
が　助・接　前の事なりし★、　8・3
が　助・接　たちし★、時来れ　14・15
が　助・接　自ら悟らざりし★　16・2
が　助・接　怪しと思ひし★、　18・14
が　助・接　夕暮なりし★、余　20・9
が　助・接　いひ掛けたる★、　22・8
が　助・接　面を打守りし★、　22・9
が　助・接　我肩に倚りし★、　22・17
が　助・接　立ちたりし★、ふ　24・10
が　助・接　声聞えし★、又静　24・12
が　助・接　半ば開きたる★、　24・15
が　助・接　唇にあてたる★、　28・2
が　助・接　秘書官たりし★、　32・13
が　助・接　帰り来し★、それ　38・3

が	助・接	由なかりし★、昨	38・10
が	助・接	前まで往きし★、	42・1
が	助・接	屢々驚きし★、な	42・11
が	助・接	よしなかりし★、	44・10
が	助・接	用事のみなりし★	44・17
が	助・接	常には思ひし★、	50・7
が	助・接	自ら心に誇りし★	52・1
が	助・接	禽の如くなりし★	52・6
が	助・接	ならじと誓ひし★	52・12
が	助・接	窓を開く音せし★	54・2
が	助・接	云ひし★聞えず。	54・4
が	助・接	圧せんとせし★、	54・8
が	助・接	笑ひ玉はん★、寺	56・2
が	助・接	籠り居し★、或る	56・5
が	助・接	あなやと思ひし★	56・9
が	助・接	明かに見ゆる★、	58・13
が	助・接	までは覚えし★、	60・5
が	助・接	窮せざりし★、此	60・11
が	助・接	悉く抛ちし★、机	62・1
凱旋塔《がいせんたふ》	名・普	★の神女の像、こ	12・16
剛毅《がうき》	名・普	★ある父の守護と	30・10
豪傑《がうけつ》	名・普	天晴★と思ひし身	18・13
学《がく》	名・普	★成らずして汚名	32・9

学館《がくくわん》	名・普	旧藩の★にありし	10・14
学芸《がくげい》	名・普	政治★の事などを	32・14
学士《がくし》	名・普	★の称を受けて、	10・17
学資《がくし》	名・普	余が★を失ひしを	30・17
学資	名・普	★を得べき手だて	32・10
学識《がくしき》	名・普	★あり、才能ある	42・14
学問《がくもん》	名・普	★こそ猶心に飽き	8・12
学問	名・普	★の荒み衰ふるこ	10・13
学問	名・普	余が頗る★の岐路	28・11
学問	名・普	我★は荒みぬ。屋	34・15
学問	名・普	我★は荒みぬ。さ	36・8
学問	名・普	君が★こそわが測	56・6
瓦斯灯《がすとう》	名・普	門の畔の★は寂し	58・5
がたかり	補形・ク・終	堪へ★。エリスは	38・2
がたかる	補形・ク・体	得★べし。されど	62・13
がたき	補形・ク・体	人の心の頼み★は	8・13
がたき	補形・ク・体	包み★は人の好尚	14・15
難《がた》き	補形・ク・体	離れ★中となりし	32・3
難き	補形・ク・体	棄て★はエリスが	44・9
難き	補形・ク・体	為し★に心づきて	46・9
難き	補形・ク・体	いひ★に、もしこ	56・10
難《がた》く	補形・ク・用	殊さらに堪へ★、	44・15
難《がた》けれ	補形・ク・已	痛み堪へ★ば逭ふ	58・15

通《がよ》ひ　接尾　カルゝ街★の鉄道　58・4
玻璃窓《がらすまど》　名・普　二重の★を緊しく　44・13
がり　接尾　知る人★出しやり　48・4
眼孔《がんこう》　名・普　一隻の★もて、読　36・11

き

き　助動・過・終　遮り留めたり★。　14・2
き　助動・過・終　せむと約し★。喜　14・5
き　助動・過・終　ことなかり★。さ　14・7
き　助動・過・終　深く信じたり★。　18・13
き　助動・過・終　我を打ち★。父は　22・13
き　助動・過・終　ずとのことなり★　28・14
き　助動・過・終　報じたる書なり★　28・17
き　助動・過・終　清白なり★。彼は　30・2
き　助動・過・終　生じたるなり★。　30・15
き　助動・過・終　此折なり★。我一　32・3
き　助動・過・終　エリスなり★。か　34・1
き　助動・過・終　報告をなし★。さ　36・4
き　助動・過・終　ことは稀なり★。　36・7
き　助動・過・終　見識を長じ★。そ　36・8
き　助動・過・終　母なり★。嗚呼、　38・4
き　助動・過・終　意に介せざり★と　42・5
き　助動・過・終　我多く答へ★。彼　42・9
き　助動・過・終　諸生輩を罵り★。　42・12
き　助動・過・終　おほむねなり★。　44・5
き　助動・過・終　断たんと約し★。　44・10
き　助動・過・終　寒さを覚え★。翻　44・15
き　助動・過・終　打笑ひ玉ひ★。一　46・2
き　助動・過・終　多くは余なり★。　48・12
き　助動・過・終　忘れざり★、否、　48・13
き　助動・過・終　え忘れざり★。余　48・14
き　助動・過・終　折にもせざり★。　50・1
き　助動・過・終　如くなり★。文を　50・2
き　助動・過・終　職分をのみ見★。　52・4
き　助動・過・終　想到らざり★。さ　52・4
き　助動・過・終　本領を悟り★と思　52・11
き　助動・過・終　新年の旦なり★。　52・15
き　助動・過・終　見れば襁褓なり★　54・16
き　助動・過・終　物なかり★。余は　56・15
き　助動・過・終　積りたり★。最早　58・3
き　助動・過・終　満ち〳〵たり★。　58・11
き　助動・過・終　数週の後なり★。　60・6
来《き》　動・カ・用　房奴の★て電気線　10・11
来　動・カ・用　都に★ぬ。余は模　12・5
来　動・カ・用　リンデンに★て、　12・9
来　動・カ・用　古寺の前に★ぬ。　20・10

来	動・カ・用	冬は★にけり。表	36・15
来	動・カ・用	われも★たり。伯	38・11
来	動・カ・用	こゝに★てわれを	38・16
来	動・カ・用	窓の下まで★ぬ。	40・12
来	動・カ・用	跡より★て余と午	42・7
着《き》	動・上一・用	★たる衣は垢つき	22・1
着	動・上一・用	古き獣綿の衣を★	24・7
九廻《きうくわい》す	動(複)・サ・終	腸日ごとに★とも	10・5
旧業《きうげふ》	名・普	★をたづぬること	36・5
休息所《きうそくじよ》	名・普	いと長き★に赴き	34・5
旧藩《きうはん》	名・普	★の学館にありし	10・14
聞《き》か	動・四・未	夕立の音を★せて	12・14
聞か	動・四・未	声をな人に★せ玉	22・16
聴《き》か	動・四・未	泣き叫びて★ず、	62・6
器械《きかい》	名・普	★をこそ作らんと	16・14
器械的《きかいてき》	形動・ナリ・幹	★の人物になりて	16・1
器械的	形動・ナリ・幹	★人物とはならじ	52・11
紀行文《きかうぶん》	名・普	書き記しつる★日	8・5
聞《き》き	動・四・用	免官を★しときに	30・15
聞き	動・四・用	閲歴を★て、かれ	42・11
聞き	動・四・用	ことなしと★て落	56・8
聞き	動・四・用	与へし約束を★、	60・12
聴《き》き	動・四・用	往きて★つ。かく	14・14
危急存亡《ききふそんばう》	名・普	★の秋なるに、こ	32・3
欷歔《ききよ》	名・普	跡は★の声のみ。	22・15
欷歔《ききよ》す	動(複)・サ・終	見ては★。余が病	62・7
聞《き》く	動・四・体	耳に★もの、一つ	8・5
聴《き》く	動・四・体	往きて★ことは稀	36・7
寄寓《きぐう》する	動(複)・サ・体	親子の家に★こと	34・2
聞《き》け	動・四・已	後に★ば彼は相沢	60・12
聞《きこ》え	動・下二・未	て云ひしが★ず。	54・4
聞え	動・下二・用	声★しが、又静に	24・12
聞《きこ》え上《あ》げ	動(複)・下二・用	夕べ大臣に★し一	60・13
階《きざはし》	名・普	大理石の★を登り	40・16
帰《き》し	動(複)・サ・用	制する力とに★て	18・4
気象《きしやう》	名・普	★をや養ひ得たり	8・10
気象	名・普	快活の★、我先行	42・4
きしる	動・四・体	輪下に★雪道を窓	40・11
着《き》せ	動(複)・下二・用	服を出して★、襟	40・2
貴族譜《きぞくふ》	名・普	魯廷の★、二三種	48・1
貴族《きぞく》めき	動(名+接尾)・四・用	★たる鼻音にて物	20・4
軌道《きだう》	名・普	鉄道馬車の★も雪	58・4
北欧羅巴《きたヨオロツパ》	名・固・地	★の寒さは、なか	38・1
来《きた》れ	動・四・已	時★ば包みても包	14・15
帰東《きとう》	名・普	★の途に上ぼりし	62・10
黄《き》なる	形動・ナリ・体	わが★面を打守り	22・9

衣《きぬ》	名・普	赫然たる色の★を	20・2
衣	名・普	着たる★は垢つき	22・1
衣	名・普	古き獣綿の★を着	24・7
衣	名・普	美しき★をも纏へ	30・7
衣	名・普	★の綿を穿つ北欧	38・1
衣	名・普	かく★を更め玉ふ	40・6
衣	名・普	★は泥まじりの雪	60・2
きのふ	名・普	★の是はけふの非	8・14
きのふ	名・普	★までの我ならぬ	16・4
極《きは》めて	副	★丁寧にいらへし	16・9
極めて	副	上襦袢も★白きを	40・1
厳《きび》しき	形・シク・体	★庭の訓を受けし	10・13
厳しき	形・シク・体	かく★は故あれば	46・15
緊《きび》しく	形・シク・用	夜の舞台と★使は	30・7
緊しく	形・シク・用	玻璃窓を★鎖して	44・13
急《きふ》	名・普	一時の★を凌ぎ玉	26・16
急	名・普	文書の★を要する	42・6
給《きふ》金《きん》	名・普	金をば薄き★を拆	26・12
給金	名・普	薄き★にて繋がれ	30・6
給《きふ》す	動(複)・サ・終	路用を★べけれど	28・13
急《きふ》に	形動・ナリ・用	★起りしパラノイ	62・4
君《きみ》	名・普	豊太郎の★とは見	40・6
君	名・普	大臣の★に重く用	50・13
君	代・人	★は善き人なりと	22・10
君	代・人	我を救ひ玉へ、★	22・12
君	代・人	★が家に送り行か	22・16
君	代・人	★をこゝまで導き	26・7
君	代・人	★は善き人なるべ	26・7
君	代・人	★は彼を知らでや	26・9
君	代・人	我を救ひ玉へ、★	26・11
君	代・人	★を思ふ心の深き	50・3
君	代・人	★は故里に頼もし	50・3
君	代・人	★が世に出で玉は	50・7
君	代・人	只管★がベルリン	50・14
君	代・人	★に似て黒き瞳子	54・17
君	代・人	★が黒き瞳子なり	56・1
君	代・人	★が正しき心にて	56・1
君	代・人	★が学問こそわが	56・6
境《きやう》	名・普	漸く蔗を噛む★に	16・12
境《きやう》地《ち》	名・普	夢にも知らぬ★に	36・13
狂女《きやうちよ》	名・普	★の胎内に遺しゝ	62・11
客《きやく》	名・普	生面の★にさへ交	10・1
客	名・普	★を延く女を見て	20・2
棒《キユウ》	名・普	球突きの★をも取	18・3
窮《きゆう》せ	動(複)・サ・未	生計には★ざりし	60・11
宮女《きゆうぢよ》	名・普	★の扇の閃きなど	48・10

胸臆《きようおく》	名・普	余が★を開いて物	42・11
胸中《きようちゆう》	名・普	頼みし★の鏡は曇	52・2
キヨオニヒ街《がい》	名（固＋普）・固・地	余は★の間口せま	34・4
曲庇者《きよくひしや》	名・普	★なりなんど思は	44・1
清《きよ》らに	形動・ナリ・用	この青く★て物問	22・3
きら〳〵と	副	★輝けり。車はク	54・1
切《き》り	補動・四・用	劇しくたて★つ。	24・9
截《き》り開《ひら》き	動（複）・四・用	★たる引窓より光	34・6
巾《きれ》	名・普	被りし★を洩れた	20・17
岐路《きろ》	名・普	学問の★に走るを	28・11
近眼《きんがん》	名・普	わが★は唯だおの	52・3
金石《きんせき》	名・普	尋常の動植★、さ	8・8
逆境《ぎやくきやう》	名・普	★にはあらず。我	52・1
漁《ぎよ》する	動（複）・サ・体	舞姫の群に★もの	28・7
馭丁《ぎよてい》	名・普	★に「カバン」持	54・2
馭丁	名・普	★は呆れたる面も	54・4
馭丁	名・普	叫びし★は、いち	54・10
馭丁	名・普	★を労ひ玉へと銀	54・12
馭丁	名・普	馬車の★に幾度か	56・16
議論《ぎろん》	名・普	散見する★には頗	36・10
銀貨《ぎんくわ》	名・普	★あれど、それに	26・15
銀貨	名・普	★をわたして、余	54・12

く

来《く》	動・カ・終	随ひて★べきか、	46・4
潜《くぐ》る	動・四・終	腰を折りて★べき	24・3
苦艱《くげん》	名・普	一瞬の★なりと思	50・9
薬《くすり》	名・普	「★を、薬を」と	62・8
薬	名・普	「薬を、★を」と	62・8
唇《くちびる》	名・普	★にあてたるが、	28・1
覆《くつが》へす	動・四・体	我地位を★に足ら	16・16
靴屋《くつや》	名・普	★の主人に預けて	48・5
郷《くに》	名・普	即時に★に帰らば	28・13
郷	名・普	このまゝにて★に	32・9
委《くはし》く	形・シク・用	★こゝに写さんも	32・2
食《く》ふ	動・四・体	もの★ごとに吐く	38・3
窪《くぼ》み	動・四・用	目は★、灰色の頬	60・10
隊々《くみぐみ》	名・普	★の士女を見よ。	12・10
雲《くも》	名・普	一抹の★の如く我	10・3
雲	名・普	★に聳ゆる楼閣の	12・13
曇《くも》り	動・四・用	鏡は★たり。大臣	52・2
暗《くら》き	形・ク・体	★空にすかせば、	58・12
生計《くらし》	名（動・四・用の転）・普	★に苦みて、けふ	48・17
生計	名（動・四・用の転）・普	日々の★には窮せ	60・10
生計	名（動・四・用の転）・普	微なる★を営むに	62・10

暮《くら》し	名（動・四・用の転）・普	微なる★は立つべべしなどゝ★つ。	32・17
食《くら》は	動・四・未	縦令我身は★ずと	26・12
比《くら》ぶれ	動・下二・已	旧に★ば肥えて逞	42・3
厨《くりや》	名・普	戸の内は★にて、	24・14
苦《くるし》み	動・四・用	生計に★て、けふ	48・17
苦《くるし》む	動・下二・終	我心を★。嗚呼、	10・8
クルズス	名・普	「★」果てゝ後、	30・4
車《くるま》	名・普	★を見送りぬ。余	40・14
車	名・普	余が★を下りしは	40・15
車	名・普	★を駆りつ。こゝ	52・16
車	名・普	★はクロステル街	54・1
車	名・普	★よりは見えず。	54・2
黒《くろ》がね	名・普	★の額はありとも	56・14
黒《くろ》き	形・ク・体	借りたる★礼服、	46・17
黒き	形・ク・体	★瞳子をや持ちた	54・17
黒き	形・ク・体	君が★瞳子なり。	56・1
クロステル巷《かう》	名（固＋普）・固・地	★の古寺の前に来	20・10
クロステル街《がい》	名（固＋普）・固・地	★のあたりは凸凹	36・16
クロステル街	名（固＋普）・固・地	車は★に曲りて、	54・1
クロステル街	名（固＋普）・固・地	★まで来しときは	58・7
懐旧《くわいきう》	名・普	限なき★の情を喚	10・7
快活《くわいくわつ》	形動・ナリ・幹	依然たる★の気象	42・4
恢復《くわいふく》する	動（複）・サ・体	名誉を★も此時に	38・12

広言《くわうげん》し	動（複）・サ・用	★の間にこゝに及	32・8
恍惚《くわうこつ》	名・普	心の★なりて暫し	20・15
恍惚《くわうこつ》と	形動・タリ・用	何等の★ぞ、我目	12・7
光彩《くわうさい》	名・普	この★欧州大都の	56・11
広漠《くわうばく》たる	形動・タリ・体	★心労にて急に起	62・4
過劇《くわげき》なる	形動・ナリ・体	我★を免じ、我職	28・12
官《くわん》	名・普	面白からぬ★あり	18・1
関係《くわんけい》	名・普	彼少女との★は、	44・3
関係	名・普	我と人との★を照	52・2
関係	名・普	エリスとの★を絶	52・9
関係	名・普	さて★の暇あるご	14・8
官事《くわんじ》	名・普	★といふ一種の惰	44・4
慣習《くわんしふ》	名・普	報酬に★書状と思	38・14
関《くわん》する	動（複）・サ・体	★の覚え殊なりし	12・2
官長《くわんちやう》	名・普	★の善き働き手を	14・17
官長	名・普	我★は余を活きた	16・7
官長	名・普	この頃より★に寄	16・9
官長	名・普	★はもと心のまゝ	16・14
官長	名・普	★の許に報じつ。	28・10
官長	名・普	憎み思ひし★は、	28・11
官長	名・普	我某省の★にて、	52・14
官報《くわんぽう》	名・普	免官の★に出でし	32・13

官命《くわんめい》	名・普	洋行の★を蒙り、	8・4
歓楽《くわんらく》	名・普	痴騃なる★のみ存	28・7
官員《くわんゐん》	名・普	普魯西の★は、皆	14・4
勲章《くんしやう》	名・普	幾星の★、幾枝の	48・9
外套《ぐわいたう》	名・普	汚れたる★を背に	40・12
外套	名・普	★をばこゝにて脱	40・17
外套	名・普	薄き★を透る午後	44・14
外套	名・普	★の肩には一寸許	58・3
外物《ぐわいぶつ》	名・普	我を襲ふ★を遮り	14・1
外物	名・普	★を棄てゝ顧みぬ	18・10
外物	名・普	唯★に恐れて自ら	18・11
元旦《ぐわんたん》	名・普	★に眠るが習なれ	52・16

け

毛《け》	名・普	鬢の★の解けてか	32・6
炯然《けいぜん》たる	形動・タリ・体	★一星の火、暗き	58・12
軽率《けいそつ》に	形動・ナリ・用	余が★も彼に向ひ	52・9
景物《けいぶつ》	名・普	この許多の★目睫	12・16
係累《けいるい》	名・普	様々の★もやあら	56・8
繋累《けいるい》	名・普	ところに★なき外	22・7
教育《けういく》	名・普	充分なる★を受け	30・3
僑居《けうきよ》	名・普	★に帰らんと、ク	20・10
僑居	名・普	自ら我★に来し少	28・3
驕奢《けうしや》	名・普	絶頂の★を、氷雪	48・8
今朝《けさ》	名・普	★は日曜なれば家	38・6
消印《けしいん》	名・普	★には伯林とあり	38・9
気色《けしき》	名・普	其★辞むべくもあ	56・9
化粧部屋《けしやうべや》	名・普	芝居の★に入りて	30・7
決《けつ》し	動（複）・サ・用	意を★て断てと。	44・4
決断《けつだん》	名・普	★ありと自ら心に	52・1
決断	名・普	此★は順境にのみ	52・1
決断《けつだん》し	動（複）・サ・用	いち早く★て言ひ	46・6
刪《けつ》ら	動・四・未	籍はまだ★れねど	36・6
けに	副	日に★茂りゆくの	50・8
けふ	名・普	きのふの是は★の	8・14
けふ	名・普	★は怎なる面もち	42・2
けふ	名・普	★の日の食なかり	48・17
今日《けふ》	名・普	★になりておもへ	8・7
今日	名・普	憎むこゝろ★まで	62・14
閲《けみ》し尽《つく》す	動（複）・四・体	艱難を★媒なりけ	20・8
けむ	助動・過推・体	幾千言をかなし★	8・6
けむ	助動・過推・体	いかにか見★。こ	8・8
けむ	助動・過推・体	養ひ得たり★、あ	8・11
けむ	助動・過推・体	幾巻をかなし★。	14・12
けめ	助動・過推・已	作らんとしたり★	16・14
けらし	助動・過推定・終	心は慰み★。十九	10・16

けり　助動・過・終　名花を咲かせて★　28・5
けり　助動・過・終　冬は来に★。表街　36・15
けり　助動・過・終　驚きしも宜なり★　60・1
けり　助動・過・終　までも残れり★。　62・14
けり　助動・嘆・終　当時の地位なり★　16・16
けり　助動・嘆・終　思ひしは迷なり★　50・9
ける　助動・嘆・体　我本性なり★。此　18・15
ける　助動・嘆・体　閲し尽す媒なり★　20・8
けれ　助動・過・已　倚り玉ふ頃なり★　12・11
けれ　助動・過・已　許をば得たり★ば　14・8
けれ　助動・過・已　我身の上なり★ば　42・10
けん　助動・過推・終　且は嫉みたり★。　18・4
けん　助動・過推・体　心づかであり★。　46・14
けん　助動・過推・体　幾時をか過し★。　58・2
けん　助動・過推・体　なさんとやし★。　16・8
けん　助動・過推・体　足らざり★を、日　16・16
けん　助動・過推・体　にやあり★、又早　18・15
けん　助動・過推・体　よりてや生じ★。　18・16
けん　助動・過推・体　色に形はれたり★　22・9
けん　助動・過推・体　母を説き動かし★　34・2
けん　助動・過推・体　何とか見★。又一　34・11
けん　助動・過推・体　告げやし★。嗚呼　52・10
けん　助動・過推・体　十一時をや過ぎ★　58・4
けん　助動・過推・体　過ぎたり★。こゝ　58・7
見識《けんしき》　名・普　一種の★を長じき　36・8
検束《けんそく》　名・普　★に慣れたる勉強　12・6
ゲエロック　名・普　★といふ二列ぼた　40・2
激賞《げきしやう》し　動（複）・サ・用　方正なるを★たる　42・2
劇場《げきぢやう》　名・普　エリスが★よりか　34・15
げに　副　★東に還る今の我　8・12
原稿《げんかう》　名・普　余は新聞の★を書　34・16

こ

こ　代・指　★は余を知らねば　18・4
こ　代・指　★は母の余が学資　30・17
こ　代・指　★は足を縛して放　52・12
子《こ》　名・普　産れん★は君に似　54・17
子　名・普　胎内に遺しゝ★の　62・11
来《こ》　動・カ・未　港まで★し頃は、　8・4
来　動・カ・未　こゝに★しものゝ　12・17
来　動・カ・未　僑居に★し少女は　28・3
来　動・カ・未　独逸に★し初に、　52・11
来　動・カ・未　街まで★しときは　58・7
来　動・カ・未　こゝ迄★し道をば　58・8
侯《こう》　名・普　ビスマルク★の進　36・3
公使《こうし》　名・普　★がこの命を伝ふ　28・12

公使	名・普	★に約せし日も近	32・9
公使館《こうしくわん》	名・普	★よりの手つゞき	14・4
公使館	名・普	遂に旨を★に伝へ	28・11
巷《こうち》	名・普	薄暗き★に入り、	20・11
功名《こうみやう》	名・普	余は模糊たる★の	12・6
公務《こうむ》	名・普	かの★に遑なき相	46・4
肥《こ》え	動・下二・用	★て逞ましくなり	42・4
踰《こ》え	動・下二・用	五十を★し母に別	12・4
こがね色《いろ》	名・普	薄き★にて、着た	22・1
こゝ	代・指	今宵は夜毎に★に	8・2
こゝ	代・指	始めて★に来しも	12・16
こゝ	代・指	★に立ちて泣くに	22・5
こゝ	代・指	★は往来なるに。	22・16
こゝ	代・指	陶瓶には★に似合	26・3
こゝ	代・指	君を★まで導きし	26・7
こゝ	代・指	若し猶★に在らん	28・13
こゝ	代・指	書中の言を★に反	28・17
こゝ	代・指	委く★に写さんも	32・2
こゝ	代・指	恍惚の間に★に及	32・8
こゝ	代・指	昨夜★に着せられ	38・11
こゝ	代・指	★に来てわれを呼	38・16
こゝ	代・指	外套をば★にて脱	42・1
こゝ	代・指	今★に心づきて、	52・5

こゝ	代・指	★にては今も除夜	52・16
こゝ	代・指	★まで来し道をば	58・8
凍《ここ》え	動・下二・用	飢ゑ★し雀の落ち	36・17
凍え	動・下二・用	足の★たれば、両	58・6
心地《ここち》	名・普	★すが〳〵しくも	10・9
心地	名・普	それより★あしと	38・3
こゝろ	名・普	彼を憎む★今日ま	62・14
心《こころ》	名・普	★ある人はいかに	8・8
心	名・普	学問こそ猶★に飽	8・12
心	名・普	人の★の頼みがた	8・13
心	名・普	われとわが★さへ	8・14
心	名・普	我★を掠めて、瑞	10・3
心	名・普	古蹟にも★を留め	10・4
心	名・普	今は★の奥に凝り	10・5
心	名・普	我★を苦む。嗚呼	10・8
心	名・普	我★に彫りつけら	10・10
心	名・普	世を渡る母の★は	10・16
心	名・普	今ぞとおもふ★の	12・3
心	名・普	我★を迷はさむと	12・8
心	名・普	美観に★をば動さ	14・1
心	名・普	穉き★に思ひ計り	14・12
心	名・普	此か彼かと★迷ひ	14・13
心	名・普	★の中なにとなく	16・3

心　名・普　文学に★を寄せ、　16・12
心　名・普　もと★のまゝに用　16・14
心　名・普　かたくなる★と　18・4
心　名・普　わが★はかの合歓　18・6
心　名・普　我★は処女に似た　18・7
心　名・普　余所に★の乱れざ　18・10
心　名・普　又我★の能く耐へ　18・12
心　名・普　此★は生れながら　18・15
心　名・普　ふびんなる★を。　20・1
心　名・普　★の恍惚となりて　20・15
心　名・普　我★の底までは徹　22・4
心　名・普　わが臆病なる★は　22・6
心　名・普　我が真率なる★や　22・9
心　名・普　★を鎮め玉へ。声　22・16
心　名・普　彼を愛づる★の俄　32・2
心　名・普　★の誠を顕はして　32・17
心　名・普　★は楽しからず。　38・6
心　名・普　★のみ急がれて用　38・12
心　名・普　否、★にな掛けそ　38・15
心　名・普　かくは★を用ゐじ　38・17
心　名・普　弱き★より出でし　42・14
心　名・普　利用せんの★のみ　42・16
心　名・普　わが弱き★には思　44・9

心　名・普　余は★の中に一種　44・15
心　名・普　頼む★を生じたる　46・7
心　名・普　★虚なりしを掩ひ　46・9
心　名・普　いたく★を悩ます　46・16
心　名・普　我★を厚く信じた　46・16
心　名・普　君を思ふ★の深き　50・3
心　名・普　★折れぬ。わが東　50・12
心　名・普　わが鈍き★なり。　50・16
心　名・普　自ら★に誇りしが　52・1
心　名・普　我★は猶ほ冷然た　52・5
心　名・普　我★はこの時まで　54・7
心　名・普　栄達を求むる★と　54・7
心　名・普　わが★の楽しさを　54・16
心　名・普　君が正しき★にて　56・1
心　名・普　東にかへる★なき　56・6
心　名・普　特操なき★ぞ、「　56・12
心　名・普　我★の錯乱は譬へ　56・15
心　名・普　★のみ満ち〱た　58・10
心《こころ》あり　動（名＋動）・ラ・用　これさへ★ては　62・7
心憂《こころう》さ　名（名＋形・幹＋接尾）・普　向はん事の★に、　48・14
心《こころ》がまへ　名（名＋動・下二・用の転）・普　この★を。」とい　54・15

心《こころ》づか	動(名+動)・四・未	幾月か★でありけ	46・13
心《こころ》づき	動(名+動)・四・用	始めて★しは母な	38・4
心づき	動(名+動)・四・用	為し難きに★ても	46・9
心づき	動(名+動)・四・用	今こゝに★て、我	52・5
心づき	動(名+動)・四・用	遽に★たる様にて	60・17
心《こころ》なさ	名(形・幹+接尾)・普	導きし★を。君は	26・7
心細《こころぼそ》き	形(名+形)・ク・体	★ことのみ多きこ	48・2
心細《こころぼそ》さ	名(形・幹+接尾)・普	時の★、かゝる思	48・17
快《こころよ》く	形・ク・用	皆★余を迎へ、公	14・4
腰《こし》	名・普	四階目に★を折り	24・3
榻《こしかけ》	名・普	路の辺の★に倚り	56・17
古蹟《こせき》	名・普	伊太利の★にも心	10・4
戸前《こぜん》	名・普	翁が★に佇みたる	20・12
こそ	助・係	学問★猶心に飽き	8・12
こそ	助・係	器械を★作らんと	16・14
こそ	助・係	部屋に入りて★	30・7
こそ	助・係	人道にて★沙をも	36・15
こそ	助・係	今より★。」かは	38・16
こそ	助・係	友に★逢ひは行け	40・10
こそ	助・係	形★旧に比ぶれば	42・3
こそ	助・係	日を★待ためと常	50・7
こそ	助・係	君が学問★わが測	56・6
こたび	名・普	★は途に上りしと	8・9
答《こた》ふる	動・下二・体	帰りぬと★間もな	24・6
対《こた》へ	動・下二・未	て否とはえ★ぬが	44・11
応《こた》へ	動・下二・用	と★たるは。黒が	56・13
答《こた》へ	動・下二・未	余は★んとすれど	60・4
答へ	動・下二・用	我多く★き。彼が	42・9
兀坐《ごつざ》する	動(複)・サ・体	終日★我読書の窓	28・4
こと	名・形	物言ふ★の少なき	10・2
こと	名・形	荒み衰ふる★なく	10・14
こと	名・形	年を送る★三とせ	12・2
こと	名・形	語を学びし★なり	14・6
こと	名・形	問はぬ★なかりき	14・7
こと	名・形	急ぐ★をば報告書	14・11
こと	名・形	講筵に列る★にお	14・14
こと	名・形	人物なる★を疑は	18・12
こと	名・形	能く耐へん★をも	18・12
こと	名・形	嘲るはさる★なり	18・17
こと	名・形	余を猜疑する★ゝ	20・7
こと	名・形	暫し佇みし★幾度	20・15
こと	名・形	力を借し易き★も	22・7
こと	名・形	交るといふ★を、	28・10
こと	名・形	との★なりき。余	28・14
こと	名・形	物読む★をば流石	30・11
こと	名・形	報道せしむる★と	32・15

こと	名・形	寄寓する★となり	34・2
こと	名・形	たづぬる★も難く	36・5
こと	名・形	謝金を収むる★の	36・6
こと	名・形	往きて聴く★は稀	36・7
こと	名・形	流布したる★は、	36・9
こと	名・形	この一段の★は素	42・13
こと	名・形	通ふ★はこれより	44・16
こと	名・形	ありし★などを挙	46・1
こと	名・形	うべなふ★あり。	46・8
こと	名・形	これを実行する★	46・10
こと	名・形	休む★のあまりに	46・14
こと	名・形	心細き★のみ多き	48・2
こと	名・形	跡に残りし★を夢	48・16
こと	名・形	留り玉はぬ★やは	50・4
こと	名・形	いかなる★ありと	50・10
こと	名・形	望を繋ぐ★には、	52・4
こと	名・形	さる★なしと聞き	56・8
こと	名・形	跌き倒れし★なれ	60・2
こと	名・形	騒ぐ★はなけれど	62・3
こと	名・形	痴なる★赤子の如	62・3
言《こと》	名・普	母の書中の★をこ	28・17
言	名・普	その★のおほむね	44・5
言	名・普	姑く友の★に従ひ	44・10
言	名・普	相沢の★を偽なり	56・9
事《こと》	名・普	★を好む人ありて	28・9
事	名・普	学芸の★などを報	32・14
事	名・普	周旋して★を弁ず	48・12
事	名・形	五年前の★なりし	8・3
事	名・形	余は彼が身の★に	30・16
事	名・形	進退如何などの★	36・4
事	名・形	とみの★にて予め	38・10
事	名・形	翻訳せよとの★な	42・6
事	名・形	旅立の★にはいた	46・15
事	名・形	灯火に向はん★の	48・14
事	名・形	他人の★につきて	50・17
事	名・形	病の★のみ告げ、	60・8
事	名・形	生れむをりの★を	62・12
悉《ことごと》く	副	★抛ちしが、机の	62・1
故《ことさ》らに	形動・ナリ・用	★詳かなる報告を	36・4
故らに	形動・ナリ・用	★らに黄蝋の燭を	48・9
殊《こと》さらに	形動・ナリ・用	寒さは★堪へ難く	44・15
ことども	名（名＋接尾）・形	失錯ありし★を告	46・2
事《こと》なく	形（名＋形の一語化）・ク・用	★済みたらましか	14・4
事なく	形（名＋形の一語化）・ク・用	二年なれば、★我	26・10

殊《こと》なり	形動・ナリ・用	官長の覚え★しか	12・2
殊《こと》に	副	待遇★めでたく、	56・5
殊に	形動・ナリ・用	播寄せしとは★て	34・17
言葉《ことば》	名・普	わが彼の★に従は	22・12
言葉	名・普	少し訛りたる★に	26・7
言葉	名・普	母の★に。」彼は	26・12
言葉	名・普	★の訛をも正し、	30・13
言葉	名・普	★寡し。この時戸	38・7
言葉	名・普	伯の★も用事のみ	44・17
言葉	名・普	この頃の★の端に	52・7
ことよせ	動（名＋動）・下二・用	微恙に★て房の裡	10・2
この	連体	★セイゴンの港ま	8・4
この	連体	★欧羅巴の新大都	12・6
この	連体	★大道髪の如きウ	12・9
この	連体	★許多の景物目睫	12・16
この	連体	★自由なる大学の	16・2
この	連体	★頃より官長に寄	16・9
この	連体	★弱くふびんなる	18・17
この	連体	★交際の疎きがた	20・6
この	連体	★狭く薄暗き巷に	20・11
この	連体	今★処を過ぎんと	20・16
この	連体	★青く清らにて物	22・2
この	連体	我眼は★うつむき	22・15

この	連体	★時ふと頭を擡げ	22・17
この	連体	★処は所謂マンサ	24・17
この	連体	★目の働きは知り	26・14
この	連体	★恩を謝せんとて	28・3
この	連体	★時を始として、	28・5
この	連体	公使が★命を伝ふ	28・12
この	連体	★二通は殆ど同時	28・15
この	連体	★時までは余所目	30・2
この	連体	★恥づかしき業を	30・4
この	連体	★行ありしをあや	32・4
この	連体	★まゝにて郷にか	32・9
この	連体	★截り開きたる引	34・6
この	連体	★常ならず軽き、	34・13
この	連体	★頃よりは思ひし	36・4
この	連体	★時戸口に人の声	38・7
この	連体	★一段のことは素	42・13
この	連体	されど★山は猶ほ	44・7
この	連体	★情縁を断たんと	44・10
この	連体	★程なれば、出で	48・2
この	連体	★間仏蘭西語を最	48・11
この	連体	★間余はエリスを	48・13
この	連体	相沢が★頃の言葉	52・7
この	連体	今は★糸、あなあ	52・14

この	連体	★時窓を開く音せ	54・2
この	連体	我心は★時までも	54・7
この	連体	★心がまへを。」	54・15
この	連体	★瞳子、嗚呼、夢	54・17
この	連体	★手にしも縋らず	56・10
この	連体	身は★広漠たる欧	56・11
この	連体	彼は★数週の内	60・9
此《この》	連体	★恨は初め一抹の	10・3
此	連体	いかにしてか★恨	10・8
此	連体	★故よしは、我身	18・5
此	連体	★心は生れながら	18・15
此	連体	★三百年前の遺跡	20・14
此	連体	★折なりき。我一	32・3
此	連体	★時余を助けしは	32・12
此	連体	★時にあるべきぞ	38・12
此	連体	★問は不意に余を	46・5
此	連体	★答はいち早く決	46・6
此	連体	★日は翻訳の代に	46・11
此	連体	★地に善き世渡の	50・4
此	連体	★地に留りて、君	50・7
此	連体	★二十日ばかり、	50・8
此	連体	余は★書を見て始	50・16
此	連体	★決断は順境にの	52・1
此	連体	唯だ★一刹那、低	54・8
此	連体	★恩人は彼を精神	60・11
木《こ》の葉《は》	名（名＋助・格＋名の一語化）・普	合歓といふ★に似	18・6
好《この》み	動・四・用	流石に★しかど、	30・11
好《この》む	動・四・体	事を★人ありて、	28・9
こひ	名（動・上二・用の転）・普	★にあらず、慣習	44・4
請《こ》ひ	動・四・用	猶予を★てとやか	28・14
こぼし	動・四・用	涙★などしたらん	48・3
氷《こほ》り	動・四・用	一面に★て、朝に	36・16
凍《こほ》れ	動・四・已	彼は★る窓を明け	40・13
籠《こも》り	動・四・用	房の裡にのみ★て	10・2
籠《こも》り居《ゐ》	動（動＋補動）・上一・用	家にのみ★しが、	56・5
来《こ》よ	動・カ・命	のたまふに疾く★	38・12
今宵《こよひ》	名・普	★は夜毎にこゝに	8・2
今宵	名・普	★はあたりに人も	10・10
凝《こ》り固《かた》まり	動（複）・四・用	今は心の奥に★て	10・6
コルポルタアジュ	名・普	卑しき★と唱ふる	30・12
これ	代・指	あらず、★には別	8・11
これ	代・指	★や日記の成らぬ	8・15
これ	代・指	★には別に故あり	8・16
これ	代・指	★のみは余りに深	10・9

これ	代・指	されど★のみにて	16・16
これ	代・指	★とても其故なく	18・1
これ	代・指	★ぞなか〱に我	18・14
これ	代・指	往きて★に就かん	20・3
これ	代・指	往きて★と遊ばん	20・4
これ	代・指	★ぞ余が冤罪を身	20・7
これ	代・指	★を写すべくもあ	22・2
これ	代・指	★を上ぼりて、四	24・3
これ	代・指	★すぎぬといふ少	24・11
これ	代・指	★にて一時の急を	26・16
これ	代・指	エリスが★を逭れ	30・10
これ	代・指	母には★を秘め玉	30・17
これ	代・指	★にて見苦しとは	40・4
これ	代・指	★を示して伯の信	44・2
これ	代・指	★より漸く繁くな	44・16
これ	代・指	★を実行すること	46・9
これ	代・指	★にて露西亜より	46・12
これ	代・指	★彼が第一の書の	50・1
これ	代・指	余は★に未来の望	52・4
これ	代・指	★を得たるかと思	52・6
これ	代・指	曩に★を操つりし	52・13
これ	代・指	★を指して。「何	54・15
これ	代・指	★よりは騒ぐこと	62・3
これ	代・指	★さへ心ありてに	62・7
此《これ》	代・指	彼も★も目を驚か	12・12
此	代・指	★か彼かと心迷ひ	14・13
是《こ》れ	代・指	★その言のおほむ	44・5
是れ	感	恰も★新年の旦な	52・15
此等《これら》	代（代＋接尾）・指	★の勇気なければ	20・5
比《ころ》	名・普	余は幼き★より厳	10・13
頃《ころ》	名・普	港まで来し★は、	8・4
頃	名・普	その★までにまた	10・17
頃	名・普	倚り玉ふ★なりけ	12・11
頃	名・普	この★より官長に	16・9
頃	名・普	余が幼き★より長	18・7
頃	名・普	余と相識る★より	30・13
頃	名・普	この★よりは思ひ	36・4
頃	名・普	過ぎし★には似で	50・11
頃	名・普	相沢がこの★の言	52・7
殺《ころ》し	動・四・用	精神的に★ゝなり	60・11
声《こゑ》	名・普	★に応ずる響の如	10・7
声	名・普	★を呑みつゝ泣く	20・16
声	名・普	跡は欷歔の★のみ	22・15
声	名・普	★をな人に聞かせ	22・16
声	名・普	老媼の★して、「	24・5
声	名・普	争ふごとき★聞え	24・12

声	名・普	時戸口に人の★し	38・7
声	名・普	★出でず、膝の頻	60・4
小《こ》をんな	名（接頭＋名）・普	★が持て来る一盞	34・9
語《ご》	名・普	仏蘭西の★を学び	14・6
語学《ごがく》	名・普	★のみにて世の用	56・7
獄《ごく》	名・普	★を断ずる法律家	16・5
午後《ごご》	名・普	★四時の寒さは殊	44・14
誤字《ごじ》	名・普	ふみにも★少なく	30・14
五十《ごじふ》	名・数	★を踰えし母に別	12・4
ゴタ板《ばん》	名・普	買求めたる★の魯	48・1
ごと	接尾	文読む★に、物見	10・6
ごと	接尾	物見る★に、鏡に	10・6
ごと	接尾	暇ある★に、かね	14・8
ごと	接尾	もの食ふ★に吐く	38・3
毎《ごと》	接尾	遺跡を望む★に、	20・15
ごとき	助動・比・体	言ひ争ふ★声聞え	24・12
如《ごと》き	助動・比・体	この大道髪の★ウ	12・9
如き	助動・比・体	乳の★色の顔は灯	26・5
如き	助動・比・体	山を望む★は、相	44・6
如き	助動・比・体	死したる★さまに	58・2
如き	助動・比・体	鷺の★雪片に、乍	58・13
如《ごと》き	助動・比・体	相沢謙吉が★良友	62・13
如《ごと》く	助動・比・用	一抹の雲の★我心	10・3
如く	助動・比・用	声に応ずる響の★	10・7
如く	助動・比・用	思ひ計りしが★、	14・12
如く	助動・比・用	彼の★酷くはあら	22・10
如く	助動・比・用	又た我母の★。」	22・10
如く	助動・比・用	われを見たるが★	24・1
如く	助動・比・用	待ち兼ねし★、戸	24・8
如く	助動・比・用	奴隷といひし★、	30・6
如く	助動・比・用	おくり玉ひし★、	50・13
如く	助動・比・用	鑼の★叫びし馭丁	54・10
如く	助動・比・用	灼くが★熱し、椎	58・1
如く	助動・比・用	打たるゝ★響く頭	58・1
如く	助動・比・用	さながら土の★、	60・14
如《ごと》くなら	助動・比・未	母の宣ふ★ずとも	40・8
如《ごと》くなり	助動・比・用	書きたる★き。文	50・2
如くなり	助動・比・用	禽の★しが、今は	52・6
如くなり	助動・比・終	赤子の★。医に見	62・4
如《ごと》くなる	助動・比・体	破竹の★べしなど	16・11
如《ごと》くに	助動・比・用	夢の★たちしが、	14・15
如くに	助動・比・用	這ふ★梯を登りつ	58・15
如くに	助動・比・用	倒るゝ★路の辺の	56・17

さ

さ	副	★はあらじと思へ	10・10

さ	副	★まで悲しとは思	12・4
さ	副	我失行をも★まで	42・4
猜疑《さいぎ》し	動(複)・サ・用	彼人々は余を★、	18・1
猜疑《さいぎ》する	動(複)・サ・体	余を★ことゝなり	20・7
細叙《さいじよ》する	動(複)・サ・体	別後の情を★にも	42・5
才能《さいのう》	名・普	★あるものが、い	42・15
細目《さいもく》	名・普	法制の★に拘ふべ	16・10
相《さう》	名・普	悪しき★にはあら	24・6
窓下《さうか》	名・普	我読書の★に、一	28・4
蒼然《さうぜん》と	形動・タリ・用	★して死人に等し	60・1
咲《さ》か	動・四・未	一輪の名花を★せ	28・5
性《さが》	名・普	貧血の★なりしゆ	46・13
杯《さかづき》	名・普	麦酒の★をも挙げ	18・3
境《さかひ》	名・普	幽静なる★なるべ	12・8
境	名・普	いかなる★に遊び	12・17
盛《さか》りに	形動・ナリ・用	猶ほ人の出入★て	58・9
下《さが》れ	動・四・已	斜に★る梁を、紙	26・1
さき	名・普	★の老媼は慇懃に	24・13
先《さき》	名・普	★に友の勧めしと	52・5
先《さ》き	名・普	針金の★を捩ぢ曲	24・4
曩《さき》	名・普	★にこれを操つり	52・13
拆《さ》き	動・四・用	薄き給金を★て還	26・12
鷺《さぎ》	名・普	降りしきる★の如	58・13
朔風《さくふう》	名・普	乱れし髪を★に吹	40・13
錯乱《さくらん》	名・普	我心の★は、譬へ	56・15
探《さぐ》り	動・四・用	★みて顔に押しあ	62・1
探《さぐ》り討《もと》め	動(複)・下二・用	物を★たり。母の	60・17
避《さ》け	動・下二・未	縮みて★んとす。	18・6
裂《さ》け	動・下二・用	処々は★たれば。	60・3
叫《さけ》び	動・四・用	彼が一声★て我頸	54・3
叫び	動・四・用	鑼の如く★し駁丁	54・10
叫び	動・四・用	「あ」と★ぬ。「	58・16
叫び	動・四・用	玉ひしか」と★、	60・14
斥《さ》さ	動・四・未	その名を★んは憚	28・9
瑣《さ》々《さ》たる	形動・タリ・体	今までは★問題に	16・9
支《ささ》へ	動・下二・用	費をば★つべし。	46・12
さし	動・四・用	我家を★て車を駆	52・16
潮《さ》し	動・四・用	微紅を★たり。手	26・5
さし交《か》はし	動(複)・四・用	緑樹枝を★たる中	12・15
さし寄《よ》せ	動(接頭+動)・下二・用	椅子★て言葉寡し	38・7
流石《さすが》に	形動・ナリ・用	★好みしかど、手	30・11
流石に	形動・ナリ・用	★心細きことのみ	48・2
流石に	形動・ナリ・用	★相沢の言を偽な	56・9
擦《さす》り	動・四・用	両手にて★て、漸	58・6
させ	助動・使・未	心を留め★ず、中	10・4
させ	助動・使・用	悲痛を覚え★たる	28・15

定《さだ》かなら	形動・ナリ・未	与へんも★ず。貧	44・8
定《さだ》まら	動・四・未	この時までも★ず	54・7
定《さだま》り	動・四・用	★たる業なき若人	34・7
冊子《さつし》	名・普	買ひし★もまだ白	8・9
さて	接	★官事の暇あるご	14・8
さて	接	★うべなひし上に	46・8
さては	接	★風俗抔をさへ珍	8・8
茶店《さてん》	名・普	★は猶ほ人の出入	58・9
悟《さと》ら	動・四・未	自ら★ざりしが、	16・1
悟《さと》り	動・四・用	変り易きをも★得	8・14
悟り	動・四・用	★たりと思ひぬ。	16・6
悟り	動・四・用	本領を★きと思ひ	52・11
さながら	副	面色★土の如く、	60・13
鏽《さ》び	動・上二・用	少女は★たる針金	24・4
寂《さび》しき	形・シク・体	★光を放ちたり。	58・5
さへ	助・副	風俗抔を★珍しげ	8・8
さへ	助・副	われとわが心★変	8・14
さへ	助・副	生面の客に★交を	10・1
さへ	助・副	人を★欺きつるに	18・9
さへ	助・副	同郷人に★知られ	28・6
さへ	助・副	襟飾り★余が為め	40・2
さへ	助・副	旅費★添へて賜は	46・11
さへ	助・副	それ★あるに、縦	50・10
さへ	助・副	これ★心ありてに	62・7
遮《さへぎ》り留《とど》め	動（複）・下二・用	外物を★たりき。	14・1
さま	名・普	驚き感ぜし★見え	28・1
さま	名・普	死したる如き★に	58・2
様《さま》	名・普	心づきたる★にて	60・17
様々《さまざま》	形動・ナリ・幹	★の色に飾り成し	12・11
様々	形動・ナリ・幹	★の文を作りし中	36・2
様々	形動・ナリ・幹	★の係累もやあら	56・8
妨《さまた》ぐれ	動・下二・已	筆の運を★ばなり	30・1
寒《さむ》さ	名（形・幹＋接尾）・普	北欧羅巴の★はな	38・1
寒さ	名（形・幹＋接尾）・普	★は殊さらに堪へ	44・15
寒さ	名（形・幹＋接尾）・普	一種の★を覚えき	44・15
寒さ	名（形・幹＋接尾）・普	★を忘れて使ふ宮	48・10
寒さ	名（形・幹＋接尾）・普	★は強く、路上の	52・17
寒さ	名（形・幹＋接尾）・普	劇しき★骨に徹す	58・2
冷《さ》むる	動・下二・体	咖啡の★をも顧み	34・9
醒《さ》め	動・下二・用	★し時は、夜に入	58・2
醒め	動・下二・用	暫くして★しとき	60・15
作用《さよう》	名・普	精神の★は殆全く	62・3
更《さら》なり	形動・ナリ・終	言ふも★、われと	8・14
さらぬ	連語（動・ラ・未＋助動・消・体）		
		★も尋常の動植金	8・7
さらぬ	連語（動・ラ・未＋助動・消・体）		

		★をば写し留めて	14・11
さらぬ	連語（動・ラ・未＋助動・消・体）		
		★日には家に留ま	34・4
さらぬだに	連語（動・ラ・未＋助動・消・体＋助・副）		
		★余が頗る学問の	28・10
さらぬだに	連語（動・ラ・未＋助動・消・体＋助・副）		
		★覚束なきは我身	38・4
去《さ》り	動・四・用	踟躕の思は★て、	54・8
さる	連体	嘲るは★ことなり	18・17
さる	連体	★ことなしと聞き	56・8
されど	接	★我胸には縦ひい	12・17
されど	接	★これのみにては	16・16
されど	接	★これとても其故	18・1
されど	接	★こは余を知らね	18・4
されど	接	★嫉むはおろかな	18・17
されど	接	★詩人ハツクレン	30・5
されど	接	★余は別に一種の	36・8
されど	接	★物語の畢りしと	42・12
されど	接	★この山は猶ほ重	44・7
されど	接	★我身の過ぎし頃	50・11
されど	接	★わが近眼は唯だ	52・3
されど	接	★今こゝに心づき	52・5
されど	接	★我脳裡に一点の	62・13

されば	接	★彼等の仲間にて	30・9
されば	接	★とて留まらんに	32・10
されば	接	★この頃よりは思	36・4
騒《さわ》ぐ	動・四・体	★ことはなけれど	62・3
散見《さんけん》する	動（複）・サ・体	新聞雑誌に★議論	36・10
山色《さんしょく》	名・普	瑞西の★をも見せ	10・4
惨痛《さんつう》	名・普	★をわれに負はせ	10・5
三番地《さんばんち》	名・数	シユウ街★にて太	26・17
三百年《さんびゃくねん》	名・数	此★前の遺跡を望	20・14
座《ざ》	名・普	俄に★より躍り上	60・13
材料《ざいれう》	名・普	彼此と★を集む。	34・6
像《ざう》	名・普	凱旋塔の神女の★	12・16
蔵書《ざうしょ》	名・普	多くもあらぬ★を	36・5
座頭《ざがしら》	名・普	座の★なり。彼が	26・9
座頭	名・普	★よりは休むこと	46・14
坐《ざ》し	動（複）・サ・用	珈琲店に★て客を	20・2
雑誌《ざっし》	名・普	新聞★に散見する	36・10
ざら	助動・消・未	命に従は★む。」	46・5
ざり	助動・消・用	自ら悟ら★しが、	16・2
ざり	助動・消・用	足ら★けんを、日	16・16
ざり	助動・消・用	我身だに知ら★し	18・5
ざり	助動・消・用	心の乱れ★しは、	18・10
ざり	助動・消・用	意に介せ★きと見	42・4

ざり	助動・消・用	相沢を見★しかば	46・5
ざり	助動・消・用	エリスを忘れ★き	48・13
ざり	助動・消・用	え忘れ★き。余が	48・13
ざり	助動・消・用	折にもせ★き。こ	50・1
ざり	助動・消・用	絶えて想到ら★き	52・4
ざり	助動・消・用	明には告げ★し歟	52・8
ざり	助動・消・用	生計には窮せ★し	60・11
ざる	助動・消・体	ふさはしから★を	16・6
暫時《ざんじ》	名・普	★の間に無量の艱	20・7
讒誣《ざんぶ》する	動（複）・サ・体	余を★に至りぬ。	18・1

し

し	動・サ・用	いかに★てか此恨	10・8
し	動・サ・用	粧★たる、彼も此	12・12
し	動・サ・用	余所に★て、歴史	16・12
し	動・サ・用	面もち★たる男を	16・15
し	動・サ・用	老媼の声★て、「	24・5
し	動・サ・用	ハウエルを右に★	28・4
し	動・サ・用	シルレルを左に★	28・4
し	動・サ・用	漁するものと★た	28・7
し	動・サ・用	一つに★たる講筵	36・6
し	動・サ・用	人の声★て、程な	38・7
し	動・サ・用	面もち★て出迎ふ	42・3
し	動・サ・用	涙こぼしなど★た	48・3
し	動・サ・用	暫く★てふとあた	56・17
し	動・サ・用	いかにか★玉ひし	58・17
し	動・サ・用	暫く★て醒めしと	60・15
し	助動・過・体	五年前の事なり★	8・3
し	助動・過・体	港まで来★頃は、	8・4
し	助動・過・体	途に上り★とき、	8・9
し	助動・過・体	買ひ★冊子もまだ	8・9
し	助動・過・体	物学びせ★間に、	8・10
し	助動・過・体	西に航せ★昔の我	8・12
し	助動・過・体	訓を受け★甲斐に	10・13
し	助動・過・体	学館にあり★日も	10・14
し	助動・過・体	予備黌に通ひ★と	10・15
し	助動・過・体	法学部に入り★後	10・15
し	助動・過・体	しるされたり★に	10・16
し	助動・過・体	五十を踰え★母に	12・4
し	助動・過・体	こゝに来★ものゝ	12・17
し	助動・過・体	東来の意を告げ★	14・4
し	助動・過・体	語を学び★ことな	14・6
し	助動・過・体	余を見★とき、い	14・6
し	助動・過・体	思ひ計り★が如く	14・12
し	助動・過・体	夢の如くにたち★	14・15
し	助動・過・体	怠らず学び★時よ	14・17

し	助動・過・体	勤め★時まで、た	16・1
し	助動・過・体	自ら悟らざり★が	16・2
し	助動・過・体	潜みたり★まこと	16・3
し	助動・過・体	身だに知らざり★	18・5
し	助動・過・体	道をたどり★も、	18・7
し	助動・過・体	仕の道を歩み★も	18・8
し	助動・過・体	力と見え★も、皆	18・9
し	助動・過・体	一条にたどり★の	18・10
し	助動・過・体	心の乱れざり★は	18・10
し	助動・過・体	勇気あり★にあら	18・11
し	助動・過・体	手足を縛せ★のみ	18・11
し	助動・過・体	豪傑と思ひ★身も	18・13
し	助動・過・体	怪しと思ひ★が、	18・14
し	助動・過・体	育てられ★により	18・16
し	助動・過・体	夕暮なり★が、余	20・9
し	助動・過・体	暫し佇み★こと幾	20・15
し	助動・過・体	被り★巾を洩れた	20・17
し	助動・過・体	面を打守り★が、	22・9
し	助動・過・体	我肩に倚り★が、	22・17
し	助動・過・体	強く引き★に、中	24・5
し	助動・過・体	引開け★は、半ば	24・6
し	助動・過・体	額に印せ★面の老	24・7
し	助動・過・体	待ち兼ね★如く、	24・8

し	助動・過・体	立ちたり★が、ふ	24・10
し	助動・過・体	声聞え★が、又静	24・12
し	助動・過・体	無礼の振舞せ★を	24・13
し	助動・過・体	室を出で★跡にて	26・6
し	助動・過・体	こゝまで導き★心	26・7
し	助動・過・体	たのみに思ひ★シ	26・8
し	助動・過・体	抱へとなり★より	26・10
し	助動・過・体	助けんと思ひ★に	26・10
し	助動・過・体	驚き感ぜ★さま見	28・1
し	助動・過・体	僑居に来★少女は	28・3
し	助動・過・体	のみ存じたり★を	28・8
し	助動・過・体	憎み思ひ★官長は	28・11
し	助動・過・体	余に謂ひ★は、御	28・12
し	助動・過・体	奴隷といひ★如く	30・6
し	助動・過・体	これを逭れ★は、	30・10
し	助動・過・体	小説のみなり★を	30・12
し	助動・過・体	免官を聞き★とき	30・15
し	助動・過・体	身の事に関り★を	30・16
し	助動・過・体	学資を失ひ★を知	30・17
し	助動・過・体	中となり★は此折	32・3
し	助動・過・体	この行あり★をあ	32・4
し	助動・過・体	始めて相見★時よ	32・5
し	助動・過・体	こゝに及び★を奈	32・8

し　助動・過・体　公使に約せ★日も　32・9
し　助動・過・体　此時余を助け★は　32・12
し　助動・過・体　秘書官たり★が、　32・13
し　助動・過・体　官報に出で★を見　32・13
し　助動・過・体　投げ掛け★はエリ　34・1
し　助動・過・体　人もあり★なるべ　34・13
し　助動・過・体　搔寄せ★とは殊に　34・17
し　助動・過・体　文を作り★中にも　36・2
し　助動・過・体　思ひ★よりも忙は　36・4
し　助動・過・体　通信員となり★日　36・11
し　助動・過・体　繁く通ひ★折、養　36・11
し　助動・過・体　道をのみ走り★知　36・12
し　助動・過・体　凍え★雀の落ちて　36・17
し　助動・過・体　帰り来★が、それ　38・3
し　助動・過・体　始めて心づき★は　38・4
し　助動・過・体　庖厨にあり★エリ　38・8
し　助動・過・体　由なかり★が、昨　38・10
し　助動・過・体　こゝに着せられ★　38・11
し　助動・過・体　書状と思ひ★なら　38・15
し　助動・過・体　しまひ置き★ゲエ　40・2
し　助動・過・体　望みは絶ち★より　40・9
し　助動・過・体　別れたり★友にこ　40・10
し　助動・過・体　母の呼び★一等「　40・11

し　助動・過・体　乱れ★髪を朔風に　40・13
し　助動・過・体　余が乗り★車を見　40・14
し　助動・過・体　余が車を下り★は　40・15
し　助動・過・体　室の前まで往き★　42・1
し　助動・過・体　大学に在り★日に　42・2
し　助動・過・体　委托せられ★は独　42・6
し　助動・過・体　大臣の室を出で★　42・7
し　助動・過・体　概ね平滑なり★に　42・9
し　助動・過・体　物語り★不幸なる　42・11
し　助動・過・体　屢々驚き★が、な　42・11
し　助動・過・体　物語の畢り★とき　42・13
し　助動・過・体　心より出で★なれ　42・14
し　助動・過・体　大洋に舵を失ひ★　44・6
し　助動・過・体　よしなかり★が、　44・10
し　助動・過・体　食堂を出で★なれ　44・14
し　助動・過・体　用事のみなり★が　44・17
し　助動・過・体　故郷にてあり★こ　46・1
し　助動・過・体　失錯あり★ことど　46・2
し　助動・過・体　決断して言ひ★に　46・6
し　助動・過・体　うべなひ★上にて　46・8
し　助動・過・体　心虚なり★を掩ひ　46・9
し　助動・過・体　賜はり★を持て帰　46・11
し　助動・過・体　医者に見せ★に常　46・13

し	助動・過・体	貧血の性なり★ゆ	46・13
し	助動・過・体	ブルクに在り★間	48・8
し	助動・過・体	余を囲繞せ★は、	48・8
し	助動・過・体	余が立ち★日には	48・14
し	助動・過・体	目醒め★時は、猶	48・16
し	助動・過・体	跡に残り★ことを	48・16
し	助動・過・体	起き出で★時の心	48・17
し	助動・過・体	食なかり★折にも	48・17
し	助動・過・体	常には思ひ★が、	50・7
し	助動・過・体	立出で玉ひ★より	50・8
し	助動・過・体	思ひ★は迷なりけ	50・9
し	助動・過・体	我身の過ぎ★頃に	50・11
し	助動・過・体	書きおくり玉ひ★	50・13
し	助動・過・体	自ら心に誇り★が	52・1
し	助動・過・体	頼み★胸中の鏡は	52・2
し	助動・過・体	猶ほ冷然たり★歟	52・5
し	助動・過・体	友の勧め★ときは	52・5
し	助動・過・体	禽の如くなり★が	52・6
し	助動・過・体	云々といひ★は、	52・7
し	助動・過・体	かく宣ひ★を、友	52・8
し	助動・過・体	告げざり★歟。今	52・8
し	助動・過・体	絶たんといひ★を	52・9
し	助動・過・体	独逸に来★初に、	52・11

し	助動・過・体	ならじと誓ひ★が	52・12
し	助動・過・体	放たれ★鳥の暫し	52・12
し	助動・過・体	誇り★にはあらず	52・13
し	助動・過・体	これを操つり★は	52・13
し	助動・過・体	ベルリンに帰り★	52・15
し	助動・過・体	窓を開く音せ★が	54・2
し	助動・過・体	我頸を抱き★を見	54・4
し	助動・過・体	云ひ★が聞えず。	54・4
し	助動・過・体	帰り来玉ひ★。帰	54・6
し	助動・過・体	圧せんとせ★が、	54・8
し	助動・過・体	叫び★馭丁は、い	54・10
し	助動・過・体	出迎へ★エリスが	54・12
し	助動・過・体	夢にのみ見★は君	56・1
し	助動・過・体	籠り居★が、或る	56・5
し	助動・過・体	相沢に問ひ★に、	56・8
し	助動・過・体	あなやと思ひ★が	56・9
し	助動・過・体	出で★ときの我心	56・14
し	助動・過・体	醒め★時は、夜に	58・2
し	助動・過・体	街まで来★ときは	58・7
し	助動・過・体	こゝ迄来★道をば	58・8
し	助動・過・体	いかに歩み★か知	58・8
し	助動・過・体	賑はしかり★なら	58・9
し	助動・過・体	戸口に入り★より	58・14

し	助動・過・体	開きて入り★に、	58・16
し	助動・過・体	襁褓縫ひたり★エ	58・16
し	助動・過・体	いかにかし玉ひ★	58・17
し	助動・過・体	驚き★も宜なりけ	60・1
し	助動・過・体	跌き倒れ★ことな	60・2
し	助動・過・体	握まんとせ★まで	60・5
し	助動・過・体	までは覚え★が、	60・5
し	助動・過・体	知る程になり★は	60・6
し	助動・過・体	譫言のみ言ひ★を	60・6
し	助動・過・体	繕ひ置き★なり。	60・8
し	助動・過・体	血走り★目は窪み	60・10
し	助動・過・体	窮せざり★が、此	60・11
し	助動・過・体	相沢に逢ひ★とき	60・12
し	助動・過・体	相沢に与へ★約束	60・12
し	助動・過・体	大臣に聞え上げ★	60・13
し	助動・過・体	欺き玉ひ★か」と	60・14
し	助動・過・体	床に臥させ★に、	60・15
し	助動・過・体	醒め★ときは、目	60・15
し	助動・過・体	悉く抛ち★が、机	62・1
し	助動・過・体	机の上なり★襁褓	62・1
し	助動・過・体	医に見せ★に、過	62・4
し	助動・過・体	急に起り★パラノ	62・4
し	助動・過・体	入れむとせ★に、	62・5
し	助動・過・体	涙を濺ぎ★は幾度	62・9
し	助動・過・体	途に上ぼり★とき	62・10
し	補動・サ・用	教へも★伝へもせ	14・5
し	補動・サ・用	なさんとや★けん	16・8
し	補動・サ・用	告げや★けん。嗚	52・10
し	補動・サ・用	蒲団を噛みなど★	60・17
し（ゝ）	助動・過・体	珍しげにしるし★	8・8
し（ゝ）	助動・過・体	いだし★ものなれ	28・16
し（ゝ）	助動・過・体	精神的に殺し★な	60・11
し（ゝ）	助動・過・体	胎内に遺し★子の	62・11
死《し》	名・普	母の★を、我また	28・16
死	名・普	母の★を報じたる	28・17
師《し》	名・普	舞の★のつりに	30・3
詩《し》	名・普	★に詠じ歌によめ	10・8
思案《しあん》する	動（複）・サ・体	兎角★程に、心の	32・17
周旋《しうせん》し	動（複）・サ・用	賓主の間に★て事	48・12
収入《しうにふ》	名・普	無きかの★を合せ	34・3
しか	助動・過・已	もてはやされ★ど	8・6
しか	助動・過・已	覚え殊なり★ば、	12・2
しか	助動・過・已	流石に好み★ど、	30・11
しか	助動・過・已	相沢を見ざり★ば	46・5
しか	助動・過・已	書を寄せ★ばえ忘	48・13
若《し》か	動・四・未	其能を示すに★ず	44・2

四階《しかい》	名・数	★目に腰を折りて	24・3
四階	名・数	★の屋根裏には、	58・12
云々《しかじか》	副	かくてあらば★と	52・7
屍《しかばね》	名・普	生ける★を抱きて	62・9
色沢《しきたく》	名・普	何等の★ぞ、我心	12・7
敷布《しきふ》	名・普	干したる★、襦袢	20・12
連《しき》りに	副	★法制の細目に拘	16・10
頻《しき》りに	副	膝の★戦かれて立	60・4
若《し》く	動・四・体	独逸に★はなから	36・9
士官《しくわん》	名・普	肩聳えたる★の、	12・10
刺激《しげき》	名・普	★によりて常なら	32・7
繁《しげ》く	形・ク・用	交漸く★なりもて	28・5
繁く	形・ク・用	大学に★通ひし折	36・11
繁く	形・ク・用	漸く★なりもて行	44・16
繁く	形・ク・用	雪は★降り、帽の	58・3
茂《しげ》りゆく	動(動＋補動)・四・体	日にけに★のみ。	50・8
思想《しさう》	名・普	稺き★、身の程知	8・7
思想	名・普	独立の★を懐きて	16・14
死《し》し	動・サ・用	★たる如きさまに	58・1
紙上《しじやう》	名・普	枯葉を★に搔寄せ	34・17
詩人《しじん》	名・普	余に★の筆なけれ	22・2
詩人	名・普	★ハツクレンデル	30・5
下《した》	名・普	★に仕立物師と注	24・11
下	名・普	紙にて張りたる★	26・1
下	名・普	雪道を窓の★まで	40・12
次第《しだい》に	副	取調も★捗り行け	14・10
従《したが》は	動・四・未	彼の言葉に★ねば	22・12
従は	動・四・未	命に★ざらむ。」	46・5
従《したが》ひ	動・四・用	母の教に★、人の	14・16
従ひ	動・四・用	友の言に★て、こ	44・10
随《したが》ひ	動・四・用	★て来べきか、」	46・4
随ひ	動・四・用	大臣の一行に★て	48・7
随ひ	動・四・用	大臣に★て帰東の	62・10
仕立物師《したてものし》	名・普	★と注したり。こ	24・11
慕《した》ふ	動・四・体	我またなく★母の	28・17
質屋《しちや》	名・普	★の使のモンビシ	26・16
士女《しぢよ》	名・普	隊々の★を見よ。	12・10
室《しつ》	名・普	老嫗の★を出でし	26・6
室	名・普	光を取れる★にて	34・6
室	名・普	★を温め、竈に火	36・17
室	名・普	相沢が★の番号を	40・15
室	名・普	★の前まで往きし	42・1
室	名・普	★に入りて相対し	42・3
室	名・普	大臣の★を出でし	42・7
室	名・普	急ぎて★に入りぬ	54・13
室	名・普	★の戸を開きて入	58・15

失行《しつかう》	名・普	我★をもさまで意	42・4
静《しづか》に	形動・ナリ・用	ほとりはいと★て、	8・1
静に	形動・ナリ・用	又★なりて戸は再	24・12
失錯《しつさく》	名・普	★ありしことども	46・1
叱《しつ》せ	動（複）・サ・未	幾度か★られ、驚	56・16
沈《しづ》み	動・四・用	思に★て行く程に	56・15
鎮《しづ》め	動・下二・用	心を★玉へ。声を	22・16
して	助・格	使★招かれぬ。往	56・5
して	助・接	茫然と★立ちたり	24・10
して	助・接	学成らず★汚名を	32・10
して	助・接	忙はしく★、多く	36・5
して	助・接	蒼然と★死人に等	60・1
師弟《してい》	名・普	先づ★の交りを生	30・15
裊《しなやか》なる	形動・ナリ・体	手足の繊く★は、	26・6
死《し》に	動・ナ・用	父は★たり。明日	22・13
死に	動・ナ・用	雀の落ちて★たる	36・17
死人《しにびと》	名・普	★に等しき我面色	60・1
熾熱灯《しねつとう》	名・普	★の光の晴れがま	8・1
凌《しの》ぎ	動・四・用	一時の急を★玉へ	26・16
忍《しの》ぶ	動・上二・終	法律たらんは★べ	16・8
咳枯《しはが》れ	動・下二・用	中には★たる老媼	24・5
暫《しば》し	副	★佇みしこと幾度	20・15
暫し	副	★涸れたる涙の泉	22・10
暫し	副	余は★茫然として	24・10
暫し	副	★の旅とて立出で	50・8
暫し	副	鳥の★羽を動かし	52・12
屡々《しばしば》	副	余が★芝居に出入	28・9
屡々	副	かれは★驚きしが	42・11
屡々	副	実行すること★な	46・10
姑《しばら》く	副	★友の言に従ひて	44・10
暫《しばら》く	副	★してふとあたり	56・16
暫く	副	★して醒めしとき	60・15
芝居《しばゐ》	名・普	屡々★に出入して	28・9
芝居	名・普	★の化粧部屋に入	30・7
強《しひ》て	副（動・上一・用＋助・接の転）	★其成心を動かさ	42・17
強て	副（動・上一・用＋助・接の転）	★当時の心虚なり	46・9
しまひ	動・四・用	丁寧に★置きしゲ	40・2
しむる	助動・使・体	報道せ★こととな	32・15
占《し》め	動・下二・用	地位を★たり。さ	30・5
示《しめ》し	動・四・用	これを★て伯の信	44・2
示し	動・四・用	余に★たる前途の	44・6
示《しめ》す	動・四・体	其能を★に若かず	44・2
しも	助・副	この手に★縋らず	56・10
社《しや》	名・普	余を★の通信員と	32・14

社	名・普	★の報酬はいふに	32・16
蔗《しや》	名・普	漸く★を噛む境に	16・12
生涯《しやうがい》	名・普	我★にて尤も悲痛	28・15
生《しやう》じ	動(複)・サ・用	よりてや★けん。	18・16
生じ	動(複)・サ・用	師弟の交りを★た	30・15
生じ	動(複)・サ・用	惰性より★たる交	44・4
生じ	動(複)・サ・用	頼む心を★たる人	46・7
掌上《しやうじやう》	名・普	★の舞をもなしえ	34・13
粧飾《しやうしよく》	名・普	王城の★、故らに	48・8
シヤウムベルヒ	名・固・人	たのみに思ひし★	26・8
正面《しやうめん》	名・普	★の一室の戸は半	24・15
正面	名・普	★には鏡を立てた	40・17
謝金《しやきん》	名・普	★を収め、往きて	14・14
謝金	名・普	★を収むることの	36・6
写真帖《しやしんてふ》	名・普	書物一二巻と★と	26・3
謝《しや》せ	動(複)・サ・未	この恩を★んとて	28・3
社説《しやせつ》	名・普	新聞の★をだに善	36・14
車道《しやだう》	名・普	★の土瀝青の上を	12・12
酒家《しゆか》	名・普	★、茶店は猶ほ人	58・9
手巾《しゆきん》	名・普	涙に★を濡らしつ	18・14
守護《しゆご》	名・普	父の★とに依りて	30・11
手足《しゆそく》	名・普	自らわが★を縛せ	18・11
手足	名・普	★の繊く裊なるは	26・5
手中《しゆちゆう》	名・普	天方伯の★に在り	52・14
出仕《しゆつし》し	動(複)・サ・用	某省に★て、故郷	12・1
出発《しゆつぱつ》す	動(複)・サ・終	向ひて★べし。随	46・4
趣味《しゆみ》	名・普	漸く★をも知り、	30・13
瞬間《しゆんかん》	名・普	わが★の感触を、	8・15
称《しよう》	名・普	学士の★を受けて	10・17
ショオペンハウエル	名・固・人	★を右にし、シル	28・3
食《しよく》	名・普	けふの日の★なか	48・17
燭《しよく》	名・普	黄蝋の★を幾つ共	48・9
職《しよく》	名・普	我★を解いたり。	28・12
食堂《しよくだう》	名・普	★を出でしなれば	44・14
食卓《しよくたく》	名・普	★にては彼多く問	42・9
職分《しよくぶん》	名・普	尽したる★をのみ	52・3
諸国《しよこく》	名(接頭+名)・普	欧州★の間にて独	36・9
書状《しよじやう》	名・普	二通の★に接しぬ	28・15
書状	名・普	郵便の★を持て来	38・8
書状	名・普	報酬に関する★と	38・15
諸生輩《しよせいはい》	名・普	凡庸なる★を罵り	42・12
書中《しよちゆう》	名・普	余は母の★の言を	28・17
処女《しよちよ》	名・普	我心は★に似たり	18・7
所動的《しよどうてき》	形動・ナリ・幹	たゞ★、器械的の	16・1
書物《しよもつ》	名・普	上には★一二巻と	26・3

知《し》ら	動・四・未	身の程★ぬ放言、	8・7
知ら	動・四・未	人★ぬ恨に頭のみ	10・3
知ら	動・四・未	こは余を★ねばな	18・5
知ら	動・四・未	我身だに★ざりし	18・5
知ら	動・四・未	怎でか人に★るべ	18・5
知ら	動・四・未	幾度なるを★ず。	20・15
知ら	動・四・未	君は彼を★でやお	26・9
知ら	動・四・未	又自らは★ぬにや	26・14
知ら	動・四・未	同郷人にさへ★れ	28・6
知ら	動・四・未	★ぬ人は何とか見	34・11
知ら	動・四・未	夢にも★ぬ境地に	36・13
知ら	動・四・未	予め★するに由な	38・10
知ら	動・四・未	歩みしか★ず。一	58・8
白布《しらぬの》	名・普	内には★を掩へる	24・16
白《しら》み	動・四・用	★たる髪、悪しき	24・6
知《し》り	動・四・用	うきふしをも★た	8・13
知り	動・四・用	★てするにや、又	26・14
知り	動・四・用	岐路に走るを★て	28・11
知り	動・四・用	漸く趣味をも★、	30・13
知り	動・四・用	失ひしを★て余を	30・17
知り	動・四・用	人材を★てのこひ	44・3
知り	動・四・用	底をば今ぞ★ぬる	50・3
知り	動・四・用	顛末を審らに★て	60・8
知り	動・四・用	一諾を★、俄に座	60・13
知《し》る	動・四・終	神も★らむ、絶え	52・4
知る	動・四・体	おん身も名を★相	38・15
知る	動・四・体	★人がり出しやり	48・4
知る	動・四・体	★人の許にて夜に	48・14
知る	動・四・体	人事を★程になり	60・6
しるく	形・ク・用	漸くに★なれる、	50・10
しるさ	動・四・未	一級の首に★れた	10・16
記《しる》さ	動・四・未	名を簿冊に★せつ	14・9
しるし	動・四・用	珍しげに★ゝを、	8・8
記《しる》せ	動・四・已	独逸語にて★る文	42・6
シルレル	名・固・人	★を左にして、終	28・4
知《し》れ	動・四・已	理由を★るが故に	42・17
代《しろ》	名・普	此日は翻訳の★に	46・11
代	名・普	翻訳の★をばエリ	46・11
白《しろ》き	形・ク・体	極めて★を撰び、	40・1
白き	形・ク・体	★木綿、白き「レ	54・14
白き	形・ク・体	★「レエス」など	54・14
白《しろ》く	形・ク・用	赤く★面を塗りて	20・2
辛苦《しんく》	名・普	その★奈何ぞや。	30・9
新現象《しんげんしやう》	名（接頭＋名）・普	美術に係る★の批	36・1
信《しん》じ	動（複）・サ・用	深く★たりき。嗚	18・13
信じ	動（複）・サ・用	★て頼む心を生じ	46・7

信じ	動(複)・サ・用	我心を厚く★たれ	46・16
真率《しんそつ》なる	形動・ナリ・体	我が★心や色に形	22・9
進退《しんたい》	名・普	★如何などの事に	36・3
進退	名・普	我身一つの★につ	50・17
新大都《しんたいと》	名(接頭+名)・普	欧羅巴の★の中央	12・7
心中《しんちゆう》	名・普	伯が★にて曲庇者	42・17
新帝《しんてい》	名・普	★の即位、ビスマ	36・3
心頭《しんとう》	名・普	★を衝いて起れり	56・12
神童《しんどう》	名・普	人の★なりなど褒	14・16
神女《しんによ》	名・普	凱旋塔の★の像、	12・16
新年《しんねん》	名・普	★の旦なりき。停	52・15
新聞《しんぶん》	名・普	当時の★に載せら	8・6
新聞	名・普	あらゆる★を読み	34・5
新聞	名・普	明きたる★の細長	34・10
新聞	名・普	余は★の原稿を書	34・16
新聞	名・普	幾百種の★雑誌に	36・10
新聞社《しんぶんしや》	名・普	★の報酬に関する	38・14
信用《しんよう》	名・普	伯の★を求めよ。	44・2
信用	名・普	大臣の★は屋上の	52・6
心労《しんらう》	名・普	過劇なる★にて急	62・4
じ	助動・消推・終	さはあら★と思へ	10・10
じ	助動・消推・終	心をば動さ★の誓	14・1
じ	助動・消推・終	酷くはあら★。又	22・10
じ	助動・消推・終	憎み玉は★。明日	26・8
じ	助動・消推・終	身の浮ぶ瀬あら★	32・10
じ	助動・消推・終	かくは心を用ゐ★	38・17
じ	助動・消推・終	誰れも得言は★。	40・4
じ	助動・消推・終	見棄て玉は★。我	40・7
じ	助動・消推・終	留めでは止ま★。	50・5
じ	助動・消推・終	なのらせ玉は★。	56・2
じ	助動・消意・終	守る所を失は★と	44・11
じ	助動・消意・終	人物とはなら★と	52・12
字《じ》	名・普	否といふ★にて起	50・2
自由《じいう》	名・普	★を得たりと誇り	52・12
自由《じいう》なる	形動・ナリ・体	この★大学の風に	16・2
獣綿《じうめん》	名・普	古き★の衣を着、	24・7
獣苑《じうゑん》	名・普	余は★を漫歩して	20・9
獣苑	名・普	★の傍に出でたり	56・17
辞書《じしよ》	名・普	余を活きたる★と	16・7
辞書	名・普	★たらむは猶ほ堪	16・8
辞書	名・普	二三種の★などを	48・1
侍《じ》する	動(複)・サ・体	病床に★エリスを	60・9
実行《じつかう》する	動(複)・サ・体	これを★こと屢々	46・10
自筆《じひつ》	名・普	一は母の★、一は	28・16
十一時《じふいちじ》	名・数	最早★をや過ぎけ	58・4
十九《じふく》	名・数	★の歳には学士の	10・16

十五《じふご》　名・数　★の時舞の師のつ　30・3
十六七《じふろくしち》　名・数　年は★なるべし。　20・17
事務《じむ》　名・普　一課の★を取り調　12・2
寺門《じもん》　名・普　鎖したる★の扉に　20・16
情《じやう》　名・普　限なき懐旧の★を　10・7
情　名・普　憐憫の★に打ち勝　22・6
情　名・普　エリスを愛する★　32・5
情　名・普　別後の★を細叙す　42・5
情　名・普　一少女の★にかゝ　42・15
情縁《じやうえん》　名・普　この★を断たんと　44・10
情交《じやうかう》　名・普　★は深くなりぬと　44・3
上旬《じやうじゅん》　名・普　一月★の夜なれば　58・8
充分《じゅうぶん》なる　形動・ナリ・体　★教育を受けず、　30・3
繻袢《じゅばん》　名・普　★などまだ取入れ　20・12
受領《じゅりやう》し　動(複)・サ・用　文書を★て大臣の　42・7
順境《じゅんきやう》　名・普　★にのみありて、　52・1
叙《じょ》す　動(複)・サ・終　何事をか★べき。　48・6
人家《じんか》　名・普　まだ取入れぬ★、　20・12
人材《じんざい》　名・普　★を知りてのこひ　44・3
人事《じんじ》　名・普　★を知る程になり　60・6
人道《じんだう》　名・普　石だゝみの★を行　12・10
人道　名・普　表街の★にてこそ　36・15
人物《じんぶつ》　名・普　器械的の★になり　16・1
人物　名・普　有為の★なること　18・12
人物　名・普　器械的★とはなら　52・11

す

瑞西《スイス》　名・固・地　★の山色をも見せ　10・4
数奇《すうき》　名・普　いま我★を憐み、　32・5
数奇《すうき》なる　形動・ナリ・体　轗軻★は我身の上　42・10
数日《すうじつ》　名・普　余は★間、かの公　46・4
透《すか》し　動・四・用　油灯の光に★て戸　24・10
すが〲しく　形・シク・用　心地★もなりなむ　10・9
すかせ　動・四・已　暗き空に★ば、明　58・13
姿《すがた》　名・普　いぢらしき★は、　32・7
姿　名・普　おん身の★は。驚　58・17
姿　名・普　変りたる★に驚き　60・9
縋《すが》ら　動・四・未　この手にしも★ず　56・10
鍤《すき》　名・普　★をも揮へ、クロ　36・15
すぎ　動・上二・用　これ★ぬといふ少　24・11
過《す》ぎ　動・上二・未　今この処を★んと　20・16
過ぎ　動・上二・用　リンデンを★、我　20・10
過ぎ　動・上二・用　一月ばかり★て、　46・3
過ぎ　動・上二・用　我身の★し頃には　50・11
過ぎ　動・上二・用　十一時をや★けん　58・4
過ぎ　動・上二・用　半夜をや★たりけ　58・7

過ぎ	動・上二・用	庖厨を★、室の戸	58・15
過《すぐ》し	動・四・用	幾時をか★けん。	58・2
過《すぐ》す	動・四・体	ふた月と★程に、	14・10
少《すくな》き	形・ク・体	物言ふことの★は	10・2
少《すく》なく	形・ク・用	誤字★なりぬ。か	30・14
寡《すくな》し	形・ク・終	言葉★。この時戸	38・7
救《すく》ひ	動・四・用	我を★玉へ、君。	22・12
救ひ	動・四・用	我を★玉へ、君。	26・11
優《すぐ》れて	副（動・下二・用＋助・接の転）	彼は★美なり。乳	26・5
少《すこ》し	副	楼閣の★とぎれた	12・13
少し	副	少女は★訛りたる	26・6
少し	副	★容をあらためて	40・5
少し	副	★考へて。「縦令	40・7
少し	副	★汚れたる外套を	40・12
少し	副	余は★躕躕したり	42・1
頗《すこぶ》る	副	余が★学問の岐路	28・10
頗る	副	議論には★高尚な	36・10
頗る	副	★思ひせまりて書	50・2
荒《すさ》み	動・四・用	学問の★衰ふるこ	10・14
荒み	動・四・用	我学問は★ぬ。屋	34・15
荒み	動・四・用	我学問は★ぬ。さ	36・8
数週《すしう》	名・普	★の後なりき。熱	60・6

数週	名・普	この★の内にいた	60・9
鈴索《すずなは》	名・普	余が★を引き鳴ら	14・3
薦《すす》むる	動・下二・体	人を★は先づ其能	44・2
勧《すす》め	動・下二・用	友の★しときは、	52・5
雀《すずめ》	名・普	飢ゑ凍えし★の落	36・17
筋向《すぢむか》ひ	名（名＋動・四・用の転）・普	寺の★なる大戸を	24・2
棄《す》て	動・下二・用	外物を★ゝ顧みぬ	18・10
棄て	動・下二・用	★難きはエリスが	44・9
棄て	動・下二・用	努な★玉ひそ。母	50・11
ステツチン	名・固・地	★わたりの農家に	50・12
既《すで》に	副	★久しくこの自由	16・2
既に	副	★天方伯の秘書官	32・12
既に	副	大臣は★我に厚し	52・3
沙《すな》	名・普	道にてこそ★をも	36・15
隅《すみ》	名・普	★の屋根裏より窓	26・1
済《す》み	動・四・用	事なく★たらまし	14・4
済み	動・四・用	打合せも★て、取	14・10
棲家《すみか》	名・普	★をもうつし、午	32・16
住《す》む	動・四・体	入口に★靴屋の主	48・5
する	動・サ・体	知りて★にや、又	26・14
する	動・サ・体	縫ものなど★側の	34・16
する	助動・使・体	予め知ら★に由な	38・10

据《す》ゑつけ　動（複）・下二・用　ゾフアを★、正面　40・17
ず　助動・消・未　それもなら★ば母　26・12
ず　助動・消・未　帰り来玉は★ば我　54・6
ず　助動・消・未　手にしも縋ら★ば　56・10
ず　助動・消・用　昔の我なら★、学　8・12
ず　助動・消・用　山色をも見せ★、　10・4
ず　助動・消・用　心を留めさせ★、　10・4
ず　助動・消・用　悲しとは思は★、　12・4
ず　助動・消・用　あるべうもあら★　14・13
ず　助動・消・用　怠ら★学びし時よ　14・17
ず　助動・消・用　妥なら★、奥深く　16・3
ず　助動・消・用　宜しから★、また　16・5
ず　助動・消・用　杯をも挙げ★、球　18・3
ず　助動・消・用　したるにあら★、　18・8
ず　助動・消・用　ありしにあら★、　18・11
ず　助動・消・用　なることを疑は★　18・12
ず　助動・消・用　教育を受け★、十　30・3
ず　助動・消・用　常なら★なりたる　32・7
ず　助動・消・用　学成ら★して汚名　32・10
ず　助動・消・用　冷むるをも顧み★　34・9
ず　助動・消・用　手をば通さ★帽を　40・12
ず　助動・消・用　遑あら★、引かれ　42・5
ず　助動・消・用　譴めんとはせ★、　42・12
ず　助動・消・用　こひにあら★、慣　44・4
ず　助動・消・用　善くも量ら★、直　46・8
ず　助動・消・用　除夜に眠ら★、元　52・16
ず　助動・消・用　時までも定まら★　54・7
ず　助動・消・用　東西をも分か★、　56・15
ず　助動・消・用　声出で★、膝の頰　60・4
ず　助動・消・用　人をも見知ら★、　60・16
ず　助動・消・用　泣き叫びて聴か★　62・6
ず　助動・消・終　忍ぶべから★。今　16・8
ず　助動・消・終　おろかなら★や。　18・17
ず　助動・消・終　幾度なるを知ら★　20・15
ず　助動・消・終　たりとも見え★。　22・1
ず　助動・消・終　写すべくもあら★　22・2
ず　助動・消・終　貧家の女に似★。　26・6
ず　助動・消・終　我身は食は★とも　26・12
ず　助動・消・終　仰ぐべから★との　28・14
ず　助動・消・終　反覆するに堪へ★　30・1
ず　助動・消・終　心は楽しから★。　38・6
ず　助動・消・終　君とは見え★。」　40・6
ず　助動・消・終　如くなら★とも。　40・8
ず　助動・消・終　動かさんとはせ★　42・17
ず　助動・消・終　能を示すに若か★　44・2
ず　助動・消・終　定かなら★。貧き　44・8

ず	助動・消・終	言ひしにあら★。	46・6
ず	助動・消・終	悩ますとも見え★	46・16
ず	助動・消・終	夢にはあら★やと	48・16
ず	助動・消・終	逆境にはあら★。	52・1
ず	助動・消・終	誇りしにはあら★	52・13
ず	助動・消・終	車よりは見え★。	54・2
ず	助動・消・終	云ひしが聞え★。	54・5
ず	助動・消・終	敢て訪らは★、家	56・4
ず	助動・消・終	辞むべくもあら★	56・9
ず	助動・消・終	歩みしか知ら★。	58・8
ず	助動・消・終	ふつに覚え★。我	58・10
ず	助動・消・終	寝ね★と覚ぼしく	58・12
ず	助動・消・終	にはあら★と見ゆ	62・7

せ

せ	動・サ・未	音も★で走るいろ	12・13
せ	動・サ・未	いひ懸け★んとは	26・11
せ	動・サ・未	奈何に★む。公使	32・8
せ	動・サ・未	いかに★まし。今	38・5
せ	動・サ・未	午餐を共に★んと	42・7
せ	動・サ・未	譴めんとは★ず、	42・12
せ	動・サ・未	折にも★ざりき。	50・1
せ	動・サ・未	窓を開く音★しが	54・2
せ	助動・使・未	否とはいは★ぬ媚	26・14
せ	助動・使・用	われに負は★、今	10・5
せ	助動・使・用	夕立の音を聞か★	12・14
せ	助動・使・用	簿冊に記さ★つ。	14・9
せ	助動・使・用	人のたどら★たる	18・9
せ	助動・使・用	鼻を挟ま★て、普	20・3
せ	助動・使・用	人に聞か★玉ひそ	22・16
せ	助動・使・用	名花を咲か★てけ	28・5
せ	助動・使・用	筆を走ら★、小を	34・9
せ	助動・使・用	朔風に吹か★て余	40・14
せ	助動・使・用	持た★て梯を登ら	54・2
せ	助動・使・用	なのら★玉はじ。	56・2
せ	助動・使・用	床に臥さ★しに、	60・15
せ	助動・過・未	外の恨なり★ば歌	10・8
せ	助動・過・未	若し真なり★ばい	38・5
せ	補動・サ・未	伝へも★むと約し	14・5
せ	補動・サ・未	まみえもや★んと	38・17
せ	補動・サ・未	動かさんとは★ず	42・17
背《せ》	名・普	外套を★に被ひて	40・12
瀬《せ》	名・普	身の浮ぶ★あらじ	32・10
青雲《せいうん》	名・普	★の上に堕したり	48・7
政界《せいかい》	名・普	活発々たる★の運	34・17
セイゴン	名・固・地	この★の港まで来	8・4

性質《せいしつ》	名・普	おとなしき★と、	30・10
成心《せいしん》	名・普	強て其★を動かさ	42・17
精神《せいしん》	名・普	一たび法の★をだ	16・10
精神	名・普	★の作用は殆全く	62・3
精神的《せいしんてき》に	形動・ナリ・用	彼を★殺しゝなり	60・11
制《せい》する	動（複）・サ・体	慾を★力とに帰し	18・4
政治《せいち》	名・普	★学芸の事などを	32・14
政治家《せいちか》	名・普	★になるべき特科	14・12
政治家	名・普	★になるにも宜し	16・5
政治学《せいちがく》	名・普	★を修めむと名を	14・9
政治社会《せいちしやくわい》	名・普	★などに出でんの	40・9
清白《せいはく》なり	形動・ナリ・用	見るより★き。彼	30・2
生面《せいめん》	名・普	世の常ならば★の	10・1
勢力《せいりよく》	名・普	或る★ある一群と	16・17
生路《せいろ》	名・普	彼が★は概ね平滑	42・9
紹介状《せうかいじやう》	名・普	おほやけの★を出	14・3
小《せう》「カバン」	名（接頭＋名）・普	★に入れたるのみ	48・1
銷《せう》せ	動（複）・サ・未	此恨を★む。若し	10・8
小説《せうせつ》	名・普	貸本屋の★のみな	30・12
せき	動・下二・未	★あへぬ涙に手布	18・14
籍《せき》	名・普	大学の★はまだ刪	36・6
籍	名・普	★を除きぬと言ひ	46・14
寂然《せきぜん》たり	形動・タリ・終	万戸★。寒さは強	52・17
石炭《せきたん》	名・普	★をば早や積み果	8・1
接《せつ》し	動（複）・サ・用	書状に★ぬ。この	28・15
接吻《せつぷん》し	動（複）・サ・用	エリスに★て楼を	40・13
雪片《せつぺん》	名・普	鷺の如き★に、乍	58・13
忙《せ》はしげに	形動（形・幹＋接尾）・ナリ・用	石卓の上にて★筆	34・9
せまく	形・ク・用	間口★奥行のみい	34・5
狭《せま》く	形・ク・用	この★薄暗き巷に	20・11
せまり	動・四・用	我命は★ぬ。この	32・9
せまり	動・四・用	思ひ★て書きたる	50・2
迫《せま》り来《き》	動（複）・カ・用	涙の★て筆の運を	30・1
迫《せま》る	動・四・体	明日に★は父の葬	26・8
攻《せ》むる	動・下二・体	我を★に似たり。	16・4
譴《せ》め	動・下二・未	余を★んとはせず	42・12
是《ぜ》	名・普	きのふの★はけふ	8・14
舌人《ぜつじん》	名・普	わが★たる任務は	48・6
絶頂《ぜつちやう》	名・普	巴里★の驕奢を、	48・8
前《ぜん》	接尾	此三百年★の遺跡	20・14
前後《ぜんご》	名・普	★を顧みる遑なく	22・5
前途《ぜんと》	名・普	余に示したる★の	44・6
前房《ぜんばう》	名・普	鏡を立てたる★に	40・17

そ

そ	代・指	★が傍に少女は羞	26・4
そ	代・指	★をいかにといふ	36・8
そ	助・終	人に聞かせ玉ひ★	22・16
そ	助・終	否、心にな掛け★	38・15
そ	助・終	努な棄て玉ひ★。	50・11
総括的《そうくわつてき》に	形動・ナリ・用	自ら★なりて、同	36・12
即時《そくじ》	名・普	御身若し★に郷に	28・13
速了《そくれう》	名・普	彼等は★にも、余	28・6
即位《そくゐ》	名・普	新帝の★、ビスマ	36・3
底《そこ》	名・普	我心の★までは徹	22・4
底《そこひ》	名・普	心の深き★をば今	50・3
誹《そし》る	動・四・体	又た★人もあるべ	32・4
注《そそ》が	動・四・未	項にのみ★れたり	22・15
濺《そそ》ぎ	動・四・用	我手の背に★つ。	28・2
濺ぎ	動・四・用	涙を★しは幾度ぞ	62・9
漫歩《そぞろありき》し	動(複)・サ・用	獣苑を★て、ウン	20・9
育《そだ》て	動・下二・未	★られしによりて	18・16
卒然《そつぜん》	副	★ものを問はれた	46・7
卒倒《そつたう》し	動(複)・サ・用	舞台にて★つとて	38・2
外《そと》	名・普	戸の★に出迎へし	54・12
その	連体	★概略を文に綴り	10・11
その	連体	★頃までにまたな	10・17
その	連体	★見上げたる目に	26・13
その	連体	★名を斥さんは憚	28・9
その	連体	★辛苦奈何ぞや。	30・9
その	連体	★美しき、いぢら	32・6
その	連体	是れ★言のおほむ	44・5
その	連体	★答の範囲を善く	46・7
その	連体	★為し難きに心づ	46・9
その	連体	★侭に地に倒れぬ	60・5
その	連体	★変りたる姿に驚	60・9
その	連体	★場に僵れぬ。相	60・14
その	連体	★痴なること赤子	62・3
その	連体	これとても★故な	18・2
其《その》	連体	強て★成心を動か	42・17
其	連体	★能を示すに若か	44・2
其	連体	★気色辞むべくも	56・9
其	連体	余は覚えず★に寄	22・6
側《そば》	名・普	恥ぢて我★を飛び	24・1
側	名・普	竈の★なる戸を開	24・16
側	名・普	★の机にて、余は	34・16
聳《そび》え	動・下二・用	胸張り肩★たる士	12・10
聳《そび》ゆる	動・下二・体	雲に★楼閣の少し	12・13
背《そびら》	名・普	我手の★に濺ぎつ	28・2

添《そ》へ	動・下二・用	旅費さへ★て賜は	46・11
粗末《そまつ》に	形動・ナリ・用	★積上げたる煉瓦	24・15
空《そら》	名・普	晴れたる★に夕立	12・14
空	名・普	暗き★にすかせば	58・13
諳《そらん》じ	動（複）・サ・用	善く法典を★て獄	16・5
それ	代・指	★もならずば母の	26・12
それ	代・指	★にて足るべくも	26・15
それ	代・指	★より心地あしと	38・3
それ	代・指	★も愜はで東に還	50・5
それ	代・指	★さへあるに、縦	50・10
損《そん》	名・普	おのれに★あれば	44・1
存《そん》じ	動（複）・サ・用	歓楽のみ★たりし	28・7
損《そん》じ	補動・サ・用	欠け★たる石の梯	24・3
ぞ	助・係	これ★なか〳〵に	18・14
ぞ	助・係	これ★余が冤罪を	20・7
ぞ	助・係	稀なりと★いふな	30・10
ぞ	助・係	底をば今★知りぬ	50・3
ぞ	助・係	身を寄せんと★い	50・13
ぞ	助・係	善く★帰り来玉ひ	54・6
ぞ	助・終	今★とおもふ心の	12・3
ぞ	助・終	何等の光彩★、我	12・7
ぞ	助・終	何等の色沢★、我	12・8
ぞ	助・終	「誰★」と問ふ。	24・5
ぞ	助・終	何等の悪因★。こ	28・3
ぞ	助・終	その辛苦奈何★や	30・9
ぞ	助・終	此時にあるべき★	38・12
ぞ	助・終	特操なき心★、「	56・12
ぞ	助・終	濺ぎしは幾度★。	62・9
ゾフア	名・普	被へる★を据ゑつ	40・17

た

他《た》	名・普	★の梯は窖住まひ	20・13
他	名・普	却りて★の凡庸な	42・12
誰《た》	代・人	「★ぞ」と問ふ。	24・5
待遇《たいぐう》	名・普	★殊にめでたく、	56・5
対《たい》し	動・サ・用	友に★て否とはえ	44・11
大都《たいと》	名・普	欧州★の人の海に	56・11
胎内《たいない》	名・普	★に遺しゝ子の生	62・11
耐忍《たいにん》	名・普	★勉強の力と見え	18・8
耐忍《たいにん》し	動（複）・サ・用	★てこれを実行す	46・9
大洋《たいやう》	名・普	★に舵を失ひしふ	44・6
滞留《たいりう》	名・普	★の余りに久しけ	56・7
当時《たうじ》	名・普	★の新聞に載せら	8・6
当時	名・普	危きは余が★の地	16・15
当時	名・普	★の免官の理由を	42・17
当時	名・普	強て★の心虚なり	46・9

当世《たうせい》	名・普	レンデルが★の奴	30・5
陶瓶《たうへい》	名・普	★にはこゝに似合	26・3
陶炉《たうろ》	名・普	★に火を焚きたる	44・13
絶《た》え	動・下二・用	我命は★なんを。	54・6
絶《た》えて	副（動・下二・用＋助・接の転）	★想到らざりき。	52・4
高《たか》き	形・ク・体	★帽を戴き、眼鏡	20・3
高き	形・ク・体	価★花束を生けた	26・3
楼《たかどの》	名・普	直ちに★に達し、	20・13
楼	名・普	★を下りつ。彼は	40・13
焚《た》き	動・四・用	火を★たる「ホテ	44・14
焚《た》きつけ	動（複）・下二・用	竈に火を★ても、	38・1
たく	助動・希・用	大臣は見★もなし	40・10
貯《たくはへ》	名（動・下二・用の転）・普	一銭の★だになし	22・13
逞《たく》ましく	形・シク・用	肥えて★なりたれ	42・4
工《たくみ》	名（動・四・用の転）・普	彫鏤の★を尽した	48・10
扶《たす》け	動・下二・未	人に★られて帰り	38・2
扶け	動・下二・用	共に★て床に臥さ	60・15
助《たすけ》	名（動・下二・用の転）・普	公の★をば仰ぐべ	28・13
助	名（動・下二・用の転）・普	★の綱をわれに投	34・1

助	名（動・下二・用の転）・普	相沢の★にて日々	60・10
助《たす》け	動・下二・未	我等を★んと思ひ	26・10
助け	動・下二・用	此時余を★しは今	32・12
立《た》た	動・四・未	★ば頭の支ふべき	26・2
断《た》た	動・四・未	情縁を★んと約し	44・10
絶《た》た	動・四・未	関係を★んといひ	52・9
たゞ	副	★所動的、器械的	16・1
たゞ	副	★一瞬の苦艱なり	50・9
たゞ	副	★をり〳〵思ひ出	62・8
唯《ただ》	副	★外物に恐れて自	18・11
唯	副	人々は★余を嘲り	20・6
唯	副	★年久しく別れた	40・10
唯《た》だ	副	★一条にたどりし	18・9
唯だ	副	天方伯も★独逸語	42・16
唯だ	副	近眼は★おのれが	52・3
唯だ	副	★此一刹那、低徊	54・8
唯《た》ゞ	副	★一つにしたる講	36・6
正《ただ》し	動・四・用	言葉の訛をも★、	30・14
正し	動・四・用	彼は色を★て諌む	42・13
正《ただ》しき	形・シク・体	君が★心にて、よ	56・1
佇《たたず》み	動・四・用	戸前に★たる居酒	20・12
佇み	動・四・用	暫し★しこと幾度	20・15

唯々《ただただ》	副	我脳中には★我は	58・10
直《ただ》ちに	副	一つの梯は★楼に	20・13
直ちに	副	★うべなふことあ	46・8
直ちに	副	★いねつ。次の朝	48・15
たち	動・四・用	夢の如くに★しが	14・15
立《た》ち	動・四・用	大学の★てよりそ	10・17
立ち	動・四・用	こゝに★て泣くに	22・5
立ち	動・四・用	茫然として★たり	24・10
立ち	動・四・用	余が★し日には、	48・14
起《た》ち	動・四・用	病をつとめて★、	40・1
絶《た》ち	動・四・用	望みは★しより幾	40・9
絶ち	動・四・用	道をも★、身はこ	56・11
立《た》ち上《あが》ら	動(複)・四・未	★んとするに足の	58・5
立《た》ちいづる	動(複)・下二・体	故郷を★前にも、	18・11
立出《たちい》づる	動(接頭＋動)・下二・体	店を★この常なら	34・12
立出《たちい》で	動(接頭＋動)・下二・用	旅とて★玉ひしよ	50・8
乍《たちま》ち	副	★掩はれ、乍ちま	58・13
乍ち	副	★また顕れて、風	58・14
忽《たちま》ち	副	★この欧羅巴の新	12・6
忽地《たちまち》に	副	★余を拉し去りて	48・6
立《た》つ	動・四・終	暮しは★べし。兎	32・17
立つ	動・四・体	★に堪へねば、椅	60・4
たつき	名・普	世渡の★あらば、	50・4
達《たつ》し	動(複)・サ・用	直ちに楼に★、他	20・13
たづぬる	動・下二・体	旧業を★ことも難	36・5
尋《たづ》ね来《き》	動(複)・カ・用	相沢は★て、余が	60・7
尋《たづ》ね来《こ》	動(複)・カ・未	太田と★ん折には	26・17
たて	動・下二・用	戸を劇しく★切り	24・9
立《た》て	動・四・已	大都の中央に★り	12・7
立て	動・四・已	羞を帯びて★り。	26・4
立て	動・四・已	梯の上に★り。戸	54・11
立て	動・下二・未	引籠みて★られた	20・14
立て	動・下二・用	鏡を★たる前房に	40・17
断《た》て	動・四・命	意を決して★と。	44・4
縦《たと》ひ	副	★いかなる境に遊	12・17
縦令《たとひ》	副	★我身は食はずと	26・12
縦令	副	★富貴になり玉ふ	40・7
縦令	副	★彼に誠ありとも	44・3
縦令	副	★情交は深くなり	44・3
縦令	副	★いかなることあ	50・10
譬《たと》へ	動・下二・未	★んに物なかりき	56・15
たどら	動・四・未	人の★せたる道を	18・9
たどり	動・四・用	学の道を★しも、	18・7
たどり	動・四・用	唯だ一条に★しの	18・10
楽《たの》しから	形・シク・未	心は★ず。エリス	38・6
楽《たの》しき	形・シク・体	★年を送ること三	12・1

楽しき	形・シク・体	★月日を送りぬ。	34・3
楽しき	形・シク・体	★は今の生活、棄	44・8
楽《たの》しさ	名（形・幹＋接尾）・普	心の★を思ひ玉へ	54・16
たのみ	名（動・四・用の転）・普	★に思ひしシヤウ	26・8
頼《たの》み	動・四・用	人の心の★がたき	8・13
頼み	動・四・用	★し胸中の鏡は曇	52・2
頼み	動・四・用	事をも★おきぬ。	62・12
頼む	動・四・体	信じて★心を生じ	46・7
頼《たの》もしき	形・シク・体	故里に★族なしと	50・3
たび	名・普	★の疲やおはさん	56・4
旅《たび》	名・普	★の憂さを慰めあ	10・1
旅	名・普	遠くもあらぬ★な	46・17
旅	名・普	暫しの★とて立出	50・8
旅立《たびだち》	名（名＋動・四・用の転）・普	★の事にはいたく	46・15
堪《た》ふ	動・下二・終	猶ほ★べけれど、	16・8
榻背《たふはい》	名・普	頭を★に持たせ、	58・1
倒《たふ》るゝ	動・下二・体	★如くに路の辺の	56・17
倒《たふ》れ	動・下二・用	地に★ぬ。人事を	60・5
僵《たふ》れ	動・下二・用	その場に★ぬ。相	60・14
耐《た》へ	動・下二・未	我心の能く★んこ	18・12
堪《た》へ	動・下二・未	反覆するに★ず、	30・1
堪へ	動・下二・未	立つに★ねば、椅	60・4
堪へ	動・下二・用	なかなかに★がた	38・2
堪へ	動・下二・用	殊さらに★難く、	44・15
堪へ	動・下二・用	節の痛み★難けれ	58・15
食店《たべものみせ》	名・普	午餐に往く★をも	32・16
球突《たまつ》き	名（名＋動・四・用の転）・普	★の棒をも取らぬ	18・3
玉《たま》は	補動・四・未	よも憎み★じ。明	26・8
玉は	補動・四・未	見棄て★じ。我病	40・7
玉は	補動・四・未	留り★ぬことやは	50・4
玉は	補動・四・未	東に還り★んとな	50・5
玉は	補動・四・未	世に出で★ん日を	50・7
玉は	補動・四・未	重く用ゐられ★ゞ	50・14
玉は	補動・四・未	かへり★ん日を待	50・15
玉は	補動・四・未	帰り来★ずば我命	54・6
玉は	補動・四・未	なのらせ★じ。」	56・2
玉は	補動・四・未	稺しと笑ひ★んが	56・2
賜《たま》はり	動・四・用	★しを持て帰りて	46・11
玉《たま》ひ	補動・四・用	人に聞かせ★そ。	22・16
玉ひ	補動・四・用	告げて打笑ひ★き	46・2
玉ひ	補動・四・用	立出で★しより此	50・8
玉ひ	補動・四・用	努な棄て★そ。母	50・11
玉ひ	補動・四・用	書きおくり★し如	50・13
玉ひ	補動・四・用	善くぞ帰り来★し	54・6

玉ひ	補動・四・用	いかにかし★し。	58・17
玉ひ	補動・四・用	我をば欺き★しか	60・14
玉《たま》ふ	補動・四・体	窓に倚り★頃なり	12・11
玉ふ	補動・四・体	何故に泣き★か。	22・7
玉ふ	補動・四・体	面もちを見せ★か	40・5
玉ふ	補動・四・体	衣を更め★を見れ	40・6
玉ふ	補動・四・体	富貴になり★日は	40・7
玉ふ	補動・四・体	何とか見★、この	54・15
玉《たま》へ	補動・四・命	我を救ひ★、君。	22・12
玉へ	補動・四・命	心を鎮め★。声を	22・16
玉へ	補動・四・命	許し★。君をここ	26・7
玉へ	補動・四・命	我を救ひ★、君。	26・11
玉へ	補動・四・命	一時の急を凌ぎ★	26・16
玉へ	補動・四・命	これを秘め★と云	30・17
玉へ	補動・四・命	鏡に向きて見★。	40・4
玉へ	補動・四・命	駅丁を労ひ★と銀	54・12
玉へ	補動・四・命	楽しさを思ひ★。	54・17
ため	名・形	疎きが★に、彼人	20・6
ため	名・形	辞別の★に出した	28・1
ため	名・形	父の貧きが★に、	30・3
為《た》め	名・形	余が★に手づから	40・3
袂《たもと》	名・普	★を分つはたゞ一	50・9
たゆみなく	形・ク・用	★勤めし時まで、	16・1
便《たより》	名（動・四・用の転）・普	悪しき★にてはよ	38・14
たら	助動・完・未	事なく済み★まし	14・5
たら	助動・完・未	得★んには、紛紛	16・11
たら	助動・完・未	食店をもかへ★ん	32・17
たら	助動・完・未	などし★んには影	48・3
たら	助動・完・未	産れ★ん日には君	56・1
たら	助動・存・未	瞳子をや持ち★ん	54・17
たら	助動・断・未	辞書★むは猶ほ堪	16・8
たら	助動・断・未	法律★んは忍ぶべ	16・8
足《た》ら	動・四・未	覆へすに★ざりけ	16・16
足ら	動・四・未	報酬はいふに★ぬ	32・16
足《た》らず勝《がち》なれ	形動（動＋助動・消＋接尾）・ナリ・已	衣食も★ば、親腹	30・8
たり	助動・完・用	養ひ得★けむ、あ	8・11
たり	助動・完・終	ふしをも知り★、	8・13
たり	助動・完・終	易きをも悟り得★	8・14
たり	助動・完・終	働き手を得★と奨	14・17
たり	助動・完・終	悟り★と思ひぬ。	16・6
たり	助動・完・終	少女あるを見★。	20・17
たり	助動・完・終	大胆なるに呆れ★	22・8
たり	助動・完・終	父は死に★。明日	22・13
たり	助動・完・終	項にのみ注がれ★	22・15
たり	助動・完・終	漁するものとし★	28・7

たり	助動・完・終	我職を解い★。公	28・12
たり	助動・完・終	われも来★。伯の	38・11
たり	助動・完・終	余は少し踟躕し★	42・1
たり	助動・完・終	青雲の上に堕し★	48・7
たり	助動・完・終	地位を明視し得★	50・16
たり	助動・完・終	自由を得★と誇り	52・12
たり	助動・完・終	聞きて落居★と宣	56・9
たり	助動・完・終	傍に出で★。倒る	56・17
たり	助動・完・終	探り討め★。母の	60・17
たり	助動・存・用	しるされ★しに、	10・16
たり	助動・存・用	遮り留め★き。余	14・2
たり	助動・存・用	許をば得★ければ	14・8
たり	助動・存・用	潜み★しまことの	16・3
たり	助動・存・用	作らんとし★けめ	16・14
たり	助動・存・用	且は嫉み★けん。	18・4
たり	助動・存・用	深く信じ★き。鳴	18・13
たり	助動・存・用	色に形はれ★けん	22・9
たり	助動・存・用	立ち★しが、ふと	24・10
たり	助動・存・用	歓楽のみ存じ★し	28・7
たり	助動・存・用	年久しく別れ★し	40・10
たり	助動・存・用	一寸許も積り★き	58・3
たり	助動・存・用	半夜をや過ぎ★け	58・7
たり	助動・存・用	満ち〳〵★き。四	58・11

たり	助動・存・用	襁褓縫ひ★しエリ	58・16
たり	助動・存・終	攻むるに似★。余	16・4
たり	助動・存・終	我心は処女に似★	18・7
たり	助動・存・終	垢つき汚れ★とも	22・1
たり	助動・存・終	上靴を穿き★。エ	24・8
たり	助動・存・終	仕立物師と注し★	24・11
たり	助動・存・終	麻布を懸け★。左	24・14
たり	助動・存・終	花束を生け★。そ	26・4
たり	助動・存・終	微紅を潮し★。手	26・5
たり	助動・存・終	身をふるはせ★。	26・13
たり	助動・存・終	地位を占め★。さ	30・5
たり	助動・存・終	字にて起し★。否	50・3
たり	助動・存・終	鏡は曇り★。大臣	52・2
たり	助動・存・終	彼は頭を垂れ★。	56・2
たり	助動・存・終	目には涙満ち★。	56・3
たり	助動・存・終	光を放ち★。立ち	58・5
たり	助動・存・終	弄ばるゝに似★。	58・14
たり	助動・存・終	頬は落ち★。相沢	60・10
たり	助動・断・用	秘書官★しが、余	32・13
足《た》り	動・四・用	平生の望★て、洋	8・3
足り	動・四・用	世の用には★なむ	56・7
たる	助動・完・体	能くし★にあらず	18・8
たる	助動・完・体	人のたどらせ★道	18・9

たる	助動・完・体	かへりみ★面、余	22・2
たる	助動・完・体	一顧し★のみにて	22・4
たる	助動・完・体	底までは徹し★か	22・4
たる	助動・完・体	いひ掛け★が、我	22・8
たる	助動・完・体	われを見★が如く	24・1
たる	助動・完・体	ために出し★手を	28・1
たる	助動・完・体	唇にあて★が、は	28・1
たる	助動・完・体	悲痛を覚えさせ★	28・15
たる	助動・完・体	交りを生じ★なり	30・15
たる	助動・完・体	汚名を負ひ★身の	32・10
たる	助動・完・体	温習に往き★日に	34・12
たる	助動・完・体	養ひ得★一隻の眼	36・11
たる	助動・完・体	激賞し★相沢が、	42・2
たる	助動・完・体	惰性より生じ★交	44・4
たる	助動・完・体	余に示し★前途の	44・6
たる	助動・完・体	問はれ★ときは、	46・7
たる	助動・完・体	借り★黒き礼服、	46・17
たる	助動・完・体	買求め★ゴタ板の	48・1
たる	助動・完・体	これを得★かと思	52・6
たる	助動・完・体	と応へ★は。黒が	56・13
たる	助動・完・体	遽に心づき★様に	60・17
たる	助動・完・体	襁褓を与へ★とき	62・1
たる	助動・完・体	思ひ出し★やうに	62・8
たる	助動・存・体	検束に慣れ★勉強	12・6
たる	助動・存・体	胸張り肩聳え★士	12・10
たる	助動・存・体	飾り成し★礼装を	12・11
たる	助動・存・体	礼装をなし★、妍	12・11
たる	助動・存・体	粧し★、彼も此も	12・12
たる	助動・存・体	とぎれ★処には、	12・13
たる	助動・存・体	晴れ★空に夕立の	12・14
たる	助動・存・体	枝をさし交はし★	12・15
たる	助動・存・体	浮び出で★凱旋塔	12・16
たる	助動・存・体	余を活き★辞書と	16・7
たる	助動・存・体	余を活き★法律と	16・7
たる	助動・存・体	面もちし★男をい	16・15
たる	助動・存・体	貴族めき★鼻音に	20・4
たる	助動・存・体	木欄に干し★敷布	20・11
たる	助動・存・体	戸前に佇み★居酒	20・12
たる	助動・存・体	家に通じ★貸家な	20・13
たる	助動・存・体	立てられ★、この	20・14
たる	助動・存・体	鎖し★寺門の扉に	20・16
たる	助動・存・体	巾を洩れ★髪の色	20・17
たる	助動・存・体	着★衣は垢つき汚	22・1
たる	助動・存・体	睫毛に掩はれ★は	22・4
たる	助動・存・体	暫し涸れ★涙の泉	22・11
たる	助動・存・体	うつむき★少女の	22・15

たる	助動・存・体	欠け損じ★石の梯	24・3
たる	助動・存・体	少女は鏽び★針金	24・4
たる	助動・存・体	捩ぢ曲げ★に、手	24・4
たる	助動・存・体	咳枯れ★老嫗の声	24・5
たる	助動・存・体	白み★髪、悪しき	24・6
たる	助動・存・体	汚れ★上靴を穿き	24・8
たる	助動・存・体	真白に洗ひ★麻布	24・14
たる	助動・存・体	積上げ★煉瓦の竈	24・15
たる	助動・存・体	戸は半ば開き★が	24・15
たる	助動・存・体	伏し★はなき人な	24・16
たる	助動・存・体	街に面し★一間な	24・17
たる	助動・存・体	紙にて張り★下の	26・1
たる	助動・存・体	少し訛り★言葉に	26・6
たる	助動・存・体	見上げ★目には、	26・13
たる	助動・存・体	母の死を報じ★書	28・17
たる	助動・存・体	伏し沈み★面に、	32・6
たる	助動・存・体	解けてかゝり★、	32・6
たる	助動・存・体	常ならずなり★脳	32・7
たる	助動・存・体	截り開き★引窓よ	34・6
たる	助動・存・体	定り★業なき若人	34・7
たる	助動・存・体	明き★新聞の細長	34・10
たる	助動・存・体	板ぎれに挿み★を	34・10
たる	助動・存・体	掛け連ね★かたへ	34・10
たる	助動・存・体	一つにし★講筵だ	36・6
たる	助動・存・体	民間学の流布し★	36・9
たる	助動・存・体	落ちて死に★も哀	36・17
たる	助動・存・体	少し汚れ★外套を	40・12
たる	助動・存・体	鏡を立て★前房に	40・17
たる	助動・存・体	火を焚き★「ホテ	44・14
たる	助動・存・体	頼む心を生じ★人	46・7
たる	助動・存・体	入れ★のみ。流石	48・2
たる	助動・存・体	氷雪の裡に移し★	48・8
たる	助動・存・体	幾つ共なく点し★	48・9
たる	助動・存・体	工を尽し★「カミ	48・10
たる	助動・存・体	書き★如くなりき	50・2
たる	助動・存・体	思ひ定め★を見て	50・12
たる	助動・存・体	おのれが尽し★職	52・3
たる	助動・存・体	晴れ★日に映じ、	52・17
たる	助動・存・体	呆れ★面もちにて	54・4
たる	助動・存・体	見上げ★目には涙	56・3
たる	助動・存・体	死し★如きさまに	58・1
たる	助動・存・体	隠し★顚末を審ら	60・7
たる	助動・存・体	変り★姿に驚きぬ	60・9
たる	助動・存・体	目は直視し★まゝ	60・16
たる	助動・断・体	わが舌人★任務は	48・6
足《た》る	動・四・終	それにて★べくも	26・15

足る	動・四・体	計を営むに★ほど	62・11
たれ	助動・完・已	風に当り★ばにや	16・2
たれ	助動・存・已	頭のみ悩まし★ば	10・3
たれ	助動・存・已	翳とのみなり★ど	10・6
たれ	助動・存・已	彫りつけられ★ば	10・10
たれ	助動・存・已	聚まり★ば、始め	12・16
たれ	助動・存・已	逞ましくなり★、	42・4
たれ	助動・存・已	厚く信じ★ば。鉄	46・16
たれ	助動・存・已	堆く積み上げ★ば	54・14
たれ	助動・存・已	足の凍え★ば、両	58・6
たれ	助動・存・已	処々は裂け★ば。	60・3
垂《た》れ	動・下二・用	彼は頭を★たり。	56・2
誰《たれ》	代・人	筆に写して★にか	8・15
誰《た》れ	代・人	★も得言はじ。我	40・4
第一《だいいち》	名・数	彼が★の書の略な	50・1
大学《だいがく》	名・普	★法学部に入りし	10・15
大学	名・普	★の立ちてよりそ	10・17
大学	名・普	ところの★に入り	14・9
大学	名・普	★のかたにては、	14・12
大学	名・普	自由なる★の風に	16・2
大学	名・普	又★にては法科の	16・12
大学	名・普	★の籍はまだ删ら	36・5
大学	名・普	曾て★に繁く通ひ	36・11
大学	名・普	★に在りし日に、	42・2
大事《だいじ》	名・普	我一身の★は前に	32・3
大臣《だいじん》	名・普	天方★に附きてわ	38・11
大臣	名・普	★と倶にこゝに来	38・15
大臣	名・普	★にまみえもやせ	38・17
大臣	名・普	★は見たくもなし	40・10
大臣	名・普	引かれて★に謁し	42・5
大臣	名・普	★の室を出でし時	42・7
大臣	名・普	余が★の一行に随	48・7
大臣	名・普	★の君に重く用ゐ	50・13
大臣	名・普	★は既に我に厚し	52・3
大臣	名・普	★の信用は屋上の	52・6
大臣	名・普	★のかく宣ひしを	52・8
大臣	名・普	早く★に告げやし	52・9
大臣	名・普	余が★の一行と倶	52・14
大臣	名・普	★をも、たびの疲	56・4
大臣	名・普	★には病の事のみ	60・8
大臣	名・普	★に聞え上げし一	60・13
大臣	名・普	★に随ひて帰東の	62・10
大道《だいだう》	名・普	この★髪の如きウ	12・9
大胆《だいたん》なる	形動・ナリ・体	わが★に呆れたり	22・8
第二《だいに》	名・数	場中★の地位を占	30・5
道中《だうちゆう》	名・普	★にて人々の失錯	46・1

惰性《だせい》	名・普	一種の★より生じ	44・4
だに	助・副	手つゞき★事なく	14・4
だに	助・副	法の精神を★得た	16・11
だに	助・副	我身★知らざりし	18・5
だに	助・副	一銭の貯★なし。	22・14
だに	助・副	講筵★往きて聴く	36・6
だに	助・副	新聞の社説を★善	36・14
ダルドルフ	名・固・地	★の癲狂院に入れ	62・5
断《だん》ずる	動（複）・サ・体	獄を★法律家にな	16・5

ち

地《ち》	名・普	此★に善き世渡の	50・4
地	名・普	此★に留りて、君	50・7
地	名・普	その侭に★に倒れ	60・5
乳《ち》	名・普	★の如き色の顔は	26・5
痴騃《ちがい》なる	形動・ナリ・体	★歓楽のみ存じた	28・7
近《ちか》く	形・ク・用	一時★なるほどに	34・11
近比《ちかごろ》	名・普	★故郷にてありし	44・17
近《ちか》づき	動（造＋動）・四・用	日も★、我命はせ	32・9
誓《ちかひ》	名（動・四・用の転）・普	心をば動さじの★	14・1
誓《ちか》ひ	動・四・用	ならじと★しが、	52・12
力《ちから》	名・普	我を★になして世	10・16
力	名・普	慾を制する★とに	18・4
力	名・普	耐忍勉強の★と見	18・8
力	名・普	却りて★を借し易	22・7
力	名・普	★の及ばん限り、	36・1
知識《ちしき》	名・普	走りし★は、自ら	36・12
千行《ちすぢ》	名・数	★の涙を濺ぎしは	62・9
父《ちち》	名・普	★をば早く喪ひつ	10・13
父	名・普	余は★の遺言を守	14・16
父	名・普	★を失ひて母の手	18・15
父	名・普	★は死にたり。明	22・13
父	名・普	少女が★の名なる	24・12
父	名・普	★の葬、たのみに	26・8
父	名・普	彼は★の貧きがた	30・2
父	名・普	剛気ある★の守護	30・10
縮《ちぢ》み	動・四・用	物触れば★て避け	18・6
踟躕《ちちゆう》	名・普	低徊★の思は去り	54・8
踟躕《ちちゆう》し	動（複）・サ・用	余は少し★たり。	42・1
痴《ち》なる	形動・ナリ・体	その★こと赤子の	62・3
血走《ちばし》り	動（名＋動）・四・用	★し目は窪み、灰	60・10
小《ちひさ》き	形・ク・体	★鉄炉の畔に倚子	38・7
街《ちまた》	名・普	★に臨める窓に倚	12・11
長《ちやう》じ	動（複）・サ・用	一種の見識を★き	36・8
長者《ちやうしや》	名・普	★の教を守りて、	18・7
着《ちやく》せ	動（複）・サ・未	こゝに★られし天	38・11

治癒《ちゆ》	名・普	★の見込なしとい	62・5
中央《ちゆうあう》	名・普	新大都の★に立て	12・7
中央	名・普	★なる机には美し	26・2
中央	名・普	★の柱に「プリユ	40・16
注《ちゆう》し	動(複)・サ・用	仕立物師と★たり	24・11
中心《ちゆうしん》	名・普	我★に満足を与へ	44・8
中等室《ちゆうとうしつ》	名・普	★の卓のほとりは	8・1
直視《ちよくし》し	動(複)・サ・用	目は★たるまゝに	60・16
地位《ちゐ》	名・普	当時の★なりけり	16・16
地位	名・普	我★を覆へすに足	16・16
地位	名・普	場中第二の★を占	30・5
地位	名・普	我★を明視し得た	50・16
場外《ぢやうぐわい》	名・普	★にてはひとり身	30・8
場中《ぢやうちゆう》	名・普	★第二の地位を占	30・5
重霧《ぢゆうむ》	名・普	猶ほ★の間に在り	44・7
女優《ぢよいう》	名・普	★と交るといふこ	28・10
除夜《ぢよや》	名・普	★に眠らず、元旦	52・16

つ

つ	助動・完・終	早や積み果て★。	8・1
つ	助動・完・終	簿冊に記させ★。	14・9
つ	助動・完・終	往きて聴き★。か	14・14
つ	助動・完・終	などゝ広言し★。	16・11
つ	助動・完・終	我側を飛びのき★	24・1
つ	助動・完・終	たて切り★。余は	24・9
つ	助動・完・終	余を迎へ入れ★。	24・14
つ	助動・完・終	開きて余を導き★	24・17
つ	助動・完・終	我手の背に濺ぎ★	28・2
つ	助動・完・終	官長の許に報じ★	28・10
つ	助動・完・終	彼は色を失ひ★。	30・16
つ	助動・完・終	こととなし★。社	32・15
つ	助動・完・終	舞台にて卒倒し★	38・2
つ	助動・完・終	余にわたし★。見	38・8
つ	助動・完・終	手づから結び★。	40・3
つ	助動・完・終	余は微笑し★。「	40・9
つ	助動・完・終	楼を下り★。彼は	40・13
つ	助動・完・終	一夜になし果て★	44・16
つ	助動・完・終	余を驚かし★。「	46・5
つ	助動・完・終	エリスに預け★。	46・12
つ	助動・完・終	言ひおこせ★。ま	46・14
つ	助動・完・終	出しやり★。余は	48・4
つ	助動・完・終	直ちにいね★。次	48・15
つ	助動・完・終	車を駆り★。こゝ	52・16
つ	助動・完・終	驚きて飛びのき★	56・16
つ	助動・完・終	梯を登り★。庖厨	58・15
つ	助動・確・終	舞をもなしえ★べ	34・13

つ	助動・確・終	費をば支へ★べし	46・12
衝《つ》い	動・四・用（イ便）	心頭を★て起れり	56・12
通《つう》じ	動・サ・用	謁を★、おほやけ	14・3
通じ	動・サ・用	鍛冶が家に★たる	20・13
通信員《つうしんゐん》	名・普	余を社の★となし	32・14
通信員	名・普	余は★となりし日	36・10
就《つ》か	動・四・未	これに★ん勇気な	20・3
使《つか》は	動・四・未	舞台と緊しく★れ	30・7
使《つかひ》	名（動・四・用の転）・普	質屋の★のモンビ	26・17
使	名（動・四・用の転）・普	★して招かれぬ。	56・5
使《つか》ふ	動・四・体	寒さを忘れて★宮	48・10
使ふ	動・四・体	最も円滑に★もの	48・11
支《つか》ふ	動・下二・終	立たば頭の★べき	26・2
仕《つかへ》	名（動・下二・用の転）・普	★の道をあゆみし	18・8
握《つか》ま	動・四・未	椅子を★んとせし	60・5
疲《つか》るゝ	動・下二・体	★を待ちて家に還	48・15
疲《つかれ》	名（動・下二・用の転）・普	入りしより★を覚	58・14
疲《つか》れ	名（動・下二・用の転）・普	たびの★やおはさ	56・4
つき	動・四・用	着たる衣は垢★汚	22・1
つき	動・四・用	魯国行に★ては、	48・6
つき	動・四・用	進退に★ても、ま	50・17
つき	動・四・用	他人の事に★ても	50・17
就《つき》	動・四・用	などの事に★ては	36・4
附《つ》き	動・四・用	少女の跡に★て、	24・2
附き	動・四・用	天方大臣に★てわ	38・11
次《つぎ》	名・普	★の朝目醒めし時	48・16
月日《つきひ》	名・普	楽しき★を送りぬ	34・3
机《つくえ》	名・普	中央なる★には美	26・2
机	名・普	★の上に置きぬ。	26・16
机	名・普	側の★にて、余は	34・16
机	名・普	★の上には白き木	54・13
机	名・普	★に倚りて襁褓縫	58・16
机	名・普	★の上なりし襁褓	62・1
卓《つくえ》	名・普	中等室の★のほと	8・1
尽《つく》し	動・四・用	彫鏤の工を★たる	48・10
尽し	動・四・用	おのれが★たる職	52・3
作《つく》ら	動・四・未	器械をこそ★んと	16・14
作《つく》り	動・四・用	報告書に★て送り	14・11
作り	動・四・用	様々の文を★し中	36・2
繕《つくろ》ひ	動・四・用	よきやうに★置き	60・8
つけ	動・下二・用	母に★て知る人が	48・4
つけ	動・下二・用	身に★て、幾度か	62・6
告《つ》げ	動・下二・未	明には★ざりし歟	52・8

告げ　動・下二・用　東来の意を★し普　14・4
告げ　動・下二・用　ことどもを★て打　46・2
告げ　動・下二・用　大臣に★やしけん　52・10
告げ　動・下二・用　停車場に別を★て　52・15
告げ　動・下二・用　病の事のみ★、よ　60・8
附《つ》けこみ　動（複）・四・用　人の憂に★て身勝　26・11
つたひ　動・四・用　廊を★て室の前ま　42・1
伝《つた》ふる　動・下二・体　この命を★時余に　28・12
伝《つた》へ　動・下二・用　教へもし★もせむ　14・5
伝へ　動・下二・用　旨を公使館に★へ　28・11
椎《つち》　名・普　★にて打たるゝ如　58・1
土《つち》　名・普　さながら★の如く　60・13
つゝ　助・接　声を呑み★泣くひ　20・16
つゝ　助・接　訝り★も抜きて読　38・10
つゝ　助・接　打笑み★これを指　54・15
つゝ　助・接　といひ★一つの木　54・16
包《つゝ》み　動・四・用　★ても包みがたき　14・15
包み　動・四・用　包みても★がたき　14・15
包《つゝ》み隠《かく》し　動（複）・四・用　関りしを★ぬれど　30・16
綴《つゞ》り　動・四・用　概略を文に★て見　10・11
集《つど》ひ来《く》る　動（複）・カ・体　夜毎にこゝに★骨　8・2
勤《つと》め　動・下二・用　たゆみなく★し時　16・1
任務《つとめ》　名（動・下二・用の転）・普

つとめて　副　わが舌人たる★は　48・6
綱《つな》　名・普　病を★起ち、上襦　40・1
繋《つな》が　動・四・未　助の★をわれに投　34・1
繋《つな》ぎ留《とど》め　動（複）・下二・未　薄き給金にて★れ　30・6
繋《つな》ぐ　動・四・体　我愛もて★では止　50・5
常《つね》なら　形動・ナリ・未　望を★ことには、　52・4
常なら　形動・ナリ・未　★ずなりたる脳髄　32・7
常なら　形動・ナリ・未　★ぬ身なりといふ　46・13
常《つね》ならず　副　我身の★ぬが漸く　50・9
常《つね》なり　形動・ナリ・終　★軽き、掌上の舞　34・13
つねに　形動・ナリ・用　え対へぬが★。別　44・12
常《つね》に　形動・ナリ・用　★我を襲ふ外物を　14・1
つのり　名（動・四・用の転）・普　★は思ひしが、暫　50・7
審《つば》らに　形動・ナリ・用　舞の師の★に応じ　30・3
悪阻《つはり》　名・普　★知りて、大臣に　60・7
費《つひえ》　名（動・下二・用の転）・普　★といふものなら　38・3
帰り来んまでの★　46・12
つひに　副　★は幾巻をかなし　14・11
遂《つひ》に　副　★余を讒誣するに　18・1
遂に　副　★旨を公使館に伝　28・11
遂に　副　★離れ難き中とな　32・3
跌《つまづ》き倒《たふ》れ　動（複）・下二・用　道にて★しことな　60・2

詳《つまびら》かなる	形動・ナリ・体	故らに★報告をな	36・4
積《つ》み	動・四・用	石炭をば早や★果	8・1
積上《つみあ》げ	動（複）・下二・用	粗末に★たる煉瓦	24・15
積《つ》み上《あ》げ	動（複）・下二・用	堆く★たれば。エ	54・14
罪人《つみびと》	名・普	免すべからぬ★な	58・10
積《つも》り	動・四・用	一寸許も★たりき	58・3
露《つゆ》	名・普	半ば★を宿せる長	22・3
強《つよ》く	形・ク・用	手を掛けて★引き	24・5
強く	形・ク・用	心の俄に★なりて	32・2
強く	形・ク・用	寒さは★、路上の	52・17
列《つらな》る	動・四・体	講筵に★ことにお	14・14
つる	助動・完・体	書き記し★紀行文	8・5
つる	助動・完・体	学び得★と問はぬ	14・7
つる	助動・完・体	いらへし★余が、	16・9
つる	助動・完・体	人をさへ欺き★に	18・9
つる	助動・完・体	手巾を濡らし★を	18・14
つる	助動・完・体	余が借し★書を読	30・13
つれ	助動・完・已	早く喪ひ★ど、学	10・13
て			
て	助動・完・用	名花を咲かせ★け	28・5
て	助・接	いと静に★、熾熱	8・1
て	助・接	ホテル」に宿り★	8・3
て	助・接	平生の望足り★、	8・4
て	助・接	筆に任せ★書き記	8・5
て	助・接	新聞に載せられ★	8・6
て	助・接	今日になり★おも	8・7
て	助・接	筆に写し★誰にか	8・15
て	助・接	交を結び★、旅の	10・1
て	助・接	微恙にことよせ★	10・2
て	助・接	裡にのみ籠り★、	10・2
て	助・接	我心を掠め★瑞西	10・3
て	助・接	身をはかなみ★、	10・5
て	助・接	奥に凝り固まり★	10・6
て	助・接	情を喚び起し★、	10・7
て	助・接	いかにし★か此恨	10・8
て	助・接	房奴の来★電気線	10・11
て	助・接	文に綴り★見む。	10・12
て	助・接	我を力になし★世	10・16
て	助・接	学士の称を受け★	10・17
て	助・接	大学の立ち★より	10・17
て	助・接	某省に出仕し★、	12・1
て	助・接	洋行し★一課の事	12・2
て	助・接	心の勇み立ち★、	12・4
て	助・接	家を離れ★ベルリ	12・5
て	助・接	勉強力とを持ち★	12・6

て　助・接　リンデンに来★、　12・9
て　助・接　音を聞かせ★漲り　12・14
て　助・接　門を隔て★緑樹枝　12・15
て　助・接　境に遊び★も、あ　12・17
て　助・接　誓あり★、つねに　14・1
て　助・接　引き鳴らし★謁を　14・3
て　助・接　紹介状を出だし★　14・3
て　助・接　大学に入り★政治　14・9
て　助・接　打合せも済み★、　14・10
て　助・接　報告書に作り★送　14・11
て　助・接　写し留め★、つひ　14・11
て　助・接　おもひ定め★、謝　14・14
て　助・接　往き★聴きつ。か　14・14
て　助・接　包み★も包みがた　14・15
て　助・接　人物になり★自ら　16・1
て　助・接　二十五歳になり★　16・2
て　助・接　表にあらはれ★、　16・4
て　助・接　法典を諳じ★獄を　16・5
て　助・接　あらぬを論じ★、　16・10
て　助・接　余所にし★、歴史　16・12
て　助・接　思想を懐き★、人　16・15
て　助・接　関係あり★、彼人　18・1
て　助・接　これと★も其故な　18・2

て　助・接　其故なく★やは。　18・2
て　助・接　力とに帰し★、且　18・4
て　助・接　木の葉に似★、物　18・6
て　助・接　物触れば縮み★避　18・6
て　助・接　長者の教を守り★　18・7
て　助・接　勇気あり★能くし　18・8
て　助・接　欺きつるに★、人　18・9
て　助・接　外物に恐れ★自ら　18・11
て　助・接　父を失ひ★母の手　18・15
て　助・接　より★や生じけん　18・16
て　助・接　面を塗り★、赫然　20・2
て　助・接　珈琲店に坐し★客　20・2
て　助・接　客を延く女を見★　20・3
て　助・接　往き★これに就か　20・3
て　助・接　鼻を挟ませ★、普　20・3
て　助・接　見★は、往きてこ　20・4
て　助・接　往き★これと遊ば　20・4
て　助・接　冤罪を身に負ひ★　20・7
て　助・接　獣苑を漫歩し★、　20・9
て　助・接　海を渡り来★、こ　20・11
て　助・接　貸家などに向ひ★　20・14
て　助・接　引籠み★立てられ　20・14
て　助・接　心の恍惚となり★　20・15

て	助・接	寺門の扉に倚り★	20・16
て	助・接	薄きこがね色に★	22・1
て	助・接	驚かされ★かへり	22・2
て	助・接	清らに★物問ひた	22・3
て	助・接	歎きに遭ひ★、前	22・5
て	助・接	こゝに立ち★泣く	22・5
て	助・接	情に打ち勝たれ★	22・6
て	助・接	彼は驚き★わが黄	22・9
て	助・接	泉は又溢れ★愛ら	22・11
て	助・接	恥ぢ★我側を飛び	24・1
て	助・接	少女の跡に附き★	24・2
て	助・接	これを上ぼり★、	24・3
て	助・接	腰を折り★潜るべ	24・3
て	助・接	手を掛け★強く引	24・4
て	助・接	老媼の声し★、「	24・5
て	助・接	面の老媼に★、古	24・7
て	助・接	余に会釈し★入る	24・8
て	助・接	光に透し★戸を見	24・10
て	助・接	又静になり★戸は	24・12
て	助・接	振舞せしを詫び★	24・13
て	助・接	戸の内は厨に★、	24・14
て	助・接	戸を開き★余を導	24・17
て	助・接	窓に向ひ★斜に下	26・1

て	助・接	美しき氈を掛け★	26・2
て	助・接	羞を帯び★立てり	26・4
て	助・接	顔は灯火に映じ★	26・5
て	助・接	憂に附けこみ★、	26・11
て	助・接	薄き給金を拆き★	26・12
て	助・接	彼は涙ぐみ★身を	26・13
て	助・接	知り★するにや、	26・14
て	助・接	時計をはづし★机	26・16
て	助・接	さま見え★、余が	28・1
て	助・接	左にし★、終日兀	28・4
て	助・接	なりもて行き★、	28・6
て	助・接	事を好む人あり★	28・9
て	助・接	芝居に出入し★、	28・10
て	助・接	走るを知り★憎み	28・11
て	助・接	公使館に伝へ★、	28・11
て	助・接	猶予を請ひ★、と	28・14
て	助・接	涙の迫り来★筆の	30・1
て	助・接	つのりに応じ★、	30・3
て	助・接	部屋に入り★こそ	30・7
て	助・接	守護とに依り★な	30・11
て	助・接	書を読みならひ★	30・13
て	助・接	余に向ひ★母には	30・17
て	助・接	失ひしを知り★余	30・17

て　助・接　疎んぜんを恐れ★　32・1
て　助・接　俄に強くなり★、　32・2
て　助・接　大事は前に横り★　32・3
て　助・接　別離を悲み★伏し　32・6
て　助・接　鬢の毛の解け★か　32・6
て　助・接　刺激により★常な　32・7
て　助・接　脳髄を射★、恍惚　32・8
て　助・接　東京に在り★、既　32・12
て　助・接　出でしを見★、某　32・13
て　助・接　編輯長に説き★、　32・14
て　助・接　伯林に留まり★政　32・14
て　助・接　心の誠を顕はし★　34・1
て　助・接　収入を合せ★、憂　34・3
て　助・接　家に留まり★、余　34・4
て　助・接　金を人に借し★己　34・7
て　助・接　隙を偸み★足を休　34・8
て　助・接　返り路によぎり★　34・12
て　助・接　一灯微に燃え★、　34・15
て　助・接　劇場よりかへり★　34・15
て　助・接　椅子に寄り★縫も　34・16
て　助・接　とは殊に★、今は　34・17
て　助・接　結びあはせ★、力　36・1
て　助・接　ハイネを学び★思　36・2
て　助・接　引続き★維廉一世　36・2
て　助・接　崩殂あり★、新帝　36・3
て　助・接　などの事に就★は　36・4
て　助・接　講筵だに往き★聴　36・7
て　助・接　読み★は又読み、　36・11
て　助・接　写し★は又写す程　36・12
て　助・接　総括的になり★、　36・13
て　助・接　一面に氷り★、朝　36・16
て　助・接　雀の落ち★死にた　36・17
て　助・接　火を焚きつけ★も　38・1
て　助・接　人に扶けられ★帰　38・3
て　助・接　椅子さし寄せ★言　38・7
て　助・接　人の声し★、程な　38・7
て　助・接　書状を持て来★余　38・8
て　助・接　普魯西のものに★　38・9
て　助・接　披き★読めば、と　38・10
て　助・接　とみの事に★予め　38・10
て　助・接　天方大臣に附き★　38・11
て　助・接　心のみ急がれ★用　38・12
て　助・接　読み畢り★茫然た　38・13
て　助・接　面もちを見★、エ　38・13
て　助・接　悪しき便に★はよ　38・14
て　助・接　こゝに来★われを　38・16

て	助・接	服を出し★着せ、	40・2
て	助・接	鏡に向き★見玉へ	40・4
て	助・接	容をあらため★。	40・6
て	助・接	少し考へ★。「縦	40・7
て	助・接	背に被ひ★手をば	40・12
て	助・接	帽を取り★エリス	40・13
て	助・接	エリスに接吻し★	40・13
て	助・接	朔風に吹かせ★余	40・14
て	助・接	室の番号を問ひ★	40・16
て	助・接	廊をつたひ★室の	42・1
て	助・接	面もちし★出迎ふ	42・3
て	助・接	室に入り★相対し	42・3
て	助・接	相対し★見れば、	42・3
て	助・接	肥え★逞ましくな	42・4
て	助・接	引かれ★大臣に謁	42・5
て	助・接	受領し★大臣の室	42・7
て	助・接	跡より来★余と午	42・7
て	助・接	彼多く問ひ★、我	42・9
て	助・接	胸臆を開い★物語	42・11
て	助・接	閲歴を聞き★、か	42・11
て	助・接	彼は色を正し★諫	42・13
て	助・接	情にかゝづらひ★	42・15
て	助・接	これを示し★伯の	44・2

て	助・接	人材を知り★のこ	44・4
て	助・接	意を決し★断てと	44・4
て	助・接	重霧の間に在り★	44・7
て	助・接	友の言に従ひ★、	44・10
て	助・接	失はじと思ひ★、	44・11
て	助・接	友に対し★否とは	44・11
て	助・接	別れ★出づれば風	44・13
て	助・接	緊しく鎖し★、大	44・13
て	助・接	ことなどを挙げ★	46・1
て	助・接	折に触れ★は道中	46・1
て	助・接	ことどもを告げ★	46・2
て	助・接	一月ばかり過ぎ★	46・3
て	助・接	突然われに向ひ★	46・3
て	助・接	魯西亜に向ひ★出	46・4
て	助・接	随ひ★来べきか、	46・4
て	助・接	決断し★言ひしに	46・6
て	助・接	信じ★頼む心を生	46・7
て	助・接	心づき★も、強て	46・9
て	助・接	耐忍し★これを実	46・9
て	助・接	旅費さへ添へ★賜	46・11
て	助・接	持て帰り★、翻訳	46・11
て	助・接	身に合せ★借りた	46・17
て	助・接	母につけ★知る人	48・4

て　助・接　旅装整へ★戸を鎖　48・5
て　助・接　主人に預け★出で　48・5
て　助・接　魯国行につき★は　48・6
て　助・接　余を拉し去り★、　48・7
て　助・接　一行に随ひ★、ぺ　48・7
て　助・接　寒さを忘れ★使ふ　48・10
て　助・接　閃きなどに★、こ　48・11
て　助・接　周旋し★事を弁ず　48・12
て　助・接　疲るゝを待ち★家　48・15
て　助・接　生計に苦み★、け　48・17
て　助・接　程経★のふみは、　50・2
て　助・接　思ひせまり★書き　50・2
て　助・接　業をなし★も此地　50・7
て　助・接　此地に留り★、君　50・7
て　助・接　定めたるを見★心　50・12
て　助・接　余は此書を見★始　50・16
て　助・接　進退につき★も、　50・17
て　助・接　事につき★も、決　50・17
て　助・接　順境にのみあり★　52・1
て　助・接　こゝに心づき★、　52・5
て　助・接　本国に帰り★後も　52・7
て　助・接　彼に向ひ★エリス　52・9
て　助・接　悟りきと思ひ★、　52・11

て　助・接　こは足を縛し★放　52・12
て　助・接　羽を動かし★自由　52・12
て　助・接　我某省の官長に★　52・14
て　助・接　別を告げ★、我家　52・16
て　助・接　我家をさし★車を　52・16
て　助・接　氷片となり★、晴　52・17
て　助・接　街に曲り★、家の　54・1
て　助・接　持たせ★梯を登ら　54・2
て　助・接　一声叫び★我頸を　54・3
て　助・接　頸を抱きしを見★　54・4
て　助・接　踟蹰の思は去り★　54・8
て　助・接　我肩に倚り★、彼　54・9
て　助・接　幾階か持ち★行く　54・10
て　助・接　いち早く登り★梯　54・10
て　助・接　銀貨をわたし★、　54・12
て　助・接　手を取り★引くエ　54・13
て　助・接　急ぎ★室に入りぬ　54・13
て　助・接　一瞥し★余は驚き　54・13
て　助・接　これを指し★。「　54・15
て　助・接　君に似★黒き瞳子　54・17
て　助・接　往き★見れば待遇　56・5
て　助・接　労を問ひ慰め★後　56・6
て　助・接　ことなしと聞き★　56・8

て	助・接	心頭を衝い★起れ	56・12
て	助・接	帰り★エリスに何	56・14
て	助・接	思に沈み★行く程	56・16
て	助・接	驚き★飛びのきつ。	56・16
て	助・接	暫くし★ふとあた	56・17
て	助・接	榻に倚り★、灼く	58・1
て	助・接	さまに★幾時をか	58・2
て	助・接	骨に徹すと覚え★	58・2
て	助・接	夜に入り★雪は繁	58・3
て	助・接	両手にて擦り★、	58・6
て	助・接	人の出入盛りに★	58・9
て	助・接	乍ちまた顕れ★、	58・14
て	助・接	疲を覚え★、身の	58・14
て	助・接	戸を開き★入りし	58・15
て	助・接	机に倚り★襁褓縫	58・16
て	助・接	振り返へり★、「	58・16
て	助・接	髪は蓬ろと乱れ★	60・2
て	助・接	戦かれ★立つに堪	60・4
て	助・接	熱劇しく★譫言の	60・6
て	助・接	相沢は尋ね来★、	60・7
て	助・接	審らに知り★、大	60・8
て	助・接	エリスを見★、そ	60・9
て	助・接	いたく痩せ★、血	60・10
て	助・接	母を呼び★共に扶	60・15
て	助・接	共に扶け★床に臥	60・15
て	助・接	暫くし★醒めしと	60・15
て	助・接	まゝに★傍の人を	60・16
て	助・接	我名を呼び★いた	60・16
て	助・接	心づきたる様に★	60・17
て	助・接	母の取り★与ふる	62・1
て	助・接	探りみ★顔に押し	62・2
て	助・接	涙を流し★泣きぬ	62・2
て	助・接	殆全く廃し★、そ	62・3
て	助・接	泣き叫び★聴かず	62・6
て	助・接	一つを身につけ★	62・6
て	助・接	幾度か出し★は見	62・6
て	助・接	見★は欷歔す。余	62・7
て	助・接	心あり★にはあら	62・7
て	助・接	屍を抱き★千行の	62・9
て	助・接	大臣に随ひ★帰東	62・10
て	助・接	相沢と議り★エリ	62・10
て（ゝ）	助・接	港を出で★より早	8・17
て（ゝ）	助・接	東京に出で★予備	10・14
て（ゝ）	助・接	外物を棄て★顧み	18・10
て（ゝ）	助・接	果て★後、「ヰク	30・4
て（ゝ）	助・接	座に出で★、今は	30・4

て（ゝ）	助・接	鉛筆取り出で★彼	34・6
手《て》	名・普	母の★に育てられ	18・16
手	名・普	★を掛けて強く引	24・4
手	名・普	出したる★を唇に	28・1
手	名・普	我★の背に濺ぎつ	28・2
手	名・普	★に入るは卑しき	30・11
手	名・普	相沢が★なるに、	38・9
手	名・普	★をば通さず帽を	40・12
手	名・普	余は★を取りて引	54・12
手	名・普	この★にしも縋ら	56・10
低徊《ていくわい》	名・普	★踟躕の思は去り	54・8
停車場《ていしやぢやう》	名・普	★にて涙こぼしな	48・3
停車場	名・普	★に別を告げて、	52・15
丁寧《ていねい》に	形動・ナリ・用	極めて★いらへし	16・9
丁寧に	形動・ナリ・用	★しまひ置きしゲ	40・1
彫鏤《てうる》	名・普	★の工を尽したる	48・10
敵《てき》する	動（複）・サ・体	おのれに★ものに	44・11
木欄《てすり》	名・普	楼上の★に干した	20・11
手《て》だて	名・普	学資を得べき★な	32・11
手《て》づから	副（名＋接尾の転）	★結びつ。「これ	40・3
徹《てつ》し	動（複）・サ・用	心の底までは★た	22・4
徹《てつ》す	動（複）・サ・終	骨に★と覚えて醒	58・2
鉄道馬車《てつだうばしや》	名・普	★の軌道も雪に埋	58・4
手《て》つゞき	名・普	公使館よりの★だ	14・4
鉄炉《てつろ》	名・普	小き★の畔に椅子	38・7
鉄路《てつろ》	名・普	★にては遠くもあ	46・17
手袋《てぶくろ》	名・普	余は★をはめ、少	40・12
寺《てら》	名・普	★の筋向ひなる大	24・2
寺	名・普	★に入らん日はい	56・2
照《てら》さ	動・四・未	人との関係を★ん	52・2
癲狂院《てんきやうゐん》	名・普	★に入れむとせし	62・5
天井《てんじやう》	名・普	★もなし。隅の屋	24・17
で	助・接	音もせ★走るいろ	12・13
で	助・接	嫉むのみなら★、	20・7
で	助・接	明日は葬ら★は愜	22・13
で	助・接	君は彼を知ら★や	26・9
で	助・接	心づか★ありけん	46・13
で	助・接	繋ぎ留め★は止ま	50・5
で	助・接	それも愜は★東に	50・5
で	助・接	過ぎし頃には似★	50・11
出入《でいり》	名（動・四・用の転）・普	猶ほ人の★盛りに	58・9
出入《でいり》し	動（複）・サ・用	芝居に★て、女優	28・10
条目《でうもく》	名・普	昔しの法令★の枯	34・16
電気線《でんきせん》	名・普	房奴の来て★の鍵	10・11

と

と	助・格	われ★わが心さへ	8・14
と	助・格	九廻す★もいふべ	10・5
と	助・格	一点の翳★のみな	10・6
と	助・格	幾度★なく我心を	10・7
と	助・格	さはあらじ★思へ	10・10
と	助・格	太田豊太郎★いふ	10・15
と	助・格	名誉なり★人にも	12・1
と	助・格	取り調べよ★の命	12・3
と	助・格	今ぞ★おもふ心の	12・3
と	助・格	さまで悲し★は思	12・4
と	助・格	功名の念★、検束	12・6
と	助・格	勉強力★を持ちて	12・6
と	助・格	菩提樹下★訳する	12・8
と	助・格	伝へもせむ★約し	14・5
と	助・格	学び得つる★問は	14・7
と	助・格	政治学を修めむ★	14・9
と	助・格	ふた月★過す程に	14・10
と	助・格	此か彼か★心迷ひ	14・13
と	助・格	働き手を得たり★	14・17
と	助・格	悟りたり★思ひぬ	16・6
と	助・格	辞書★なさんとし	16・7
と	助・格	法律★なさんとや	16・7
と	助・格	なさん★やしけん	16・8
と	助・格	勢力ある一群★余	16・17
と	助・格	一群と余★の間に	16・17
と	助・格	これ★ても其故な	18・2
と	助・格	かたくなる心★	18・4
と	助・格	慾を制する力★に	18・4
と	助・格	かの合歓★いふ木	18・6
と	助・格	耐忍勉強の力★見	18・8
と	助・格	天晴豪傑★思ひし	18・13
と	助・格	怪し★思ひしが、	18・14
と	助・格	これ★遊ばん勇気	20・5
と	助・格	人々★交らんやう	20・5
と	助・格	僑居に帰らん★、	20・10
と	助・格	汚れたり★も見え	22・1
と	助・格	★いひ掛けたるが	22・7
と	助・格	善き人なり★見ゆ	22・10
と	助・格	耻なき人★ならん	22・12
と	助・格	「誰ぞ」★問ふ。	24・5
と	助・格	エリス帰りぬ★答	24・6
と	助・格	ワイゲルト★漆も	24・11
と	助・格	仕立物師★注した	24・11
と	助・格	これすぎぬ★いふ	24・11

と　助・格　書物一二巻★写真　26・3
と　助・格　写真帖★を列べ、　26・3
と　助・格　彼が抱へ★なりし　26・10
と　助・格　助けん★思ひしに　26・10
と　助・格　いひ掛けせん★は　26・11
と　助・格　人に否★はいはせ　26・13
と　助・格　太田★尋ね来ん折　26・17
と　助・格　余★少女との交漸　28・5
と　助・格　余と少女★の交漸　28・5
と　助・格　漁するもの★した　28・7
と　助・格　女優★交るといふ　28・10
と　助・格　女優と交る★いふ　28・10
と　助・格　仰ぐべからず★の　28・14
と　助・格　とやかう★思ひ煩　28・14
と　助・格　余★エリスとの交　30・2
と　助・格　余とエリス★の交　30・2
と　助・格　当世の奴隷★いひ　30・5
と　助・格　夜の舞台★緊しく　30・7
と　助・格　稀なり★ぞいふな　30・10
と　助・格　おとなしき性質★　30・10
と　助・格　父の守護★に依り　30・11
と　助・格　タアジユ★唱ふる　30・12
と　助・格　余★相識る頃より　30・13

と　助・格　秘め玉へ★云ひぬ　30・17
と　助・格　離れ難き中★なり　32・3
と　助・格　社の通信員★なし　32・14
と　助・格　せしむること★な　32・15
と　助・格　寄寓すること★な　34・2
と　助・格　エリス★余とは、　34・2
と　助・格　エリスと余★は、　34・2
と　助・格　いつより★はなし　34・2
と　助・格　彼此★材料を集む　34・6
と　助・格　商人など★臂を並　34・8
と　助・格　幾種★なく掛け連　34・10
と　助・格　いく度★なく往来　34・11
と　助・格　知らぬ人は何★か　34・11
と　助・格　余★倶に店を立出　34・12
と　助・格　掻寄せし★は殊に　34・17
と　助・格　彼此★結びあはせ　36・1
と　助・格　維廉一世★仏得力　36・3
と　助・格　仏得力三世★の崩　36・3
と　助・格　そをいかに★いふ　36・8
と　助・格　通信員★なりし日　36・10
と　助・格　悪阻★いふものな　38・3
と　助・格　ものならん★始め　38・4
と　助・格　消印には伯林★あ　38・9

と	助・格	汝を見まほし★の	38・11
と	助・格	いひ遣る★なり。	38・13
と	助・格	書状★思ひしなら	38・15
と	助・格	大臣★倶にこゝに	38・15
と	助・格	急ぐ★いへば今よ	38・16
と	助・格	まみえもやせん★	38・17
と	助・格	ゲエロツク★いふ	40・2
と	助・格	見苦し★は誰れも	40・4
と	助・格	豊太郎の君★は見	40・6
と	助・格	介せざりき★見ゆ	42・5
と	助・格	翻訳せよ★の事な	42・6
と	助・格	余★午餐を共にせ	42・7
と	助・格	共にせん★いひぬ	42・7
と	助・格	余を譴めん★はせ	42・12
と	助・格	動かさん★はせず	42・17
と	助・格	彼少女★の関係は	44・3
と	助・格	慣習★いふ一種の	44・4
と	助・格	意を決して断て★	44・5
と	助・格	情縁を断たん★約	44・10
と	助・格	守る所を失はじ★	44・11
と	助・格	否★はえ対へぬが	44・11
と	助・格	膚粟立つ★共に、	44・15
と	助・格	来べきか、」★問	46・4

と	助・格	常ならぬ身なり★	46・13
と	助・格	籍を除きぬ★言ひ	46・14
と	助・格	心を悩ます★も見	46・16
と	助・格	夢にはあらずや★	48・16
と	助・格	文をば否★いふ字	50・2
と	助・格	族なし★のたまへ	50・4
と	助・格	還り玉はん★なら	50・5
と	助・格	親★共に往かんは	50・6
と	助・格	日をこそ待ため★	50・7
と	助・格	苦艱なり★思ひし	50・9
と	助・格	母★はいたく争ひ	50・11
と	助・格	身を寄せん★ぞい	50・13
と	助・格	決断あり★自ら心	52・1
と	助・格	我★人との関係を	52・2
と	助・格	我と人★の関係を	52・2
と	助・格	これを得たるか★	52・6
と	助・格	★いひしは、大臣	52・7
と	助・格	エリス★の関係を	52・9
と	助・格	関係を絶たん★い	52・9
と	助・格	本領を覚りき★思	52・11
と	助・格	器械的人物★はな	52・11
と	助・格	ならじ★誓ひしが	52・12
と	助・格	自由を得たり★誇	52・13

と	助・格	大臣の一行★倶に	52・15
と	助・格	氷片★なりて、晴	52・17
と	助・格	故郷を憶ふ念★栄	54・7
と	助・格	求むる心★は、時	54・7
と	助・格	行くべき。」★鑼	54・10
と	助・格	馭丁を労ひ玉へ★	54・12
と	助・格	何★か見玉ふ、こ	54・15
と	助・格	心がまへを。」★	54・15
と	助・格	穉し★笑ひ玉はん	56・2
と	助・格	われ★共に東にか	56・6
と	助・格	係累もやあらん★	56・8
と	助・格	さることなし★聞	56・8
と	助・格	落居たり★宣ふ。	56・9
と	助・格	あなや★思ひしが	56・9
と	助・格	偽なり★もいひ難	56・10
と	助・格	葬られんか★思ふ	56・11
と	助・格	「承はり侍り」★	56・12
と	助・格	額はあり★も、帰	56・14
と	助・格	エリスに何★かい	56・14
と	助・格	骨に徹す★覚えて	58・2
と	助・格	罪人なり★思ふ心	58・10
と	助・格	寝ねず★覚ぼしく	58・12
と	助・格	「あ」★叫びぬ。	58・16

と	助・格	玉ひしか」★叫び	60・14
と	助・格	パラノイア★いふ	62・5
と	助・格	見込なし★いふ。	62・5
と	助・格	にはあらず★見ゆ	62・7
と	助・格	「薬を、薬を」★	62・8
と	助・格	相沢★議りてエリ	62・10
と（ゝ）	助・格	など★広言しつ。	16・11
と（ゝ）	助・格	猜疑すること★な	20・7
と（用字＝共《とも》）	助・格	幾つ★もなく点し	48・9
戸《と》	名・普	潜るべき程の★あ	24・4
戸	名・普	★をあらゝかに引	24・6
戸	名・普	★を劇しくたて切	24・9
戸	名・普	光に透して★を見	24・10
戸	名・普	又静になりて★は	24・12
戸	名・普	★の内は厨にて、	24・14
戸	名・普	正面の一室の★は	24・15
戸	名・普	竈の側なる★を開	24・16
戸	名・普	朝に★を開けば飢	36・17
戸	名・普	旅装整へて★を鎖	48・5
戸	名・普	★の外に出迎へし	54・12
戸	名・普	室の★を開きて入	58・15
解《と》い	動・四・用（イ便）	我職を★たり。公	28・12
東京《とうきやう》	名・固・地	★に出でゝ予備黌	10・14

東京	名・固・地	★に在りて、既に	32・12
東西《とうざい》	名・普	余は道の★をも分	56・15
東来《とうらい》	名・普	★の意を告げし普	14・3
兎角《とかう》	副	★思案する程に、	32・17
とき	名・形	途に上りし★、日	8・9
とき	名・形	予備黌に通ひし★	10・15
とき	名・形	訳する★は、幽静	12・8
とき	名・形	余を見し★、いづ	14・6
とき	名・形	過ぎんとする★、	20・16
とき	名・形	免官を聞きし★に	30・16
とき	名・形	物語の畢りし★、	42・13
とき	名・形	問はれたる★は、	46・7
とき	名・形	照さんとする★は	52・2
とき	名・形	友の勧めし★は、	52・5
とき	名・形	出でし★の我心の	56・15
とき	名・形	街まで来し★は、	58・7
とき	名・形	相沢に逢ひし★、	60・12
とき	名・形	醒め★きは、目は	60・15
とき	名・形	襁褓を与へたる★	62・1
とき	名・形	途に上ぼりし★は	62・10
秋《とき》	名・普	危急存亡の★なる	32・4
時《とき》	名・普	★来れば包みても	14・15
時	名・形	学びし★より、官	14・17
時	名・形	勤めし★まで、た	16・1
時	名・形	この★ふと頭を擡	22・17
時	名・形	この★を始として	28・5
時	名・形	命を伝ふる★余に	28・12
時	名・形	この★までは余所	30・2
時	名・形	十五の★舞の師の	30・3
時	名・形	彼は幼き★より物	30・11
時	名・形	相見し★よりあさ	32・5
時	名・形	此★余を助けしは	32・12
時	名・形	この★戸口に人の	38・7
時	名・形	此★にあるべきぞ	38・12
時	名・形	室を出でし★、相	42・7
時	名・形	目醒めし★は、猶	48・16
時	名・形	起き出でし★の心	48・17
時	名・形	この★窓を開く音	54・2
時	名・形	我心はこの★まで	54・7
時	名・形	醒めし★は、夜に	58・2
説《と》き	動・四・用	編輯長に★て、余	32・14
説《と》き動《うご》かし	動（複）・四・用	いかに母を★けん	34・1
時《とき》として	副	★愛情を圧せんと	54・7
とぎれ	動・下二・用	楼閣の少し★たる	12・13
疾《と》く	副	のたまふに★来よ	38・12
解《と》く	動・四・体	足の糸は★に由な	52・13

特科《とくくわ》	名・普	★のあるべうもあ	14・13
特操《とくさう》	名・普	何等の★なき心ぞ	56・12
読書《とくしよ》	名・普	我★の窓下に、一	28・4
戸口《とぐち》	名・普	この時★に人の声	38・7
戸口	名・普	★に入りしより疲	58・14
解《と》け	動・下二・用	鬢の毛の★てかゝ	32・6
時計《とけい》	名・普	余は★をはづして	26・16
床《とこ》	名・普	エリスは★に臥す	38・6
床	名・普	★に臥させしに、	60・15
ところ	名・普	★の大学に入りて	14・8
ところ	名・普	★に繋累なき外人	22・7
ところ	名・形	心に飽き足らぬ★	8・13
処《ところ》	名・普	とぎれたる★には	12・14
処	名・普	今この★を過ぎん	20・16
処	名・普	この★は所謂マン	24・17
処	名・普	頭の支ふべき★に	26・2
処	名・普	凸凹坎坷の★は見	36・16
所《ところ》	名・形	余は守る★を失は	44・10
所	名・形	測り知る★ならね	56・7
処々《ところどころ》	名・普	★は裂けたれば。	60・3
鎖《とざ》し	動・四・用	★たる寺門の扉に	20・16
鎖し	動・四・用	緊しく★て、大い	44・13
鎖し	動・四・用	整へて戸を★、鍵	48・5

歳《とし》	名・普	十九の★には学士	10・17
年《とし》	名・普	楽しき★を送るこ	12・1
年	名・普	★は十六七なるべ	20・17
年	名・普	唯★久しく別れた	40・10
として	助・連（格＋動・サ・用＋接）	一つ★新ならぬは	8・5
として	助・連（格＋動・サ・用＋接）	この時を始★、余	28・5
凸凹《とつあふ》	名・普	あたりは★坎坷の	36・16
咄嗟《とつさ》	名・普	★の間、その答の	46・7
突然《とつぜん》	副	★われに向ひて。	46・3
とて	助・連（格＋接）	日記ものせむ★買	8・9
とて	助・連（格＋接）	従はねば★我を打	22・13
とて	助・連（格＋接）	この恩を謝せん★	28・3
とて	助・連（格＋接）	されば★留まらん	32・10
とて	助・連（格＋接）	卒倒しつ★、人に	38・2
とて	助・連（格＋接）	心地あし★休み、	38・3
とて	助・連（格＋接）	べければ★、翌朝	48・4
とて	助・連（格＋接）	暫しの旅★立出で	50・8
とて	助・連（格＋接）	おはさん★敢て訪	56・4
とても	助・連（格＋接＋係）	用意★なし。身に	46・17
整《ととの》へ	動・下二・用	余は旅装★て戸を	48・5
留《とど》まら	動・四・未	さればとて★んに	32・10

留《とど》まり	動・四・用	伯林に★て政治学	32・14
留まり	動・四・用	家に★て、余はキ	34・4
留《とどま》り	動・四・用	★玉はぬことやは	50・4
留り	動・四・用	此地に★て、君が	50・7
駐《とど》まり	動・四・用	家の入口に★ぬ。	54・1
留《とど》め	動・下二・未	心を★させず、中	10・4
唱《とな》ふる	動・下二・体	タアジユと★貸本	30・12
問《と》は	動・四・未	学び得つると★ぬ	14・7
問は	動・四・未	卒然ものを★れた	46・7
とはいへ	接	★、学識あり、才	42・14
問《とひ》	名（動・四・用の転）・普	此★は不意に余を	46・5
問《と》ひ	動・四・用	室の番号を★て、	40・16
問ひ	動・四・用	彼多く★て、我多	42・9
問ひ	動・四・用	余が意見を★、折	46・1
問ひ	動・四・用	相沢に★しに、さ	56・8
問《と》ひ慰《なぐさ》め	動（複）・下二・用	労を★て後、われ	56・6
飛《と》びのき	動（複）・四・用	我側を★つ。人の	24・1
飛びのき	動（複）・四・用	驚きて★つ。暫く	56・16
扉《とびら》	名・普	寺門の★に倚りて	20・16
問《と》ふ	動・四・終	「誰ぞ」と★。エ	24・5
問ふ	動・四・終	来べきか、」と★	46・4
訪《とぶ》らは	動・四・未	敢て★ず、家にの	56・4
葬《とぶらひ》	名・普	父の★、たのみに	26・8
遠《とほ》き	形・ク・体	★縁者あるに、身	50・13
遠《とほ》く	形・ク・用	★望めばブランデ	12・14
遠く	形・ク・用	★もあらぬ旅なれ	46・17
通《とほ》さ	動・四・未	手をば★ず帽を取	40・12
徹《とほ》し	動・四・用	壁の石を★、衣の	38・1
透《とほ》る	動・四・体	薄き外套を★午後	44・14
とみ	形動・ナリ・幹	★の事にて予め知	38・10
とも	助・接	我身は食はず★。	26・12
とも	助・接	玉ふ日はあり★、	40・7
とも	助・接	宣ふ如くならず★	40・8
とも	助・接	彼に誠あり★、縦	44・3
とも	助・接	深くなりぬ★、人	44・3
とも	助・接	往きつきぬ★、我	44・8
とも	助・接	ことあり★、我を	50・10
友《とも》	名・普	別れたりし★にこ	40・10
友	名・普	姑く★の言に従ひ	44・10
友	名・普	★に対して否とは	44・11
友	名・普	先に★の勧めしと	52・5
友	名・普	★ながらも公事な	52・8
兎《と》も角《かく》も	副	路用の金は★なり	50・14
点《とも》し	動・四・用	幾つ共なく★たる	48・9
灯火《ともしび》	名・普	彼の★の海を渡り	20・11
灯火	名・普	顔は★に映じて微	26・5

灯火	名・普	★に向はん事の心	48・14
伴《ともな》は	動・四・未	エリスに★れ、急	54・13
共《とも》に	連語（名＋助・格）	午餐を★せんとい	42・7
共に	連語（名＋助・格）	われと★東にかへ	56・6
共に	連語（名＋助・格）	★扶けて床に臥さ	60・15
共に	連語（名＋助・格）	膚粟立つと★、余	44・15
共に	連語（名＋助・格）	親と★往かんは易	50・6
倶《とも》に	連語（名＋助・格）	余が★麦酒の杯を	18・3
倶に	連語（名＋助・格）	余と★店を立出づ	34・12
倶に	連語（名＋助・格）	大臣と★こゝに来	38・16
倶に	連語（名＋助・格）	★かくてあらば云	52・7
倶に	連語（名＋助・格）	大臣の一行と★に	52・15
とやかう	副	猶予を請ひて★と	28・14
豊太郎《とよたらう》	名・固・人	わが★の君とは見	40・6
豊太郎	名・固・人	我★ぬし、かくま	60・14
取《と》ら	動・四・未	棒をも★ぬを、か	18・3
取《と》らす	動・下二・終	折には価を★べき	26・17
禽《とり》	名・普	屋上の★の如くな	52・6
鳥《とり》	名・普	放たれし★の暫し	52・12
取《と》り	動・四・用	帽を★てエリスに	40・13
取り	動・四・用	余は手を★て引く	54・13
取り	動・四・用	母の★て与ふるも	62・1
取《とり》上《あ》ぐる	動（複）・下二・体	★を見れば襁褓な	54・16
取《と》り出《い》で	動（複）・下二・用	鉛筆★ゝ彼此と材	34・6
取《とり》入《い》れ	動（複）・下二・未	襦袢などまだ★ぬ	20・12
取調《とりしらべ》	名（接頭＋動・下二・用の転）・普	★も次第に捗り行	14・10
取《と》り調《しら》べよ	動（複）・下二・命	事務を★との命を	12・2
取引所《とりひきじよ》	名・普	★の業の隙を偸み	34・8
取《と》れ	動・四・已	引窓より光を★る	34・6
ど	助・接	はやされしか★、	8・7
ど	助・接	なりたれ★、文読	10・6
ど	助・接	あらじと思へ★、	10・10
ど	助・接	喪ひつれ★、学問	10・13
ど	助・接	思はるれ★、この	12・9
ど	助・接	猶ほ堪ふべけれ★	16・8
ど	助・接	相にはあらね★、	24・7
ど	助・接	銀貨あれ★、それ	26・15
ど	助・接	憚あれ★、同郷人	28・9
ど	助・接	給すべけれ★、若	28・13
ど	助・接	ものなれ★、一は	28・16
ど	助・接	流石に好みしか★	30・11
ど	助・接	包み隠しぬれ★、	30・16
ど	助・接	要なけれ★、余が	32・2
ど	助・接	あるべけれ★、余	32・4
ど	助・接	足らぬほどなれ★	32・16

ど	助・接	まだ刪られね★、	36・6
ど	助・接	処は見ゆめれ★、	36・16
ど	助・接	家に在れ★、心は	38・6
ど	助・接	ほどにはあらね★	38・7
ど	助・接	往かんは易けれ★	50・6
ど	助・接	ならめ★、ふつに	58・9
ど	助・接	答へんとすれ★声	60・4
ど	助・接	ことはなけれ★、	62・3
ど	助・接	病床をば離れね★	62・7
独逸《ドイツ》	名・固・地	★にて物学びせし	8・10
独逸	名・固・地	★、仏蘭西の語を	14・6
独逸	名・固・地	諸国の間にて★に	36・9
独逸	名・固・地	★に来し初に、自	52・11
独逸語《ドイツご》	名（固＋普）・普	★にて記せる文書	42・6
独逸語	名（固＋普）・普	唯だ★を利用せん	42・16
独逸新聞《ドイツしんぶん》	名（名・固＋名・普）・普	★の社説をだに善	36・14
同行《どうかう》	名・普	★の人々にも物言	10・2
同行	名・普	今我★の一人なる	32・12
同郷《どうきやう》	名・普	活発なる★の人々	20・5
同郷	名・普	★の留学生などの	36・13
同郷人《どうきやうじん》	名・普	★にさへ知られぬ	28・6
同郷人	名・普	★の中に事を好む	28・9
同時《どうじ》	名・普	二通は殆ど★にい	28・16
動植《どうしよく》	名・普	尋常の★金石、さ	8・7
独立《どくりつ》	名・普	★の思想を懐きて	16・14
ども	助・接	抗抵すれ★、友に	44・11
鑼《どら》	名・普	★の如く叫びし駅	54・10
奴隷《どれい》	名・普	当世の★といひし	30・5
ドロシユケ	名・普	一等「★」は、輪	40・11
泥《どろ》まじり	名（名＋動・四・用の転）・普	衣は★の雪に汚れ	60・2

な

な	副	声を★人に聞かせ	22・16
な	副	否、心に★掛けそ	38・15
な	副	我をば努★棄て玉	50・11
な	助動・確・未	なり★む。これの	10・9
な	助動・確・未	兎も角もなり★ん	50・14
な	助動・確・未	我命は絶え★んを	54・6
な	助動・確・未	用には足り★む、	56・7
名《な》	名・普	豊太郎といふ★は	10・15
名	名・普	我★を成さむも、	12・3
名	名・普	★を簿冊に記させ	14・9
名	名・普	少女が父の★なる	24・12
名	名・普	その★を斥さんは	28・9
名	名・普	おん身も★を知る	38・15

名 名・普 我★を呼びていた 60・16
脳髄《なうずい》 名・普 ★を射て、恍惚の 32・7
脳中《なうちゆう》 名・普 我★には唯々我は 58・10
脳裡《なうり》 名・普 我★に一点の彼を 62・13
なか 名・普 憂きが★にも楽し 34・3
中《なか》 名・普 交はしたる★より 12・15
中 名・普 ★には咳枯れたる 24・5
中 名・普 同郷人の★に事を 28・9
中 名・普 離れ難き★となり 32・3
中 名・普 文を作りし★にも 36・2
中 名・普 貧きが★にも楽し 44・8
長《なが》き 形・ク・体 頰髭★猶太教徒の 20・12
長き 形・ク・体 露を宿せる★睫毛 22・3
長き 形・ク・体 奥行のみいと★休 34・5
中頃《なかごろ》 名・普 ★は世を厭ひ、身 10・4
流《なが》し 動・四・用 涙を★て泣きぬ。 62・2
媒《なかだち》 名（名＋動・四・用の転）・普
艱難を閲し尽す★ 20・8
なか〳〵に 副 これぞ★我本性な 18・14
なか〳〵に 副 ★余を譴めんとは 42・11
なかなかに 副 寒さは★堪へがた 38・1
半《なか》ば 名・普 ★露を宿せる長き 22・3
半ば 名・普 引開けしは、★白 24・6
半ば 名・普 戸は★開きたるが 24・15
仲間《なかま》 名・普 彼等の★にて、賤 30・9
仲間 名・普 彼等の★には独逸 36・14
なから 形・ク・未 独逸に若くは★ん 36・9
ながら 助・接 心迷ひ★も、二三 14・13
ながら 接尾 友★も公事なれば 52・8
なかり 形・ク・用 問はぬこと★き。 14・7
なかり 形・ク・用 由★しが、昨夜こ 38・10
なかり 形・ク・用 よし★しが、姑く 44・9
なかり 形・ク・用 食★し折にもせざ 48・17
なかり 形・ク・用 譬へんに物★き。 56・15
流《なが》れ落《お》つ 動（複）・上二・終 愛らしき頰を★。 22・11
なき 形・ク・体 驚かさぬは★に、 12・12
なき 形・ク・体 ところに繫累★外 22・7
なき 形・ク・体 わが恥★人となら 22・12
なき 形・ク・体 伏したるは★人な 24・16
なき 形・ク・体 定りたる業★若人 34・7
なき 形・ク・体 目的★生活をなす 42・15
なき 形・ク・体 公務に遑★相沢を 46・4
なき 形・ク・体 偽り★我心を厚く 46・16
なき 形・ク・体 かへる心★か、君 56・6
なき 形・ク・体 何等の特操★心ぞ 56・12
無《な》き 形・ク・体 有るか★かの収入 34・3

泣《な》き	動・四・用	何故に★玉ふか。	22・6
泣き	動・四・用	涙を流して★ぬ。	62・2
泣《な》き叫《さけ》び	動（複）・四・用	★て聴かず、後に	62・6
なく	形・ク・用	新ならぬは★、筆	8・5
なく	形・ク・用	幾度と★我心を苦	10・8
なく	形・ク・用	衰ふること★、旧	10・14
なく	形・ク・用	其故★てやは。彼	18・2
なく	形・ク・用	勇気★、高き帽を	20・3
なく	形・ク・用	顧みる遑★、こゝ	22・5
なく	形・ク・用	答ふる間も★、戸	24・6
なく	形・ク・用	いくほども★余に	30・14
なく	形・ク・用	幾種と★掛け連ね	34・10
なく	形・ク・用	いく度と★往来す	34・11
なく	形・ク・用	朋友に利★、おの	44・1
なく	形・ク・用	幾つ共★点したる	48・9
なく	形・ク・用	いつに★独りにて	48・14
泣《な》く	動・四・体	★ひとりの少女あ	20・16
泣く	動・四・体	立ちて★にや。わ	22・5
慰《なぐさ》み	動・四・用	心は★けらし。十	10・16
慰《なぐさ》め	動・下二・用	旅の憂さを★あふ	10・1
抛《なげう》ち	動・四・用	悉く★しが、机の	62・1
投《な》げ掛《か》け	動（複）・下二・用	我に★しはエリス	34・1
歎《なげ》き	名（動・四・用の転）・普	料らぬ深き★に遭	22・5

なけれ	形・ク・已	此等の勇気★ば、	20・5
なけれ	形・ク・已	詩人の筆★ばこれ	22・2
なけれ	形・ク・已	騒ぐことは★ど、	62・3
なさ	動・四・未	辞書と★んとし、	16・7
なさ	動・四・未	法律と★んとやし	16・7
成《な》さ	動・四・未	我名を★むも、我	12・3
なし	動・四・用	幾千言をか★けむ	8・6
なし	動・四・用	我を力に★て世を	10・16
なし	動・四・用	礼装を★たる、妍	12・11
なし	動・四・用	幾巻をか★けむ。	14・12
なし	動・四・用	通信員と★、伯林	32・14
なし	動・四・用	ことと★つ。社の	32・15
なし	動・四・用	舞をも★えつべき	34・13
なし	動・四・用	報告を★き。され	36・4
なし	動・四・用	一夜に★果てつ。	44・16
なし	動・四・用	怎なる業を★ても	50・6
なし	形・ク・終	遊ばん勇気★。此	20・5
なし	形・ク・終	交らんやうも★。	20・6
なし	形・ク・終	一銭の貯だに★。	22・14
なし	形・ク・終	天井も★。隅の屋	26・1
なし	形・ク・終	手だて★。此時余	32・11
なし	形・ク・終	いつよりとは★に	34・3
なし	形・ク・終	用意とても★。身	46・17

なし	形・ク・終	族★とのたまへば	50・4
なし	形・ク・終	さること★と聞き	56・8
なし	形・ク・終	治癒の見込★とい	62・5
なし	補形・ク・終	見たくも★。唯年	40・10
為《な》し	動・四・用	★難きに心づきて	46・9
成《な》し	補動・四・用	飾り★たる礼装を	12・11
無《な》し	形・ク・終	あたりに人も★、	10・10
なす	動・四・終	生活を★べき。今	42・16
など	助・副	神童なり★褒むる	14・16
など	助・副	なるべし★ゝ広言	16・11
など	助・副	襦袢★まだ取入れ	20・12
など	助・副	貸家★に向ひて、	20・14
など	助・副	学芸の事★を報道	32・14
など	助・副	商人★と臂を並べ	34・8
など	助・副	縫もの★する側の	34・16
など	助・副	新現象の批評★、	36・1
など	助・副	進退如何★の事に	36・3
など	助・副	留学生★の大かた	36・13
など	助・副	政治社会★に出で	40・9
など	助・副	ありしこと★を挙	46・1
など	助・副	二三種の辞書★を	48・1
など	助・副	涙こぼし★したら	48・3
など	助・副	宮女の扇の閃き★	48・11
など	助・副	「レエス」★を堆	54・14
など	助・副	蒲団を噛み★し、	60・17
抔《など》	助・副	風俗★をさへ珍し	8・8
斜《ななめ》に	形動・ナリ・用	窓に向ひて★下れ	26・1
何《なに》	代・指	知らぬ人は★とか	34・11
何	代・指	★とか見玉ふ、こ	54・15
何	代・指	エリスに★とかい	56・14
何	感	「★、富貴。」余は	40・9
某《なにがし》	代・人	一は親族なる★が	28・16
何事《なにごと》	名・普	★にもあれ、教へ	14・5
何事	名・普	★をか叙すべき。	48・6
なにとなく	副	心の中★妥ならず	16・3
何《なに》となく	副	★わが豊太郎の君	40・6
何《なに》やらむ	副	★髭の内にて云ひ	54・4
何故《なにゆゑ》に	副	★一顧したるのみ	22・4
何故に	副	★泣き玉ふか。と	22・6
何故に	副	★かく不興なる面	40・4
なのら	動・四・未	あだし名をば★せ	56・2
なほ	副	★我地位を覆へす	16・16
猶《なほ》	副	学問こそ★心に飽	8・12
猶	副	★程もあるべけれ	10・11
猶	副	若し★こゝに在ら	28・13
猶	副	★独り跡に残りし	48・16

猶《な》ほ	副	★堪ふべけれど、	16・8
猶ほ	副	この山は★重霧の	44・7
猶ほ	副	我心は★冷然たり	52・5
猶ほ	副	茶店は★人の出入	58・9
訛《なまり》	名・普	言葉の★をも正し	30・14
訛《なま》り	動・四・用	少女は少し★たる	26・6
涙《なみだ》	名・普	せきあへぬ★に手	18・14
涙	名・普	暫し涸れたる★の	22・11
涙	名・普	落つる熱き★を我	28・2
涙	名・普	★の迫り来て筆の	30・1
涙	名・普	★こぼしなどした	48・3
涙	名・普	★はら〳〵と肩	54・9
涙	名・普	眼には★満ちたり	56・3
涙	名・普	★を流して泣きぬ	62・2
涙	名・普	千行の★を濺ぎし	62・9
涙《なみだ》ぐみ	動（名＋接尾）・四・用	彼は★て身をふる	26・13
無礼《なめ》	形・ク・幹	おのが★の振舞せ	24・13
悩《なや》まし	動・四・用	頭のみ★たればな	10・3
悩《なや》ます	動・四・終	心を★とも見えず	46・16
なら	動・四・未	恥なき人と★んを	22・12
なら	動・四・未	それも★ずば母の	26・12
なら	動・四・未	人物とは★じと誓	52・12
なら	助動・断・未	昔の我★ず、学問	8・12
なら	助動・断・未	世の常★ば生面の	10・1
なら	助動・断・未	我★ぬ我を攻むる	16・4
なら	助動・断・未	余を嫉むのみ★で	20・6
なら	助動・断・未	もの★んと始めて	38・4
なら	助動・断・未	書状と思ひし★ん	38・15
なら	助動・断・未	思へば★ん、エリ	40・1
なら	助動・断・未	還り玉はんと★ば	50・5
なら	助動・断・未	測り知る所★ね、	56・7
なら	助動・断・未	賑はしかりし★め	58・9
成《な》ら	動・四・未	日記の★ぬ縁故な	8・15
成ら	動・四・未	学★ずして汚名を	32・10
習《ならひ》	名（動・四・用の転）・普	航海の★なるに、	10・1
習	名（動・四・用の転）・普	元旦に眠るが★な	52・16
列《なら》べ	動・下二・用	写真帖とを★、陶	26・3
並《なら》べ	動・下二・用	臂を★、冷なる石	34・8
なり	動・四・用	今日に★ておもへ	8・7
なり	動・四・用	翳とのみ★たれど	10・6
なり	動・四・用	すが〳〵しくも★	10・9
なり	動・四・用	人物に★て自ら覚	16・1
なり	動・四・用	二十五歳に★て、	16・2
なり	動・四・用	することゝ★ぬ。	20・7
なり	動・四・用	心の恍惚と★て暫	20・15
なり	動・四・用	又静に★て戸は再	24・12

なり	動・四・用	彼が抱へと★しよ	26・10
なり	動・四・用	交漸く繁く★もて	28・5
なり	動・四・用	誤字少なく★ぬ。	30・14
なり	動・四・用	心の俄に強く★て	32・2
なり	動・四・用	離れ難き中と★し	32・3
なり	動・四・用	常ならず★たる脳	32・7
なり	動・四・用	寄寓することと★	34・2
なり	動・四・用	通信員と★し日よ	36・10
なり	動・四・用	総括的に★て、同	36・13
なり	動・四・用	富貴に★玉ふ日は	40・7
なり	動・四・用	逞ましく★たれ、	42・4
なり	動・四・用	情交は深く★ぬと	44・3
なり	動・四・用	漸く繁く★もて行	44・17
なり	動・四・用	兎も角も★なん。	50・14
なり	動・四・用	氷片と★て、晴れ	52・17
なり	動・四・用	程には★ぬ。足の	58・6
なり	動・四・用	知る程に★しは数	60・6
なり	助動・断・用	五年前の事★しが	8・3
なり	助動・断・用	若し外の恨★せば	10・8
なり	助動・断・用	倚り玉ふ頃★けれ	12・11
なり	助動・断・用	当時の地位★けり	16・16
なり	助動・断・用	我本性★ける。此	18・15
なり	助動・断・用	閲し尽す媒★ける	20・8
なり	助動・断・用	夕暮★しが、余は	20・9
なり	助動・断・用	らずとのこと★き	28・14
なり	助動・断・用	報じたる書★き。	28・17
なり	助動・断・用	小説のみ★しを、	30・12
なり	助動・断・用	交りを生じたる★	30・15
なり	助動・断・用	此折★き。我一身	32・3
なり	助動・断・用	エリス★き。かれ	34・1
なり	助動・断・用	母★き。嗚呼、さ	38・4
なり	助動・断・用	若し真★せばいか	38・5
なり	助動・断・用	我身の上★ければ	42・10
なり	助動・断・用	用事のみ★しが、	44・17
なり	助動・断・用	貧血の性★しゆゑ	46・13
なり	助動・断・用	多くは余★き。こ	48・12
なり	助動・断・用	思ひしは迷★けり	50・9
なり	助動・断・用	新年の旦★き。停	52・15
なり	助動・断・用	見れば襁褓★き。	54・16
なり	助動・断・用	数週の後★き。熱	60・6
なり	助動・断・終	悩ましたれば★。	10・3
なり	助動・断・終	またなき名誉★と	10・17
なり	助動・断・終	語を学びしこと★	14・6
なり	助動・断・終	人の神童★など褒	14・16
なり	助動・断・終	余を知らねば★。	18・5
なり	助動・断・終	嘲るはさること★	18・17

なり	助動・断・終	君は善き人★と見	22・10
なり	助動・断・終	座の座頭★。彼が	26・9
なり	助動・断・終	運を妨ぐれば★。	30・1
なり	助動・断・終	舞姫の身の上★。	30・6
なり	助動・断・終	守護とに依りて★	30・11
なり	助動・断・終	恐れて★。嗚呼、	32・1
なり	助動・断・終	なる相沢謙吉★。	32・12
なり	助動・断・終	いひ遣ると★。読	38・13
なり	助動・断・終	故郷よりの文★や	38・14
なり	助動・断・終	われを呼ぶ★。急	38・16
なり	助動・断・終	ホオフ」の入口★	40・15
なり	助動・断・終	翻訳せよとの事★	42・6
なり	助動・断・終	上なりければ★。	42・10
なり	助動・断・終	心のみ★。おのれ	42・16
なり	助動・断・終	曲庇者★なんど思	44・1
なり	助動・断・終	損あれば★。人を	44・1
なり	助動・断・終	生じたる交★。意	44・4
なり	助動・断・終	おほむね★き。大	44・5
なり	助動・断・終	前途の方鍼★。さ	44・7
なり	助動・断・終	すること屢々★。	46・10
なり	助動・断・終	常ならぬ身★とい	46・13
なり	助動・断・終	第一の書の略★。	50・1
なり	助動・断・終	苦艱★と思ひしは	50・9

なり	助動・断・終	わが鈍き心★。余	50・17
なり	助動・断・終	君が黒き瞳子★。	56・1
なり	助動・断・終	偽★ともいひ難き	56・10
なり	助動・断・終	罪人★と思ふ心の	58・10
なり	助動・断・終	繕ひ置きし★。余	60・8
なり	助動・断・終	殺しゝ★。後に聞	60・11
なり	助動・在・用	机の上★し襁褓を	62・1
生活《なりはひ》	名・普	目的なき★をなす	42・15
生活	名・普	楽しきは今の★、	44・9
なる	動・四・体	政治家に★べき特	14・12
なる	動・四・体	政治家に★にも宜	16・5
なる	動・四・体	法律家に★にもふ	16・6
なる	動・四・体	一時近く★ほどに	34・12
なる	助動・推伝・体	稀なりとぞいふ★	30・10
なる	助動・推伝・体	寄せんとぞいふ★	50・13
なる	助動・断・体	白紙のまゝ★は、	8・9
なる	助動・断・体	けふの非★わが瞬	8・15
なる	助動・断・体	成らぬ縁故★。あ	8・15
なる	助動・断・体	航海の習★に、微	10・1
なる	助動・在・体	故郷★母を都に呼	12・1
なる	助動・断・体	幽静なる境★べく	12・8
なる	助動・断・体	有為の人物★こと	18・12
なる	助動・断・体	幾度★を知らず。	20・15

なる　助動・断・体　年は十六七★べし　20・17
なる　助動・断・体　こゝは往来★に。　22・17
なる　助動・断・体　少女が父の名★べ　24・12
なる　助動・断・体　なき人★べし。竈　24・16
なる　助動・断・体　君は善き人★べし　26・7
なる　助動・断・体　一は親族★某が、　28・16
なる　助動・断・体　賤しき限り★業に　30・9
なる　助動・断・体　危急存亡の秋★に　32・4
なる　助動・断・体　同行の一人★相沢　32・12
なる　助動・断・体　人もありし★べし　34・14
なる　助動・断・体　我身の行末★に、　38・5
なる　助動・断・体　相沢が手★に、郵　38・9
なる　助動・断・体　一月ばかり★に、　46・15
なる　助動・断・体　故あれば★べし。　46・15
なる　助動・断・体　われ★がゆゑに、　48・11
なる　助動・在・体　両辺★石だゝみの　12・9
なる　助動・在・体　寺の筋向ひ★大戸　24・2
なる　助動・在・体　竈の側★戸を開き　24・16
なる　助動・在・体　中央★机には美し　26・2
なれ　動・四・已　漸くにしるく★る　50・10
なれ　助動・断・已　余一人のみ★ば。　8・3
なれ　助動・断・已　一間★ば、天井も　24・17
なれ　助動・断・已　二年★ば、事なく　26・10
なれ　助動・断・已　いだしゝもの★ど　28・16
なれ　助動・断・已　足らぬほど★ど、　32・16
なれ　助動・断・已　今朝は日曜★ば家　38・6
なれ　助動・断・已　心より出でし★ば　42・14
なれ　助動・断・已　食堂を出でし★ば　44・14
なれ　助動・断・已　旅★ば、用意とて　46・17
なれ　助動・断・已　多きこの程★ば、　48・2
なれ　助動・断・已　公事★ば明には告　52・8
なれ　助動・断・已　眠るが習★ば万戸　52・17
なれ　助動・断・已　一月上旬の夜★ば　58・8
なれ　助動・断・已　倒れしこと★ば、　60・2
なれ　助動・断・已　病★ば、治癒の見　62・5
慣《な》れ　動・下二・用　検束に★たる勉強　12・6
汝《なんぢ》　代・人　伯の★を見まほし　38・11
汝　代・人　★が名誉を恢復す　38・12
なんど　助・副　曲庇者なり★思は　44・1
何等《なんら》　副　★の光彩ぞ、我目　12・7
何等　副　★の色沢ぞ、我心　12・7
何等　副　嗚呼、★の悪因ぞ　28・3
何等　副　★の特操なき心ぞ　56・12

に

に　助動・完・用　冬は来★けり。表　36・15

に	助動・断・用	何事★もあれ、教	14・5
に	助動・断・用	当りたれば★や、	16・3
に	助動・断・用	拘ふべき★あらぬ	16・10
に	助動・断・用	能くしたる★あら	18・8
に	助動・断・用	欺きつる★て、人	18・9
に	助動・断・用	勇気ありし★あら	18・11
に	助動・断・用	薄きこがね色★て	22・1
に	助動・断・用	立ちて泣く★や。	22・5
に	助動・断・用	悪しき相★はあら	24・7
に	助動・断・用	面の老媼★て、古	24・7
に	助動・断・用	戸の内は厨★て、	24・14
に	助動・断・用	知りてする★や、	26・14
に	助動・断・用	自らは知らぬ★や	26・14
に	助動・断・用	床に臥すほど★は	38・6
に	助動・断・用	普魯西のもの★て	38・9
に	助動・断・用	とみの事★て予め	38・10
に	助動・断・用	此時★あるべきぞ	38・12
に	助動・断・用	悪しき便★てはよ	38・14
に	助動・断・用	こひ★あらず、慣	44・4
に	助動・断・用	決断して言ひし★	46・6
に	助動・断・用	扇の閃きなど★て	48・11
に	助動・断・用	夢★はあらずやと	48・16
に	助動・断・用	誇りし★はあらず	52・13
に	助動・断・用	我某省の官長★て	52・14
に	助動・断・用	さま★て幾時をか	58・2
に	助動・断・用	まゝ★て傍の人を	60・16
に	助動・断・用	心づきたる様★て	60・17
に	助動・断・用	心ありて★はあら	62・7
に	助・格	今宵は夜毎★こゝ	8・2
に	助・格	夜毎にこゝ★集ひ	8・2
に	助・格	「ホテル」★宿り	8・2
に	助・格	舟★残れるは余一	8・3
に	助・格	目★見るもの、耳	8・4
に	助・格	耳★聞くもの、一	8・4
に	助・格	筆★任せて書き記	8・5
に	助・格	日ごと★幾千言を	8・6
に	助・格	当時の新聞★載せ	8・6
に	助・格	世の人★もてはや	8・6
に	助・格	今日★なりておも	8・7
に	助・格	途★上りしとき、	8・9
に	助・格	物学びせし間★、	8・10
に	助・格	これ★は別に故あ	8・11
に	助・格	これには別★故あ	8・11
に	助・格	げに東★還る今の	8・12
に	助・格	西★航せし昔の我	8・12
に	助・格	学問こそ猶心★飽	8・12

に　助・格　筆★写して誰にか　8・15
に　助・格　筆に写して誰★か　8・15
に　助・格　これ★は別に故あ　8・16
に　助・格　これには別★故あ　8・16
に　助・格　生面の客★さへ交　10・1
に　助・格　微恙★ことよせて　10・2
に　助・格　房の裡★のみ籠り　10・2
に　助・格　人々★も物言ふこ　10・2
に　助・格　人知らぬ恨★頭の　10・3
に　助・格　古蹟★も心を留め　10・4
に　助・格　腸日ごと★九廻す　10・5
に　助・格　惨痛をわれ★負は　10・5
に　助・格　今は心の奥★凝り　10・6
に　助・格　文読むごと★、物　10・6
に　助・格　物見るごと★、鏡　10・7
に　助・格　鏡★映る影、声に　10・7
に　助・格　声★応ずる響の如　10・7
に　助・格　詩★詠じ歌によめ　10・9
に　助・格　詩に詠じ歌★よめ　10・9
に　助・格　我心★彫りつけら　10・10
に　助・格　今宵はあたり★人　10・10
に　助・格　鍵を捩る★は猶程　10・11
に　助・格　概略を文★綴りて　10・11
に　助・格　訓を受けし甲斐★　10・13
に　助・格　旧藩の学館★あり　10・14
に　助・格　東京★出でゝ予備　10・14
に　助・格　予備黌★通ひしと　10・14
に　助・格　大学法学部★入り　10・15
に　助・格　一級の首★しるさ　10・15
に　助・格　我を力★なして世　10・16
に　助・格　十九の歳★は学士　10・17
に　助・格　その頃まで★また　10・17
に　助・格　人★も言はれ、某　12・1
に　助・格　某省★出仕して、　12・1
に　助・格　母を都★呼び迎へ　12・1
に　助・格　母★別るゝをもさ　12・4
に　助・格　ベルリンの都★来　12・5
に　助・格　検束★慣れたる勉　12・6
に　助・格　新大都の中央★立　12・7
に　助・格　リンデン★来て、　12・9
に　助・格　街★臨める窓に倚　12・11
に　助・格　街に臨める窓★倚　12・11
に　助・格　様々の色★飾り成　12・11
に　助・格　雲★聳ゆる楼閣の　12・13
に　助・格　とぎれたる処★は　12・14
に　助・格　晴れたる空★夕立　12・14

に　助・格　半天★浮び出でた　12・15
に　助・格　目睫の間★聚まり　12・16
に　助・格　始めてこゝ★来し　12・17
に　助・格　応接★遑なきも宜　12・17
に　助・格　されど我胸★は縦　12・17
に　助・格　いかなる境★遊び　12・17
に　助・格　あだなる美観★心　14・1
に　助・格　いつの間★かくは　14・7
に　助・格　暇あること★、か　14・8
に　助・格　ところの大学★入　14・9
に　助・格　名を簿冊★記させ　14・9
に　助・格　ふた月と過す程★　14・10
に　助・格　報告書★作りて送　14・11
に　助・格　稚き心★思ひ計り　14・12
に　助・格　政治家★なるべき　14・12
に　助・格　講筵★列ることに　14・14
に　助・格　列ること★おもひ　14・14
に　助・格　母の教★従ひ、人　14・16
に　助・格　褒むるが嬉しさ★　14・17
に　助・格　喜ばしさ★たゆみ　16・1
に　助・格　器械的の人物★な　16・1
に　助・格　二十五歳★なりて　16・2
に　助・格　大学の風★当りた　16・2

に　助・格　表★あらはれて、　16・4
に　助・格　我を攻むる★似た　16・4
に　助・格　今の世★雄飛すべ　16・5
に　助・格　政治家★なるにも　16・5
に　助・格　政治家になる★も　16・5
に　助・格　法律家★なるにも　16・6
に　助・格　法律家になる★も　16・6
に　助・格　瑣々たる問題★も　16・9
に　助・格　官長★寄する書に　16・10
に　助・格　寄する書★は連り　16・10
に　助・格　法制の細目★拘ふ　16・10
に　助・格　だに得たらん★は　16・11
に　助・格　講筵を余所★して　16・12
に　助・格　歴史文学★心を寄　16・12
に　助・格　蔗を嚙む境★入り　16・13
に　助・格　心のまゝ★用ゐる　16・14
に　助・格　覆へす★足らざり　16・16
に　助・格　一群と余との間★　16・17
に　助・格　讒誣する★至りぬ　18・1
に　助・格　制する力と★帰し　18・4
に　助・格　怎でか人★知らる　18・5
に　助・格　木の葉★似て、物　18・6
に　助・格　我心は処女★似た　18・7

に	助・格	余所★心の乱れざ	18・10
に	助・格	唯外物★恐れて自	18・11
に	助・格	立ちいづる前★も	18・12
に	助・格	せきあへぬ涙★手	18・14
に	助・格	母の手★育てられ	18・16
に	助・格	育てられし★より	18・16
に	助・格	珈琲店★坐して客	20・2
に	助・格	往きてこれ★就か	20・3
に	助・格	眼鏡★鼻を挟ませ	20・3
に	助・格	疎きがため★、彼	20・6
に	助・格	冤罪を身★負ひて	20・7
に	助・格	暫時の間★無量の	20・7
に	助・格	僑居★帰らんと、	20・10
に	助・格	古寺の前★来ぬ。	20・10
に	助・格	薄暗き巷★入り、	20・11
に	助・格	楼上の木欄★干し	20・11
に	助・格	翁が戸前★佇みた	20・12
に	助・格	直ちに楼★達し、	20・13
に	助・格	鍛冶が家★通じた	20・13
に	助・格	貸家など★向ひて	20・14
に	助・格	凹字の形★引籠み	20・14
に	助・格	遺跡を望む毎★、	20・15
に	助・格	寺門の扉★倚りて	20・16
に	助・格	我足音★驚かされ	22・1
に	助・格	余★詩人の筆なけ	22・2
に	助・格	長き睫毛★掩はれ	22・3
に	助・格	深き歎き★遭ひて	22・5
に	助・格	こゝ★立ちて泣く	22・5
に	助・格	憐憫の情★打ち勝	22・6
に	助・格	余は覚えず側★寄	22・6
に	助・格	ところ★繋累なき	22・7
に	助・格	大胆なる★呆れた	22・8
に	助・格	心や色★形はれた	22・9
に	助・格	わが彼の言葉★従	22・12
に	助・格	家★一銭の貯だに	22・13
に	助・格	顫ふ項★のみ注が	22・15
に	助・格	君が家★送り行か	22・16
に	助・格	声をな人★聞かせ	22・16
に	助・格	物語するうち★、	22・17
に	助・格	覚えず我肩★倚り	22・17
に	助・格	厭はしさ★、早足	24・2
に	助・格	早足★行く少女の	24・2
に	助・格	少女の跡★附きて	24・2
に	助・格	四階目★腰を折り	24・3
に	助・格	捩ぢ曲げたる★、	24・4
に	助・格	中★は咳枯れたる	24・5

に	助・格	貧苦の痕を額★印	24・7
に	助・格	エリスの余★会釈	24・8
に	助・格	油灯の光★透して	24・10
に	助・格	下★仕立物師と注	24・11
に	助・格	内★は言ひ争ふご	24・12
に	助・格	右手の低き窓★、	24・14
に	助・格	左手★は粗末に積	24・15
に	助・格	内★は白布を掩へ	24・16
に	助・格	街★面したる一間	24・17
に	助・格	窓★向ひて斜に下	26・1
に	助・格	頭の支ふべき処★	26・2
に	助・格	中央なる机★は美	26・2
に	助・格	上★は書物一二巻	26・2
に	助・格	陶瓶★はこゝに似	26・3
に	助・格	こゝ★似合はしか	26・3
に	助・格	そが傍★少女は羞	26・4
に	助・格	顔は灯火★映じて	26・5
に	助・格	貧家の女★似ず。	26・6
に	助・格	明日★迫るは父の	26・8
に	助・格	たのみ★思ひしシ	26・8
に	助・格	人の憂★附けこみ	26・11
に	助・格	母の言葉★。」彼	26・13
に	助・格	見上げたる目★は	26・13

に	助・格	人★否とはいはせ	26・13
に	助・格	我が隠し★は二三	26・15
に	助・格	机の上★置きぬ。	26・16
に	助・格	尋ね来ん折★は価	26・17
に	助・格	辞別のため★出し	28・1
に	助・格	唇★あてたるが、	28・1
に	助・格	我手の背★濺ぎつ	28・2
に	助・格	自ら我僑居★来し	28・3
に	助・格	ハウエルを右★し	28・4
に	助・格	シルレルを左★し	28・4
に	助・格	読書の窓下★、一	28・4
に	助・格	同郷人★さへ知ら	28・6
に	助・格	彼等は速了★も、	28・6
に	助・格	舞姫の群★漁する	28・7
に	助・格	二人の間★はまだ	28・7
に	助・格	同郷人の中★事を	28・9
に	助・格	屢々芝居★出入し	28・10
に	助・格	官長の許★報じつ	28・10
に	助・格	学問の岐路★走る	28・11
に	助・格	遂に旨を公使館★	28・11
に	助・格	伝ふる時余★謂ひ	28・12
に	助・格	御身若し即時★郷	28・13
に	助・格	即時に郷★帰らば	28・13

に　助・格　猶こゝ★在らんに　28・13
に　助・格　こゝに在らん★は　28・13
に　助・格　二通の書状★接し　28・15
に　助・格　殆ど同時★いだし　28・16
に　助・格　こゝ★反覆するに　28・17
に　助・格　反覆する★堪へず　30・1
に　助・格　余所目★見るより　30・2
に　助・格　父の貧きがため★　30・3
に　助・格　つのり★応じて、　30・3
に　助・格　座★出でゝ、今は　30・4
に　助・格　化粧部屋★入りて　30・7
に　助・格　業★堕ちぬは稀な　30・9
に　助・格　父の守護と★依り　30・11
に　助・格　手★入るは卑しき　30・12
に　助・格　余★寄するふみに　30・14
に　助・格　余に寄するふみ★　30・14
に　助・格　余等二人の間★は　30・15
に　助・格　聞きしとき★、彼　30・16
に　助・格　彼が身の事★関り　30・16
に　助・格　余★向ひて母には　30・17
に　助・格　母★はこれを秘め　30・17
に　助・格　委くこゝ★写さん　32・2
に　助・格　大事は前★横りて　32・3

に　助・格　伏し沈みたる面★　32・6
に　助・格　刺激★よりて常な　32・7
に　助・格　恍惚の間★こゝに　32・8
に　助・格　こゝ★及びしを奈　32・8
に　助・格　公使★約せし日も　32・9
に　助・格　郷★かへらば、学　32・9
に　助・格　留まらん★は、学　32・10
に　助・格　東京★在りて、既　32・12
に　助・格　免官の官報★出で　32・13
に　助・格　編輯長★説きて、　32・14
に　助・格　伯林★留まりて政　32・14
に　助・格　報酬はいふ★足ら　32・16
に　助・格　午餐★往く食店を　32・16
に　助・格　かへたらん★は、　32・17
に　助・格　兎角思案する程★　32・17
に　助・格　助の綱をわれ★投　34・1
に　助・格　彼等親子の家★寄　34・2
に　助・格　よりとはなし★、　34・3
に　助・格　憂きがなか★も楽　34・3
に　助・格　彼は温習★往き、　34・4
に　助・格　さらぬ日★は家に　34・4
に　助・格　家★留まりて、余　34・4
に　助・格　長き休息所★赴き　34・5

に	助・格	金を人★借して己	34・7
に	助・格	板ぎれ★挿みたる	34・10
に	助・格	かたへの壁★、い	34・11
に	助・格	近くなるほど★、	34・12
に	助・格	温習★往きたる日	34・12
に	助・格	往きたる日★は返	34・12
に	助・格	返り路★よぎりて	34・12
に	助・格	椅子★寄りて縫も	34・16
に	助・格	枯葉を紙上★掻寄	34・17
に	助・格	文学美術★係る新	36・1
に	助・格	文を作りし中★も	36・2
に	助・格	如何などの事★就	36・4
に	助・格	一つ★したる講筵	36・6
に	助・格	されど余は別★一	36・8
に	助・格	いかにといふ★、	36・8
に	助・格	独逸★若くはなか	36・9
に	助・格	新聞雑誌★散見す	36・10
に	助・格	散見する議論★は	36・10
に	助・格	曾て大学★繁く通	36・11
に	助・格	又写す程★、今ま	36・12
に	助・格	夢★も知らぬ境地	36・13
に	助・格	境地★到りぬ。彼	36・13
に	助・格	彼等の仲間★は独	36・14
に	助・格	一面★氷りて、朝	36・16
に	助・格	朝★戸を開けば飢	36・17
に	助・格	竈★火を焚きつけ	36・17
に	助・格	人★扶けられて帰	38・2
に	助・格	もの食ふごと★吐	38・3
に	助・格	日曜なれば家★在	38・6
に	助・格	床★臥すほどには	38・6
に	助・格	鉄炉の畔★椅子さ	38・7
に	助・格	この時戸口★人の	38・7
に	助・格	庖厨★ありしエリ	38・8
に	助・格	余★わたしつ。見	38・8
に	助・格	消印★は伯林とあ	38・9
に	助・格	知らする★由なか	38・10
に	助・格	こゝ★着せられし	38・11
に	助・格	天方大臣★附きて	38・11
に	助・格	報酬★関する書状	38・14
に	助・格	否、心★な掛けそ	38・15
に	助・格	こゝ★来てわれを	38・16
に	助・格	大臣★まみえもや	38・17
に	助・格	余が為め★手づか	40・3
に	助・格	我鏡★向きて見玉	40・4
に	助・格	社会など★出でん	40・9
に	助・格	友★こそ逢ひには	40・10

に　助・格　逢ひ★は行け。」　40・10
に　助・格　輪下★きしる雪道　40・11
に　助・格　外套を背★被ひて　40・12
に　助・格　エリス★接吻して　40・13
に　助・格　髪を朔風★吹かせ　40・14
に　助・格　門者★秘書官相沢　40・15
に　助・格　中央の柱★「プリ　40・16
に　助・格　正面★は鏡を立て　40・17
に　助・格　前房★入りぬ。外　40・17
に　助・格　大学★在りし日に　42・2
に　助・格　大学に在りし日★　42・2
に　助・格　室★入りて相対し　42・3
に　助・格　旧★比ぶれば肥え　42・3
に　助・格　意★介せざりきと　42・4
に　助・格　細叙する★も遑あ　42・5
に　助・格　引かれて大臣★謁　42・5
に　助・格　情★かゝづらひて　42・15
に　助・格　知れるが故★、強　42・17
に　助・格　朋友★利なく、お　44・1
に　助・格　おのれ★損あれば　44・1
に　助・格　其能を示す★若か　44・2
に　助・格　彼★誠ありとも、　44・3
に　助・格　大洋★舵を失ひし　44・6
に　助・格　余★示したる前途　44・6
に　助・格　猶ほ重霧の間★在　44・7
に　助・格　我中心★満足を与　44・8
に　助・格　貧きが中★も楽し　44・8
に　助・格　弱き心★は思ひ定　44・9
に　助・格　姑く友の言★従ひ　44・10
に　助・格　おのれ★敵するも　44・11
に　助・格　敵するもの★は抗　44・11
に　助・格　友★対して否とは　44・11
に　助・格　陶炉★火を焚きた　44・14
に　助・格　心の中★一種の寒　44・15
に　助・格　翻訳は一夜★なし　44・16
に　助・格　もて行く程★、初　44・17
に　助・格　後★は近比故郷に　44・17
に　助・格　折★触れては道中　46・1
に　助・格　突然われ★向ひて　46・3
に　助・格　魯西亜★向ひて出　46・3
に　助・格　公務★遑なき相沢　46・4
に　助・格　命★従はざらむ。　46・5
に　助・格　心を生じたる人★　46・7
に　助・格　為し難き★心づき　46・9
に　助・格　此日は翻訳の代★　46・11
に　助・格　エリス★預けつ。　46・12

に	助・格	彼は医者★見せし	46・13
に	助・格	旅立の事★はいた	46・15
に	助・格	身★合せて借りた	46・17
に	助・格	小「カバン」★入	48・2
に	助・格	跡★残らんも物憂	48・3
に	助・格	したらん★は影護	48・3
に	助・格	母★つけて知る人	48・4
に	助・格	入口★住む靴屋の	48・5
に	助・格	靴屋の主人★預け	48・5
に	助・格	魯国行★つきては	48・6
に	助・格	青雲の上★堕した	48・7
に	助・格	大臣の一行★随ひ	48・7
に	助・格	ペエテルブルク★	48・7
に	助・格	在りし間★余を囲	48・8
に	助・格	氷雪の裡★移した	48・8
に	助・格	「カミン」の火★	48・10
に	助・格	われなるがゆゑ★	48・11
に	助・格	賓主の間★周旋し	48・12
に	助・格	彼は日毎★書を寄	48・13
に	助・格	余が立ちし日★は	48・14
に	助・格	いつ★なく独りに	48・14
に	助・格	灯火★向はん事の	48・14
に	助・格	心憂さ★、知る人	48・14
に	助・格	夜★入るまでもの	48・15
に	助・格	家★還り、直ちに	48・15
に	助・格	猶独り跡★残りし	48・16
に	助・格	生計★苦みて、け	48・17
に	助・格	食なかりし折★も	50・1
に	助・格	故里★頼もしき族	50・3
に	助・格	此地★善き世渡の	50・4
に	助・格	東★還り玉はんと	50・5
に	助・格	此地★留りて、君	50・7
に	助・格	君が世★出で玉は	50・7
に	助・格	日★けに茂りゆく	50・8
に	助・格	過ぎし頃★は似で	50・11
に	助・格	わが東★往かん日	50・12
に	助・格	東に往かん日★は	50・12
に	助・格	農家★、遠き縁者	50・12
に	助・格	遠き縁者ある★、	50・13
に	助・格	大臣の君★重く用	50・14
に	助・格	君がベルリン★か	50・15
に	助・格	我身一つの進退★	50・17
に	助・格	我身★係らぬ他人	50・17
に	助・格	他人の事★つきて	50・17
に	助・格	自ら心★誇りしが	52・1
に	助・格	順境★のみありて	52・1

に	助・格	逆境★はあらず。	52・1
に	助・格	既に我★厚し。さ	52・3
に	助・格	余はこれ★未来の	52・4
に	助・格	望を繋ぐこと★は	52・4
に	助・格	今こゝ★心づきて	52・5
に	助・格	先★友の勧めしと	52・5
に	助・格	言葉の端★、本国	52・7
に	助・格	本国★帰りて後も	52・7
に	助・格	彼★向ひてエリス	52・9
に	助・格	大臣★告げやしけ	52・10
に	助・格	独逸★来し初に、	52・11
に	助・格	独逸に来し初★、	52・11
に	助・格	糸は解く★由なし	52・13
に	助・格	曩★これを操つり	52・13
に	助・格	天方伯の手中★在	52・14
に	助・格	倶にベルリン★帰	52・15
に	助・格	停車場★別を告げ	52・15
に	助・格	除夜★眠らず、元	52・16
に	助・格	元旦★眠るが習な	52・16
に	助・格	晴れたる日★映じ	54・1
に	助・格	クロステル街★曲	54・1
に	助・格	家の入口★駐りぬ	54・1
に	助・格	馭丁★「カバン」	54・2
に	助・格	登らんとする程★	54・3
に	助・格	駆け下る★逢ひぬ	54・3
に	助・格	我肩★倚りて、彼	54・9
に	助・格	肩の上★落ちぬ。	54・9
に	助・格	梯の上★立てり。	54・11
に	助・格	戸の外★出迎へし	54・12
に	助・格	エリスが母★、駅	54・12
に	助・格	エリス★伴はれ、	54・13
に	助・格	急ぎて室★入りぬ	54・13
に	助・格	机の上★は白き木	54・14
に	助・格	君★似て黒き瞳子	54・17
に	助・格	夢★のみ見しは君	54・17
に	助・格	産れたらん日★は	56・1
に	助・格	寺★入らん日はい	56・2
に	助・格	見上げたる目★は	56・3
に	助・格	家★のみ籠り居し	56・4
に	助・格	東★かへる心なき	56・6
に	助・格	世の用★は足りな	56・7
に	助・格	相沢★問ひしに、	56・8
に	助・格	この手★しも縋ら	56・10
に	助・格	人の海★葬られん	56・11
に	助・格	エリス★何とかい	56・14
に	助・格	譬へん★物なかり	56・15

に	助・格	思★沈みて行く程	56・15
に	助・格	沈みて行く程★、	56・16
に	助・格	馬車の馭丁★幾度	56・16
に	助・格	獣苑の傍★出でた	56・17
に	助・格	路の辺の楊★倚り	56・17
に	助・格	頭を楊背★持たせ	58・1
に	助・格	寒さ骨★徹すと覚	58・2
に	助・格	夜★入りて雪は繁	58・3
に	助・格	外套の肩★は一寸	58・3
に	助・格	軌道も雪★埋もれ	58・5
に	助・格	み得る程★はなり	58・6
に	助・格	我脳中★は唯々我	58・10
に	助・格	四階の屋根裏★は	58・12
に	助・格	暗き空★すかせば	58・13
に	助・格	鷺の如き雪片★、	58・13
に	助・格	風★弄ばるゝに似	58・14
に	助・格	風に弄ばるゝ★似	58・14
に	助・格	戸口★入りしより	58・14
に	助・格	机★倚りて襁褓縫	58・16
に	助・格	死人★等しき我面	60・1
に	助・格	いつの間★か失ひ	60・1
に	助・格	雪★汚れ、処々は	60・3
に	助・格	立つ★堪へねば、	60・4
に	助・格	その侭★地に倒れ	60・5
に	助・格	地★倒れぬ。人事	60・5
に	助・格	人事を知る程★な	60・6
に	助・格	慇にみとる程★、	60・7
に	助・格	かれ★隠したる顛	60・7
に	助・格	大臣★は病の事の	60・8
に	助・格	よきやう★繕ひ置	60・8
に	助・格	病床★侍するエリ	60・9
に	助・格	変りたる姿★驚き	60・9
に	助・格	数週の内★いたく	60・9
に	助・格	生計★は窮せざり	60・11
に	助・格	後★聞けば彼は相	60・12
に	助・格	相沢★逢ひしとき	60・12
に	助・格	相沢★与へし約束	60・12
に	助・格	大臣★聞え上げし	60・13
に	助・格	かくまで★我をば	60・14
に	助・格	その場★僵れぬ。	60・14
に	助・格	床★臥させしに、	60・15
に	助・格	顔★押しあて、涙	62・2
に	助・格	医★見せしに、過	62・4
に	助・格	癲狂院★入れむと	62・5
に	助・格	後★はかの襁褓一	62・6
に	助・格	身★つけて、幾度	62・6

に	助・格	大臣★随ひて帰東	62・10
に	助・格	帰東の途★上ぼり	62・10
に	助・格	エリスが母★微な	62・10
に	助・格	生計を営む★足る	62・11
に	助・格	胎内★遺しゝ子の	62・11
に	助・格	世★また得がたか	62・13
に	助・格	我脳裡★一点の彼	62・13
に	助・接	航海の習なる★、	10・1
に	助・接	しるされたりし★	10・16
に	助・接	驚かさぬはなき★	12・12
に	助・接	葬らでは愜はぬ★	22・13
に	助・接	家に送り行かん★	22・16
に	助・接	こゝは往来なる★	22・17
に	助・接	強く引きし★、中	24・5
に	助・接	助けんと思ひし★	26・10
に	助・接	価を取らすべき★	26・17
に	助・接	存亡の秋なる★、	32・4
に	助・接	あさくはあらぬ★	32・5
に	助・接	え読まぬがある★	36・14
に	助・接	我身の行末なる★	38・5
に	助・接	相沢が手なる★、	38・9
に	助・接	のたまふ★疾く来	38・12
に	助・接	概ね平滑なりし★	42・9
に	助・接	医者に見せし★常	46・13
に	助・接	一月ばかりなる★	46・15
に	助・接	点したる★、幾星	48・9
に	助・接	それさへある★、	50・10
に	助・接	思はるゝ★、相沢	52・6
に	助・接	相沢に問ひし★、	56・8
に	助・接	いひ難き★、もし	56・10
に	助・接	んとする★足の凍	58・6
に	助・接	開きて入りし★、	58・16
に	助・接	床に臥させし★、	60・15
に	助・接	医に見せし★、過	62・4
に	助・接	入れむとせし★、	62・6
似《に》	動・上一・未	貧家の女に★ず。	26・6
似	動・上一・未	過ぎし頃には★で	50・11
似	動・上一・用	攻むるに★たり。	16・4
似	動・上一・用	木の葉に★て、物	18・6
似	動・上一・用	我心は処女に★た	18・7
似	動・上一・用	君に★て黒き瞳子	54・17
似	動・上一・用	弄ばるゝに★たり	58・14
似合《にあ》はしから	形・シク・未	こゝに★ぬ価高き	26・3
日記《にき》	名・普	★ものせむとて買	8・9
日記	名・普	これや★の成らぬ	8・15
賑《にぎは》はしかり	形・シク・用	★しならめど、ふ	58・9

憎《にく》み	動・四・用	我をばよも★玉は	26・8
憎《にく》み思《おも》ひ	動(複)・四・用	★し官長は、遂に	28・11
憎《にく》む	動・四・体	彼を★こゝろ今日	62・14
二三《にさん》	名・数	★の法家の講筵に	14・13
二三種《にさんしゅ》	名・数	★の辞書などを、	48・1
二三日《にさんにち》	名・数	エリスは★前の夜	38・2
二三日	名・数	★の間は大臣をも	56・4
二三《にさん》「マルク」	名・数	★の銀貨あれど、	26・15
西《にし》	名・普	★に航せし昔の我	8・12
廿一年《にじふいちねん》	名・数	明治★の冬は来に	36・15
二十五歳《にじふごさい》	名・数	★になりて、既に	16・2
日曜《にちえう》	名・普	今朝は★なれば家	38・6
二通《につう》	名・数	★の書状に接しぬ	28・15
二通	名・数	この★は殆ど同時	28・15
日本人《につぽんじん》	名・普	往来する★を、知	34・11
にて	助・格	独逸★物学びせし	8・10
にて	助・格	わが故里★、独逸	14・6
にて	助・格	いづく★いつの間	14・7
にて	助・格	大学のかた★は、	14・12
にて	助・格	又大学★は法科の	16・12
にて	助・格	これのみ★は、な	16・16
にて	助・格	留学生の中★、或	16・17
にて	助・格	普魯西★は貴族め	20・4
にて	助・格	鼻音★物言ふ「レ	20・4
にて	助・格	一顧したるのみ★	22・4
にて	助・格	紙★張りたる下の	26・1
にて	助・格	室を出でし跡★、	26・6
にて	助・格	訛りたる言葉★云	26・7
にて	助・格	それ★足るべくも	26・15
にて	助・格	「これ★一時の急	26・16
にて	助・格	三番地★太田と尋	26・17
にて	助・格	我生涯★尤も悲痛	28・15
にて	助・格	薄き給金★繋がれ	30・6
にて	助・格	場外★はひとり身	30・8
にて	助・格	彼等の仲間★、賤	30・9
にて	助・格	このまゝ★郷にか	32・9
にて	助・格	光りを取れる室★	34・6
にて	助・格	石卓の上★忙はし	34・8
にて	助・格	側の机★、余は新	34・16
にて	助・格	諸国の間★独逸に	36・9
にて	助・格	表街の人道★こそ	36・15
にて	助・格	舞台★卒倒しつと	38・2
にて	助・格	これ★見苦しとは	40・4
にて	助・格	こゝ★脱ぎ、廊を	42・1
にて	助・格	独逸語★記せる文	42・6
にて	助・格	食卓★は彼多く問	42・9

にて	助・格	伯が心中★曲庇者	44・1
にて	助・格	故郷★ありしこと	44・17
にて	助・格	道中★人々の失錯	46・1
にて	助・格	うべなひし上★、	46・8
にて	助・格	これ★露西亜より	46・12
にて	助・格	鉄路★は遠くもあ	46・17
にて	助・格	停車場★涙こぼし	48・3
にて	助・格	独り★灯火に向は	48・14
にて	助・格	知る人の許★夜に	48・15
にて	助・格	否といふ字★起し	50・3
にて	助・格	こゝ★は今も除夜	52・16
にて	助・格	呆れたる面もち★	54・4
にて	助・格	髭の内★云ひしが	54・4
にて	助・格	君が正しき心★、	56・1
にて	助・格	語学のみ★世の用	56・7
にて	助・格	椎★打たるゝ如く	58・1
にて	助・格	両手★擦りて、漸	58・6
にて	助・格	幾度か道★跌き倒	60・2
にて	助・格	相沢の助★日々の	60・10
にて	助・格	過劇なる心労★急	62・4
庭《には》	名・普	厳しき★の訓を受	10・13
俄《にはか》に	形動・ナリ・用	心の★強くなりて	32・2
俄に	形動・ナリ・用	★座より躍り上が	60・13
遽《にはか》に	形動・ナリ・用	また★心づきたる	60・17
鈍《にぶ》き	形・ク・体	わが★心なり。余	50・16
ニル、アドミラリイ	名・普	一種の「★」の気	8・10
二列《にれつ》ぼたん	名（数＋普）・普	★の服を出して着	40・2

ぬ

ぬ	助動・消・体	新なら★はなく、	8・5
ぬ	助動・消・体	身の程知ら★放言	8・7
ぬ	助動・消・体	心に飽き足ら★と	8・13
ぬ	助動・消・体	日記の成ら★縁故	8・15
ぬ	助動・消・体	人知ら★恨に頭の	10・3
ぬ	助動・消・体	目を驚かさ★はな	12・12
ぬ	助動・消・体	問は★ことなかり	14・7
ぬ	助動・消・体	我なら★我を攻む	16・4
ぬ	助動・消・体	あら★を論じて、	16・10
ぬ	助動・消・体	人なみなら★面も	16・15
ぬ	助動・消・体	面白から★関係あ	18・1
ぬ	助動・消・体	棒をも取ら★を、	18・3
ぬ	助動・消・体	顧み★程の勇気あ	18・10
ぬ	助動・消・体	せきあへ★涙に手	18・14
ぬ	助動・消・体	まだ取入れ★人家	20・12
ぬ	助動・消・体	彼は料ら★深き歎	22・5

ぬ　助動・消・体　葬らでは悵は★に　22・13
ぬ　助動・消・体　似合はしから★価　26・3
ぬ　助動・消・体　否とはいはせ★媚　26・14
ぬ　助動・消・体　自らは知ら★にや　26・14
ぬ　助動・消・体　業に堕ち★は稀な　30・9
ぬ　助動・消・体　あさくはあら★に　32・5
ぬ　助動・消・体　いふに足ら★ほど　32・16
ぬ　助動・消・体　多くもあら★金を　34・7
ぬ　助動・消・体　知ら★人は何とか　34・11
ぬ　助動・消・体　多くもあら★蔵書　36・5
ぬ　助動・消・体　夢にも知ら★境地　36・13
ぬ　助動・消・体　え読ま★があるに　36・14
ぬ　助動・消・体　踏み慣れ★大理石　40・16
ぬ　助動・消・体　え対へ★が常なり　44・12
ぬ　助動・消・体　常なら★身なりと　46・13
ぬ　助動・消・体　遠くもあら★旅な　46・17
ぬ　助動・消・体　留り玉は★ことや　50・4
ぬ　助動・消・体　我身の常なら★が　50・9
ぬ　助動・消・体　我身に係ら★他人　50・17
ぬ　助動・消・体　免すべから★罪人　58・10
ぬ　助動・完・終　あまりを経★。世　8・17
ぬ　助動・完・終　都に来★。余は模　12・5
ぬ　助動・完・終　悟りたりと思ひ★　16・6

ぬ　助動・完・終　嚙む境に入り★。　16・13
ぬ　助動・完・終　讒誣するに至り★　18・1
ぬ　助動・完・終　することゝなり★　20・7
ぬ　助動・完・終　古寺の前に来★。　20・10
ぬ　助動・完・終　エリス帰り★と答　24・6
ぬ　助動・完・終　これすぎ★といふ　24・11
ぬ　助動・完・終　戸は再び明き★。　24・13
ぬ　助動・完・終　机の上に置き★。　26・16
ぬ　助動・完・終　書状に接し★。こ　28・15
ぬ　助動・完・終　誤字少なくなり★　30・14
ぬ　助動・完・終　秘め玉へと云ひ★　30・17
ぬ　助動・完・終　我命はせまり★。　32・9
ぬ　助動・完・終　月日を送り★。朝　34・3
ぬ　助動・完・終　我学問は荒み★。　34・15
ぬ　助動・完・終　我学問は荒み★。　36・8
ぬ　助動・完・終　境地に到り★。彼　36・13
ぬ　助動・完・終　窓の下まで来★。　40・12
ぬ　助動・完・終　車を見送り★。余　40・14
ぬ　助動・完・終　前房に入り★。外　40・17
ぬ　助動・完・終　共にせんといひ★　42・8
ぬ　助動・完・終　情交は深くなり★　44・3
ぬ　助動・完・終　往きつき★とも、　44・8
ぬ　助動・完・終　籍を除き★と言ひ　46・14

ぬ	助動・完・終	預けて出で★。魯	48・5
ぬ	助動・完・終	らずやと思ひ★。	48・16
ぬ	助動・完・終	いたく争ひ★。さ	50・11
ぬ	助動・完・終	心折れ★。わが東	50・12
ぬ	助動・完・終	入口に駐まり★。	54・2
ぬ	助動・完・終	駆け下るに逢ひ★	54・3
ぬ	助動・完・終	肩の上に落ち★。	54・9
ぬ	助動・完・終	急ぎて室に入り★	54・13
ぬ	助動・完・終	余は驚き★。机の	54・13
ぬ	助動・完・終	使して招かれ★。	56・5
ぬ	助動・完・終	程にはなり★。足	58・6
ぬ	助動・完・終	「あ」と叫び★。	58・16
ぬ	助動・完・終	地に倒れ★。人事	60・5
ぬ	助動・完・終	姿に驚き★。彼は	60・9
ぬ	助動・完・終	その場に僵れ★。	60・15
ぬ	助動・完・終	涙を流して泣き★	62・2
ぬ	助動・完・終	病は全く癒え★。	62・9
ぬ	助動・完・終	事をも頼みおき★	62・12
額《ぬか》	名・普	貧苦の痕を★に印	24・7
額	名・普	黒がねの★はあり	56・14
脱《ぬ》ぎ	動・四・用	こゝにて★、廊を	42・1
ぬし	接尾	我豊太郎★、かく	60・14
偸《ぬす》み	動・四・用	業の隙を★て足を	34・8
縫《ぬ》ひ	動・四・用	襤褸★たりしエリ	58・16
縫《ぬひ》もの	名（動・四・用＋名）・普	★などする側の机	34・16
濡《ぬ》らし	動・四・用	手巾を★つるを我	18・14
塗《ぬ》り	動・四・用	赤く白く面を★て	20・2
ぬる	助動・完・体	幾年をか経★を。	40・10
ぬる	助動・完・体	底をば今ぞ知り★	50・3
ぬれ	助動・完・已	知られ★ば、彼等	28・6
ぬれ	助動・完・已	包み隠し★ど、彼	30・16

ね

ね	助動・消・已	こは余を知ら★ば	18・5
ね	助動・消・已	言葉に従は★ばと	22・12
ね	助動・消・已	相にはあら★ど、	24・7
ね	助動・消・已	べくもあら★ば、	26・15
ね	助動・消・已	まだ刪られ★ど、	36・6
ね	助動・消・已	ほどにはあら★ど	38・7
ね	助動・消・已	測り知る所なら★	56・7
ね	助動・消・已	運びの捗ら★ば、	58・7
ね	助動・消・已	立つに堪へ★ば、	60・4
ね	助動・消・已	病床をば離れ★ど	62・7
労《ねぎら》ひ	動・四・用	馭丁を★玉へと銀	54・12
嫉《ねた》み	動・四・用	且は★たりけん。	18・4
嫉《ねた》む	動・四・体	されど★はおろか	18・17

嫉む	動・四・体	余を★のみならで	20・6
捩《ね》ぢ曲《ま》げ	動（複）・下二・用	先きを★たるに、	24・4
熱《ねつ》	名・普	★劇しくて譫言の	60・6
熱《ねつ》し	動（複）・サ・用	灼くが如く★、椎	58・1
捩《ねぢ》る	動・上二・体	鍵を★には猶程も	10・11
合《ね》歓《む》	名・普	かの★といふ木の	18・6
眠《ねむ》ら	動・四・未	除夜に★ず、元旦	52・16
眠《ねむ》る	動・四・体	元旦に★が習なれ	52・16
念《ねん》	名・普	功名の★と、検束	12・6
念	名・普	故郷を憶ふ★と栄	54・7
念	名・普	思ふ★、心頭を衝	56・12
懇《ねんごろ》に	形動・ナリ・用	エリスが★みとる	60・7

の

の	助・格	中等室★卓のほと	8・1
の	助・格	中等室の卓★ほと	8・1
の	助・格	熾熱灯★光の晴れ	8・1
の	助・格	熾熱灯の光★晴れ	8・1
の	助・格	五年前★事なりし	8・3
の	助・格	平生★望足りて、	8・3
の	助・格	洋行★官命を蒙り	8・4
の	助・格	このセイゴン★港	8・4
の	助・格	当時★新聞に載せ	8・6
の	助・格	世★人にもてはや	8・6
の	助・格	身★程知らぬ放言	8・7
の	助・格	尋常★動植金石、	8・7
の	助・格	白紙★まゝなるは	8・9
の	助・格	一種★「ニル、ア	8・10
の	助・格	アドミラリイ」★	8・10
の	助・格	東に還る今★我は	8・12
の	助・格	西に航せし昔★我	8・12
の	助・格	浮世★うきふしを	8・13
の	助・格	人★心の頼みがた	8・13
の	助・格	人の心★頼みがた	8・13
の	助・格	きのふ★是はけふ	8・14
の	助・格	けふ★非なるわが	8・14
の	助・格	わが瞬間★感触を	8・15
の	助・格	これや日記★成ら	8・15
の	助・格	ブリンヂイシイ★	8・17
の	助・格	生面★客にさへ交	10・1
の	助・格	旅★憂さを慰めあ	10・1
の	助・格	慰めあふが航海★	10・1
の	助・格	房★裡にのみ籠り	10・2
の	助・格	同行★人々にも物	10・2
の	助・格	物言ふこと★少な	10・2
の	助・格	一抹★雲の如く我	10・3

の	助・格	一抹の雲★如く我	10・3
の	助・格	瑞西★山色をも見	10・4
の	助・格	伊太利★古蹟にも	10・4
の	助・格	今は心★奥に凝り	10・6
の	助・格	一点★翳とのみな	10・6
の	助・格	声に応ずる響★如	10・7
の	助・格	限なき懐旧★情を	10・7
の	助・格	若し外★恨なりせ	10・8
の	助・格	房奴★来て電気線	10・11
の	助・格	電気線★鍵を捩る	10・11
の	助・格	厳しき庭★訓を受	10・13
の	助・格	学問★荒み衰ふる	10・14
の	助・格	旧藩★学館にあり	10・14
の	助・格	一級★首にしるさ	10・15
の	助・格	一人子★我を力に	10・16
の	助・格	世を渡る母★心は	10・16
の	助・格	十九★歳には学士	10・17
の	助・格	学士★称を受けて	10・17
の	助・格	大学★立ちてより	10・17
の	助・格	官長★覚え殊なり	12・2
の	助・格	一課★事務を取り	12・2
の	助・格	取り調べよと★命	12・3
の	助・格	心★勇み立ちて、	12・3
の	助・格	ベルリン★都に来	12・5
の	助・格	模糊たる功名★念	12・6
の	助・格	欧羅巴★新大都の	12・7
の	助・格	新大都★中央に立	12・7
の	助・格	何等★光彩ぞ、我	12・7
の	助・格	何等★色沢ぞ、我	12・7
の	助・格	この大道髪★如き	12・9
の	助・格	石だゝみ★人道を	12・10
の	助・格	隊々★士女を見よ	12・10
の	助・格	肩聳えたる士官★	12・10
の	助・格	まだ維廉一世★街	12・10
の	助・格	様々★色に飾り成	12・11
の	助・格	少女★巴里まねび	12・12
の	助・格	巴里まねび★粧し	12・12
の	助・格	車道★土瀝青の上	12・13
の	助・格	車道の土瀝青★上	12・13
の	助・格	いろ〳〵★馬車、	12・13
の	助・格	楼閣★少しとぎれ	12・13
の	助・格	夕立★音を聞かせ	12・14
の	助・格	噴井★水、遠く望	12・14
の	助・格	凱旋塔★神女の象	12・16
の	助・格	凱旋塔の神女★像	12・16
の	助・格	この許多★景物目	12・16

の	助・格	景物目睫★間に聚	12・16
の	助・格	心をば動さじ★誓	14・1
の	助・格	おほやけ★紹介状	14・3
の	助・格	東来★意を告げし	14・3
の	助・格	普魯西★官員は、	14・4
の	助・格	公使館より★手つ	14・4
の	助・格	仏蘭西★語を学び	14・6
の	助・格	いつ★間にかくは	14・7
の	助・格	さて官事★暇ある	14・8
の	助・格	おほやけ★許をば	14・8
の	助・格	ところ★大学に入	14・8
の	助・格	おほやけ★打合せ	14・10
の	助・格	大学★かたにては	14・12
の	助・格	特科★あるべうも	14・13
の	助・格	二三★法家の講筵	14・13
の	助・格	二三の法家★講筵	14・13
の	助・格	夢★如くにたちし	14・15
の	助・格	人★好尚なるらむ	14・16
の	助・格	余は父★遺言を守	14・16
の	助・格	母★教に従ひ、人	14・16
の	助・格	人★神童なりなど	14・16
の	助・格	官長★善き働き手	14・17
の	助・格	器械的★人物にな	16・1
の	助・格	自由なる大学★風	16・2
の	助・格	心★中なにとなく	16・3
の	助・格	まこと★我は、や	16・3
の	助・格	きのふまで★我な	16・4
の	助・格	余は我身★今の世	16・4
の	助・格	余は我身の今★世	16・5
の	助・格	法制★細目に拘ふ	16・10
の	助・格	一たび法★精神を	16・10
の	助・格	破竹★如くなるべ	16・11
の	助・格	法科★講筵を余所	16・12
の	助・格	心★まゝに用ゐる	16・14
の	助・格	独立★思想を懐き	16・14
の	助・格	余が当時★地位な	16・16
の	助・格	伯林★留学生の中	16・17
の	助・格	伯林の留学生★中	16・17
の	助・格	一群と余と★間に	16・17
の	助・格	余が倶に麦酒★杯	18・3
の	助・格	球突き★棒をも取	18・3
の	助・格	長者★教を守りて	18・7
の	助・格	学★道をたどりし	18・7
の	助・格	仕★道をあゆみし	18・8
の	助・格	耐忍勉強★力と見	18・8
の	助・格	人★たどらせたる	18・9

の	助・格	余所に心★乱れざ	18・10
の	助・格	顧みぬ程★勇気あ	18・10
の	助・格	我有為★人物なる	18・12
の	助・格	又我心★能く耐へ	18・12
の	助・格	舟★横浜を離るゝ	18・13
の	助・格	母★手に育てられ	18・16
の	助・格	彼人々★嘲るはさ	18・17
の	助・格	赫然たる色★衣を	20・2
の	助・格	此等★勇気なけれ	20・5
の	助・格	活発なる同郷★人	20・5
の	助・格	この交際★疎きが	20・6
の	助・格	暫時★間に無量の	20・7
の	助・格	無量★艱難を閲し	20・8
の	助・格	或る日★夕暮なり	20・9
の	助・格	モンビシユウ街★	20・10
の	助・格	クロステル巷★古	20・10
の	助・格	古寺★前に来ぬ。	20・10
の	助・格	灯火★海を渡り来	20・11
の	助・格	楼上★木欄に干し	20・11
の	助・格	猶太教徒★翁が戸	20・12
の	助・格	一つ★梯は直ちに	20・13
の	助・格	他★梯は窖住まひ	20・13
の	助・格	窖住まひ★鍛冶が	20・13
の	助・格	凹字★形に引籠み	20・14
の	助・格	此三百年前★遺跡	20・14
の	助・格	心★恍惚となりて	20・15
の	助・格	寺門★扉に倚りて	20・16
の	助・格	泣くひとり★少女	20・17
の	助・格	洩れたる髪★色は	20・17
の	助・格	余に詩人★筆なけ	22・2
の	助・格	愁を含める目★、	22・3
の	助・格	我心★底までは徹	22・4
の	助・格	憐憫★情に打ち勝	22・6
の	助・格	彼★如く酷くはあ	22・10
の	助・格	又た我母★如く。	22・10
の	助・格	涙★泉は又溢れて	22・11
の	助・格	母はわが彼★言葉	22・12
の	助・格	家に一銭★貯だに	22・13
の	助・格	跡は欷歔★声のみ	22・15
の	助・格	少女★顫ふ項にの	22・15
の	助・格	人★見るが厭はし	24・2
の	助・格	く少女★跡に附き	24・2
の	助・格	寺★筋向ひなる大	24・2
の	助・格	石★梯あり。これ	24・3
の	助・格	潜るべき程★戸あ	24・4
の	助・格	鏽びたる針金★先	24・4

の	助・格	老媼★声して、「	24・5
の	助・格	貧苦★痕を額に印	24・7
の	助・格	面★老媼にて、古	24・7
の	助・格	古き獣綿★衣を着	24・7
の	助・格	エリス★余に会釈	24・8
の	助・格	ふと油灯★光に透	24・10
の	助・格	少女が父★名なる	24・12
の	助・格	さき★老媼は慇懃	24・13
の	助・格	おのが無礼★振舞	24・13
の	助・格	戸★内は厨にて、	24・14
の	助・格	右手★低き窓に、	24・14
の	助・格	煉瓦★竈あり。正	24・15
の	助・格	正面★一室の戸は	24・15
の	助・格	正面の一室★戸は	24・15
の	助・格	竈★側なる戸を開	24・16
の	助・格	マンサルド★街に	24・17
の	助・格	隅★屋根裏より窓	26・1
の	助・格	張りたる下★、立	26・1
の	助・格	立たば頭★支ふべ	26・2
の	助・格	乳★如き色の顔は	26・5
の	助・格	乳の如き色★顔は	26・5
の	助・格	手足★繊く裊なる	26・5
の	助・格	貧家★女に似ず。	26・6
の	助・格	老媼★室を出でし	26・6
の	助・格	父★葬、たのみに	26・8
の	助・格	ヰクトリア」座★	26・9
の	助・格	人★憂に附けこみ	26・10
の	助・格	母★言葉に。」彼	26・12
の	助・格	この目★働きは知	26・14
の	助・格	二三「マルク」★	26・15
の	助・格	机★上に置きぬ。	26・16
の	助・格	一時★急を凌ぎ玉	26・16
の	助・格	質屋★使のモンビ	26・16
の	助・格	質屋の使★モンビ	26・17
の	助・格	辞別★ために出し	28・1
の	助・格	我手★背に濺ぎつ	28・2
の	助・格	何等★悪因ぞ。こ	28・3
の	助・格	我読書★窓下に、	28・4
の	助・格	一輪★名花を咲か	28・5
の	助・格	余と少女と★交漸	28・5
の	助・格	色を舞姫★群に漁	28・7
の	助・格	二人★間にはまだ	28・7
の	助・格	同郷人★中に事を	28・9
の	助・格	官長★許に報じつ	28・10
の	助・格	余が頗る学問★岐	28・11
の	助・格	公★助をば仰ぐべ	28・13

の　助・格　仰ぐべからずと★　28・14
の　助・格　余は一週日★猶予　28・14
の　助・格　二通★書状に接し　28・15
の　助・格　一は母★自筆、一　28・16
の　助・格　母★死を、我また　28・16
の　助・格　母★死を報じたる　28・17
の　助・格　余は母★書中の言　28・17
の　助・格　母の書中★言をこ　28・17
の　助・格　涙★迫り来て筆の　30・1
の　助・格　筆★運を妨ぐれば　30・1
の　助・格　エリスと★交際は　30・2
の　助・格　彼は父★貧きがた　30・3
の　助・格　十五★時舞の師の　30・3
の　助・格　十五の時舞★師の　30・3
の　助・格　舞の師★つのりに　30・3
の　助・格　場中第二★地位を　30・5
の　助・格　当世★奴隷といひ　30・5
の　助・格　舞姫★身の上なり　30・6
の　助・格　昼★温習、夜の舞　30・6
の　助・格　夜★舞台と繋しく　30・7
の　助・格　芝居★化粧部屋に　30・7
の　助・格　ひとり身★衣食も　30・8
の　助・格　彼等★仲間にて、　30・9
の　助・格　剛気ある父★守護　30・11
の　助・格　貸本屋★小説のみ　30・12
の　助・格　言葉★訛をも正し　30・13
の　助・格　余等二人★間には　30・15
の　助・格　先づ師弟★交りを　30・15
の　助・格　我が不時★免官を　30・15
の　助・格　余は彼が身★事に　30・16
の　助・格　こは母★余が学資　30・17
の　助・格　彼を愛づる心★俄　32・2
の　助・格　我一身★大事は前　32・3
の　助・格　危急存亡★秋なる　32・4
の　助・格　鬢★毛の解けてか　32・6
の　助・格　鬢の毛★解けてか　32・6
の　助・格　悲痛感慨★刺激に　32・7
の　助・格　恍惚★間にこゝに　32・8
の　助・格　る身★浮ぶ瀬あら　32・10
の　助・格　我同行★一人なる　32・12
の　助・格　既に天方伯★秘書　32・13
の　助・格　余が免官★官報に　32・13
の　助・格　某新聞紙★編輯長　32・13
の　助・格　余を社★通信員と　32・14
の　助・格　学芸★事などを報　32・14
の　助・格　社★報酬はいふに　32・16

の　助・格　心★誠を顕はして　32・17
の　助・格　助★綱をわれに投　34・1
の　助・格　彼等親子★家に寄　34・2
の　助・格　有るか無きか★収　34・3
の　助・格　朝★咖啡果つれば　34・4
の　助・格　キヨオニヒ街★間　34・5
の　助・格　取引所★業の隙を　34・8
の　助・格　取引所の業★隙を　34・8
の　助・格　冷なる石卓★上に　34・8
の　助・格　一盞★咖啡の冷む　34・9
の　助・格　咖啡★冷むるをも　34・9
の　助・格　明きたる新聞★細　34・10
の　助・格　かたへ★壁に、い　34・10
の　助・格　掌上★舞をもなし　34・13
の　助・格　屋根裏★一灯微に　34・15
の　助・格　側★机にて、余は　34・16
の　助・格　余は新聞★原稿を　34・16
の　助・格　昔し★法令条目の　34・16
の　助・格　法令条目★枯葉を　34・17
の　助・格　政界★運動、文学　34・17
の　助・格　新現象★批評など　36・1
の　助・格　力★及ばん限り、　36・1
の　助・格　様々★文を作りし　36・2

の　助・格　仏得力三世と★崩　36・3
の　助・格　新帝★即位、ビス　36・3
の　助・格　ビスマルク侯★進　36・3
の　助・格　進退如何など★事　36・3
の　助・格　大学★籍はまだ刪　36・5
の　助・格　収むること★難け　36・6
の　助・格　一種★見識を長じ　36・8
の　助・格　凡そ民間学★流布　36・9
の　助・格　欧州諸国★間にて　36・9
の　助・格　幾百種★新聞雑誌　36・10
の　助・格　一隻★眼孔もて、　36・11
の　助・格　一筋★道をのみ走　36・12
の　助・格　同郷★留学生など　36・13
の　助・格　留学生など★大か　36・13
の　助・格　彼等★仲間には独　36・13
の　助・格　独逸新聞★社説を　36・14
の　助・格　明治廿一年★冬は　36・15
の　助・格　表街★人道にてこ　36・15
の　助・格　街★あたりは凸凹　36・16
の　助・格　凸凹坎坷★処は見　36・16
の　助・格　雀★落ちて死にた　36・17
の　助・格　壁★石を徹し、衣　38・1
の　助・格　衣★綿を穿つ北欧　38・1

の	助・格	北欧羅巴★寒さは	38・1
の	助・格	二三日前★夜、舞	38・2
の	助・格	我身★行末なるに	38・5
の	助・格	小き鉄炉★畔に椅	38・7
の	助・格	人★声して、程な	38・7
の	助・格	郵便★書状を持て	38・8
の	助・格	普魯西★ものにて	38・9
の	助・格	とみ★事にて予め	38・10
の	助・格	伯★汝を見まほし	38・11
の	助・格	故郷より★文なり	38・14
の	助・格	新聞社★報酬に関	38・14
の	助・格	二列ぼたん★服を	40・2
の	助・格	豊太郎★君とは見	40・6
の	助・格	我病は母★宣ふ如	40・8
の	助・格	出でん★望みは絶	40・9
の	助・格	エリスが母★呼び	40・11
の	助・格	雪道を窓★下まで	40・12
の	助・格	オフ」★入口なり	40・15
の	助・格	相沢が室★番号を	40・15
の	助・格	大理石★階を登り	40・16
の	助・格	中央★柱に「プリ	40・16
の	助・格	室★前まで往きし	42・1
の	助・格	品行★方正なるを	42・2
の	助・格	快活★気象、我失	42・4
の	助・格	別後★情を細叙す	42・5
の	助・格	文書★急を要する	42・6
の	助・格	翻訳せよと★事な	42・6
の	助・格	大臣★室を出でし	42・7
の	助・格	他★凡庸なる諸生	42・12
の	助・格	物語★畢りしとき	42・13
の	助・格	この一段★ことは	42・13
の	助・格	一少女★情にかゝ	42・15
の	助・格	利用せん★心のみ	42・16
の	助・格	当時★免官の理由	42・17
の	助・格	免官★理由を知れ	42・17
の	助・格	伯★信用を求めよ	44・2
の	助・格	彼少女と★関係は	44・3
の	助・格	人材を知りて★こ	44・4
の	助・格	一種★惰性より生	44・4
の	助・格	その言★おほむね	44・5
の	助・格	示したる前途★方	44・7
の	助・格	猶ほ重霧★間に在	44・7
の	助・格	楽しきは今★生活	44・9
の	助・格	姑く友★言に従ひ	44・10
の	助・格	二重★玻璃窓を緊	44・13
の	助・格	「ホテル」★食堂	44・14

の　助・格　午後四時★寒さは　44・14
の　助・格　余は心★中に一種　44・15
の　助・格　一種★寒さを覚え　44・15
の　助・格　伯★言葉も用事の　44・17
の　助・格　人々★失錯ありし　46・1
の　助・格　咄嗟★間、その答　46・7
の　助・格　その答★範囲を善　46・8
の　助・格　強て当時★心虚な　46・9
の　助・格　此日は翻訳★代に　46・11
の　助・格　翻訳★代をばエリ　46・11
の　助・格　帰り来んまで★費　46・12
の　助・格　貧血★性なりしゆ　46・13
の　助・格　休むこと★あまり　46・14
の　助・格　旅立★事にはいた　46・15
の　助・格　ゴタ板★魯廷の貴　48・1
の　助・格　魯廷★貴族譜、二　48・1
の　助・格　二三種★辞書など　48・1
の　助・格　靴屋★主人に預け　48・5
の　助・格　青雲★上に堕した　48・7
の　助・格　余が大臣★一行に　48・7
の　助・格　巴里絶頂★驕奢を　48・8
の　助・格　氷雪★裡に移した　48・8
の　助・格　移したる王城★粧　48・8
の　助・格　黄蝋★燭を幾つ共　48・9
の　助・格　幾星★勲章、幾枝　48・9
の　助・格　幾枝★「エポレツ　48・9
の　助・格　彫鏤★工を尽した　48・10
の　助・格　「カミン」★火に　48・10
の　助・格　宮女★扇の閃きな　48・10
の　助・格　宮女の扇★閃きな　48・11
の　助・格　賓主★間に周旋し　48・12
の　助・格　灯火に向はん事★　48・14
の　助・格　知る人★許にて夜　48・15
の　助・格　次★朝目醒めし時　48・16
の　助・格　起き出でし時★心　48・17
の　助・格　けふ★日の食なか　48・17
の　助・格　けふの日★食なか　48・17
の　助・格　彼が第一★書の略　50・1
の　助・格　第一の書★略なり　50・1
の　助・格　程経て★ふみは、　50・2
の　助・格　君を思ふ心★深き　50・3
の　助・格　世渡★たつきあら　50・4
の　助・格　暫し★旅とて立出　50・8
の　助・格　別離★思は日にけ　50・8
の　助・格　たゞ一瞬★苦艱な　50・9
の　助・格　我身★常ならぬが　50・9

の　助・格　我身★過ぎし頃に　50・11
の　助・格　わたり★農家に、　50・12
の　助・格　大臣★君に重く用　50・13
の　助・格　路用★金は兎も角　50・14
の　助・格　我身一つ★進退に　50・17
の　助・格　他人★事につきて　50・17
の　助・格　我と人と★関係を　52・2
の　助・格　頼みし胸中★鏡は　52・2
の　助・格　未来★望を繋ぐこ　52・4
の　助・格　先に友★勧めしと　52・5
の　助・格　大臣★信用は屋上　52・6
の　助・格　屋上★禽の如くな　52・6
の　助・格　禽★如くなりしが　52・6
の　助・格　この頃★言葉の端　52・7
の　助・格　この頃の言葉★端　52・7
の　助・格　大臣★かく宣ひし　52・8
の　助・格　エリスと★関係を　52・9
の　助・格　放たれし鳥★暫し　52・12
の　助・格　足★糸は解くに由　52・13
の　助・格　我某省★官長にて　52・14
の　助・格　天方伯★手中に在　52・14
の　助・格　余が大臣★一行と　52・14
の　助・格　新年★旦なりき。　52・15
の　助・格　路上★雪は稜角あ　52・17
の　助・格　家★入口に駐りぬ　54・1
の　助・格　エリス★梯を駆け　54・3
の　助・格　髭★内にて云ひし　54・4
の　助・格　踟蹰★思は去りて　54・8
の　助・格　彼★頭は我肩に倚　54・9
の　助・格　が喜び★涙ははら　54・9
の　助・格　肩★上に落ちぬ。　54・9
の　助・格　鑼★如く叫びし馭　54・10
の　助・格　梯★上に立てり。　54・10
の　助・格　戸★外に出迎へし　54・12
の　助・格　机★上には白き木　54・13
の　助・格　一つ★木綿ぎれを　54・16
の　助・格　心★楽しさを思ひ　54・16
の　助・格　二三日★間は大臣　56・4
の　助・格　たび★疲やおはさ　56・4
の　助・格　或る日★夕暮使し　56・5
の　助・格　露西亜行★労を問　56・6
の　助・格　世★用には足りな　56・7
の　助・格　滞留★余りに久し　56・7
の　助・格　様々★係累もやあ　56・8
の　助・格　相沢★言を偽なり　56・9
の　助・格　欧州大都★人の海　56・11

の　助・格　欧州大都の人★海　56・11
の　助・格　何等★特操なき心　56・12
の　助・格　黒がね★額はあり　56・14
の　助・格　出でしとき★我心　56・15
の　助・格　心★錯乱は譬へん　56・15
の　助・格　余は道★東西をも　56・15
の　助・格　馬車★馭丁に幾度　56・16
の　助・格　獣苑★傍に出でた　56・17
の　助・格　路★辺の榻に倚り　56・17
の　助・格　路の辺★榻に倚り　56・17
の　助・格　帽★庇、外套の肩　58・3
の　助・格　外套★肩には一寸　58・3
の　助・格　カルヽ街通ひ★鉄　58・4
の　助・格　鉄道馬車★軌道も　58・4
の　助・格　門★畔の瓦斯灯は　58・5
の　助・格　門の畔★瓦斯灯は　58・5
の　助・格　足★凍えたれば、　58・6
の　助・格　足★運びの捗らね　58・7
の　助・格　足の運び★捗らね　58・7
の　助・格　一月上旬★夜なれ　58・8
の　助・格　リンデン★酒家、　58・9
の　助・格　猶ほ人★出入盛り　58・9
の　助・格　四階★屋根裏には　58・12

- - - - - - - - - - - - - - - - - - - -

の　助・格　炯然たる一星★火　58・12
の　助・格　鷲★如き雪片に、　58・13
の　助・格　身★節の痛み堪へ　58・14
の　助・格　身の節★痛み堪へ　58・15
の　助・格　室★戸を開きて入　58・15
の　助・格　おん身★姿は。驚　58・17
の　助・格　帽をばいつ★間に　60・1
の　助・格　泥まじり★雪に汚　60・3
の　助・格　膝★頻りに戦かれ　60・4
の　助・格　数週★後なりき。　60・6
の　助・格　大臣には病★事の　60・8
の　助・格　この数週★内にい　60・9
の　助・格　灰色★頬は落ちた　60・10
の　助・格　相沢★助にて日々　60・10
の　助・格　日々★生計には窮　60・10
の　助・格　さながら土★如く　60・13
の　助・格　傍★人をも見知ら　60・16
の　助・格　母★取りて与ふる　62・1
の　助・格　机★上なりし襁褓　62・1
の　助・格　精神★作用は殆全　62・3
の　助・格　赤子★如くなり。　62・4
の　助・格　治癒★見込なしと　62・5
の　助・格　ダルドルフ★癲狂　62・5

の	助・格	千行★涙を濺ぎし	62・9
の	助・格	帰東★途に上ぼり	62・10
の	助・格	営むに足るほど★	62・11
の	助・格	狂女★胎内に遺し	62・11
の	助・格	胎内に遺しゝ子★	62・11
の	助・格	生れむをり★事を	62・12
の	助・格	一点★彼を憎むこ	62・14
の（ゝ）	助・格	こゝに来しもの★	12・17
能《のう》	名・普	其★を示すに若か	44・2
農家《のうか》	名・普	★に、遠き縁者あ	50・12
逭《のが》れ	動・下二・用	これを★しは、お	30・10
遺《のこ》し	動・四・用	胎内に★ゝ子の生	62・11
残《のこ》ら	動・四・未	跡に★んも物憂か	48・3
残《のこ》り	動・四・用	独り跡に★しこと	48・16
残《のこ》れ	動・四・已	舟に★るは余一人	8・3
残れ	動・四・已	今日までも★りけ	62・14
載《の》せ	動・下二・未	新聞に★られて、	8・6
除《のぞ》き	動・四・用	籍を★ぬと言ひお	46・14
望《のぞみ》	名（動・四・用の転）・普	平生の★足りて、	8・3
望	名（動・四・用の転）・普	未来の★を繋ぐこ	52・4
望《のぞ》み	名（動・四・用の転）・普	★は絶ちしより幾	40・9
望《のぞ》む	動・四・体	遺跡を★毎に、心	20・14
望む	動・四・体	遙なる山を★如き	44・6
望《のぞ》め	動・四・已	遠く★ばブランデ	12・14
臨《のぞ》め	動・四・已	街に★る窓に倚り	12・11
宣《のたま》ひ	動・四・用	大臣のかく★しを	52・8
のたまふ	動・四・体	見まほしと★に疾	38・11
宣《のたま》ふ	動・四・終	落居たりと★。其	56・9
宣ふ	動・四・体	我病は母の★如く	40・8
のたまへ	動・四・已	族なしと★ば、此	50・4
後《のち》	名・普	歌によめる★は心	10・9
後	名・普	法学部に入りし★	10・15
後	名・普	果てゝ★、「キク	30・4
後	名・普	★には近比故郷に	44・17
後	名・普	本国に帰りて★も	52・7
後	名・普	労を問ひ慰めて★	56・6
後	名・普	数週の★なりき。	60・6
後	名・普	★に聞けば彼は相	60・12
後	名・普	★にはかの襁褓一	62・6
罵《ののし》り	動・四・用	諸生輩を★き。さ	42・12
罵り	動・四・用	いたく★、髪をむ	60・16
登《のぼ》ら	動・四・未	梯を★んとする程	54・3
上《のぼ》り	動・四・用	途に★しとき、日	8・9
上《の》ぼり	動・四・用	これを★て、四階	24・3
上ぼり	動・四・用	帰東の途に★しと	62・10
登《のぼ》り	動・四・用	大理石の階を★、	40・16

登り	動・四・用	いち早く★て梯の	54・10
登り	動・四・用	梯を★つ。庖厨を	58・15
のみ	助・副	余一人★なれば。	8・3
のみ	助・副	房の裡に★籠りて	10・2
のみ	助・副	頭★悩ましたれば	10・3
のみ	助・副	一点の翳と★なり	10・6
のみ	助・副	これ★は余りに深	10・9
のみ	助・副	されどこれ★にて	16・16
のみ	助・副	一条にたどりし★	18・10
のみ	助・副	手足を縛せし★。	18・11
のみ	助・副	余を嫉む★ならで	20・6
のみ	助・副	一顧したる★にて	22・4
のみ	助・副	跡は欷歔の声★。	22・15
のみ	助・副	項に★注がれたり	22・15
のみ	助・副	歓楽★存じたりし	28・7
のみ	助・副	貸本屋の小説★な	30・12
のみ	助・副	奥行★いと長き休	34・5
のみ	助・副	道を★走りし知識	36・12
のみ	助・副	表★は一面に氷り	36・16
のみ	助・副	心★急がれて用事	38・12
のみ	助・副	用事を★いひ遣る	38・13
のみ	助・副	用せんの心★なり	42・16
のみ	助・副	用事★なりしが、	44・17
のみ	助・副	入れたる★。流石	48・2
のみ	助・副	心細きこと★多き	48・2
のみ	助・副	茂りゆく★。袂を	50・9
のみ	助・副	玉はん日を待つ★	50・15
のみ	助・副	順境に★ありて、	52・1
のみ	助・副	職分を★見き。余	52・3
のみ	助・副	夢に★見しは君が	56・1
のみ	助・副	家に★籠り居しが	56・4
のみ	助・副	語学★にて世の用	56・7
のみ	助・副	思ふ心★満ちく	58・10
のみ	助・副	譫言★言ひしを、	60・6
のみ	助・副	病の事★告げ、よ	60・8
のみ	助・副	といふ★。余が病	62・8
呑《の》み	動・四・用	声を★つゝ泣くひ	20・16
乗《の》り	動・四・用	余が★し車を見送	40・14

は

は	助・係	卓のほとり★いと	8・1
は	助・係	今宵★夜毎にこゝ	8・2
は	助・係	舟に残れる★余一	8・3
は	助・係	港まで来し頃★、	8・4
は	助・係	新ならぬ★なく、	8・5
は	助・係	心ある人★いかに	8・8

は	助・係	こたび★途に上り	8・9
は	助・係	白紙のまゝなる★	8・10
は	助・係	これに★別に故あ	8・11
は	助・係	東に還る今の我★	8・12
は	助・係	心の頼みがたき★	8・13
は	助・係	きのふの是★けふ	8・14
は	助・係	これに★別に故あ	8・16
は	助・係	言ふことの少き★	10・2
は	助・係	此恨★初め一抹の	10・3
は	助・係	中頃★世を厭ひ、	10・4
は	助・係	今★心の奥に凝り	10・5
は	助・係	歌によめる後★心	10・9
は	助・係	これのみ★余りに	10・9
は	助・係	さ★あらじと思へ	10・10
は	助・係	今宵★あたりに人	10・10
は	助・係	鍵を捩るに★猶程	10・11
は	助・係	余★幼き比より厳	10・13
は	助・係	名★いつも一級の	10・15
は	助・係	世を渡る母の心★	10・16
は	助・係	十九の歳に★学士	10・17
は	助・係	悲しと★思はず、	12・4
は	助・係	余★模糊たる功名	12・6
は	助・係	射むとする★。何	12・7
は	助・係	迷はさむとする★	12・8
は	助・係	訳するとき★、幽	12・8
は	助・係	驚かさぬ★なきに	12・12
は	助・係	とぎれたる処に★	12・14
は	助・係	我胸に★縦ひいか	12・17
は	助・係	普魯西の官員★、	14・4
は	助・係	喜ばしき★、わが	14・5
は	助・係	彼等★始めて余を	14・6
は	助・係	かく★学び得つる	14・7
は	助・係	つひに★幾巻をか	14・11
は	助・係	大学のかたにて★	14・12
は	助・係	三年ばかり★夢の	14・15
は	助・係	包みがたき★人の	14・15
は	助・係	余★父の遺言を守	14・16
は	助・係	まことの我★、や	16・3
は	助・係	余★我身の今の世	16・4
は	助・係	余★私に思ふやう	16・6
は	助・係	母★余を活きたる	16・7
は	助・係	我官長★余を活き	16・7
は	助・係	辞書たらむ★猶ほ	16・8
は	助・係	法律たらん★忍ぶ	16・8
は	助・係	今まで★瑣々たる	16・9
は	助・係	寄する書に★連り	16・10

は	助・係	だに得たらんに★	16・11
は	助・係	万事★破竹の如く	16・11
は	助・係	又大学にて★法科	16・12
は	助・係	官長★もと心のま	16・14
は	助・係	危き★余が当時の	16・15
は	助・係	これのみにて★、	16・16
は	助・係	彼人々★余を猜疑	18・1
は	助・係	彼人々★余が倶に	18・3
は	助・係	こ★余を知らねば	18・4
は	助・係	此故よし★、我身	18・5
は	助・係	わが心★かの合歓	18・6
は	助・係	我心★処女に似た	18・7
は	助・係	心の乱れざりし★	18・10
は	助・係	離るゝまで★、天	18・13
は	助・係	此心★生れながら	18・15
は	助・係	嘲る★さることな	18・17
は	助・係	嫉む★おろかなら	18・17
は	助・係	女を見て★これに	20・3
は	助・係	普魯西にて★貴族	20・4
は	助・係	見て★、往きてこ	20・4
は	助・係	彼人々★唯余を嘲	20・6
は	助・係	余★獣苑を漫歩し	20・9
は	助・係	余★彼の灯火の海	20・11
は	助・係	一つの梯★直ちに	20・13
は	助・係	他の梯★窖住まひ	20・13
は	助・係	年★十六七なるべ	20・17
は	助・係	髪の色★、薄きこ	22・1
は	助・係	着たる衣★垢つき	22・1
は	助・係	掩はれたる★、何	22・4
は	助・係	我心の底まで★徹	22・4
は	助・係	彼★料らぬ深き歎	22・5
は	助・係	臆病なる心★憐憫	22・6
は	助・係	余★覚えず側に寄	22・6
は	助・係	繋累なき外人★、	22・7
は	助・係	彼★驚きてわが黄	22・9
は	助・係	君★善き人なりと	22・10
は	助・係	酷く★あらじ。又	22・10
は	助・係	涙の泉★又溢れて	22・11
は	助・係	母★わが彼の言葉	22・12
は	助・係	父★死にたり。明	22・13
は	助・係	明日★葬らでは愜	22・13
は	助・係	明日は葬らで★愜	22・13
は	助・係	跡★欷歔の声のみ	22・15
は	助・係	我眼★このうつむ	22・15
は	助・係	こゝ★往来なるに	22・17
は	助・係	彼★物語するうち	22・17

は　助・係　少女★鏽びたる針　24・4
は　助・係　中に★咳枯れたる　24・5
は　助・係　引開けし★、半ば　24・6
は　助・係　悪しき相に★あら　24・7
は　助・係　かれ★待ち兼ねし　24・8
は　助・係　余★暫し茫然とし　24・10
は　助・係　内に★言ひ争ふご　24・12
は　助・係　戸★再び明きぬ。　24・13
は　助・係　老媼★慇懃におの　24・13
は　助・係　戸の内★厨にて、　24・14
は　助・係　左手に★粗末に積　24・15
は　助・係　正面の一室の戸★　24・15
は　助・係　内に★白布を掩へ　24・16
は　助・係　伏したる★なき人　24・16
は　助・係　この処★所謂「マ　24・17
は　助・係　机に★美しき氈を　26・2
は　助・係　上に★書物一二巻　26・2
は　助・係　陶瓶に★こゝに似　26・3
は　助・係　傍に少女★羞を帯　26・4
は　助・係　彼★優れて美なり　26・5
は　助・係　顔★灯火に映じて　26・5
は　助・係　繊く裊なる★、貧　26・6
は　助・係　少女★少し訛りた　26・6
は　助・係　君★善き人なるべ　26・7
は　助・係　明日に迫る★父の　26・8
は　助・係　君★彼を知らでや　26・9
は　助・係　彼★「ヰクトリア　26・9
は　助・係　いひ掛けせんと★　26・11
は　助・係　縦令我身★食はず　26・12
は　助・係　彼★涙ぐみて身を　26・13
は　助・係　見上げたる目に★　26・13
は　助・係　人に否と★いはせ　26・13
は　助・係　この目の働き★知　26・14
は　助・係　又自ら★知らぬに　26・14
は　助・係　我が隠しに★二三　26・15
は　助・係　余★時計をはづし　26・16
は　助・係　来ん折に★価を取　26・17
は　助・係　少女★驚き感ぜし　28・1
は　助・係　僑居に来し少女★　28・3
は　助・係　彼等★速了にも、　28・6
は　助・係　二人の間に★まだ　28・7
は　助・係　その名を斥さん★　28・9
は　助・係　官長★、遂に旨を　28・11
は　助・係　余に謂ひし★、御　28・12
は　助・係　こゝに在らんに★　28・13
は　助・係　余★一週日の猶予　28・14

は	助・係	この二通★殆ど同	28・16
は	助・係	一★母の自筆、一	28・16
は	助・係	一★親族なる某が	28・16
は	助・係	余★母の書中の言	28・17
は	助・係	エリスとの交際★	30・2
は	助・係	この時まで★余所	30・2
は	助・係	彼★父の貧きがた	30・2
は	助・係	今★場中第二の地	30・5
は	助・係	はかなき★舞姫の	30・6
は	助・係	場外にて★ひとり	30・8
は	助・係	養ふもの★その辛	30・9
は	助・係	業に堕ちぬ★稀な	30・9
は	助・係	これを遁れし★、	30・10
は	助・係	彼★幼き時より物	30・11
は	助・係	手に入る★卑しき	30・12
は	助・係	余等二人の間に★	30・15
は	助・係	彼★色を失ひつ。	30・16
は	助・係	余★彼が身の事に	30・16
は	助・係	彼★余に向ひて母	30・16
は	助・係	母に★これを秘め	30・17
は	助・係	こ★母の余が学資	30・17
は	助・係	中となりし★此折	32・3
は	助・係	大事★前に横りて	32・3
は	助・係	愛する情★、始め	32・5
は	助・係	あさく★あらぬに	32・5
は	助・係	いぢらしき姿★、	32・7
は	助・係	我命★せまりぬ。	32・9
は	助・係	留まらんに★、学	32・10
は	助・係	此時余を助けし★	32・12
は	助・係	彼★東京に在りて	32・12
は	助・係	社の報酬★いふに	32・16
は	助・係	かへたらんに★、	32・17
は	助・係	微なる暮し★立つ	32・17
は	助・係	投げ掛けし★エリ	34・1
は	助・係	かれ★いかに母を	34・1
は	助・係	余★彼等親子の家	34・2
は	助・係	エリスと余と★、	34・2
は	助・係	いつよりと★なし	34・2
は	助・係	彼★温習に往き、	34・4
は	助・係	さらぬ日に★家に	34・4
は	助・係	余★キヨオニヒ街	34・4
は	助・係	己れ★遊び暮す老	34・7
は	助・係	知らぬ人★何とか	34・11
は	助・係	往きたる日に★返	34・12
は	助・係	我学問★荒みぬ。	34・15
は	助・係	余★新聞の原稿を	34・16

は　助・係　播寄せしと★殊に　34・17
は　助・係　今★活発々たる政　34・17
は　助・係　ビヨルネより★寧　36・2
は　助・係　などの事に就て★　36・4
は　助・係　この頃より★思ひ　36・4
は　助・係　大学の籍★まだ刪　36・6
は　助・係　聴くこと★稀なり　36・7
は　助・係　我学問★荒みぬ。　36・8
は　助・係　されど余★別に一　36・8
は　助・係　流布したること★　36・9
は　助・係　独逸に若く★なか　36・9
は　助・係　議論に★頗る高尚　36・10
は　助・係　余★通信員となり　36・10
は　助・係　読みて★又読み、　36・11
は　助・係　写して★又写す程　36・12
は　助・係　走りし知識★、自　36・12
は　助・係　大かた★、夢にも　36・13
は　助・係　彼等の仲間に★独　36・14
は　助・係　善く★え読まぬが　36・14
は　助・係　明治廿一年の冬★　36・15
は　助・係　あたり★凸凹坎坷　36・16
は　助・係　処★見ゆめれど、　36・16
は　助・係　表のみ★一面に氷　36・16

は　助・係　北欧羅巴の寒さ★　38・1
は　助・係　エリス★二三日前　38・2
は　助・係　始めて心づきし★　38・4
は　助・係　覚束なき★我身の　38・4
は　助・係　今朝★日曜なれば　38・6
は　助・係　心★楽しからず。　38・6
は　助・係　エリス★床に臥す　38・6
は　助・係　床に臥すほどに★　38・6
は　助・係　エリスが母★、郵　38・8
は　助・係　郵便切手★普魯西　38・9
は　助・係　消印に★伯林とあ　38・9
は　助・係　便にて★よも。」　38・14
は　助・係　彼★例の新聞社の　38・14
は　助・係　かく★心を用ゐじ　38・17
は　助・係　エリス★病をつと　40・1
は　助・係　見苦しと★誰れも　40・4
は　助・係　豊太郎の君と★見　40・6
は　助・係　玉ふ日★ありとも　40・7
は　助・係　我病★母の宣ふ如　40・8
は　助・係　余★微笑しつ。「　40・9
は　助・係　望み★絶ちしより　40・9
は　助・係　大臣★見たくもな　40・10
は　助・係　逢ひに★行け。」　40・11

は　助・係　「ドロシュケ」★　40・11
は　助・係　余★手袋をはめ、　40・12
は　助・係　彼★凍れる窓を明　40・13
は　助・係　余が車を下りし★　40・15
は　助・係　正面に★鏡を立て　40・17
は　助・係　余★少し踟躕した　42・1
は　助・係　けふ★怎なる面も　42・2
は　助・係　委托せられし★独　42・6
は　助・係　相沢★跡より来て　42・7
は　助・係　食卓にて★彼多く　42・9
は　助・係　彼が生路★概ね平　42・9
は　助・係　轗軻数奇なる★我　42・10
は　助・係　かれ★屢々驚きし　42・11
は　助・係　譴めんと★せず、　42・12
は　助・係　彼★色を正して諫　42・13
は　助・係　この一段のこと★　42・13
は　助・係　今★天方伯も唯だ　42・16
は　助・係　動かさんと★せず　42・17
は　助・係　思はれん★、朋友　44・1
は　助・係　人を薦むる★先づ　44・2
は　助・係　彼少女との関係★　44・3
は　助・係　情交★深くなりぬ　44・3
は　助・係　山を望む如き★、　44・6
は　助・係　この山★猶ほ重霧　44・7
は　助・係　楽しき★今の生活　44・9
は　助・係　棄て難き★エリス　44・9
は　助・係　弱き心に★思ひ定　44・9
は　助・係　余★守る所を失は　44・10
は　助・係　敵するものに★抗　44・11
は　助・係　否と★え対へぬが　44・11
は　助・係　寒さ★殊さらに堪　44・15
は　助・係　余★心の中に一種　44・15
は　助・係　翻訳★一夜になし　44・16
は　助・係　通ふこと★これよ　44・16
は　助・係　初め★伯の言葉も　44・17
は　助・係　後に★近比故郷に　44・17
は　助・係　折に触れて★道中　46・1
は　助・係　或る日伯★突然わ　46・3
は　助・係　余★明旦、魯西亜　46・3
は　助・係　余★数日間、かの　46・4
は　助・係　此問★不意に余を　46・5
は　助・係　余★我耻を表はさ　46・6
は　助・係　此答★いち早く決　46・6
は　助・係　余★おのれが信じ　46・6
は　助・係　問はれたるとき★　46・7
は　助・係　此日★翻訳の代に　46・11

は　助・係　彼★医者に見せし　46・12
は　助・係　座頭より★休むこ　46・14
は　助・係　厳しき★故あれば　46・15
は　助・係　旅立の事に★いた　46・15
は　助・係　鉄路にて★遠くも　46・17
は　助・係　したらんに★影護　48・3
は　助・係　余★旅装整へて戸　48・4
は　助・係　魯国行につきて★　48・6
は　助・係　舌人たる任務★忽　48・6
は　助・係　余を囲繞せし★、　48・8
は　助・係　円滑に使ふもの★　48・11
は　助・係　また多く★余なり　48・12
は　助・係　この間余★エリス　48・13
は　助・係　彼★日毎に書を寄　48・13
は　助・係　余が立ちし日に★　48・14
は　助・係　目醒めし時★、猶　48・16
は　助・係　夢に★あらずやと　48・16
は　助・係　程経てのふみ★、　50・2
は　助・係　君★故里に頼もし　50・3
は　助・係　留めで★止まじ。　50・5
は　助・係　親と共に往かん★　50・6
は　助・係　常に★思ひしが、　50・7
は　助・係　別離の思★日にけ　50・8

は　助・係　袂を分つ★たゞ一　50・9
は　助・係　思ひし★迷なりけ　50・9
は　助・係　母と★いたく争ひ　50・11
は　助・係　過ぎし頃に★似で　50・11
は　助・係　東に往かん日に★　50・12
は　助・係　路用の金★兎も角　50・14
は　助・係　今★只管君がベル　50・14
は　助・係　余★此書を見て始　50・16
は　助・係　恥かしき★わが鈍　50・16
は　助・係　余★我身一つの進　50・17
は　助・係　決断★順境にのみ　52・1
は　助・係　逆境に★あらず。　52・1
は　助・係　とするとき★、頼　52・2
は　助・係　胸中の鏡★曇りた　52・2
は　助・係　大臣★既に我に厚　52・3
は　助・係　近眼★唯だおのれ　52・3
は　助・係　余★これに未来の　52・4
は　助・係　望を繋ぐことに★　52・4
は　助・係　我心★猶ほ冷然た　52・5
は　助・係　友の勧めしとき★　52・5
は　助・係　大臣の信用★屋上　52・6
は　助・係　今★稍々これを得　52・6
は　助・係　云々といひし★、　52・8

は	助・係	明に★告げざりし	52・8
は	助・係	人物と★ならじと	52・11
は	助・係	こ★足を縛して放	52・12
は	助・係	誇りしに★あらず	52・13
は	助・係	足の糸★解くに由	52・13
は	助・係	これを操つりし★	52・13
は	助・係	今★この糸、あな	52・14
は	助・係	帰りし★、恰も是	52・15
は	助・係	こゝにて★今も除	52・16
は	助・係	寒さ★強く、路上	52・17
は	助・係	路上の雪★稜角あ	52・17
は	助・係	車★クロステル街	54・1
は	助・係	車より★見えず。	54・2
は	助・係	馭丁★呆れたる面	54・4
は	助・係	我命★絶えなんを	54・6
は	助・係	我心★この時まで	54・7
は	助・係	求むる心と★、時	54・7
は	助・係	踟蹰の思★去りて	54・8
は	助・係	余★彼を抱き、彼	54・8
は	助・係	彼の頭★我肩に倚	54・9
は	助・係	涙★はら〳〵と肩	54・9
は	助・係	叫びし馭丁★、い	54・10
は	助・係	余★手を取りて引	54・12

は	助・係	余★驚きぬ。机の	54・13
は	助・係	机の上に★白き木	54・14
は	助・係	エリス★打笑みつ	54・15
は	助・係	産れん子★君に似	54・17
は	助・係	夢にのみ見し★君	56・1
は	助・係	産れたらん日に★	56・1
は	助・係	彼★頭を垂れたり	56・2
は	助・係	寺に入らん日★い	56・3
は	助・係	見上げたる目に★	56・3
は	助・係	二三日の間★大臣	56・4
は	助・係	世の用に★足りな	56・7
は	助・係	身★この広漠たる	56・11
は	助・係	と応へたる★。黒	56・13
は	助・係	黒がねの額★あり	56・14
は	助・係	心の錯乱★、譬へ	56・15
は	助・係	余★道の東西をも	56・15
は	助・係	醒めし時★、夜に	58・2
は	助・係	雪★繁く降り、帽	58・3
は	助・係	外套の肩に★一寸	58・3
は	助・係	瓦斯灯★寂しき光	58・5
は	助・係	歩み得る程に★な	58・6
は	助・係	街まで来しとき★	58・7
は	助・係	茶店★猶ほ人の出	58・9

は　助・係　我脳中に★唯々我　58・10
は　助・係　我★免すべからぬ　58・10
は　助・係　四階の屋根裏に★　58・12
は　助・係　エリス★まだ寝ね　58・12
は　助・係　エリス★振り返へ　58・16
は　助・係　おん身の姿★。驚　58・17
は　助・係　髪★蓬ろと乱れて　60・2
は　助・係　衣★泥まじりの雪　60・2
は　助・係　処々★裂けたれば　60・3
は　助・係　余★答へんとすれ　60・4
は　助・係　せしまで★覚えし　60・5
は　助・係　知る程になりし★　60・6
は　助・係　相沢★尋ね来て、　60・7
は　助・係　大臣に★病の事の　60・8
は　助・係　余★始めて病床に　60・8
は　助・係　彼★この数週のう　60・9
は　助・係　目★窪み、灰色の　60・10
は　助・係　灰色の頬★落ちた　60・10
は　助・係　生計に★窮せざり　60・11
は　助・係　此恩人★彼を精神　60・11
は　助・係　彼★相沢に逢ひし　60・12
は　助・係　相沢★母を呼びて　60・15
は　助・係　醒めしとき★、目　60・15

は　助・係　目★直視したるま　60・16
は　助・係　これより★騒ぐこ　62・3
は　助・係　騒ぐこと★なけれ　62・3
は　助・係　精神の作用★殆全　62・3
は　助・係　後に★かの襁褓一　62・6
は　助・係　幾度か出して★見　62・6
は　助・係　見て★欷歔す。余　62・7
は　助・係　心ありてに★あら　62・7
は　助・係　余が病★全く癒え　62・9
は　助・係　涙を濺ぎし★幾度　62・9
は　助・係　上ぼりしとき★、　62・10
は　助・係　良友★世にまた得　62・13
廃《はい》し　動(複)・サ・用　殆全く★て、その　62・3
ハイネ　名・固・人　寧ろ★を学びて思　36・2
放言《はうげん》　名・普　身の程知らぬ★、　8・7
方鍼《はうしん》　名・普　示したる前途の★　44・7
方正《はうせい》なる　形動・ナリ・体　品行の★を激賞し　42・2
庖厨《はうちゆう》　名・普　★にありしエリス　38・8
庖厨　名・普　★を過ぎ、室の戸　58・15
葬《はうむ》ら　動・四・未　明日は★では悔は　22・13
葬ら　動・四・未　人の海に★れんか　56・11
捗《はかど》ら　動・四・未　足の運びの★ねば　58・7
捗《はかど》り行《ゆ》け　動(複)・四・已　次第に★ば、急ぐ　14・10

はかなき	形・ク・体	★は舞姫の身の上	30・6
はかなみ	動・四・用	身を★て、腸日ご	10・5
料《はか》ら	動・四・未	彼は★ぬ深き歎き	22・5
量《はか》ら	動・四・未	善くも★ず、直ち	46・8
議《はか》り	動・四・用	相沢と★てエリス	62・10
測《はか》り知《し》る	動（複）・四・体	わが★所ならね、	56・7
穿《は》き	動・四・用	上靴を★たり。エ	24・8
吐《は》く	動・四・体	食ふごとに★を、	38・3
伯《はく》	名・普	既に天方★の秘書	32・13
伯	名・普	★の汝を見まほし	38・11
伯	名・普	天方★も唯だ独逸	42・16
伯	名・普	★が当時の免官の	42・16
伯	名・普	★が心中にて曲庇	42・17
伯	名・普	これを示して★の	44・2
伯	名・普	★の言葉も用事の	44・17
伯	名・普	或る日★は突然わ	46・3
伯	名・普	天方★の手中に在	52・14
白紙《はくし》	名・普	まだ★のまゝなる	8・9
劇《はげ》しき	形・シク・体	★寒さ骨に徹すと	58・2
劇《はげ》しく	形・シク・用	戸を★たて切りつ	24・9
劇しく	形・シク・用	熱★て譫言のみ言	60・6
奨《はげ》ます	動・四・体	★が喜ばしさにた	14・17
運《はこび》	名（動・四・用の転）・普	筆の★を妨ぐれば	30・1
運《はこ》び	名（動・四・用の転）・普	足の★の捗らねば	58・7
挟《はさ》ま	動・四・未	眼鏡に鼻を★せて	20・3
挿《はさ》み	動・四・用	板ぎれに★たるを	34・10
端《はし》	名・普	言葉の★に、本国	52・7
梯《はしご》	名・普	一つの★は直ちに	20・13
梯	名・普	他の★は窖住まひ	20・13
梯	名・普	石の★あり。これ	24・3
梯	名・普	★を登らんとする	54・3
梯	名・普	エリスの★を駆け	54・3
梯	名・普	★の上に立てり。	54・10
梯	名・普	★を登りつ。庖厨	58・15
初《はじめ》	名・普	独逸に来し★に、	52・11
始《はじめ》	名・普	この時を★として	28・5
首《はじめ》	名・普	一級の★にしるさ	10・15
初《はじ》め	名・普	此恨は★一抹の雲	10・3
初め	名・普	★は伯の言葉も用	44・17
始《はじめ》て	副（動・下二・用＋助・接の転）	又★われを見たる	24・1
始《はじ》めて	副（動・下二・用＋助・接の転）	★こゝに来しもの	12・16
始めて	副（動・下二・用＋助・接の転）	彼等は★余を見し	14・6
始めて	副（動・下二・用＋助・接の転）		

★相見し時よりあ　32・5
始めて　副（動・下二・用＋助・接の転）　★心づきしは母な　38・4
始めて　副（動・下二・用＋助・接の転）　★我地位を明視し　50・16
始めて　副（動・下二・用＋助・接の転）　余は★病床に侍す　60・8
柱《はしら》　名・普　中央の★に「プリ　40・16
走《はし》ら　動・四・未　筆を★せ、小をん　34・9
走《はし》り　動・四・用　道をのみ★し知識　36・12
走《はし》る　動・四・体　を音もせで★いろ　12・13
走る　動・四・体　学問の岐路に★を　28・11
果《はた》して　副　★往きつきぬとも　44・8
膚《はだへ》　名・普　★粟立つと共に、　44・15
働《はたら》き　名（動・四・用の転）・普　この目の★は知り　26・14
働《はたら》き手《て》　名（複）・普　官長の善き★を得　14・17
耻《はぢ》　名（動・上二・用の転）・普　わが★なき人とな　22・12
耻　名（動・上二・用の転）・普　余は我★を表はさ　46・6
羞《はぢ》　名（動・上二・用の転）・普　少女は★を帯びて　26・4
耻《は》ぢ　動・上二・用　★て我側を飛びの　24・1

破竹《はちく》　名・普　★の如くなるべし　16・11
二十日《はつか》　名・数　早や★あまりを経　8・17
二十日　名・数　此二十日ばかり、　50・8
耻《はづ》かしき　形・シク・体　★はわが鈍き心な　50・16
耻《は》づかしき　形・シク・体　この★業を教へら　30・4
ハツクレンデル　名・固・人　詩人★が当世の奴　30・5
はづし　動・四・用　余は時計を★て机　26・16
果《は》つれ　動・下二・已　朝の咖啡★ば、彼　34・4
果《は》て　動・下二・用　「クルズス」★ゝ　30・4
果て　補動・下二・用　早や積み★つ。中　8・1
果て　補動・下二・用　一夜になし★つ。　44・16
鼻《はな》　名・普　眼鏡に★を挟ませ　20・3
放《はな》た　動・四・未　足を縛して★れし　52・12
花束《はなたば》　名・普　価高き★を生けた　26・3
放《はな》ち　動・四・用　寂しき光を★たり　58・5
離《はな》るゝ　動・下二・体　横浜を★までは、　18・13
離《はな》れ　動・下二・未　病床をば★ねど、　62・7
離れ　動・下二・用　家を★てベルリン　12・4
離れ　動・下二・用　★難き中となりし　32・3
羽《はね》　名・普　★を動かして自由　52・12
母《はは》　名・普　世を渡る★の心は　10・16
母　名・普　故郷なる★を都に　12・1
母　名・普　★に別るゝをもさ　12・4

母　名・普　★の教に従ひ、人　14・16
母　名・普　我★は余を活きた　16・7
母　名・普　父を失ひて★の手　18・16
母　名・普　又た我★の如く。　22・10
母　名・普　★はわが彼の言葉　22・12
母　名・普　★の言葉に。」彼　26・12
母　名・普　一は★の自筆、一　28・16
母　名・普　★の死を、我がま　28・16
母　名・普　★の死を報じたる　28・17
母　名・普　余は★の書中の言　28・17
母　名・普　余に向ひて★には　30・17
母　名・普　こは★の余が学資　30・17
母　名・普　いかに★を説き動　34・1
母　名・普　★なりき。嗚呼、　38・4
母　名・普　エリスが★は、郵　38・8
母　名・普　出し遣る★もかく　38・17
母　名・普　我病は★の宣ふ如　40・8
母　名・普　エリスが★の呼び　40・11
母　名・普　★につけて知る人　48・4
母　名・普　★とはいたく争ひ　50・11
母　名・普　エリスが★に、駆　54・12
母　名・普　★を呼びて共に扶　60・15
母　名・普　★の取りて与ふる　60・17

母　名・普　エリスが★に微な　62・10
憚《はばかり》　名（動・四・用の転）・普　★あれど、同郷人　28・9
灰色《はひいろ》　名・普　★の頬は落ちたり　60・10
法《はふ》　名・普　一たび★の精神を　16・10
這《は》ふ　動・四・体　★如くに梯を登り　58・15
法家《はふか》　名・普　二三の★の講筵に　14・13
法学部《はふがくぶ》　名・普　大学★に入りし後　10・15
法科《はふくわ》　名・普　又大学にては★の　16・12
法制《はふせい》　名・普　★の細目に拘ふべ　16・10
法典《はふてん》　名・普　また善く★を諳じ　16・5
法律《はふりつ》　名・普　★となさんとやし　16・7
法律　名・普　★たらんは忍ぶべ　16・8
法律家《はふりつか》　名・普　★になるにもふさ　16・6
法令《はふれい》　名・普　昔しの★条目の枯　34・16
侍《はべ》り　補動・ラ・終　「承はり★」と応　56・12
はめ　動・下二・用　余は手袋を★、少　40・12
早《は》や　副　石炭をば★積み果　8・1
早や　副　★二十日あまりを　8・17
早や　副　★二年なれば、事　26・10
早足《はやあし》　名・普　★に行く少女の跡　24・2
早《はや》く　副　父をば★喪ひつれ　10・13
早く　副　又★父を失ひて母　18・15
早く　副　★大臣に告げやし　52・9

早く	形・ク・用	翌朝★エリスをば	48・4
はら〳〵と	副	★落つる熱き涙を	28・2
はら〳〵と	副	涙は★肩の上に落	54・9
腸《はらわた》	名・普	★日ごとに九廻す	10・5
張《は》り	動・四・用	胸★肩聳えたる士	12・10
張り	動・四・用	紙にて★たる下の	26・1
梁《はり》	名・普	斜に下れる★を、	26・1
針金《はりがね》	名・普	鏽びたる★の先き	24・4
遙《はるか》なる	形動・ナリ・体	★山を望む如きは	44・6
遙々《はるばる》と	副	★家を離れてベル	12・4
晴《は》れ	動・下二・用	★たる空に夕立の	12・14
晴れ	動・下二・用	★たる日に映じて	52・17
晴《は》れがましき	形（動＋接尾）・シク・体	熾熱灯の光の★も	8・2
半天《はんてん》	名・普	★に浮び出でたる	12・15
反覆《はんぷく》する	動（複）・サ・体	こゝに★に堪へず	30・1
半夜《はんや》	名・普	★をや過ぎたりけ	58・7
範囲《はんゐ》	名・普	その答の★を善く	46・8
ば	助・接	余一人のみなれ★	8・3
ば	助・接	おもへ★、穉き思	8・7
ば	助・接	世の常なら★生面	10・1
ば	助・接	悩ましたれ★なり	10・3
ば	助・接	外の恨なりせ★、	10・8
ば	助・接	られたれ★さはあ	10・10
ば	助・接	程もあるべけれ★	10・11
ば	助・接	殊なりしか★、洋	12・2
ば	助・接	頃なりけれ★、様	12・11
ば	助・接	遠く望め★ブラン	12・14
ば	助・接	聚まりたれ★、始	12・16
ば	助・接	済みたらましか★	14・5
ば	助・接	得たりけれ★、と	14・8
ば	助・接	捗り行け★、急ぐ	14・11
ば	助・接	時来れ★包みても	14・15
ば	助・接	風に当りたれ★に	16・3
ば	助・接	余を知らね★なり	18・5
ば	助・接	物触れ★縮みて避	18・6
ば	助・接	勇気なけれ★、彼	20・5
ば	助・接	筆なけれ★これを	22・2
ば	助・接	言葉に従はね★と	22・13
ば	助・接	大戸を入れ★、欠	24・3
ば	助・接	戸を見れ★、エル	24・10
ば	助・接	一間なれ★、天井	24・17
ば	助・接	立た★頭の支ふべ	26・2
ば	助・接	二年なれ★、事な	26・10
ば	助・接	それもならず★母	26・12
ば	助・接	べくもあらね★、	26・15
ば	助・接	知られぬれ★、彼	28・6

ば	助・接	郷に帰ら★、路用	28・13
ば	助・接	運を妨ぐれ★なり	30・1
ば	助・接	足らず勝なれ★、	30・8
ば	助・接	郷にかへら★、学	32・9
ば	助・接	朝の咖啡果つれ★	34・4
ば	助・接	難けれ★、唯〻一	36・6
ば	助・接	戸を開け★飢ゑ凍	36・17
ば	助・接	若し真なりせ★い	38・5
ば	助・接	日曜なれ★家に在	38・6
ば	助・接	見れ★見覚えある	38・9
ば	助・接	抜きて読め★、と	38・10
ば	助・接	急ぐといへ★今よ	38・16
ば	助・接	思へ★ならん、エ	40・1
ば	助・接	更め玉ふを見れ★	40・6
ば	助・接	相対して見れ★、	42・3
ば	助・接	旧に比ぶれ★肥え	42・3
ば	助・接	身の上なりけれ★	42・10
ば	助・接	出でしなれ★、今	42・14
ば	助・接	損あれ★なり。人	44・1
ば	助・接	出づれ★風面を撲	44・13
ば	助・接	出でしなれ★、薄	44・14
ば	助・接	見ざりしか★、此	46・5
ば	助・接	久しけれ★籍を除	46・14
ば	助・接	故あれ★なるべし	46・15
ば	助・接	厚く信じたれ★。	46・16
ば	助・接	旅なれ★、用意と	46・17
ば	助・接	多きこの程なれ★	48・2
ば	助・接	影護かるべけれ★	48・4
ば	助・接	書を寄せしか★え	48・13
ば	助・接	のたまへ★、此地	50・4
ば	助・接	たつきあら★、留	50・4
ば	助・接	玉はんとなら★、	50・5
ば	助・接	かくてあら★云々	52・7
ば	助・接	公事なれ★明には	52・8
ば	助・接	今更おもへ★、余	52・9
ば	助・接	眠るが習なれ★万	52・17
ば	助・接	帰り来玉はず★我	54・6
ば	助・接	積み上げたれ★。	54・14
ば	助・接	取上ぐるを見れ★	54・16
ば	助・接	往きて見れ★待遇	56・5
ば	助・接	余りに久しけれ★	56・8
ば	助・接	手にしも緦らず★	56・10
ば	助・接	あたりを見れ★、	56・17
ば	助・接	足の凍えたれ★、	58・6
ば	助・接	運びの捗らね★、	58・7
ば	助・接	上旬の夜なれ★、	58・8

ば	助・接	暗き空にすかせ★	58・13
ば	助・接	痛み堪へ難けれ★	58・15
ば	助・接	倒れしことなれ★	60・2
ば	助・接	処々は裂けたれ★	60・3
ば	助・接	立つに堪へね★、	60・4
ば	助・接	後に聞け★彼は相	60・12
ば	助・接	病なれ★、治癒の	62・5
ば（ゞ）	助・接	用ゐられ玉は★、	50・14
場《ば》	名・普	その★に僵れぬ。	60・14
茫然《ばうぜん》たる	形動・タリ・体	★面もちを見て、	38・13
茫然《ばうぜん》と	形動・タリ・用	余は暫し★して立	24・10
ばかり	助・副	三とせ★、官長の	12・2
ばかり	助・副	三年★は夢の如く	14・15
ばかり	助・副	一月★過ぎて、或	46・3
ばかり	助・副	一月★なるに、か	46・15
ばかり	助・副	此二十日★、別離	50・8
許《ばかり》	助・副	一寸★も積りたり	58・3
縛《ばく》し	動（複）・サ・用	こは足を★て放た	52・12
縛《ばく》せ	動（複）・サ・未	わが手足を★しの	18・11
馬車《ばしや》	名・普	いろ〳〵の★、雲	12・13
馬車	名・普	★の馭丁に幾度か	56・16
番号《ばんがう》	名・普	沢が室の★を問ひ	40・16
万戸《ばんこ》	名・普	★寂然たり。寒さ	52・17
万事《ばんじ》	名・普	紛紛たる★は破竹	16・11
パラノイア	名・固・他	★といふ病なれば	62・4
巴里《パリ》	名・固・地	★絶頂の驕奢を、	48・8
巴里《パリ》まねび	名（名・固＋名（動・四・用の転））・普	少女の★の粧した	12・12

ひ

火《ひ》	名・普	竈に★を焚きつけ	36・17
火	名・普	陶炉に★を焚きた	44・14
火	名・普	「カミン」の★に	48・10
火	名・普	炯然たる一星の★	58・12
日《ひ》	名・普	学館にありし★も	10・14
日	名・普	或る★の夕暮なり	20・9
日	名・普	公使に約せし★も	32・9
日	名・普	さらぬ★には家に	34・4
日	名・普	温習に往きたる★	34・12
日	名・普	通信員となりし★	36・11
日	名・普	なり玉ふ★はあり	40・7
日	名・普	大学に在りし★に	42・2
日	名・普	或る★伯は突然わ	46・3
日	名・普	此★は翻訳の代に	46・11
日	名・普	余が立ちし★には	48・14
日	名・普	けふの★の食なか	48・17

日	名・普	出で玉はん★をこ	50・7
日	名・普	別離の思は★にけ	50・8
日	名・普	東に往かん★には	50・12
日	名・普	かへり玉はん★を	50・15
日	名・普	晴れたる★に映じ	54・1
日	名・普	産れたらん★には	56・1
日	名・普	寺に入らん★はい	56・3
日	名・普	或る★の夕暮使し	56・5
日	名・普	或★相沢は尋ね来	60・7
非《ひ》	名・普	けふの★なるわが	8・14
引《ひ》か	動・四・未	★れて大臣に謁し	42・5
光《ひかり》	名（動・四・用の転）・普	熾熱灯の★の晴れ	8・1
光	名（動・四・用の転）・普	油灯の★に透して	24・10
光	名（動・四・用の転）・普	引窓より★を取れ	34・6
光	名（動・四・用の転）・普	映射する★、彫鏤	48・10
光	名（動・四・用の転）・普	寂しき★を放ちた	58・5
引《ひ》き	動・四・用	強く★しに、中に	24・5
引開《ひきあ》け	動（複）・下二・用	あらゝかに★しは	24・6
挽《ひ》きかへさ	動（接頭＋動）・四・未	名誉を★ん道をも	56・11
引籠《ひきこ》み	動（接頭＋動）・四・用	凹字の形に★て立	20・14
引続《ひきつづ》き	動（接頭＋動）・四・用	★て維廉一世と仏	36・2
引《ひ》き鳴《な》らし	動（複）・四・用	余が鈴索を★て謁	14・3
引窓《ひきまど》	名・普	截り開きたる★よ	34・6

引《ひ》く	動・四・体	手を取りて★エリ	54・13
延《ひ》く	動・四・体	客を★女を見ては	20・2
低《ひく》き	形・ク・体	右手の★窓に、真	24・14
髭《ひげ》	名・普	★の内にて云ひし	54・4
日《ひ》ごと	名（名＋接尾）・普	紀行文★に幾千言	8・5
日ごと	名（名＋接尾）・普	腸★に九廻すとも	10・5
日毎《ひごと》	名（名＋接尾）・普	彼は★に書を寄せ	48・13
平生《ひごろ》	名・普	★の望足りて、洋	8・3
日比《ひごろ》	名・普	★伯林の留学生の	16・17
膝《ひざ》	名・普	★の頻りに戦かれ	60・4
庇《ひさし》	名・普	帽の★、外套の肩	58・3
久《ひさ》しく	形・シク・用	既に★この自由な	16・2
久しく	形・シク・用	唯年★別れたりし	40・10
久しく	形・シク・用	★踏み慣れぬ大理	40・16
久《ひさ》しけれ	形・ク・已	あまりに★ば籍を	46・14
久しけれ	形・シク・已	余りに★ば、様々	56・7
秘書官《ひしよくわん》	名・普	天方泊の★たりし	32・13
秘書官	名・普	門者に★相沢が室	40・15
私《ひそか》に	形動・ナリ・用	余は★思ふやう、	16・6
潜《ひそ》み	動・四・用	奥深く★たりしま	16・3
只管《ひたすら》	副	今は★君がベルリ	50・14
左《ひだり》	名・普	シルレルを★にし	28・4
臂《ひぢ》	名・普	商人などと★を並	34・8

悲痛《ひつう》	名・普	尤も★を覚えさせ	28・15
悲痛	名・普	余が★感慨の刺激	32・7
人《ひと》	名・普	世の★にもてはや	8・6
人	名・普	心ある★はいかに	8・8
人	名・普	★の心の頼みがた	8・13
人	名・普	★知らぬ恨に頭の	10・2
人	名・普	あたりに★も無し	10・10
人	名・普	名誉なりと★にも	12・1
人	名・普	★の好尚なるらむ	14・15
人	名・普	★の神童なりなど	14・16
人	名・普	怎でか★に知らる	18・5
人	名・普	★をさへ欺きつる	18・9
人	名・普	★のたどらせたる	18・9
人	名・普	君は善き★なりと	22・10
人	名・普	恥なき★とならん	22・12
人	名・普	声をな★に聞かせ	22・16
人	名・普	★の見るが厭はし	24・2
人	名・普	なき★なるべし。	24・16
人	名・普	君は善き★なるべ	26・7
人	名・普	★の憂に附けこみ	26・10
人	名・普	★に否とはいはせ	26・13
人	名・普	事を好む★ありて	28・9
人	名・普	又た誹る★もある	32・4
人	名・普	金を★に借して己	34・7
人	名・普	知らぬ★は何とか	34・11
人	名・普	怪み見送る★もあ	34・13
人	名・普	★に扶けられて帰	38・2
人	名・普	★の声して、程な	38・7
人	名・普	★を薦むるは先づ	44・1
人	名・普	心を生じたる★に	46・7
人	名・普	知る★がり出しや	48・4
人	名・普	知る★の許にて夜	48・15
人	名・普	我と★との関係を	52・2
人	名・普	欧州大都の★の海	56・11
人	名・普	茶店は猶ほ★の出	58・9
人	名・普	傍の★をも見知ら	60・16
他《ひ》人《と》	名・普	★の事につきても	50・17
一声《ひとこゑ》	名・数	彼が★叫びて我頸	54・3
等《ひと》しき	形・シク・体	死人に★我面色、	60・1
一筋《ひとすぢ》	名・数	★の道をのみ走り	36・12
一条《ひとすぢ》に	形動・ナリ・用	唯だ★たどりしの	18・10
一《ひと》たび	副	★法の精神をだに	16・10
一《ひとつ》	名・数	★は母の自筆、一	28・16
一	名・数	★は親族なる某が	28・16
一《ひと》つ	名・数	★として新ならぬ	8・5
一つ	名・数	★の梯は直ちに楼	20・13

一つ	名・数	★にしたる講筵だ	36・6
一つ	名・数	余は我身★の進退	50・17
一つ	名・数	といひつゝ★の木	54・16
一つ	名・数	襁褓★を身につけ	62・6
ひと月《つき》	名・数	★ふた月と過す程	14・10
一月《ひとつき》	名・数	★ばかり過ぎて、	46・3
一月	名・数	まだ★ばかりなる	46・15
人《ひと》なみなら	形動・ナリ・未	★ぬ面もちしたる	16・15
人々《ひとびと》	名・普	同行の★にも物言	10・2
人々	名・普	彼★は余を猜疑し	18・1
人々	名・普	彼★は余が倶に麦	18・3
人々	名・普	彼★の嘲るはさる	18・17
人々	名・普	同郷の★と交らん	20・5
人々	名・普	彼★は唯余を嘲り	20・6
人々	名・普	★の失錯ありしこ	46・1
一間《ひとま》	名・普	街に面したる★な	24・17
瞳子《ひとみ》	名・普	黒き★をや持ちた	54・17
瞳子	名・普	この★、嗚呼、夢	54・17
瞳子	名・普	君が黒き★なり。	56・1
一群《ひとむれ》	名・数	勢力ある★と余と	16・17
ひとり	名・数	泣く★の少女ある	20・17
一人《ひとり》	名・数	余★のみなれば。	8・3
一人	名・数	我同行の★なる相	32・12
独《ひと》り	名・数	★にて灯火に向は	48・14
独り	副	猶★跡に残りしこ	48・16
一人子《ひとりご》	名・普	★の我を力になし	10・16
独《ひと》り子	名・普	かはゆき★を出し	38・17
ひとり身《み》	名・普	★の衣食も足らず	30・8
終日《ひねもす》	名・普	★兀坐する我読書	28・4
日々《ひび》	名・普	★の生計には窮せ	60・10
響《ひびき》	名（動・四・用の転）・普	声に応ずる★の如	10・7
響《ひび》く	動・四・体	★頭を榻背に持た	58・1
批評《ひひやう》	名・普	新現象の★など、	36・1
隙《ひま》	名・普	業の★を偸みて足	34・8
秘《ひ》め	動・下二・用	これを★玉へと云	30・17
繙《ひもと》き	動・四・用	蔵書を★、旧業を	36・5
冷《ひややか》なる	形動・ナリ・体	★石卓の上にて忙	34・8
氷雪《ひようせつ》	名・普	★の裡に移したる	48・8
氷片《ひようへん》	名・普	稜角ある★となり	52・17
開《ひら》い	動・四・用（イ便）	胸臆を★て物語り	42・11
開《ひら》き	動・四・用	戸を★て余を導き	24・16
開き	動・四・用	室の戸を★て入り	58・15
抜《ひら》き	動・四・用	訝りつゝも★て読	38・10
開《ひら》く	動・四・体	窓を★音せしが、	54・2
開《ひら》け	動・四・已	朝に戸を★ば飢ゑ	36・17
閃《ひらめ》き	名（動・四・用の転）・普	宮女の扇の★など	48・11

昼《ひる》	名・普	★の温習、夜の舞	30・6
午餐《ひるげ》	名・普	★に往く食店をも	32・16
午餐	名・普	余と★を共にせん	42・7
貧家《ひんか》	名・普	★の女に似ず。老	26・6
品行《ひんかう》	名・普	余が★の方正なる	42・2
東《ひんがし》	名・普	げに★に還る今の	8・12
東	名・普	★に還り玉はんと	50・5
東	名・普	わが★に往かん日	50・12
東	名・普	★にかへる心なき	56・6
貧苦《ひんく》	名・普	★の痕を額に印せ	24・7
貧血《ひんけつ》	名・普	★の性なりしゆゑ	46・13
賓主《ひんしゅ》	名・普	★の間に周旋して	48・12
麦酒《ビイル》	名・普	余が倶に★の杯を	18・3
鼻音《びおん》	名・普	★にて物言ふ「レ	20・4
美観《びくわん》	名・普	あだなる★に心を	14・1
美術《びじゆつ》	名・普	文学★に係る新現	34・17
ビスマルク	名・固・人	★侯の進退如何な	36・3
微笑《びせう》し	動(複)・サ・用	余は★つ。「政治	40・9
媚態《びたい》	名・普	★あり。この目の	26・14
美《び》なり	形動・ナリ・終	彼は優れて★。乳	26・5
微恙《びやう》	名・普	★にことよせて房	10・1
病床《びやうしやう》	名・普	初めて★に侍する	60・9
病床	名・普	余が★をば離れね	62・7
ビヨルネ	名・固・人	★よりは寧ろハイ	36・1
鬢《びん》	名・普	★の毛の解けてか	32・6

ふ

不意《ふい》に	形動・ナリ・用	此問は★余を驚か	46・5
富貴《ふうき》	形動・ナリ・幹	「何、★。」余は微	40・9
富貴《ふうき》に	形動・ナリ・用	縦令★なり玉ふ日	40・7
風俗《ふうぞく》	名・普	★杯をさへ珍しげ	8・8
吹《ふ》か	動・四・未	髪を朔風に★せて	40・14
不幸《ふかう》なる	形動・ナリ・体	★閲歴を聞きて、	42・11
深《ふか》き	形・ク・体	料らぬ★歎きに遭	22・5
深き	形・ク・体	君を思ふ心の★底	50・3
深《ふか》く	形・ク・用	余りに★我心に彫	10・9
深く	形・ク・用	★く信じたりき。	18・12
深く	形・ク・用	情交は★なりぬと	44・3
不興《ふきよう》なる	形動・ナリ・体	かく★面もちを見	40・4
服《ふく》	名・普	二列ぼたんの★を	40・2
含《ふく》め	動・四・已	愁を★る目の、半	22・3
臥《ふ》さ	動・四・未	床に★せしに、暫	60・15
ふさはしから	形・シク・未	★ざるを悟りたり	16・6
ふし	名・普	浮世のうき★をも	8・13
節《ふし》	名・普	身の★の痛み堪へ	58・15
伏《ふ》し	動・四・用	★たるはなき人な	24・16

不時《ふじ》	名・普	我が★の免官を聞	30・15
伏《ふ》し沈《しづ》み	動(複)・四・用	悲みて★たる面に	32・6
臥床《ふしど》	名・普	白布を掩へる★あ	24・16
臥床	名・普	★あり。中央なる	26・2
臥《ふ》す	動・四・体	床に★ほどにはあ	38・6
再《ふたた》び	副	戸は★明きぬ。さ	24・13
ふた月《つき》	名・数	ひと月★と過す程	14・10
二年《ふたとせ》	名・数	★なれば、事なく	26・10
二重《ふたへ》	名・数	★の玻璃窓を緊し	44・13
二人《ふたり》	名・数	★の間にはまだ痴	28・7
二人	名・数	余等★の間には先	30・15
ふつに	副	★覚えず。我脳中	58・9
筆《ふで》	名・普	★に任せて書き記	8・5
筆	名・普	★に写して誰にか	8・15
筆	名・普	余に詩人の★なけ	22・2
筆	名・普	★の運を妨ぐれば	30・1
筆	名・普	忙はしげに★を走	34・9
ふと	副	この時★頭を擡げ	22・17
ふと	副	★油灯の光に透し	24・10
ふと	副	暫くして★あたり	56・17
蒲団《ふとん》	名・普	★を噛みなどし、	60・17
ふな人《びと》	名・普	★が、遙なる山を	44・6
舟《ふね》	名・普	★に残れるは余一	8・3
舟	名・普	★の横浜を離るゝ	18・13
ふびんなる	形動・ナリ・体	この弱く★心を。	18・17
ふみ	名・普	余に寄する★にも	30・14
ふみ	名・普	程経ての★は、頗	50・2
文《ふみ》	名・普	★読むごとに、物	10・6
文	名・普	概略を★に綴りて	10・11
文	名・普	様々の★を作りし	36・2
文	名・普	故郷よりの★なり	38・14
文	名・普	★をば否といふ字	50・2
書《ふみ》	名・普	官長に寄する★に	16・10
書	名・普	死を報じたる★な	28・17
書	名・普	余が借しつる★を	30・13
書	名・普	日毎に★を寄せし	48・13
書	名・普	彼が第一の★の略	50・1
書	名・普	余は此★を見て始	50・16
踏《ふ》み慣《な》れ	動(複)・下二・用	久しく★ぬ大理石	40・16
冬《ふゆ》	名・普	明治廿一年の★は	36・15
仏蘭西《フランス》	名・固・地	独逸、★の語を学	14・6
仏蘭西語《フランスご》	名(固+普)・普	この間★を最も円	48・11
降《ふ》り	動・四・用	雪は繁く★、帽の	58・3
仏得力三世《フリイドリヒさんせい》	名・固・人	★との崩殂ありて	36・3
振《ふ》り返《か》へり	動(複)・四・用	★て、「あ」と叫	58・16
降《ふ》りしきる	動(複)・四・体	★鷺の如き雪片に	58・13

古《ふる》き　形・ク・体　★獣綿の衣を着、　24・7
故郷《ふるさと》　名・普　★なる母を都に呼　12・1
故郷　名・普　★を立ちいづる前　18・11
故郷　名・普　★よりの文なりや　38・14
故郷　名・普　★にてありしこと　44・17
故郷　名・普　★を憶ふ念と栄達　54・7
故里《ふるさと》　名・普　わが★にて、独逸　14・6
故里　名・普　君は★に頼もしき　50・3
古寺《ふるてら》　名・普　★の前に来ぬ。余　20・10
ふるはせ　動・下二・用　身を★たり。その　26・13
顫《ふる》ふ　動・四・体　少女の★項にのみ　22・15
揮《ふる》へ　動・四・已　錙をも★、クロス　36・15
振舞《ふるまひ》せ　動(複)・サ・未　無礼の★しを詫び　24・13
触《ふる》れ　動・下二・已　物★ば縮みて避け　18・6
触《ふ》れ　動・下二・用　折に★ては道中に　46・1
噴井《ふんせい》　名・普　漲り落つる★の水　12・14
紛紛《ふんぷん》たる　形動・タリ・体　★万事は破竹の如　16・11
舞台《ぶたい》　名・普　夜の★と緊しく使　30・7
舞台　名・普　★にて卒倒しつと　38・2
ブランデンブルク門《もん》　名(固＋普)・固・他　★を隔てて緑樹枝　12・15
ブランデンブルゲル門《もん》　名(固＋普)・固・他　★の畔の瓦斯灯は　58・5
ブリンヂイシイ　名・固・地　嗚呼、★の港を出　8・17
文学《ぶんがく》　名・普　歴史★に心を寄せ　16・12
文学　名・普　★美術に係る新現　34・17
プリユツシユ　名・普　「★」を被へるゾ　40・16
普魯西《プロイセン》　名・固・地　★の官員は、皆快　14・4
普魯西　名・固・地　★にては貴族めき　20・4
普魯西　名・固・地　郵便切手は★のも　38・9

へ

へ　助・格　ホオフ」★通ふこ　44・16
経《へ》　動・下二・用　二十日あまりを★　8・17
経　動・下二・用　幾年をか★ぬるを　40・10
経　動・下二・用　程★てのふみは、　50・2
平滑《へいくわつ》なり　形動・ナリ・用　生路は概ね★しに　42・9
隔《へだ》て　動・下二・用　門を★て緑樹枝を　12・15
編輯長《へんしふちやう》　名・普　某新聞紙の★に説　32・13
べう　助動・当・用(ウ便)　特科のある★もあ　14・13
べから　助動・可・未　忍ぶ★ず。今まで　16・8
べから　助動・可・未　免す★ぬ罪人なり　58・10
べから　助動・適・未　助をば仰ぐ★ずと　28・14
べき　助動・推・体　九廻すともいふ★　10・5
べき　助動・推・体　用ゐる★器械をこ　16・14
べき　助動・推・体　いかでか喜ぶ★。　16・15

べき	助動・推・体	人に知らる★。わ	18・6
べき	助動・推・体	頭の支ふ★処に臥	26・2
べき	助動・推・体	価を取らす★に。	26・17
べき	助動・推・体	なしえつ★少女を	34・13
べき	助動・推・体	此時にある★ぞ。	38・12
べき	助動・可・体	政治家になる★特	14・13
べき	助動・可・体	雄飛す★政治家に	16・5
べき	助動・可・体	腰を折りて潜る★	24・4
べき	助動・可・体	学資を得★手だて	32・11
べき	助動・可・体	随ひて来★か、」	46・4
べき	助動・義・体	細目に拘ふ★にあ	16・10
べき	助動・適・体	生活をなす★。今	42・16
べき	助動・適・体	何事をか叙す★。	48・6
べき	助動・適・体	持ちて行く★。」	54・10
べく	助動・推・用	幽静なる境なる★	12・8
べく	助動・推・用	物憂かる★、又停	48・3
べく	助動・可・用	これを写す★もあ	22・2
べく	助動・可・用	辞む★もあらず。	56・9
べく	助動・当・用	それにて足る★も	26・15
べけれ	助動・推・已	猶程もある★ば、	10・11
べけれ	助動・推・已	路用を給す★ど、	28・13
べけれ	助動・推・已	人もある★ど、余	32・4
べけれ	助動・推・已	影護かる★ばとて	48・3
べけれ	助動・可・已	猶ほ堪ふ★ど、法	16・8
べし	助動・推・終	十六七なる★。被	20・17
べし	助動・推・終	父の名なる★。内	24・12
べし	助動・推・終	なき人なる★。竈	24・16
べし	助動・推・終	善き人なる★。我	26・8
べし	助動・推・終	暮しは立つ★。兎	32・17
べし	助動・推・終	人もありしなる★	34・14
べし	助動・推・終	費をば支へつ★。	46・12
べし	助動・推・終	故あればなる★。	46・15
べし	助動・推・終	得がたかる★。さ	62・13
べし	助動・適・終	破竹の如くなる★	16・11
べし	助動・意・終	出発す★。随ひて	46・4
別《べつ》	名・普	これには★に故あ	8・11
別	名・普	これには★に故あ	8・16
別	名・普	されど余は★に一	36・8
別後《べつご》	名・普	★の情を細叙する	42・5
紅粉《べにおしろい》	名・普	★をも粧ひ、美し	30・7
ベルリン	名・固・地	家を離れて★の都	12・5
ベルリン	名・固・地	君が★にかへり玉	50・14
ベルリン	名・固・地	一行と倶に★に帰	52・15
伯林《ベルリン》	名・固・地	日比★の留学生の	16・17
伯林	名・固・地	★に留まりて政治	32・14
伯林	名・固・地	消印には★とあり	38・9

勉強《べんきやう》	名・普	耐忍★の力と見え	18・8
勉強力《べんきやうりよく》	名・普	検束に慣れたる★	12・6
弁《べん》ずる	動（複）・サ・体	周旋して事を★も	48・12
ペエテルブルク	名・固・地	★に在りし間に余	48・7

ほ

頬《ほ》	名・普	愛らしき★を流れ	22・11
頬	名・普	灰色の★は落ちた	60・10
朋友《ほういう》	名・普	★に利なく、おの	44・1
報告《ほうこく》	名・普	詳かなる★をなし	36・4
報告書《ほうこくしよ》	名・普	★に作りて送り、	14・11
報《ほう》じ	動（複）・サ・用	官長の許に★つ。	28・10
報じ	動（複）・サ・用	母の死を★たる書	28・17
崩殂《ほうそ》	名・普	仏得力三世との★	36・3
報道《ほうだう》せ	動（複）・サ・未	★しむることとな	32・14
外《ほか》	名・普	若し★の恨なりせ	10・8
誇《ほこ》り	動・四・用	自ら心に★しが、	52・1
誇り	動・四・用	★しにはあらずや	52・13
干《ほ》し	動・四・用	楼上の木欄に★た	20・11
細長《ほそなが》き	形（造＋形）・ク・体	新聞の★板ぎれに	34・10
ホテル	名・普	骨牌仲間も「★」	8・2
ホテル	名・普	「★」の食堂を出	44・14
ホテル	名・普	「★」を出でしと	56・14
ほど	名・普	いふに足らぬ★な	32・16
ほど	名・普	一時近くなる★に	34・12
ほど	名・普	床に臥す★にはあ	38・6
ほど	名・普	営むに足る★の資	62・11
程《ほど》	名・普	身の★知らぬ放言	8・7
程	名・普	猶★もあるべけれ	10・11
程	名・普	顧みぬ★の勇気あ	18・10
程	名・普	潜るべき★の戸あ	24・4
程	名・普	この★なれば、出	48・2
程	名・普	★経てのふみは、	50・2
程	名・普	漸やく歩み得る★	58・6
程	名・普	人事を知る★にな	60・6
程	名・形	ふた月と過す★に	14・10
程	名・形	兎角思案する★に	32・17
程	名・形	又写す★に、今ま	36・12
程	名・形	なりもて行く★に	44・17
程	名・形	登らんとする★に	54・3
程	名・形	沈みて行く★に、	56・16
程	名・形	愍にみとる★に、	60・7
程《ほど》なく	形（名＋形）・ク・用	★庖厨にありしエ	38・8
ほとり	名・普	中等室の卓の★は	8・1
畔《ほとり》	名・普	小き鉄炉の★に椅	38・7
畔	名・普	門の★の瓦斯灯は	58・5

辺《ほとり》	名・普	路の★の榻に倚り	56・17
殆《ほとんど》	副	作用は★全く廃し	62・3
殆《ほとん》ど	副	この二通は★同時	28・16
骨《ほね》	名・普	寒さ★に徹すと覚	58・2
頰髯《ほほひげ》	名・普	★長き猶太教徒の	20・12
褒《ほ》むる	動・下二・体	神童なりなど★が	14・16
本国《ほんごく》	名・普	★に帰りて後も倶	52・7
本国	名・普	★をも失ひ、名誉	56・10
本性《ほんしやう》	名・普	我★なりける。此	18・15
翻訳《ほんやく》	名・普	★は一夜になし果	44・16
翻訳	名・普	此日は★の代に、	46・11
翻訳	名・普	★の代をばエリス	46・11
翻訳《ほんやく》せよ	動(複)・サ・命	急を要するを★と	42・6
本領《ほんりやう》	名・普	我★を悟りきと思	52・11
帽《ぼう》	名・普	高き★を戴き、眼	20・3
帽	名・普	★を取りてエリス	40・13
帽	名・普	★の庇、外套の肩	58・3
帽	名・普	★をばいつの間に	60・1
某省《ぼうしやう》	名(接頭+名)・普	★に出仕して、故	12・1
某省	名(接頭+名)・普	我★の官長にて、	52・14
某新聞紙《ぼうしんぶんし》	名(接頭+名+名)・普	★の編輯長に説き	32・13
房奴《ボオイ》	名・普	★の来て電気線の	10・10
簿冊《ぼさつ》	名・普	名を★に記させつ	14・9
菩提樹下《ぼだいじゅか》	名・普	★と訳するときは	12・8
凡庸《ぼんよう》なる	形動・ナリ・体	他の★諸生輩を罵	42・12

ま

間《ま》	名・普	物学びせし★に、	8・10
間	名・普	いつの★にかくは	14・7
間	名・普	答ふる★もなく、	24・6
間	名・普	ブルクに在りし★	48・8
間	名・普	ばいつの★にか失	60・1
大理石《マアブル》	名・普	踏み慣れぬ★の階	40・16
任《まか》せ	動・下二・用	筆に★て書き記し	8・5
曲《まが》り	動・四・用	街に★て、家の入	54・1
間口《まぐち》	名・普	★せまく奥行のみ	34・5
蒔《ま》け	動・四・已	沙をも★、鍤をも	36・15
まこと	名・普	★の我は、やうや	16・3
真《まこと》	名・普	若し★なりせばい	38・5
誠《まこと》	名・普	心の★を顕はして	32・17
誠	名・普	彼に★ありとも、	44・3
洵《まこと》に	副	★危急存亡の秋な	32・3
まし	助動・推・体	いかにせ★。今朝	38・5
まし	助動・推・体	いかに嬉しから★	56・3
ましか	助動・推・未	済みたら★ば、何	14・5
交《まじは》ら	動・四・未	人々と★んやうも	20・5

交《まじはり》	名(動・四・用の転)・普	客にさへ★を結び	10・1
交	名(動・四・用の転)・普	少女との★漸く繁	28・5
交	名(動・四・用の転)・普	生じたる★なり。	44・4
交《まじは》り	名(動・四・用の転)・普	師弟の★を生じた	30・15
交《まじは》る	動・四・終	女優と★といふこ	28・10
真白《ましろ》に	形動・ナリ・用	★に洗ひたる麻布	24・14
また	副	★多くは余なりき	48・12
また	副	乍ち★顕れて、風	58・14
また	副	世に★得がたかる	62・13
また	接	★善く法典を諳じ	16・5
また	接	★我身に係らぬ他	50・17
また	接	★器械的人物とは	52・11
また	接	★かの夕べ大臣に	60・12
また	接	★遽に心づきたる	60・17
亦《また》	副	おのれも★伯が当	42・16
又《また》	副	★我心の能く耐へ	18・12
又	副	★余を猜疑するこ	20・7
又	副	涙の泉は★溢れて	22・11
又	副	★静になりて戸は	24・12
又	副	読みては★読み、	36・11
又	副	写しては★写す程	36・12
又	接	★大学にては法科	16・12
又	接	★遂に余を讒誣す	18・1
又	接	★早く父を失ひて	18・15
又	接	★始てわれを見た	24・1
又	接	★自らは知らぬに	26・14
又	接	★別離を悲みて伏	32・6
又	接	★一時近くなるほ	34・11
又	接	★彼少女との関係	44・2
又	接	★停車場にて涙こ	48・3
又	接	★程経てのふみは	50・2
又	接	★我愛もて繫ぎ留	50・5
又《ま》た	接	★我母の如く。」	22・10
又た	接	★誹る人もあるべ	32・4
又た	接	★少し考へて。「	40・7
待《ま》た	動・四・未	日をこそ★めと常	50・7
まだ	副	★白紙のまゝなる	8・9
まだ	副	★維廉一世の街に	12・10
まだ	副	襦袢など★取入れ	20・12
まだ	副	★痴駭なる歓楽の	28・7
まだ	副	大学の籍は★刪ら	36・6
まだ	副	★一月ばかりなる	46・15
まだ	副	エリスは★寝ねず	58・12
またなき	形・ク・体	★名誉なりと人に、	10・17
またなく	形・ク・用	我★慕ふ母の死を	28・17
街《まち》	名・普	★に面したる一間	24・17

待《ま》ち	動・四・用	かれは★兼ねし如	24・8
待ち	動・四・用	疲るゝを★て家に	48・15
待《ま》つ	動・四・体	玉はん日を★のみ	50・15
先《ま》づ	副	★心を鎮め玉へ。	22・16
先づ	副	★師弟の交りを生	30・15
先づ	副	人を薦むるは★其	44・2
睫毛《まつげ》	名・普	長き★に掩はれた	22・3
貧《まつし》き	形・シク・体	彼は父の★がため	30・3
貧き	形・シク・体	★が中にも楽しき	44・8
全《まった》く	副	作用は殆★廃して	62・3
全く	副	余が病は★癒えぬ	62・9
まで	助・格	セイゴンの港★来	8・4
まで	助・格	その頃★にまたな	10・17
まで	助・格	勤めし時★、ただ	16・1
まで	助・格	きのふ★の我なら	16・4
まで	助・格	今★は瑣々たる問	16・9
まで	助・格	横浜を離るゝ★は	18・13
まで	助・格	我心の底★は徹し	22・4
まで	助・格	君をこゝ★導きし	26・7
まで	助・格	この時★は余所目	30・2
まで	助・格	今★一筋の道をの	36・12
まで	助・格	窓の下★来ぬ。余	40・12
まで	助・格	室の前★往きしが	42・1
まで	助・格	いつ★か一少女の	42・15
まで	助・格	帰り来ん★の費を	46・12
まで	助・格	夜に入る★もの語	48・15
まで	助・格	この時★も定まら	54・7
まで	助・格	街★来しときは、	58・7
まで	助・格	握まんとせし★は	60・5
まで	助・格	今日★も残れりけ	62・14
まで	助・副	さ★悲しとは思は	12・4
まで	助・副	我先行をもさ★意	42・4
まで	助・副	かく★に我をば欺	60・14
迄《まで》	助・格	こゝ★来し道をば	58・8
窓《まど》	名・普	街に臨める★に倚	12・11
窓	名・普	右手の低き★に、	24・14
窓	名・普	★に向ひて斜に下	26・1
窓	名・普	雪道を★の下まで	40・11
窓	名・普	凍れる★を明け、	40・13
窓	名・普	この時★を開く音	54・2
纏《まと》ひ	動・四・用	衣を★、珈琲店に	20・2
纏《まと》へ	動・四・已	美しき衣をも★、	30・8
眼《まなこ》	名・普	我★はこのうつむ	22・15
学《まなび》	名（動・四・用の転）・普	★の道をたどりし	18・7
学《まな》び	動・四・用	仏蘭西の語を★し	14・6
学び	動・四・用	★得つると問はぬ	14・7

学び　動・四・用　怠らず★し時より　14・17
学び　動・四・用　寧ろハイネを★て　36・2
招《まね》か　動・四・未　使して★れぬ。往　56・5
舞《まひ》　名（動・四・用の転）・普　十五の時★の師の　30・3
舞　名（動・四・用の転）・普　掌上の★をもなし　34・13
舞姫《まひひめ》　名・普　色を★の群に漁す　28・6
舞姫　名・普　はかなきは★の身　30・6
前《まへ》　名・普　立ちいづる★にも　18・12
前　名・普　古寺の★に来ぬ。　20・10
前　名・普　大事は★に横りて　32・3
前　名・普　室の★まで往きし　42・1
前　接尾　五年★の事なりし　8・3
前　接尾　二三日★の夜、舞　38・2
まほし　助動・希・終　汝を見★とのたま　38・11
まほしき　助動・希・体　諸共に行か★を。　40・5
まゝ　名・形　白紙の★なるは、　8・9
まゝ　名・形　心の★に用ゐるべ　16・14
まゝ　名・形　この★にて郷にか　32・9
まゝ　名・形　直視したる★にて　60・16
侭《まま》　名・形　その★に地に倒れ　60・5
まみえ　動・下二・用　大臣に★もやせん　38・17
守《まも》り　動・四・用　父の遺言を★、母　14・16
守り　動・四・用　長者の教を★て、　18・7

守《まも》る　動・四・体　余は★所を失はじ　44・10
迷《まよ》はさ　動・四・未　我心を★むとする　12・8
迷《まよひ》　名（動・四・用の転）・普　思ひしは★なりけ　50・9
迷《まよ》ひ　動・四・用　心★ながらも、二　14・13
稀《まれ》なり　形動・ナリ・用　聴くことは★き。　36・7
稀なり　形動・ナリ・終　★とぞいふなる。　30・9
参《まゐ》らせ　補動・下二・未　還し★ん。縦令我　26・12
マンサルド　名・普　所謂★の街に面し　24・17
満足《まんぞく》　名・普　我中心に★を与へ　44・8

み

み　補動・上一・用　探り★て顔に押し　62・2
見《み》　動・上一・未　汝を★まほしとの　38・11
見　動・上一・未　相沢を★ざりしか　46・5
見　動・上一・用　いかにか★けむ。　8・8
見　動・上一・用　始めて余を★しと　14・6
見　動・上一・用　客を延く女を★て　20・3
見　動・上一・用　レエベマン」を★　20・4
見　動・上一・用　少女あるを★たり　20・17
見　動・上一・用　始てわれを★たる　24・1
見　動・上一・用　出でしを★て、某　32・13
見　動・上一・用　何とか★けん。又　34・11
見　動・上一・用　面もちを★て、エ　38・13

見	動・上一・用	鏡に向きて★玉へ	40・4
見	動・上一・用	大臣は★たくもな	40・10
見	動・上一・用	定めたるを★て心	50・12
見	動・上一・用	余は此書を★て始	50・16
見	動・上一・用	職分をのみ★き。	52・3
見	動・上一・用	頸を抱きしを★て	54・4
見	動・上一・用	何とか★玉ふ、こ	54・15
見	動・上一・用	夢にのみ★しは君	56・1
見	動・上一・用	エリスを★て、そ	60・9
見	動・上一・用	幾度か出しては★	62・6
見	動・上一・用	★ては欷歔す。余	62・7
見	補動・上一・未	文に綴りて★む。	10・12
身《み》	名・普	★の程知らぬ放言	8・7
身	名・普	★をはかなみて、	10・5
身	名・普	余は我★の今の世	16・4
身	名・普	我★だに知らざり	18・5
身	名・普	豪傑と思ひし★も	18・14
身	名・普	余が冤罪を★に負	20・7
身	名・普	縦令我★は食はず	26・12
身	名・普	彼は涙ぐみて★を	26・13
身	名・普	余は彼が★の事に	30・16
身	名・普	汚名を負ひたる★	32・10
身	名・普	覚束なきは我★の	38・4
身	名・普	常ならぬ★なりと	46・13
身	名・普	★に合せて借りた	46・17
身	名・普	我★の常ならぬが	50・9
身	名・普	我★の過ぎし頃に	50・11
身	名・普	★を寄せんとぞい	50・13
身	名・普	余は我★一つの進	50・17
身	名・普	我★に係らぬ他人	50・17
身	名・普	★はこの広漠たる	56・11
身	名・普	★の節の痛み堪へ	58・14
身	名・普	襁褓一つを★につ	62・6
見上《みあ》げ	動(複)・下二・用	その★たる目には	26・13
見上げ	動(複)・下二・用	★たる目には涙満	56・3
親族《みうち》	名・普	一は★なる某が、	28・16
見《み》え	動・下二・未	汚れたりとも★ず	22・1
見え	動・下二・未	君とは★ず。」又	40・6
見え	動・下二・未	悩ますとも★ず。	46・16
見え	動・下二・未	車よりは★ず。駅	54・2
見え	動・下二・用	力と★しも、皆な	18・8
見え	動・下二・用	感ぜしさま★て、	28・1
見送《みおく》り	動(複)・四・用	乗りし車を★ぬ。	40・14
見送る	動(複)・四・体	怪み★人もありし	34・13
見覚《みおぼ》え	名(動・上一・用+動・下二・用の転)・普	見れば★ある相沢	38・9

身《み》勝《がっ》手《て》なる	形動・ナリ・体	附けこみて★いひ	26・11
右《みぎ》	名・普	ハウエルを★にし	28・4
見《み》苦《ぐる》し	形（動・上一・用＋補形）・シク・終	これにて★とは誰	40・4
見《み》込《こみ》	名（動・上一・用＋動・四・用の転）・普	治癒の★なしとい	62・5
見《み》知《し》ら	動（複）・四・未	人をも★ず、我名	60・16
見《み》棄《す》て	動（複）・下二・用	われをば★玉はじ	40・7
店《みせ》	名・普	余と倶に★を立出	34・12
見《み》せ	動・下二・未	誰にか★む。これ	8・15
見せ	動・下二・未	山色をも★ず、伊	10・4
見せ	動・下二・用	面もちを★玉ふか	40・5
見せ	動・下二・用	医者に★しに常な	46・13
見せ	動・下二・用	医に★しに、過劇	62・4
乱《みだ》れ	動・下二・未	余所に心の★ざり	18・10
乱れ	動・下二・用	★し髪を朔風に吹	40・13
乱れ	動・下二・用	髪は蓬ろと★て、	60・2
途《みち》	名・普	★に上りしとき、	8・9
途	名・普	帰東の★に上ぼり	62・10
道《みち》	名・普	学の★をたどりし	18・7
道	名・普	仕の★をあゆみし	18・8
道	名・普	たどらせたる★を	18・9
道	名・普	一筋の★をのみ走	36・12
道	名・普	挽きかへさん★を	56・11
道	名・普	余は★の東西をも	56・15
道	名・普	こゝ迄来し★をば	58・8
道	名・普	幾度か★にて跌き	60・2
路《みち》	名・普	★の辺の榻に倚り	56・17
満《み》ち	動・四・用	目には涙★たり。	56・3
導《みちび》き	動・四・用	余を★つ。この処	24・17
導き	動・四・用	君をこゝまで★し	26・7
満《み》ちく	動・上二・用	心のみ★たりき。	58・10
水《みづ》	名・普	噴井の★、遠く望	12・14
自《みづか》ら	副	★悟らざりしが、	16・1
自ら	副	皆な★欺き、人を	18・9
自ら	副	外物に恐れて★わ	18・11
自ら	副	又★は知らぬにや	26・14
自ら	副	★我僑居に来し少	28・3
自ら	副	決断ありと★心に	52・1
自ら	副	★我本領を悟りき	52・11
三《み》とせ	名・数	年を送ること★ば	12・2
三年《みとせ》	名・数	★ばかりは夢の如	14・15
みとる	動・四・体	慇に★程に、或日	60・7
皆《みな》	副	★快く余を迎へ、	14・4
皆《み》な	副	★勇気ありて能く	18・8
皆な	副	★自ら欺き、人を	18・9

漲《みなぎ》り落《お》つる	動(複)・上二・体	★噴井の水、遠く	12・14
港《みなと》	名・普	このセイゴンの★	8・4
港	名・普	★を出でゝより早	8・17
身《み》の上《うへ》	名(名+助・格+名)・普	舞姫の★なり。薄	30・6
身の上	名(普+助・格+普)・普	我★なりければな	42・10
耳《みみ》	名・普	★に聞くもの、一	8・4
妍《みめよ》き	形・ク・体	★少女の巴里まね	12・12
都《みやこ》	名・普	故郷なる母を★に	12・1
都	名・普	ベルリンの★に来	12・5
見《み》ゆ	動・下二・終	善き人なりと★。	22・10
見ゆ	動・下二・終	処は★めれど、表	36・16
見ゆ	動・下二・終	介せざりきと★。	42・5
見ゆ	動・下二・終	にはあらずと★。	62・7
見《み》ゆる	動・下二・体	明かに★が、降り	58・13
見《み》よ	動・上一・命	隊々の士女を★。	12・10
未来《みらい》	名・普	★の望を繋ぐこと	52・4
見《み》る	動・上一・体	目に★もの、耳に	8・4
見る	動・上一・体	物★ごとに、鏡に	10・6
見る	動・上一・体	人の★が厭はしさ	24・2
見る	動・上一・体	余所目に★より清	30・2
見《み》れ	動・上一・已	戸を★ば、エルン	24・10
見れ	動・上一・已	更め玉ふを★ば、	40・6
見れ	動・上一・已	相対して★ば、形	42・3
見れ	動・上一・已	取上ぐるを★ば襁	54・16
見れ	動・上一・已	往きて★ば待遇殊	56・5
見れ	動・上一・已	あたりを★ば、獣	56・17
見れ	動・下二・已	★ば見覚えある相	38・8
民間学《みんかんがく》	名(名+接尾)・普	凡そ★の流布した	36・9

む

む	助動・推・終	なりな★。これの	10・9
む	助動・推・終	用には足りな★、	56・7
む	助動・推・体	誰にか見せ★。こ	8・15
む	助動・推・体	命に従はざら★。	46・5
む	助動・推・体	子の生れ★をりの	62・11
む	助動・意・終	日記ものせ★とて	8・9
む	助動・意・終	文に綴りて見★。	10・12
む	助動・意・終	伝へもせ★と約し	14・5
む	助動・意・終	政治学を修め★と	14・9
む	助動・意・体	奈何にせ★。公使	32・8
む	助動・意・体	此恨を鎖せ★。若	10・8
む	助動・婉・体	我名を成さ★も、	12・3
む	助動・婉・体	我家を興さ★も今	12・3
む	助動・婉・体	辞書たら★は猶ほ	16・8
昔《むかし》	名・普	西に航せし★の我	8・12
昔《むか》し	名・普	★の法令条目の枯	34・16

向《むか》は　動・四・未　灯火に★ん事の心　48・14
向《むか》ひ　動・四・用　貸家などに★て、　20・14
向ひ　動・四・用　窓に★て斜に下れ　26・1
向ひ　動・四・用　余に★て母にはこ　30・17
向ひ　動・四・用　突然われに★て。　46・3
向ひ　動・四・用　魯西亜に★て出発　46・3
向ひ　動・四・用　彼に★てエリスと　52・9
迎《むか》へ　動・下二・用　皆快く余を★、公　14・4
迎《むか》へ入《い》れ　動（複）・下二・用　余を★つ。戸の内　24・13
向《む》き　動・四・用　我鏡に★て見玉へ　40・4
報酬《むくい》　名（動・上二・用の転）・普　社の★はいふに足　32・16
報酬　名（動・上二・用の転）・普　新聞社の★に関す　38・14
酷《むご》く　形・ク・用　彼の如く★はあら　22・10
むしり　動・四・用　髪を★、蒲団を噛　60・17
寧《むし》ろ　副　★ハイネを学びて　36・2
結《むす》び　動・四・用　交を★て、旅の憂　10・1
結び　動・四・用　手づから★つ。こ　40・3
結《むす》びあはせ　動（複）・下二・用　彼此と★て、力の　36・1
襁褓《むつき》　名・普　見れば★なりき。　54・16
襁褓　名・普　机に倚りて★縫ひ　58・16
襁褓　名・普　机の上なりし★を　62・1
襁褓　名・普　かの★一つを身に　62・6
むとする　助動・意・体　我目を射★は。何　12・7
むとする　助動・意・体　我心を迷はさ★は　12・8
むとせ　助動・意・未　癲狂院に入れ★し　62・5
旨《むね》　名・普　遂に★を公使館に　28・11
胸《むね》　名・普　★張り肩聳えたる　12・10
胸　名・普　されど我★には縦　12・17
無量《むりやう》　名・普　★の艱難を閲し尽　20・8
群《むれ》　名（動・下二・用の転）・普　色を舞姫の★に漁　28・7

め

め　助動・推・已　なら★ど、ふつに　58・9
め　助動・意・已　日をこそ待た★と　50・7
目《め》　名・普　★に見るもの、耳　8・4
目　名・普　我★を射むとする　12・7
目　名・普　彼も此も★を驚か　12・12
目　名・普　愁を含める★の、　22・3
目　名・普　見上げたる★には　26・13
目　名・普　この★の働きは知　26・14
目　名・普　見上げたる★には　56・3
目　名・普　血走りし★は窪み　60・10
目　名・普　★は直視したるま　60・16

目　接尾　四階★に腰を折り　24・3
命《めい》　名・普　取り調べよとの★　12・3
命　名・普　この★を伝ふる時　28・12
命　名・普　我★はせまりぬ。　32・9
命　名・普　いかで★に従はざ　46・5
名花《めいくわ》　名・普　一輪の★を咲かせ　28・5
明視《めいし》し　動(複)・サ・用　地位を★得たり。　50・16
明治《めいち》　名・固・他　★廿一年の冬は来　36・15
名誉《めいよ》　名・普　またなき★なりと　10・17
名誉　名・普　汝が★を恢復する　38・12
名誉　名・普　★を挽きかへさん　56・10
眼鏡《めがね》　名・普　★に鼻を挟ませて　20・3
目醒《めざ》め　動(複)・下二・用　次の朝★し時は、　48・16
珍《めづら》しげに　形動(形幹+接尾)・ナリ・用　風俗抔をさへ★し　8・8
愛《め》づる　動・下二・体　余が彼を★心の俄　32・2
右手《めて》　名・普　★の低き窓に、真　24・14
めでたく　形・ク・用　待遇殊に★、露西　56・5
めれ　助動・推定・已　処は見ゆ★ど、表　36・16
免官《めんくわん》　名・普　不時の★を聞きし　30・15
免官　名・普　余が★の官報に出　32・13
免官　名・普　当時の★の理由を　42・17
面《めん》し　動(複)・サ・用　街に★たる一間な　24・17

免《めん》じ　動(複)・サ・用　我官を★、我職を　28・12
面色《めんしよく》　名・普　我★、帽をばいつ　60・1
面色　名・普　★さながら土の如　60・13

も

も　助・係　晴れがましき★徒　8・2
も　助・係　骨牌仲間★「ホテ　8・2
も　助・係　さらぬ★尋常の動　8・7
も　助・係　買ひし冊子★まだ　8・9
も　助・係　足らぬところ★多　8・13
も　助・係　うきふしを★知り　8・13
も　助・係　言ふ★更なり、わ　8・14
も　助・係　変り易きを★悟り　8・14
も　助・係　人々に★物言ふこ　10・2
も　助・係　瑞西の山色を★見　10・4
も　助・係　古蹟に★心を留め　10・4
も　助・係　九廻すと★いふべ　10・5
も　助・係　すが〱しく★な　10・9
も　助・係　あたりに人★無し　10・10
も　助・係　猶程★あるべけれ　10・11
も　助・係　学館にありし日★　10・14
も　助・係　通ひしとき★、大　10・15
も　助・係　入りし後★、太田　10・15

も	助・係	人に★言はれ、某	12・1
も	助・係	我名を成さむ★、	12・3
も	助・係	我家を興さむ★今	12・3
も	助・係	母に別るゝを★さ	12・4
も	助・係	彼★此も目を驚か	12・12
も	助・係	彼も此★目を驚か	12・12
も	助・係	音★せで走るいろ	12・13
も	助・係	遑なき★宜なり。	12・17
も	助・係	境に遊びて★、あ	14・1
も	助・係	何事に★あれ、教	14・5
も	助・係	教へ★し伝へもせ	14・5
も	助・係	教へもし伝へ★せ	14・5
も	助・係	打合せ★済みて、	14・10
も	助・係	取調★次第に捗り	14・10
も	助・係	あるべう★あらず	14・13
も	助・係	心迷ひながら★、	14・13
も	助・係	包みて★包みがた	14・15
も	助・係	政治家になるに★	16・5
も	助・係	法律家になるに★	16・6
も	助・係	瑣々たる問題に★	16・9
も	助・係	これとて★其故な	18・2
も	助・係	麦酒の杯を★挙げ	18・3
も	助・係	球突きの棒を★取	18・3
も	助・係	道をたどりし★、	18・7
も	助・係	仕の道を歩みし★	18・8
も	助・係	力と見えし★、皆	18・9
も	助・係	立ちいづる前に★	18・12
も	助・係	耐へんことを★深	18・12
も	助・係	嗚呼、彼★一時。	18・13
も	助・係	豪傑と思ひし身★	18・14
も	助・係	交らんやう★なし	20・6
も	助・係	汚れたりと★見え	22・1
も	助・係	写すべく★あらず	22・2
も	助・係	こと★あらん。」	22・7
も	助・係	答ふる間★なく、	24・6
も	助・係	天井★なし。隅の	26・1
も	助・係	それ★ならずば母	26・12
も	助・係	足るべく★あらね	26・15
も	助・係	彼等は速了に★、	28・6
も	助・係	紅粉を★粧ひ、美	30・7
も	助・係	美しき衣を★纏へ	30・8
も	助・係	衣食★足らず勝な	30・8
も	助・係	漸く趣味を★知り	30・13
も	助・係	言葉の訛を★正し	30・14
も	助・係	いくほど★なく余	30・14
も	助・係	ふみに★誤字少な	30・14

も	助・係	こゝに写さん★要	32・2
も	助・係	又た誹る人★ある	32・4
も	助・係	公使に約せし日★	32・9
も	助・係	棲家を★うつし、	32・16
も	助・係	食店を★かへたら	32・16
も	助・係	憂きがなかに★楽	34・3
も	助・係	多く★あらぬ金を	34・7
も	助・係	冷むるを★顧みず	34・9
も	助・係	掌上の舞を★なし	34・13
も	助・係	見送る人★ありし	34・13
も	助・係	文を作りし中に★	36・2
も	助・係	思ひしより★忙は	36・4
も	助・係	多く★あらぬ蔵書	36・5
も	助・係	たづぬること★難	36・5
も	助・係	高尚なる★多きを	36・10
も	助・係	夢に★知らぬ境地	36・13
も	助・係	沙を★蒔け、鍤を	36・15
も	助・係	鍤を★揮へ、クロ	36・15
も	助・係	死にたる★哀れな	36・17
も	助・係	火を焚きつけて★	38・1
も	助・係	訝りつゝ★披きて	38・10
も	助・係	われ★来たり。伯	38・11
も	助・係	恢復する★此時に	38・12
も	助・係	おん身★名を知る	38・15
も	助・係	出し遣る母★かく	38・17
も	助・係	大臣にまみえ★や	38・17
も	助・係	上襦袢★極めて白	40・1
も	助・係	誰れ★得言はじ。	40・4
も	助・係	われ★諸共に行か	40・5
も	助・係	見たく★なし。唯	40・10
も	助・係	我失行を★さまで	42・4
も	助・係	細叙するに★遑あ	42・5
も	助・係	言はん★甲斐なし	42・14
も	助・係	天方伯★唯だ独逸	42・16
も	助・係	おのれ★亦伯が当	42・16
も	助・係	いつ往きつかん★	44・7
も	助・係	満足を与へん★定	44・8
も	助・係	貧きが中に★楽し	44・8
も	助・係	伯の言葉★用事の	44・17
も	助・係	範囲を善く★量ら	46・8
も	助・係	心づきて★、強て	46・9
も	助・係	悩ますと★見えず	46・16
も	助・係	遠く★あらぬ旅な	46・17
も	助・係	残らん★物憂かる	48・3
も	助・係	弁ずるもの★また	48・12
も	助・係	食なかりし折に★	50・1

も　助・係　それ★慊はで東に　50・5
も　助・係　業をなして★此地　50・7
も　助・係　進退につきて★、　50・17
も　助・係　事につきて★、決　50・17
も　助・係　神★知るらむ、絶　52・4
も　助・係　本国に帰りて後★　52・7
も　助・係　友ながら★公事な　52・8
も　助・係　余が軽率に★彼に　52・9
も　助・係　今★除夜に眠らず　52・16
も　助・係　この時まで★定ま　54・7
も　助・係　大臣を★、たびの　56・4
も　助・係　様々の係累★やあ　56・8
も　助・係　辞むべく★あらず　56・9
も　助・係　偽なりと★いひ難　56・10
も　助・係　本国を★失ひ、名　56・10
も　助・係　道を★絶ち、身は　56・11
も　助・係　額はありと★、帰　56・14
も　助・係　道の東西を★分か　56・15
も　助・係　一寸許★積りたり　58・3
も　助・係　鉄道馬車の軌道★　58・4
も　助・係　驚きし★宜なりけ　60・1
も　助・係　人を★見知らず、　60・16
も　助・係　をりの事を★頼み　62・12
も　助・係　今日まで★残れり　62・24
も（用字＝共《とも》）　助・係　幾つと★なく点し　48・9
燃《も》え　動・下二・用　一灯微に★て、エ　34・15
目睫《もくせふ》　名・普　許多の景物★の間　12・16
目的《もくてき》　名・普　★なき生活をなす　42・15
模《も》糊《こ》たる　形動・タリ・体　余は★功名の念と　12・6
若《も》し　副　★外の恨なりせば　10・8
若し　副　御身★即時に郷に　28・12
若し　副　★猶こゝに在らん　28・13
若し　副　★真なりせばいか　38・5
若し　副　★この手にしも縋　56・10
持《も》た　動・四・未　「カバン」★せて　54・2
擡《もた》げ　動・下二・用　ふと頭を★、又始　24・1
持《も》たせ　動・下二・用　頭を榻背に★、死　58・1
持《も》ち　動・四・用　勉強力とを★て、　12・6
持ち　動・四・用　幾階か★て行くべ　54・10
持ち　動・四・用　瞳子をや★たらん　54・17
用《もち》ゐ　動・上一・未　かくは心を★じ。　38・17
用ゐ　動・上一・未　重く★られ玉はゞ　50・14
用《もち》ゐる　動・上一・終　心のまゝに★べき　16・14
尤《もつと》も　副　我生涯にて★悲痛　28・15
最《もつと》も　副　★円滑に使ふもの　48・11
もて　連語（動・四・用＋助・接）

		漆★書き、下に仕	24・11
もて	連語（動・四・用＋助・接）		
		一隻の眼孔★、読	36・11
もて	連語（動・四・用＋助・接）	我愛★繋ぎ留めで	50・5
以《も》て	連語（動・四・用＋助・接）		
		余を★色を舞姫の	28・6
弄《もてあそ》ば	動・四・未	風に★るゝに似た	58・14
持《も》て帰《かへ》り	動（複）・四・用	賜はりしを★て、	46・11
持《も》て来《き》	動（複）・カ・用	郵便の書状を★て	38・8
持《も》て来《く》る	動（複）・カ・体	小をんなが★一盞	34・9
もてはやさ	動（接頭＋動）・四・未	世の人に★れしか	8・6
もて行《ゆ》き	動（接頭＋動）・四・用	漸く繁くなり★て	28・6
もて行《ゆ》く	補動（接頭＋補動）・四・体		
		繁くなり★程に、	44・17
もと	副	官長は★心のまゝ	16・14
旧《もと》	名・普	形こそ★に比ぶれ	42・3
許《もと》	名・普	官長の★に報じつ	28・10
許	名・普	知る人の★にて夜	48・15
素《も》と	副	★生れながらなな	42・13
顚末《もとすゑ》	名・普	隠したる★を審ら	60・7
資本《もとで》	名・普	足るほどの★を与	62・11
求《もと》むる	動・下二・体	栄達を★心とは、	54・7
求《もと》めよ	動・下二・命	伯の信用を★。又	44・2
もの	名・普	目に見る★、耳に	8・4
もの	名・普	耳に聞く★、一つ	8・5
もの	名・普	こゝに来し★ゝ応	12・17
もの	名・普	親腹からを養ふ★	30・8
もの	名・普	★食ふごとに吐く	38・3
もの	名・普	悪阻といふ★なら	38・4
もの	名・普	普魯西の★にて、	38・9
もの	名・普	才能ある★が、い	42・15
もの	名・普	敵する★には抗抵	44・11
もの	名・普	卒然★を問はれた	46・7
もの	名・普	最も円滑に使ふ★	48・11
もの	名・普	事を弁ずる★もま	48・12
もの	名・普	取りて与ふる★を	62・1
もの	名・形	群に漁する★とし	28・7
もの	名・形	いだしゝ★なれど	28・16
物《もの》	名・普	★見るごとに、鏡	10・6
物	名・普	★触れば縮みて避	18・6
物	名・普	幼き時より★読む	30・11
物	名・普	譬へんに★なかり	56・15
物	名・普	★を探り討めたり	60・17
物言《ものい》ふ	動（名＋動の一語化）・四・体		
		人々にも★ことの	10・2

物言ふ　動（名＋動の一語化）・四・体
鼻音にて★「レエ　20・4
物《もの》憂《う》かる　形（接頭＋形）・ク・体　残らんも★べく、　48・3
物語《ものがたり》　名（名＋動・四・用の転）・普
★の畢りしとき、　42・12
物語《ものがた》り　動・四・用　胸臆を開いて★し　42・11
もの語《がた》りし　動（複）・サ・用　夜に入るまで★、　48・15
物語《ものがたり》する　動（複）・サ・体　彼は★うちに、覚　22・17
ものせ　動（複）・サ・未　日記★むとて買ひ　8・9
物《もの》問《と》ひたげに　形動（名＋動＋接尾）・ナリ・用
★愁を含める目の　22・3
物学《ものまな》びせ　動（複）・サ・未　独逸にて★し間に　8・10
モハビット　名・固・地　★、カルヽ街通ひ　58・4
最早《もはや》　副　★十一時をや過ぎ　58・4
木綿《もめん》　名・普　白き★、白き「レ　54・14
木綿《もめん》ぎれ　名（名＋名）・普　★を取上ぐるを見　54・16
洩《も》れ　動・下二・用　巾を★たる髪の色　20・17
諸共《もろとも》に　副　われも★行かまほ　40・5
文書《もんじょ》　名・普　★の急を要するを　42・6
文書　名・普　余が★を受領して　42・6
問題《もんだい》　名・普　瑣々たる★にも、　16・9
モンビシユウ街《がい》　名（固＋普）・固・地　我が★の僑居に帰　20・10
モンビシユウ街　名（固＋普）・固・地　質屋の使の★三番　26・17

や

や　助・係　気象を★養ひ得た　8・10
や　助・係　これ★日記のなら　8・15
や　助・係　当りたればに★、　16・3
や　助・係　なさんと★しけん　16・8
や　助・係　生れながらに★あ　18・15
や　助・係　よりて★生じけん　18・16
や　助・係　立ちて泣くに★。　22・5
や　助・係　真率なる心★色に　22・9
や　助・係　彼を知らで★おは　26・9
や　助・係　知りてするに★、　26・14
や　助・係　自らは知らぬに★　26・14
や　助・係　まみえも★せんと　38・17
や　助・係　大臣に告げ★しけ　52・10
や　助・係　瞳子を★持ちたら　54・17
や　助・係　疲れ★おはさんと　56・4
や　助・係　係累も★あらんと　56・8
や　助・係　十一時を★過ぎけ　58・4
や　助・係　半夜を★過ぎたり　58・7
や　助・終　おろかならず★。　18・17
や　助・終　その辛苦奈何ぞ★　30・9
や　助・終　文なり★。悪しき　38・14

や	助・終	夢にはあらず★と	48・16
や	助・終	にはあらず★。足	52・13
家《や》	名・普	鍛冶が★に通じた	20・13
家	名・普	君が★に送り行か	22・16
やう	名・形	余は私に思ふ★、	16・6
やう	名・形	交らん★もなし。	20・5
やう	名・形	正して諫むる★、	42・13
やう	名・形	よき★に繕ひ置き	60・8
洋行《やうかう》	名・普	★の官命を蒙り、	8・4
洋行《やうかう》し	動(複)・サ・用	★て一課の事務を	12・2
やうに	助動・比・用	思ひ出したる★「	62・8
やうやう	副	★表にあらはれて	16・3
漸《やうや》く	副	★蔗を嚙む境に入	16・12
漸く	副	少女との交★繁く	28・5
漸く	副	★趣味をも知り、	30・13
漸く	副	★繁くなりもて行	44・16
漸《やう》やく	副	★歩み得る程には	58・6
漸《やうや》くに	副	★しるくなれる、	50・10
灼《や》く	動・四・体	★が如く熱し、椎	58・1
約《やく》し	動(複)・サ・用	伝へもせむと★き	14・5
約し	動(複)・サ・用	断たんと★き。余	44・10
訳《やく》する	動(複)・サ・体	菩提樹下と★とき	12・8
約《やく》せ	動(複)・サ・未	公使に★し日も近	32・9
約束《やくそく》	名・普	与へし★を聞き、	60・12
養《やしな》ひ	動・四・用	気象をや★得たり	8・10
養ひ	動・四・用	★得たる一隻の眼	36・11
養《やしな》ふ	動・四・体	親腹からを★もの	30・8
易《やす》き	補形・ク・体	心さへ変り★をも	8・14
易き	補形・ク・体	力を借し★ことも	22・7
易《やす》けれ	形・ク・已	往かんは★ど、か	50・6
休《やす》み	動・四・用	心地あしとて★、	38・3
休《やす》む	動・四・体	★ことのあまりに	46・14
休《やす》むる	動・下二・体	足を★商人などと	34・8
痩《や》せ	動・下二・用	いたく★て、血走	60・10
宿《やど》せ	動(複)・四・已	半ば露を★る長き	22・3
宿《やど》り	動・四・用	「ホテル」に★て	8・3
屋上《やね》	名・普	★の禽の如くなり	52・6
屋《や》根《ね》裏《うら》	名・普	隅の★より窓に向	26・1
屋根裏	名・普	四階の★には、エ	58・12
屋根裏	名・普	★の一灯微に燃え	34・15
やは	助・係	其故なくて★。彼	18・2
やは	助・係	こと★ある。又我	50・4
山《やま》	名・普	遙なる★を望む如	44・6
山	名・普	されどこの★は猶	44・7
止《や》ま	動・四・未	留めでは★じ。そ	50・5
病《やまひ》	名・普	エリスは★をつと	40・1

病　名・普　我★は母の宣ふ如　40・8
病　名・普　大臣には★の事の　60・8
病　名・普　★なれば、治癒の　62・5
病　名・普　余が★は全く癒え　62・9
稍々《やや》　副　今は★これを得た　52・6

ゆ

遺言《ゆいごん》　名・普　余は父の★を守り　14・16
勇気《ゆうき》　名・普　皆な★ありて能く　18・8
勇気　名・普　★ありにあらずし　18・10
勇気　名・普　これに就かん★な　20・3
勇気　名・普　遊ばん★なし。此　20・5
勇気　名・普　此等の★なければ　20・5
行《ゆ》か　動・四・未　諸共に★まほしき　40・5
往《ゆ》か　動・四・未　親と共に★んは易　50・6
往か　動・四・未　わが東に★ん日に　50・12
往《ゆ》き　動・四・用　★て聴きつ。かく　14・14
往き　動・四・用　★てこれに就かん　20・3
往き　動・四・用　★てこれと遊ばん　20・4
往き　動・四・用　彼は温習に★、さ　34・4
往き　動・四・用　温習に★たる日に　34・12
往き　動・四・用　講筵だに★て聴く　36・7
往き　動・四・用　室の前まで★しが　42・1
往き　動・四・用　★て見れば待遇殊　56・5
往き　動・四・体　★あふ馬車の馭丁　56・16
雪《ゆき》　名・普　路上の★は稜角あ　52・17
雪　名・普　夜に入りて★は繁　58・3
雪　名・普　軌道も★に埋もれ　58・4
雪　名・普　泥まじりの★に汚　60・3
往来《ゆきき》する　動(複)・サ・体　いく度となく★日　34・11
往《ゆ》きつか　動(複)・四・未　いつ★んも、否、　44・7
往《ゆ》きつき　動(複)・四・用　果して★ぬとも、　44・8
雪道《ゆきみち》　名・普　輪下にきしる★を　40・11
行《ゆ》く　動・四・終　幾階か持ちて★べ　54・10
行く　動・四・体　人道を★隊々の士　12・10
行く　動・四・体　早足に★少女の跡　24・2
行く　動・四・体　思に沈みて★程に　56・16
往《ゆ》く　動・四・体　午餐に★食店をも　32・16
行末《ゆくすゑ》　名・普　我身の★なるに、　38・5
行《ゆ》け　動・四・已　逢ひには★。」エ　40・11
猶太教徒《ユダヤけうと》　名・普　★の翁が戸前に佇　20・12
指《ゆびさ》し　動(名+動・下二・用)・四・用　これを★て。「何　54・15
夕暮《ゆふぐれ》　名(名+動・下二・用の転)・普　或る日の★なりし　20・9
夕暮　名(名+動・下二・用の転)・普

		或る日の★使して	56・5
夕立《ゆふだち》	名（名＋動・四・用の転）・普	晴れたる空に★の	12・14
夕《ゆふ》べ	名・普	かの★大臣に聞え	60・13
努《ゆめ》	副	我をば★な棄て玉	50・11
夢《ゆめ》	名・普	★の如くにたちし	14・15
夢	名・普	★にも知らぬ境地	36・13
夢	名・普	★にはあらずやと	48・16
夢	名・普	★にのみ見しは君	54・17
許《ゆるし》	名（動・四・用の転）・普	おほやけの★をば	14・8
許《ゆる》し	動・四・用	★玉へ。君をここ	26・7
免《ゆる》す	動・四・終	我は★べからぬ罪	58・10
ゆゑ	名・形	性なりし★、幾月	46・13
ゆゑ	名・形	われなるが★に、	48・11
故《ゆゑ》	名・普	これには別に★あ	8・11
故	名・普	これには別に★あ	8・16
故	名・普	其★なくてやは。	18・2
故	名・普	厳しきは★あれば	46・15
故	名・形	理由を知れるが★	42・17
故《ゆゑ》よし	名・普	此★は、我身だに	18・5
左手《ゆんで》	名・普	★には粗末に積上	24・15

よ

世《よ》	名・普	★の人にもてはや	8・6
世	名・普	中頃は★を厭ひ、	10・4
世	名・普	★を渡る母の心は	10・16
世	名・普	今の★に雄飛すべ	16・5
世	名・普	君が★に出で玉は	50・7
世	名・普	★の用には足りな	56・7
世	名・普	★にまた得がたか	62・13
夜《よ》	名・普	二三日前の★、舞	38・2
余《よ》	代・人	★一人のみなれば	8・3
余	代・人	★は幼き比より厳	10・13
余	代・人	★は模糊たる功名	12・6
余	代・人	★が鈴索を引き鳴	14・3
余	代・人	皆快く★を迎へ、	14・4
余	代・人	始めて★を見しと	14・6
余	代・人	★は父の遺言を守	14・16
余	代・人	★は我身の今の世	16・4
余	代・人	★は私に思ふやう	16・6
余	代・人	母は★を活きたる	16・7
余	代・人	我官長は★を活き	16・7
余	代・人	いらへしつる★が	16・9
余	代・人	危きは★が当時の	16・15

余　代・人　一群と★との間に　16・17
余　代・人　彼人々は★を猜疑　18・1
余　代・人　★を讒誣するに至　18・1
余　代・人　彼人々は★が倶に　18・3
余　代・人　こは★を知らねば　18・4
余　代・人　★が幼き頃より長　18・7
余　代・人　人々は唯★を嘲り　20・6
余　代・人　★を嫉むのみなら　20・6
余　代・人　★を猜疑すること　20・7
余　代・人　これぞ★が冤罪を　20・7
余　代・人　★は獣苑を漫歩し　20・9
余　代・人　★は彼の灯火の海　20・11
余　代・人　★に詩人の筆なけ　22・2
余　代・人　★は覚えず側に寄　22・6
余　代・人　エリスの★に会釈　24・8
余　代・人　★は暫し茫然とし　24・10
余　代・人　★を迎へ入れつ。　24・13
余　代・人　戸を開きて★を導　24・17
余　代・人　★は時計をはづし　26・16
余　代・人　★が辞別のために　28・1
余　代・人　★と少女との交漸　28・5
余　代・人　★を以て色を舞姫　28・6
余　代・人　★が屢々芝居に出　28・9

余　代・人　★が頗る学問の岐　28・10
余　代・人　伝ふる時★に謂ひ　28・12
余　代・人　★は一週日の猶予　28・14
余　代・人　★は母の書中の言　28・17
余　代・人　★とエリスとの交　30・2
余　代・人　★と相識る頃より　30・12
余　代・人　★が借しつる書を　30・13
余　代・人　★に寄するふみに　30・14
余　代・人　★は彼が身の事に　30・16
余　代・人　★に向ひて母には　30・16
余　代・人　★が学資を失ひし　30・17
余　代・人　★を疎んぜんを恐　32・1
余　代・人　★が彼を愛づる心　32・2
余　代・人　★がエリスを愛す　32・4
余　代・人　★が悲痛感慨の刺　32・7
余　代・人　此時★を助けしは　32・12
余　代・人　★が免官の官報に　32・13
余　代・人　★を社の通信員と　32・14
余　代・人　★は彼等親子の家　34・2
余　代・人　エリスと★とは、　34・2
余　代・人　★はキヨオニヒ街　34・4
余　代・人　★と倶に店を立出　34・12
余　代・人　★は新聞の原稿を　34・16

余	代・人	されど★は別に一	36・8
余	代・人	★は通信員となり	36・10
余	代・人	★にわたしつ。見	38・8
余	代・人	★が為めに手づか	40・3
余	代・人	★は微笑しつ。「	40・9
余	代・人	★は手袋をはめ、	40・12
余	代・人	★が乗りし車を見	40・14
余	代・人	★が車を下りしは	40・15
余	代・人	★は少し踟躕した	42・1
余	代・人	★が品行の方正な	42・2
余	代・人	★が文書を受領し	42・6
余	代・人	★と午餐を共にせ	42・7
余	代・人	★が胸臆を開いて	42・11
余	代・人	★を譴めんとはせ	42・12
余	代・人	相沢が★に示した	44・6
余	代・人	★は守る所を失は	44・10
余	代・人	★は心の中に一種	44・15
余	代・人	★が意見を問ひ、	46・1
余	代・人	★は明旦、魯西亜	46・3
余	代・人	★は数日間、かの	46・4
余	代・人	不意に★を驚かし	46・5
余	代・人	★は我恥を表はさ	46・6
余	代・人	★はおのれが信じ	46・6
余	代・人	★は旅装整へて戸	48・4
余	代・人	忽地に★を拉し去	48・6
余	代・人	★が大臣の一行に	48・7
余	代・人	在りし間に★を囲	48・8
余	代・人	また多くは★なり	48・12
余	代・人	この間★はエリス	48・13
余	代・人	★が立ちし日には	48・14
余	代・人	★は此書を見て始	50・16
余	代・人	★は我身一つの進	50・17
余	代・人	★はこれに未来の	52・4
余	代・人	★が軽率にも彼に	52・9
余	代・人	★が大臣の一行と	52・14
余	代・人	★は彼を抱き、彼	54・8
余	代・人	★は手を取りて引	54・12
余	代・人	★は驚きぬ。机の	54・13
余	代・人	★は道の東西をも	56・15
余	代・人	★は答へんとすれ	60・4
余	代・人	★がかれに隠した	60・7
余	代・人	★は始めて病床に	60・8
余	代・人	★が相沢に与へし	60・12
余	代・人	★が病床をば離れ	62・7
余	代・人	★が病は全く癒え	62・9
用《よう》	名・普	世の★には足りな	56・7

用《よう》意《い》　名・普　★とてもなし。身　46・17
用《よう》事《じ》　名・普　★をのみいひ遣る　38・13
用事　名・普　★のみなりしが、　44・17
用心深《ようじんぶか》き　形（名＋形の一語化）・ク・体
★我心の底までは　22・4
欧羅巴《ヨオロッパ》　名・固・地　この★の新大都の　12・6
よき　形・ク・体　★やうに繕ひ置き　60・8
善《よ》き　形・ク・体　官長の★働き手を　14・17
善き　形・ク・体　君は★人なりと見　22・10
善き　形・ク・体　君は★人なるべし　26・7
善き　形・ク・体　此地に★世渡のた　50・4
よぎり　動・四・用　返り路に★て、余　34・12
能《よ》く　副　又我心の★耐へん　18・12
善《よ》く　副　また★法典を諳じ　16・5
善く　副　★はえ読まぬがあ　36・14
善く　副　範囲を★も量らず　46・8
善く　副　★ぞ帰り来玉ひし　54・6
慾《よく》　名・普　★を制する力とに　18・4
翌朝《よくあさ》　名・普　★早くエリスをば　48・4
能《よ》くし　動（複）・サ・用　勇気ありて★たる　18・8
横《よこたは》り　動・四・用　大事は前に★て、　32・3
夜《よ》毎《ごと》　名（名＋接尾）・普　今宵は★にこゝに　8・2
横浜《よこはま》　名・固・地　舟の★を離るゝま　18・13

汚《よご》れ　動・下二・用　垢つき★たりとも　22・1
汚れ　動・下二・用　★たる上靴を穿き　24・7
汚れ　動・下二・用　少し★たる外套を　40・12
汚れ　動・下二・用　雪に★、処々は裂　60・3
よし　名・普　思ひ定めん★なか　44・9
由《よし》　名・普　知らするに★なか　38・10
四《よ》時《じ》　名・数　午後★の寒さは殊　44・14
由《よし》なし　形（名＋形）・ク・終　糸は解くに★。曩　52・13
寄《よ》する　動・下二・体　官長に★書には連　16・10
寄する　動・下二・体　余に★ふみにも誤　30・14
寄《よ》せ　動・下二・未　身を★んとぞいふ　50・13
寄せ　動・下二・用　文学に心を★、漸　16・12
寄せ　動・下二・用　書を★しかばえ忘　48・13
余《よ》所《そ》　名・普　講筵を★にして、　16・12
余所　名・普　★に心の乱れざり　18・10
外人《よそびと》　名・普　繫累なき★は、却　22・7
粧《よそほひ》　名（動・四・用の転）・普　巴里まねびの★し　12・12
粧《よそほ》ひ　動・四・用　紅粉をも★、美し　30・7
余《よ》所《そ》目《め》　名・普　★に見るより清白　30・2
尋常《よのつね》　名・普　★の動植金石、さ　8・7
世《よ》の常《つね》　名（名＋助・格＋名の一語化）・普
★ならば生面の客　8・17
呼《よ》び　動・四・用　母の★し一等「ド　40・11

呼び	動・四・用	母を★て共に扶け	60・15
呼び	動・四・用	我名を★ていたく	60・16
喚《よ》び起《おこ》し	動（複）・四・用	懐旧の情を★て、	10・7
予備黌《よびくわう》	名・普	★に通ひしときも	10・14
呼《よ》び迎《むか》へ	動（複）・下二・用	母を都に★、楽し	12・1
呼《よ》ぶ	動・四・体	われを★なり。急	38・16
昨夜《よべ》	名・普	★こゝに着せられ	38・11
読《よ》ま	動・四・未	え★ぬがあるに。	36・14
読《よ》み	動・四・用	新聞を★、鉛筆取	34・5
読み	動・四・用	★ては又読み、写	36・11
読み	動・四・用	読みては又★、写	36・12
読《よ》みならひ	動（複）・四・用	書を★て、漸く趣	30・13
読《よ》み畢《をは》り	動（複）・四・用	★て茫然たる面も	38・13
読《よ》む	動・四・体	文★ごとに、物見	10・6
読む	動・四・体	幼き時より物★こ	30・11
よめ	動・四・已	詩に詠じ歌に★る	10・9
読《よ》め	動・四・已	抜きて★ば、とみ	38・10
よも	副	我をば★憎み玉は	26・8
よも	副	便にては★。」彼	38・14
よも	副	★あだし名をばな	56・1
余等《よら》	代（代＋接尾）・人	かゝれば★二人の	30・15
より	動・四・用	育てられしに★て	18・16
より	動・四・用	刺激に★て常なら	32・7
より	助・格	港を出でゝ★、早	8・17
より	助・格	余は幼き比★厳し	10・13
より	助・格	大学の立ちて★そ	10・17
より	助・格	交はしたる中★、	12・15
より	助・格	公使館★の手つゞ	14・4
より	助・格	学びし時★、官長	14・17
より	助・格	この頃★官長に寄	16・9
より	助・格	余が幼き頃★長者	18・7
より	助・格	隅の屋根裏★窓に	26・1
より	助・格	抱へとなりし★、	26・10
より	助・格	余所目に見る★清	30・2
より	助・格	幼き時★物読むこ	30・11
より	助・格	余と相識る頃★、	30・13
より	助・格	相見し時★あさく	32・5
より	助・格	いつ★とはなしに	34・2
より	助・格	引窓★光を取れる	34・6
より	助・格	劇場★かへりて、	34・15
より	助・格	ビヨルネ★は寧ろ	36・1
より	助・格	この頃★は思ひし	36・4
より	助・格	思ひし★も忙はし	36・4
より	助・格	なりし日★、曾て	36・11
より	助・格	それ★心地あしと	38・3
より	助・格	故郷★の文なりや	38・14

より	助・格	今★こそ。」かは	38・16
より	助・格	望みは絶ちし★幾	40・9
より	助・格	相沢は跡★来て余	42・7
より	助・格	弱き心★出でしな	42・14
より	助・格	一種の惰性★生じ	44・4
より	助・格	これ★漸く繁くな	44・16
より	助・格	露西亜★帰り来ん	46・12
より	助・格	座頭★は休むこと	46・14
より	助・格	路用を何処★か得	50・6
より	助・格	立出で玉ひし★此	50・8
より	助・格	車★は見えず。馭	54・2
より	助・格	戸口に入りし★疲	58・14
より	助・格	座★躍り上がり、	60・13
より	助・格	これ★は騒ぐこと	62・3
依《よ》り	動・四・用	守護とに★てなり	30・11
寄《よ》り	動・四・用	椅子に★て縫もの	34・16
倚《よ》り	動・四・用	窓に★玉ふ頃なり	12・11
倚り	動・四・用	寺門の扉に★て、	20・16
倚り	動・四・用	余は覚えず側に★	22・6
倚り	動・四・用	我肩に★しが、こ	22・17
倚り	動・四・用	我肩に★て、彼が	54・9
倚り	動・四・用	榻に★て、灼くが	58・1
倚り	動・四・用	机に★て襁褓縫ひ	58・16
夜《よる》	名・普	★の舞台と緊しく	30・6
夜	名・普	★に入るまでもの	48・15
夜	名・普	★に入りて雪は繁	58・3
夜	名・普	一月上旬の★なれ	58・8
喜《よろこ》ばしき	形・シク・体	★は、わが故里に	14・5
喜《よろこ》ばしさ	名（形・幹＋接尾）・普	奨ますが★にたゆ	14・17
喜《よろこ》び	名（動・四・用の転）・普	彼が★の涙ははら	54・9
喜《よろこ》ぶ	動・四・終	いかでか★べき。	16・15
宜《よろ》しから	形・シク・未	なるにも★ず、ま	16・5
弱《よわ》き	形・ク・体	★き心より出でし	42・14
弱き	形・ク・体	わが★心には思ひ	44・9
弱《よわ》く	形・ク・用	この★ふびんなる	18・17
世《よ》渡《わたり》	名（名＋動・四・用の転）・普	善き★のたつきあ	50・4

ら

労《らう》	名・普	露西亜行の★を問	56・6
老人《らうじん》	名・普	己れは遊び暮す★	34・7
拉《らつ》し去《さ》り	動（複）・四・用	忽地に余を★て、	48・6
らむ	助動・現推・終	神も知る★、絶え	52・4
らむ	助動・現推・終	人の好尚なる★、	14・16
油灯《ラムプ》	名・普	ふと★の光に透し	24・10
られ	助動・受・用	新聞に載せ★て、	8・6

られ　助動・受・用　彫りつけ★たれば　10・10
られ　助動・受・用　育て★しによりて　18・16
られ　助動・受・用　籠みて立て★たる　20・14
られ　助動・受・用　業を教へ★、「ク　30・4
られ　助動・受・用　人に扶け★て帰り　38・2
られ　助動・受・用　委托せ★しは独逸　42・6
られ　助動・受・用　重く用ゐ★玉はゞ　50・14
られ　助動・受・用　幾度か叱せ★、驚　56・16
られ　助動・尊・用　こゝに着せ★し天　38・11
らん　助動・現推・体　出迎ふ★。室に入　42・3

り

り　助動・完・終　中央に立て★。何　12・7
り　助動・完・終　原稿を書け★。昔　34・16
り　助動・完・終　風面を撲て★。二　44・13
り　助動・完・終　衝いて起れ★。鳴　56・12
り　助動・存・用　今日までも残れ★　62・14
り　助動・存・終　羞を帯びて立て★　26・4
り　助動・存・終　きら〳〵と輝け★　54・1
り　助動・存・終　梯の上に立て★。　54・11
利《り》　名・普　朋友に★なく、お　44・1
理由《りいう》　名・普　免官の★を知れる　42・17
留学生《りうがくせい》　名・普　伯林の★の中にて　16・17
留学生　名・普　同郷の★などの大　36・13
良友《りやういう》　名・普　謙吉が如き★は世　62・13
両手《りやうて》　名・普　★にて擦りて、漸　58・6
両辺《りやうへん》　名・普　★なる石だゝみの　12・9
稜角《りようかく》　名・普　路上の雪は★ある　52・17
利用《りよう》せ　動（複）・サ・未　独逸語を★んの心　42・16
緑樹《りよくじゆ》　名・普　★枝をさし交はし　12・15
旅装《りよさう》　名・普　余は★整へて戸を　48・4
旅費《りよひ》　名・普　★さへ添へて賜は　46・11
輪下《りんか》　名・普　★にきしる雪道を　40・11

る

る　助動・可・終　人に知ら★べき。　18・6
る　助動・完・体　歌によめ★後は心　10・9
る　助動・完・已　しるくなれ★、そ　50・10
る　助動・存・体　舟に残れ★は余一　8・3
る　助動・存・体　街に臨め★窓に倚　12・11
る　助動・存・体　愁を含め★目の、　22・3
る　助動・存・体　露を宿せ★長き睫　22・3
る　助動・存・体　白布を掩へ★臥床　24・16
る　助動・存・体　斜に下れ★梁を、　26・1
る　助動・存・体　光を取れ★室にて　34・6
る　助動・存・体　彼は凍れ★窓を明　40・13

る	助動・存・体	被へ★ゾフアを据	40・17
る	助動・存・体	独逸語にて記せ★	42・6
る	助動・存・体	理由を知れ★が故	42・17
る	助動・存・体	生け★屍を抱きて	62・9
流布《るふ》し	動（複）・サ・用	民間学の★たるこ	36・9
るゝ	助動・受・体	椎にて打た★如く	58・1
るゝ	助動・受・体	風に弄ば★に似た	58・14
るゝ	助動・自・体	思は★に、相沢が	52・6
るれ	助動・自・已	思は★ど、この大	12・9

れ

れ	助動・受・未	籍はまだ刪ら★ね	36・6
れ	助動・受・未	思は★んは、朋友	44・1
れ	助動・受・未	人の海に葬ら★ん	56・11
れ	助動・受・用	もてはやさ★しか	8・6
れ	助動・受・用	首にしるさ★たり	10・16
れ	助動・受・用	人にも言は★、某	12・1
れ	助動・受・用	驚かさ★てかへり	22・2
れ	助動・受・用	睫毛に掩は★たる	22・4
れ	助動・受・用	情に打ち勝た★て	22・6
れ	助動・受・用	知ら★ぬれば、彼	28・6
れ	助動・受・用	給金にて繋が★、	30・6
れ	助動・受・用	緊しく使は★、芝	30・7
れ	助動・受・用	引か★て大臣に謁	42・5
れ	助動・受・用	ものを問は★たる	46・7
れ	助動・受・用	放た★し鳥の暫し	52・12
れ	助動・受・用	エリスに伴は★、	54・13
れ	助動・受・用	使して招か★ぬ。	56・5
れ	助動・受・用	乍ち掩は★、乍ち	58・13
れ	助動・自・用	項にのみ注が★た	22・15
れ	助動・自・用	心のみ急が★て用	38・12
れ	助動・自・用	戦か★て立つに堪	60・4
礼装《れいさう》	名・普	飾り成したる★を	12・11
冷然《れいぜん》たり	形動・タリ・用	我心は猶ほ★し歟	52・5
例《れい》の	連体	彼は★新聞社の報	38・14
礼服《れいふく》	名・普	借りたる黒き★、	48・1
レエス	名・普	白き「★」などを	54・14
レエベマン	名・普	「★」を見ては、	20・4
歴史《れきし》	名・普	★文学に心を寄せ	16・12
煉瓦《れんぐわ》	名・普	積上げたる★の竈	24・15
憐憫《れんびん》	形動・ナリ・幹	★の情に打ち勝た	22・6

ろ

楼閣《ろうかく》	名・普	雲に聳ゆる★の少	12・13
楼上《ろうじやう》	名・普	★の木欄に干した	20・11
魯《ろ》国《こく》行《ゆき》	名（固＋動・四・用の転）・普		

魯西亜《ロシア》	名・固・地	★につきては、何	48・6
魯西亜	名・固・地	★に向ひて出発す	46・3
魯西亜《ロシア》行《ゆき》	名（固＋動・四・用の転）・普	これにて★より帰	46・12
路上《ろじやう》	名・普	★の労を問ひ慰め	56・6
魯廷《ろてい》	名・普	★の雪は稜角ある	52・17
路用《ろよう》	名・普	ゴタ板の★の貴族	48・1
路用	名・普	★を給すべけれど	28・13
路用	名・普	多き★を何処より	50・6
論《ろん》じ	動（複）・サ・用	我★の金は兎も角	50・14
		あらぬを★て、一	16・10

わ

わ	代・人	母は★が彼の言葉	22・12
わ	代・人	★が東に往かん日	50・12
わ	代・人	★が測り知る所な	56・7
我《わ》	代・人	★が有為の人物な	18・12
我	代・人	★がまたなく慕ふ	28・17
王城《わうじやう》	名・普	移したる★の粧飾	48・8
往来《わうらい》	名・普	こゝは★なるに。	22・17
黄蝋《わうらふ》	名・普	★の燭を幾つ共な	48・9
分《わ》か	動・四・未	東西をも★ず、思	56・15
わが	連体	われと★心さへ変	8・14
わが	連体	★瞬間の感触を、	8・15
わが	連体	★故里にて、独逸	14・6
わが	連体	★心はかの合歓と	18・6
わが	連体	自ら★手足を縛せ	18・11
わが	連体	★臆病なる心は憐	22・6
わが	連体	我ながら★大胆な	22・8
わが	連体	彼は驚きて★黄な	22・9
わが	連体	★恥なき人となら	22・12
わが	連体	何となく★豊太郎	40・6
わが	連体	★弱き心には思ひ	44・9
わが	連体	★舌人たる任務は	48・6
わが	連体	★鈍き心なり。余	50・16
わが	連体	★近眼は唯だおの	52・3
わが	連体	★心の楽しさを思	54・16
我《わが》	連体	★心を掠めて瑞西	10・3
我	連体	★心を苦む。嗚呼	10・8
我	連体	余りに深く★心に	10・9
我	連体	★名を成さむも、	12・3
我	連体	★家を興さむも今	12・3
我	連体	★目を射むとする	12・7
我	連体	★心を迷はさむと	12・8
我	連体	されど★胸には縦	12・17
我	連体	余は★身の今の世	16・4

我	連体	★母は余を活きた	16・7
我	連体	★官長は余を活き	16・7
我	連体	★地位を覆へすに	16・16
我	連体	★身だに知らざり	18・5
我	連体	★心は処女に似た	18・7
我	連体	又★心の能く耐へ	18・12
我	連体	なか〱に★本性	18・15
我	連体	★足音に驚かされ	22・1
我	連体	用心深き★心の底	22・4
我	連体	又た★母の如く。	22・10
我	連体	★眼はこのうつむ	22・15
我	連体	覚えず★肩に倚り	22・17
我	連体	恥ぢて★側を飛び	24・1
我	連体	縦令★身は食はず	26・12
我	連体	★手の背に濺ぎつ	28・2
我	連体	自ら★僑居に来し	28・3
我	連体	終日兀坐する★読	28・4
我	連体	★官を免じ、我職	28・11
我	連体	★職を解いたり。	28・12
我	連体	★生涯にて尤も悲	28・15
我	連体	★一身の大事は前	32・3
我	連体	いま★数奇を憐み	32・5
我	連体	近づき、★命はせ	32・9
我	連体	今★同行の一人な	32・12
我	連体	★学問は荒みぬ。	34・15
我	連体	★学問は荒みぬ。	36・8
我	連体	覚束なきは★身の	38・4
我	連体	★鏡に向きて見玉	40・4
我	連体	★病は母の宣ふ如	40・8
我	連体	★先行をもさまで	42・4
我	連体	★身の上なりけれ	42・10
我	連体	★中心に満足を与	44・8
我	連体	余は★恥を表はさ	46・6
我	連体	★心を厚く信じた	46・16
我	連体	★愛もて繋ぎ留め	50・5
我	連体	★身の常ならぬが	50・9
我	連体	★身の過ぎし頃に	50・11
我	連体	★路用の金は兎も	50・14
我	連体	始めて★地位を明	50・16
我	連体	余は★身一つの進	50・17
我	連体	★身に係らぬ他人	50・17
我	連体	★心は猶ほ冷然た	52・5
我	連体	★本領を悟りきと	52・11
我	連体	★某省の官長にて	52・13
我	連体	★家をさして車を	52・16
我	連体	一声叫びて★頸を	54・3

我	連体	★命は絶えなんを	54・6
我	連体	★心はこの時まで	54・7
我	連体	彼の頭は★肩に倚	54・9
我	連体	出でしときの★心	56・15
我	連体	★脳中には唯々我	58・10
我	連体	★面色、帽をばい	60・1
我	連体	★豊太郎ぬし、か	60・14
我	連体	★名を呼びていた	60・16
我	連体	★脳裡に一点の彼	62・13
我《わ》が	連体	★モンビシユウ街	20・10
我が	連体	★真率なる心や色	22・9
我が	連体	★隠しには二三「	26・15
我が	連体	★不時の免官を聞	30・15
若人《わかうど》	名・普	定りたる業なき★	34・7
分《わか》つ	動・四・体	袂を★はたゞ一瞬	50・9
別《わか》るゝ	動・下二・体	母に★をもさまで	12・4
別《わかれ》	名（動・下二・用の転）・普		
		停車場に★を告げ	52・15
別《わか》れ	動・下二・用	年久しく★たりし	40・10
別れ	動・下二・用	★て出づれば風面	44・13
別離《わかれ》	名（動・下二・用の転）・普		
		又★を悲みて伏し	32・6
別離	名（動・下二・用の転）・普		

		★の思は日にけに	50・8
辞別《わかれ》	名（動・下二・用の転）・普		
		余が★のために出	28・1
業《わざ》	名・普	恥づかしき★を教	30・4
業	名・普	★に堕ちぬは稀な	30・9
業	名・普	定りたる★なき若	34・7
業	名・普	取引所の★の隙を	34・8
業	名・普	怎なる★をなして	50・6
忘《わす》れ	動・下二・未	エリスを★ざりき	48・13
忘れ	動・下二・未	え★ざりき。余が	48・13
忘れ	動・下二・用	火に寒さを★て使	48・10
綿《わた》	名・普	衣の★を穿つ北欧	38・1
わたし	動・四・用	余に★つ。見れば	38・8
わたし	動・四・用	銀貨を★て、余は	54・12
廊《わたどの》	名・普	★をつたひて室の	42・1
わたり	接尾	ステツチン★の農	50・12
渡《わた》り来《き》	動（複）・カ・用	火の海を★て、こ	20・11
渡《わた》る	動・四・体	世を★母の心は慰	10・16
詫《わ》び	動・上二・用	振舞せしを★て、	24・13
笑《わら》ひ	動・四・用	稈しと★玉はんが	56・2
われ	代・人	★とわが心さへ変	8・14
われ	代・人	惨痛を★に負はせ	10・5
われ	代・人	始て★を見たるが	24・1

われ　代・人　助の綱を★に投げ　34・1
われ　代・人　★も来たり。伯の　38・11
われ　代・人　★を呼ぶなり。急　38・16
われ　代・人　★も諸共に行かま　40・5
われ　代・人　★をば見棄て玉は　40・7
われ　代・人　突然★に向ひて。　46・3
われ　代・人　★なるがゆゑに、　48・11
われ　代・人　★と共に東にかへ　56・6
我《われ》　代・人　東に還る今の★は　8・12
我　代・人　西に航せし昔の★　8・12
我　代・人　一人子の★を力に　10・16
我　代・人　つねに★を襲ふ外　14・1
我　代・人　まことの★は、や　16・3
我　代・人　★ならぬ我を攻む　16・4
我　代・人　★を攻むるに似た　16・4
我　代・人　「★を救ひ玉へ、　22・12
我　代・人　★を打ちき。父は　22・13
我　代・人　★をばよも憎み玉　26・8
我　代・人　★を救ひ玉へ、君　26・11
我　代・人　★多く咎へき。彼　42・9
我　代・人　★をば努な棄て玉　50・10
我　代・人　★と人との関係を　52・2
我　代・人　既に★に厚し。さ　52・3
我　代・人　★は免すべからぬ　58・10
我　代・人　★をば欺き玉ひし　60・14
我《われ》ながら　副　★ながらわが大胆　22・8
我《われ》れ乍《なが》ら　副　★怪しと思ひしが　18・14
われ等《ら》　代（代＋接尾）・人　★二人の間にはま　28・7
我等《われら》　代（代＋接尾）・人　事なく★を助けん　26・10

ゐ

ヰクトリア座《ざ》　名（固＋普）・固・他　彼は「★の座頭な　26・9
ヰクトリア座　名（固＋普）・固・他　★に出でゝ、今は　30・4
居酒屋《ゐざかや》　名・普　佇みたる★、一つ　20・13
遺跡《ゐせき》　名・普　★を望む毎に、心　20・14
委托《ゐたく》せ　動（複）・サ・未　★られしは独逸語　42・5
囲繞《ゐねう》せ　動（複）・サ・未　余を★しは、巴里　48・8
維廉一世《ヰルヘルムいつせい》　名・固・人　まだ★の街に臨め　12・10
維廉一世　名・固・人　★と仏得力三世と　36・2

ゑ

会釈《ゑしやく》し　動（複）・サ・用　エリスの余に★て　24・8
彫《ゑ》りつけ　動（複）・下二・未　我心に★られたれ　10・10
円滑《ゑんくわつ》に　形動・ナリ・用　尤も★使ふものは　48・11
冤罪《ゑんざい》　名・普　余が★を身に負ひ　20・7

を

を	助・格	洋行の官命★蒙り	8・4
を	助・格	幾千言★かなしけ	8・6
を	助・格	風俗抔★さへ珍し	8・8
を	助・格	しるしゝ★、心あ	8・8
を	助・格	気象★や養ひ得た	8・10
を	助・格	うきふし★も知り	8・13
を	助・格	変り易き★も悟り	8・14
を	助・格	わが瞬間の感触★	8・15
を	助・格	港★出でゝより早	8・17
を	助・格	二十日あまり★経	8・17
を	助・格	交★結びて、旅の	10・1
を	助・格	旅の憂さ★慰めあ	10・1
を	助・格	我心★掠めて瑞西	10・3
を	助・格	瑞西の山色★も見	10・4
を	助・格	心★留めさせず、	10・4
を	助・格	中頃は世★厭ひ、	10・4
を	助・格	身★はかなみて、	10・5
を	助・格	惨痛★われに負は	10・5
を	助・格	限なき懐旧の情★	10・7
を	助・格	我心★苦む。嗚呼	10・8
を	助・格	此恨★鎖せむ。若	10・8
を	助・格	電気線の鍵★捩る	10・11
を	助・格	概略★文に綴りて	10・11
を	助・格	庭の訓★受けし甲	10・13
を	助・格	一人子の我★力に	10・16
を	助・格	世★渡る母の心は	10・16
を	助・格	学士の称★受けて	10・17
を	助・格	故郷なる母★都に	12・1
を	助・格	楽しき年★送るこ	12・1
を	助・格	事務★取り調べよ	12・2
を	助・格	命★受け、我名を	12・3
を	助・格	我名★成さむも、	12・3
を	助・格	我家★興さむも今	12・3
を	助・格	五十★踰えし母に	12・4
を	助・格	母に別るゝ★もさ	12・4
を	助・格	家★離れてベルリ	12・4
を	助・格	勉強力と★持ちて	12・6
を	助・格	我目★射むとする	12・7
を	助・格	我心★迷はさむと	12・8
を	助・格	人道★行く隊々の	12・10
を	助・格	隊々の士女★見よ	12・10
を	助・格	礼装★なしたる、	12・11
を	助・格	彼も此も目★驚か	12・12
を	助・格	土瀝青の上★音も	12・13

を　助・格　夕立の音★聞かせ　12・14
を　助・格　門★隔てて緑樹枝　12・15
を　助・格　緑樹枝★さし交は　12・15
を　助・格　つねに我★襲ふ外　14・1
を　助・格　外物★遮り留めた　14・1
を　助・格　余が鈴索★引き鳴　14・3
を　助・格　謁★通じ、おほや　14・3
を　助・格　紹介状★出だして　14・3
を　助・格　東来の意★告げし　14・3
を　助・格　皆快く余★迎へ、　14・4
を　助・格　仏蘭西の語★学び　14・6
を　助・格　始めて余★見しと　14・6
を　助・格　政治学★修めむと　14・9
を　助・格　名★簿冊に記させ　14・9
を　助・格　幾巻★かなしけむ　14・12
を　助・格　謝金★収め、往き　14・14
を　助・格　父の遺言★守り、　14・16
を　助・格　働き手★得たりと　14・17
を　助・格　我★攻むるに似た　16・4
を　助・格　善く法典★諳じて　16・5
を　助・格　獄★断ずる法律家　16・5
を　助・格　からざる★悟りた　16・6
を　助・格　母は余★活きたる　16・7

を　助・格　余★活きたる法律　16・7
を　助・格　あらぬ★論じて、　16・10
を　助・格　法の精神★だに得　16・11
を　助・格　法科の講筵★余所　16・12
を　助・格　文学に心★寄せ、　16・12
を　助・格　漸く蔗★嚙む境に　16・12
を　助・格　器械★こそ作らん　16・14
を　助・格　独立の思想★懐き　16・15
を　助・格　男★いかでか喜ぶ　16・15
を　助・格　我地位★覆へすに　16・16
を　助・格　彼人々は余★猜疑　18・1
を　助・格　余★讒誣するに至　18・1
を　助・格　麦酒の杯★も挙げ　18・3
を　助・格　球突きの棒★も取　18・3
を　助・格　棒をも取らぬ★、　18・3
を　助・格　慾★制する力とに　18・4
を　助・格　こは余★知らねば　18・5
を　助・格　知らざりし★、怎　18・5
を　助・格　長者の教★守りて　18・7
を　助・格　学の道★たどりし　18・7
を　助・格　仕の道★あゆみし　18・8
を　助・格　人★さへ欺きつる　18・9
を　助・格　たどらせたる道★　18・9

を	助・格	外物★棄てゝ顧み	18・10
を	助・格	わが手足★縛せし	18・11
を	助・格	故郷★立ちいづる	18・11
を	助・格	人物なること★疑	18・12
を	助・格	能く耐へんこと★	18・12
を	助・格	舟の横浜★離るゝ	18・13
を	助・格	手巾★濡らしつる	18・14
を	助・格	濡らしつる★我れ	18・14
を	助・格	父★失ひて母の手	18・15
を	助・格	ふびんなる心★。	20・1
を	助・格	赤く白く面★塗り	20・2
を	助・格	衣★纏ひ、珈琲店	20・2
を	助・格	客★延く女を見て	20・2
を	助・格	客を延く女★見て	20・2
を	助・格	高き帽★戴き、眼	20・3
を	助・格	眼鏡に鼻★挟ませ	20・3
を	助・格	「レエベマン」★	20・4
を	助・格	唯余★嘲り、余を	20・6
を	助・格	余★嫉むのみなら	20・6
を	助・格	余★猜疑すること	20・7
を	助・格	余が冤罪★身に負	20・7
を	助・格	無量の艱難★閲し	20・8
を	助・格	余は獣苑★漫歩し	20・9

を	助・格	リンデン★過ぎ、	20・9
を	助・格	灯火の海★渡り来	20・11
を	助・格	遺跡★望む毎に、	20・14
を	助・格	幾度なる★知らず	20・15
を	助・格	今この処★過ぎん	20・16
を	助・格	声★呑みつゝ泣く	20・16
を	助・格	少女ある★見たり	20・17
を	助・格	被りし巾★洩れた	20・17
を	助・格	これ★写すべくも	22・2
を	助・格	愁★含める目の、	22・3
を	助・格	半ば露★宿せる長	22・3
を	助・格	前後★顧みる遑な	22・5
を	助・格	却りて力★借し易	22・7
を	助・格	黄なる面★打守り	22・9
を	助・格	愛らしき頬★流れ	22・11
を	助・格	「我★救ひ玉へ、	22・12
を	助・格	我★打ちき。父は	22・13
を	助・格	心★鎮め玉へ。声	22・16
を	助・格	声★な人に聞かせ	22・16
を	助・格	ふと頭★擡げ、又	24・1
を	助・格	始てわれ★見たる	24・1
を	助・格	恥ぢて我側★飛び	24・1
を	助・格	大戸★入れば、欠	24・3

を　助・格　これ★上ぼりて、　24・3
を　助・格　四階目に腰★折り　24・3
を　助・格　針金の先き★捩ぢ　24・4
を　助・格　手★掛けて強く引　24・4
を　助・格　戸★あらゝかに引　24・6
を　助・格　貧苦の痕★額に印　24・7
を　助・格　古き獣綿の衣★着　24・7
を　助・格　汚れたる上靴★穿　24・8
を　助・格　会釈して入る★、　24・8
を　助・格　戸★劇しくたて切　24・9
を　助・格　光に透して戸★見　24・10
を　助・格　無礼の振舞せし★　24・13
を　助・格　余★迎へ入れつ。　24・13
を　助・格　麻布★懸けたり。　24・14
を　助・格　内には白布★掩へ　24・16
を　助・格　竈の側なる戸★開　24・16
を　助・格　戸を開きて余★導　24・17
を　助・格　斜に下れる梁★、　26・1
を　助・格　机には美しき氈★　26・2
を　助・格　写真帖と★列べ、　26・3
を　助・格　価高き花束★生け　26・3
を　助・格　少女は羞★帯びて　26・4
を　助・格　微紅★潮したり。　26・5
を　助・格　老媼の室★出でし　26・6
を　助・格　君★こゝまで導き　26・7
を　助・格　導きし心なさ★。　26・7
を　助・格　君は彼★知らでや　26・9
を　助・格　事なく我等★助け　26・10
を　助・格　我★救ひ玉へ、君　26・11
を　助・格　薄き給金★拆きて　26・12
を　助・格　身★ふるはせたり　26・13
を　助・格　余は時計★はづし　26・16
を　助・格　一時の急★凌ぎ玉　26・16
を　助・格　折には価★取らす　26・17
を　助・格　出したる手★唇に　28・1
を　助・格　落つる熱き涙★我　28・2
を　助・格　この恩★謝せんと　28・3
を　助・格　ハウエル★右にし　28・4
を　助・格　シルレル★左にし　28・4
を　助・格　一輪の名花★咲か　28・5
を　助・格　この時★始として　28・5
を　助・格　余★以て色を舞姫　28・6
を　助・格　余を以て色★舞姫　28・6
を　助・格　その名★斥さんは　28・9
を　助・格　事★好む人ありて　28・9
を　助・格　交るといふこと★　28・10

を	助・格	岐路に走る★知り	28・11
を	助・格	遂に旨★公使館に	28・11
を	助・格	我官★免じ、我職	28・12
を	助・格	我職★解いたり。	28・12
を	助・格	この命★伝ふる時	28・12
を	助・格	路用★給すべけれ	28・13
を	助・格	一週日の猶予★請	28・14
を	助・格	尤も悲痛★覚えさ	28・15
を	助・格	母の死★、我また	28・17
を	助・格	母の死★報じたる	28・17
を	助・格	母の書中の言★こ	28・17
を	助・格	筆の運★妨ぐれば	30・1
を	助・格	教育★受けず、十	30・3
を	助・格	耻づかしき業★教	30・4
を	助・格	第二の地位★占め	30・5
を	助・格	紅粉★も粧ひ、美	30・7
を	助・格	美しき衣★も纏へ	30・8
を	助・格	親腹から★養ふも	30・8
を	助・格	これ★逭れしは、	30・10
を	助・格	書★読みならひて	30・13
を	助・格	漸く趣味★も知り	30・13
を	助・格	言葉の訛★も正し	30・14
を	助・格	師弟の交り★生じ	30・15
を	助・格	不時の免官★聞き	30・15
を	助・格	彼は色★失ひつ。	30・16
を	助・格	身の事に関りし★	30・16
を	助・格	母にはこれ★秘め	30・17
を	助・格	余が学資★失ひし	30・17
を	助・格	学資を失ひし★知	30・17
を	助・格	余★疎んぜんを恐	32・1
を	助・格	疎んぜん★恐れて	32・1
を	助・格	余が彼★愛づる心	32・2
を	助・格	行ありし★あやし	32・4
を	助・格	余がエリス★愛す	32・5
を	助・格	いま我数奇★憐み	32・5
を	助・格	又別離★悲みて伏	32・6
を	助・格	脳髄★射て、恍惚	32・7
を	助・格	こゝに及びし★奈	32・8
を	助・格	汚名★負ひたる身	32・10
を	助・格	学資★得べき手だ	32・11
を	助・格	此時余★助けしは	32・12
を	助・格	官報に出でし★見	32・13
を	助・格	余★社の通信員と	32・14
を	助・格	学芸の事など★報	32・14
を	助・格	棲家★もうつし、	32・16
を	助・格	食店★もかへたら	32・16

を　助・格　心の誠★顕はして　32・17
を　助・格　助の綱★われに投　34・1
を　助・格　いかに母★説き動　34・1
を　助・格　無きかの収入★合　34・3
を　助・格　楽しき月日★送り　34・3
を　助・格　新聞★読み、鉛筆　34・5
を　助・格　彼此と材料★集む　34・6
を　助・格　引窓より光★取れ　34・6
を　助・格　金★人に借して己　34・7
を　助・格　業の隙★偸みて足　34・8
を　助・格　足★休むる商人な　34・8
を　助・格　商人などと臂★並　34・8
を　助・格　筆★走らせ、小を　34・9
を　助・格　咖啡の冷むる★も　34・9
を　助・格　挿みたる★、幾種　34・10
を　助・格　往来する日本人★　34・11
を　助・格　余と倶に店★立出　34・12
を　助・格　掌上の舞★もなし　34・13
を　助・格　少女★、怪み見送　34・13
を　助・格　新聞の原稿★書け　34・16
を　助・格　法令条目の枯葉★　34・17
を　助・格　寧ろハイネ★学び　36・2
を　助・格　学びて思★構へ、　36・2

を　助・格　様々の文★作りし　36・2
を　助・格　報告★なしき。さ　36・4
を　助・格　蔵書★繙き、旧業　36・5
を　助・格　旧業★たづぬるこ　36・5
を　助・格　謝金★収むること　36・6
を　助・格　一種の見識★長じ　36・8
を　助・格　そ★いかにといふ　36・8
を　助・格　一筋の道★のみ走　36・12
を　助・格　新聞の社説★だに　36・14
を　助・格　沙★も蒔け、鍤を　36・15
を　助・格　鍤★も揮へ、クロ　36・15
を　助・格　朝に戸★開けば飢　36・17
を　助・格　室★温め、竈に火　36・17
を　助・格　竈に火★焚きつけ　38・1
を　助・格　壁の石★徹し、衣　38・1
を　助・格　衣の綿★穿つ北欧　38・1
を　助・格　食ふごとに吐く★　38・3
を　助・格　郵便の書状★持て　38・8
を　助・格　伯の汝★見まほし　38・11
を　助・格　汝が名誉★恢復す　38・12
を　助・格　用事★のみいひ遣　38・13
を　助・格　面もち★見て、エ　38・13
を　助・格　おん身も名★知る　38・15

を	助・格	われ★呼ぶなり。	38・16
を	助・格	独り子★出し遣る	38・17
を	助・格	かくは心★用ゐじ	38・17
を	助・格	エリスは病★つと	40・1
を	助・格	極めて白き★撰び	40・1
を	助・格	服★出して着せ、	40・2
を	助・格	面もち★見せ玉ふ	40・5
を	助・格	少し容★あらため	40・5
を	助・格	かく衣★更め玉ふ	40・6
を	助・格	衣を更め玉ふ★見	40・6
を	助・格	幾年★か経ぬるを	40・10
を	助・格	雪道★窓の下まで	40・11
を	助・格	余は手袋★はめ、	40・12
を	助・格	外套★背に被ひて	40・12
を	助・格	帽★取りてエリス	40・13
を	助・格	楼★下りつ。彼は	40・13
を	助・格	凍れる窓★明け、	40・13
を	助・格	乱れし髪★朔風に	40・13
を	助・格	車★見送りぬ。余	40・14
を	助・格	余が車★下りしは	40・15
を	助・格	室の番号★問ひて	40・16
を	助・格	大理石の階★登り	40・16
を	助・格	プリユツシユ」★	40・17

を	助・格	被へるゾフア★据	40・17
を	助・格	正面には鏡★立て	40・17
を	助・格	廊★つたひて室の	42・1
を	助・格	方正なる★激賞し	42・2
を	助・格	我失行★もさまで	42・4
を	助・格	別後の情★細叙す	42・5
を	助・格	文書の急★要する	42・6
を	助・格	急を要する★翻訳	42・6
を	助・格	文書★受領して大	42・7
を	助・格	大臣の室★出でし	42・7
を	助・格	余と午餐★共にせ	42・7
を	助・格	余が胸臆★開いて	42・11
を	助・格	閲歴★聞きて、か	42・11
を	助・格	余★譴めんとはせ	42・12
を	助・格	諸生輩★罵りき。	42・12
を	助・格	彼は色★正して諫	42・13
を	助・格	目的なき生活★な	42・15
を	助・格	唯だ独逸語★利用	42・16
を	助・格	免官の理由★知れ	42・17
を	助・格	其成心★動かさん	42・17
を	助・格	人★薦むるは先づ	44・2
を	助・格	其能★示すに若か	44・2
を	助・格	これ★示して伯の	44・2

を　助・格　伯の信用★求めよ　44・2
を　助・格　人材★知りてのこ　44・3
を　助・格　意★決して断てと　44・4
を　助・格　大洋に舵★失ひし　44・6
を　助・格　遙なる山★望む如　44・6
を　助・格　満足★与へんも定　44・8
を　助・格　情縁★断たんと約　44・10
を　助・格　守る所★失はじと　44・10
を　助・格　風面★撲てり。二　44・13
を　助・格　二重の玻璃窓★緊　44・13
を　助・格　陶炉に火★焚きた　44・14
を　助・格　食堂★出でしなれ　44・14
を　助・格　薄き外套★透る午　44・14
を　助・格　一種の寒さ★覚え　44・15
を　助・格　ことなど★挙げて　46・1
を　助・格　余が意見★問ひ、　46・1
を　助・格　ことども★告げて　46・2
を　助・格　遑なき相沢★見ざ　46・5
を　助・格　不意に余★驚かし　46・5
を　助・格　余は我恥★表はさ　46・6
を　助・格　頼む心★生じたる　46・7
を　助・格　卒然もの★問はれ　46・7
を　助・格　範囲★善くも量ら　46・8
を　助・格　心虚なりし★掩ひ　46・9
を　助・格　これ★実行するこ　46・10
を　助・格　賜はりし★持て帰　46・11
を　助・格　籍★除きぬと言ひ　46・14
を　助・格　心★悩ますとも見　46・16
を　助・格　我心★厚く信じた　46・16
を　助・格　辞書など★、小「　48・1
を　助・格　整へて戸★鎖し、　48・5
を　助・格　何事★か叙すべき　48・6
を　助・格　忽地に余★拉し去　48・6
を　助・格　在りし間に余★囲　48・8
を　助・格　絶頂の驕奢★、氷　48・8
を　助・格　黄蝋の燭★幾つ共　48・9
を　助・格　彫鏤の工★尽した　48・10
を　助・格　寒さ★忘れて使ふ　48・10
を　助・格　仏蘭西語★最も円　48・11
を　助・格　周旋して事★弁ず　48・12
を　助・格　エリス★忘れざり　48・13
を　助・格　日毎に書★寄せし　48・13
を　助・格　疲るゝ★待ちて家　48・15
を　助・格　跡に残りしこと★　48・16
を　助・格　君★思ふ心の深き　50・3
を　助・格　多き路用★何処よ　50・6

を	助・格	怎なる業★なして	50・6
を	助・格	日★こそ待ためと	50・7
を	助・格	袂★分つはたゞ一	50・9
を	助・格	思ひ定めたる★見	50・12
を	助・格	身★寄せんとぞい	50・13
を	助・格	かへり玉はん日★	50・15
を	助・格	余は此書★見て始	50・16
を	助・格	地位★明視し得た	50・16
を	助・格	人との関係★照さ	52・2
を	助・格	職分★のみ見き。	52・3
を	助・格	望★繋ぐことには	52・4
を	助・格	これ★得たるかと	52・6
を	助・格	かく宣ひし★、友	52・8
を	助・格	関係★絶たんとい	52・9
を	助・格	絶たんといひし★	52・9
を	助・格	本領★悟りきと思	52・11
を	助・格	こは足★縛して放	52・12
を	助・格	羽★動かして自由	52・12
を	助・格	自由★得たりと誇	52・12
を	助・格	これ★操つりしは	52・13
を	助・格	停車場に別★告げ	52・15
を	助・格	我家★さして車を	52・16
を	助・格	車★駆りつ。こゝ	52・16

を	助・格	この時窓★開く音	54・2
を	助・格	梯★登らんとする	54・3
を	助・格	梯★駆け下るに逢	54・3
を	助・格	我頸★抱きしを見	54・4
を	助・格	我頸を抱きし★見	54・4
を	助・格	故郷★憶ふ念と栄	54・7
を	助・格	栄達★求むる心と	54・7
を	助・格	愛情★圧せんとせ	54・8
を	助・格	余は彼★抱き、彼	54・8
を	助・格	馭丁★労ひ玉へと	54・12
を	助・格	銀貨★わたして、	54・12
を	助・格	余は手★取りて引	54・13
を	助・格	「レエス」など★	54・14
を	助・格	これ★指して。「	54・15
を	助・格	この心がまへ★。	54・15
を	助・格	木綿ぎれ★取上ぐ	54・16
を	助・格	取上ぐる★見れば	54・16
を	助・格	心の楽しさ★思ひ	54・16
を	助・格	黒き瞳子★や持ち	54・17
を	助・格	彼は頭★垂れたり	56・2
を	助・格	大臣★も、たびの	56・4
を	助・格	露西亜行の労★問	56・6
を	助・格	相沢の言★偽なり	56・10

を	助・格	本国★も失ひ、名	56・10
を	助・格	名誉★挽きかへさ	56・10
を	助・格	かへさん道★も絶	56・11
を	助・格	心頭★衝いて起れ	56・12
を	助・格	「ホテル」★出で	56・14
を	助・格	道の東西★も分か	56・15
を	助・格	ふとあたり★見れ	56・17
を	助・格	頭★榻背に持たせ	58・1
を	助・格	幾時★か過しけん	58・2
を	助・格	十一時★や過ぎけ	58・4
を	助・格	寂しき光★放ちた	58・5
を	助・格	半夜★や過ぎたり	58・7
を	助・格	疲★覚えて、身の	58・14
を	助・格	梯★登りつ。庖厨	58・15
を	助・格	庖厨★過ぎ、室の	58・15
を	助・格	室の戸★開きて入	58・15
を	助・格	椅子★握まんとせ	60・4
を	助・格	人事★知る程にな	60・6
を	助・格	隠したる顚末★審	60・7
を	助・格	エリス★見て、そ	60・9
を	助・格	彼★精神的に殺し	60・11
を	助・格	与へし約束★聞き	60・12
を	助・格	一諾★知り、俄に	60・13
を	助・格	母★呼びて共に扶	60・15
を	助・格	傍の人★も見知ら	60・16
を	助・格	我名★呼びていた	60・16
を	助・格	髪★むしり、蒲団	60・16
を	助・格	蒲団★噛みなどし	60・17
を	助・格	物★探り討めたり	60・17
を	助・格	襁褓★与へたると	62・1
を	助・格	涙★流して泣きぬ	62・2
を	助・格	襁褓一つ★身につ	62・6
を	助・格	「薬★、薬を」と	62・8
を	助・格	「薬を、薬★」と	62・8
を	助・格	生ける屍★抱きて	62・9
を	助・格	千行の涙★濺ぎし	62・9
を	助・格	微なる生計★営む	62・11
を	助・格	資本★与へ、あは	62・11
を	助・格	をりの事★も頼み	62・12
を	助・格	彼★憎むこゝろ今	62・14
を	助・接	足らざりけん★、	16・17
を	助・接	のみ存じたりし★	28・8
を	助・接	小説のみなりし★	30・12
を	助・接	高尚なるも多き★	36・10
を	助・接	行かまほしき★。	40・5
を	助・接	譫言のみ言ひし★	60・6

を	助・間	人とならん★。母	22・12
を	助・間	幾年をか経ぬる★	40・10
を	助・間	我命は絶えなん★	54・6
幼《をさな》き	形・ク・体	余は★比より厳し	10・13
幼き	形・ク・体	余が★頃より長者	18・7
幼き	形・ク・体	彼は★時より物読	30・11
稚《をさな》き	形・ク・体	★思想、身の程知	8・7
稚き	形・ク・体	★心に思ひ計りし	14・12
稚《をさな》し	形・ク・終	★と笑ひ玉はんが	56・2
収《をさ》むる	動・下二・体	謝金を★ことの難	36・6
収《をさ》め	動・下二・用	謝金を★、往きて	14・14
修《をさ》め	動・下二・未	政治学を★むと、	14・9
教《をしへ》	名(動・下二・用の転)・普	母の★に従ひ、人	14・16
教	名(動・下二・用の転)・普	長者の★を守りて	18・7
教《をし》へ	動・下二・未	業を★られ、「ク	30・4
教へ	動・下二・用	★もし伝へもせむ	14・5
訓《をしへ》	名(動・下二・用の転)・普	厳しき庭の★を受	10・13
男《をとこ》	名・普	★をいかで喜ぶ	16・15
少女《をとめ》	名・普	妍き★の巴里まね	12・12
少女	名・普	ひとりの★あるを	20・17
少女	名・普	うつむきたる★の	22・15
少女	名・普	早足に行く★の跡	24・2
少女	名・普	★は鏽びたる針金	24・4
少女	名・普	すぎぬといふ★が	24・12
少女	名・普	そが傍に★は羞を	26・4
少女	名・普	★は少し訛りたる	26・6
少女	名・普	★は驚き感ぜしさ	28・1
少女	名・普	僑居に来し★は、	28・3
少女	名・普	余と★との交漸く	28・5
少女	名・普	なしえつべき★を	34・13
少女	名・普	一★の情にかゝづ	42・15
少女	名・普	彼★との関係は、	44・2
躍《をど》り上《あ》がり	動(複)・四・用	座より★、面色さ	60・13
戦《をのの》か	動・四・未	膝の頻りに★れて	60・4
をば	助・連(格+係)	石炭★早や積み果	8・1
をば	助・連(格+係)	父★早く喪ひつれ	10・13
をば	助・連(格+係)	美観に心★動さじ	14・1
をば	助・連(格+係)	おほやけの許★得	14・8
をば	助・連(格+係)	急ぐこと★報告書	14・11
をば	助・連(格+係)	さらぬ★写し留め	14・11
をば	助・連(格+係)	我★よも憎み玉は	26・8
をば	助・連(格+係)	金★薄き給金を拆	26・11
をば	助・連(格+係)	公の助★仰ぐべか	28・13

をば　助・連（格＋係）　物読むこと★流石　30・11
をば　助・連（格＋係）　われ★見棄て玉は　40・7
をば　助・連（格＋係）　手★通さず帽を取　40・12
をば　助・連（格＋係）　外套★こゝにて脱　42・1
をば　助・連（格＋係）　翻訳の代★エリス　46・11
をば　助・連（格＋係）　費★支へつべし。　46・12
をば　助・連（格＋係）　エリス★母につけ　48・4
をば　助・連（格＋係）　鍵★入口に住む靴　48・5
をば　助・連（格＋係）　かゝる思ひ★、生　48・17
をば　助・連（格＋係）　文★否といふ字に　50・2
をば　助・連（格＋係）　心の深き底★今ぞ　50・3
をば　助・連（格＋係）　我★努な棄て玉ひ　50・10
をば　助・連（格＋係）　よもあだし名★な　56・2
をば　助・連（格＋係）　こゝ迄来し道★い　58・8
をば　助・連（格＋係）　帽★いつの間にか　60・1
をば　助・連（格＋係）　我★欺き玉ひしか　60・14
をば　助・連（格＋係）　与ふるもの★悉く　62・1
をば　助・連（格＋係）　余が病床★離れね　62・7
畢《をは》り　動・四・用　物語の★しとき、　42・13
女《をみな》　名・普　客を延く★を見て　20・2
女　名・普　貧家の★に似ず。　26・6
汚名《をめい》　名・普　★を負ひたる身の　32・10
をり　名・形　生れむ★の事をも　62・12

折《をり》　名・形　太田と尋ね来ん★　26・17
折　名・形　此★なりき。我一　32・3
折　名・形　繁く通ひし★、養　36・11
折　名・形　★に触れては道中　46・1
折　名・形　食なかりし★にも　48・17
折《を》り　動・四・用　腰を★て潜るべき　24・3
をり〳〵　名・形　たゞ★思ひ出した　62・8
折《を》れ　動・下二・用　心★ぬ。わが東に　50・12
温習《をんしふ》　名・普　昼の★、夜の舞台　30・6
温習　名・普　彼は★に往き、さ　34・4
温習　名・普　★に往きたる日に　34・12

ん

ん　助動・推・終　易きこともあら★　22・7
ん　助動・推・終　等を助け★と思ひ　26・10
ん　助動・推・終　いひ掛けせ★とは　26・11
ん　助動・推・終　若くはなから★。　36・9
ん　助動・推・終　ものなら★と始め　38・4
ん　助動・推・終　思ひしなら★。否　38・15
ん　助動・推・終　思へばなら★、エ　40・1
ん　助動・推・終　我耻を表はさ★。　46・6
ん　助動・推・終　兎も角もなりな★　50・14
ん　助動・推・体　心の能く耐へ★こ　18・12

ん	助動・推・体	知らでやおはさ★	26・9
ん	助動・推・体	まみえもやせ★と	38・17
ん	助動・推・体	何処よりか得★。	50・6
ん	助動・推・体	東に往か★日には	50・12
ん	助動・推・体	かへり玉は★日を	50・15
ん	助動・推・体	我命は絶えな★を	54・6
ん	助動・推・体	持ちたら★。この	54・17
ん	助動・推・体	笑ひ玉は★が、寺	56・2
ん	助動・推・体	寺に入ら★日はい	56・3
ん	助動・推・体	疲れやおはさ★と	56・4
ん	助動・推・体	係累もやあら★と	56・8
ん	助動・推・体	人の海に葬られ★	56・11
ん	助動・意・終	法律となさ★とや	16・8
ん	助動・意・終	僑居に帰ら★と、	20・10
ん	助動・意・終	還し参らせ★。縦	26・12
ん	助動・意・終	この恩を謝せ★と	28・3
ん	助動・意・終	出で★の望みは絶	40・9
ん	助動・意・終	共にせ★といひぬ	42・7
ん	助動・意・終	余を譴め★とはせ	42・12
ん	助動・意・終	独逸語を利用せ★	42・16
ん	助動・意・終	動かさ★とはせず	42・17
ん	助動・意・終	情縁を断た★と約	44・10
ん	助動・意・終	還り玉は★となら	50・5
ん	助動・意・終	身を寄せ★とぞい	50・13
ん	助動・意・終	関係を絶た★とい	52・9
ん	助動・意・体	家に送り行か★に	22・16
ん	助動・意・体	何とかいは★。「	56・14
ん	助動・婉・体	法律たら★は忍ぶ	16・8
ん	助動・婉・体	これに就か★勇気	20・3
ん	助動・婉・体	これと遊ば★勇気	20・5
ん	助動・婉・体	交ら★やうもなし	20・5
ん	助動・婉・体	恥なき人となら★	22・12
ん	助動・婉・体	太田と尋ね来★折	26・17
ん	助動・婉・体	その名を斥さ★は	28・9
ん	助動・婉・体	余を疎んぜ★を恐	32・1
ん	助動・婉・体	こゝに写さ★も要	32・2
ん	助動・婉・体	力の及ば★限り、	36・1
ん	助動・婉・体	今更に言は★も甲	42・14
ん	助動・婉・体	思はれ★は、朋友	44・1
ん	助動・婉・体	いつ往きつか★も	44・7
ん	助動・婉・体	満足を与へ★も定	44・8
ん	助動・婉・体	思ひ定め★よしな	44・9
ん	助動・婉・体	帰り来★までの費	46・12
ん	助動・婉・体	跡に残ら★も物憂	48・3
ん	助動・婉・体	灯火に向は★事の	48・14
ん	助動・婉・体	親と共に往か★は	50・6

ん　助動・婉・体　世に出で玉は★日　50・7
ん　助動・婉・体　産れ★子は君に似　54・17
ん　助動・婉・体　産れたら★日には　56・1
ん　助動・婉・体　挽きかへさ★道を　56・11
ん　助動・婉・体　譬へ★に物なかり　56・15
ん　助動・仮・体　得たら★には、紛　16・11
ん　助動・仮・体　こゝに在ら★には　28・13
ん　助動・仮・体　留まら★には、学　32・10
ん　助動・仮・体　かへたら★には、　32・17
ん　助動・仮・体　したら★には影護　48・3
んとし　助動・意・用　辞書となさ★、我　16・7
んとし　助動・意・用　作ら★たりけめ。　16・14
んとす　助動・意・終　縮みて避け★。我　18・6
んとする　助動・意・体　処を過ぎ★とき、　20・16
んとする　助動・意・体　関係を照さ★とき　52・2
んとする　助動・意・体　梯を登ら★程に、　54・3
んとする　助動・意・体　立ち上ら★に足の　58・6
んとすれ　助動・意・已　答へ★ど声出でず　60・4
んとせ　助動・意・未　愛情を圧せ★しが　54・8
んとせ　助動・意・未　椅子を握ま★しま　60・5

杉本 完治（すぎもと　かんじ）

静岡県立高等学校元教諭。「森鷗外記念会」会員。

昭和19年1月6日、静岡県伊豆市冷川堰に生まれ、高校時代まで冷川で過ごす。大学卒業後、静岡県立高校教諭（国語）に採用され、昭和41年以降、袋井商業・浜松西・池新田・磐田南・浜松南・磐田北の各高校に勤務。定年退職後、浜松北高校に再任用教諭として勤務。その後、磐田南・袋井の両校、および静岡県立農林大学校で講師を務め、現在に至る。平成のはじめごろから、文科省検定高等学校「国語」教科書（右文書院）の編集に携わる。現在、森鷗外の人と作品（特に初期作品および史伝）について研究を進めている。

著書等

『鷗外歴史小説　よこ道うら道おもて道』（2002年12月、文芸社）

『ベネッセ全訳古語辞典』改訂版（編集委員、2007年11月、ベネッセ）

『漢文文型　訓読の語法』（共著、2012年7月、新典社）

『森鷗外　永遠の問いかけ』（2012年9月、新典社）

その他、論文等。

新典社研究叢書272

森《もり》鷗《おう》外《がい》『舞《まい》姫《ひめ》』本文と索引

平成27年5月30日　初版発行

編著者　杉本完治

発行者　岡元学実

印刷所　惠友印刷㈱

製本所　牧製本印刷㈱

検印省略・不許複製

発行所　株式会社　新典社

東京都千代田区神田神保町一—四四—一一

営業部＝〇三（三二三三）八〇五一番

編集部＝〇三（三二三三）八〇五二番

FAX＝〇三（三二三三）八〇五三番

振　替　〇〇一七〇—〇—二六九三二番

郵便番号一〇一—〇〇五一番

ISBN 978-4-7879-4272-2 C3395

http://www.shintensha.co.jp/ E-Mail:info@shintensha.co.jp